Von Catherine Coulter
sind als Heyne-Taschenbücher erschienen:

Lord Deverills Erbe · Band 04/15
Liebe ohne Schuld · Band 04/45
Magie der Liebe · Band 04/58
Sturmwind der Liebe · Band 04/75
Die Stimme des Feuers · Band 04/84
Die Stimme der Erde · Band 04/86
Die Stimme des Blutes · Band 04/88
Jadestern · Band 04/96
Calypso · Band 04/104
Die Satansbraut · Band 04/124
Die Jungfernbraut · Band 04/126
Magie der Liebe/Jadestern · Band 23/118
Die Sherbrooke-Braut · Band 04/122
Karibische Nächte · Band 04/129
Im Schatten der Mitternachtssonne · Band 04/135
Ein ehrbares Angebot · Band 04/139
Jenseits der Liebe · Band 04/145
Der Herr der Habichtsinsel · Band 04/151
Der Herr vom Rabengipfel · Band 04/152
Der Herr der Falkenschlucht · Band 04/154
Lord Deverills Erbe/Liebe ohne Schuld · Band 23/100
Stolz und Leidenschaft · Band 04/159
Sehnsucht und Erfüllung · Band 04/169

CATHERINE COULTER

DER STERN DER RACHE

Roman

WILHELM HEYNE VERLAG
MÜNCHEN

HEYNE ROMANE »FÜR SIE«
Nr. 04/184

Titel der Originalausgabe
MIDNIGHT STAR
Aus dem Amerikanischen
von Elisabeth Schwarz

3. Auflage

Published by arrangement with Dutton Signet, a division of Penguin Books USA Inc.
Wilhelm Heyne Verlag GmbH & Co. KG, München
Printed in France 1998
Umschlagillustration: Oliviero Berni / Agentur Schlück
Umschlaggestaltung: Atelier Ingrid Schütz, München
Satz: Fotosatz Prechtl, Passau
Druck und Bindung: Brodard & Taupin

ISBN 3-453-11865-0

1. Kapitel

Guildford, England, 1852

»Asche zu Asche, Staub zu Staub ...«

Dumpf polterten die feuchten Erdklumpen auf den Sarg und deckten die einsame rote Rose allmählich zu.

Wenigstens ist er jetzt bei Mama ...

»Es tut uns so leid, Elizabeth.«

»Wenn wir etwas für Sie tun können, Elizabeth ...«

»... Bitten wir den Herrn, die unsterbliche Seele unseres Freundes Sir Alec Jameson FitzHugh zu sich zu nehmen ...«

»Welch eine Tragödie, Elizabeth. Welch schreckliches Unglück.«

Elizabeth strich sich über die Stirn und versuchte, die Erinnerung an den trüben Morgen, an die monotone Stimme des Pfarrers und die mitfühlenden Worte der zur Beisetzung ihres Vaters erschienenen Trauergäste zu verscheuchen. Sie sah Paul Montgomery an, den langjährigen Freund und Rechtsbeistand ihres Vaters.

Er räusperte sich und bedachte ihre Tante Augusta Penworthy mit einem vorwurfsvollen Blick, den diese jedoch geflissentlich übersah.

»Wirklich, Elizabeth, so geht das nicht.« Augusta Penworthys Stimme klang noch schriller und ungeduldiger als sonst. »Mr. Montgomery hat Wichtigeres zu tun, als deinen Tagträumen zuzuschauen. Und wenn ich mir diese Bemerkung erlauben darf, dein Onkel und ich auch.«

»Verzeih, Onkel Paul«, sagte Elizabeth leise zu Montgomery, ohne auf die Vorwürfe ihrer Tante einzugehen, deren Anwesenheit bei der Verlesung des Testaments leider unumgänglich war. Augusta war, abgesehen von Elizabeth, die einzige lebende Verwandte Sir Alecs. Mit einem flüchtigen Blick streifte Elizabeth ihren Onkel Alfred, der trotz des kühlen Apriltages heftig schwitzte. Ihr Vater hatte Alfred Penworthy immer verachtet, weil er schwach war und völlig unter der Fuchtel seiner Frau stand.

»Liza«, sagte Paul Montgomery sanft und benutzte zum erstenmal ihren Kosenamen. »Um es kurz und bündig zusammenzufassen, dein Vater hat dir so gut wie nichts hinterlassen.« Er legte die Hand auf einen Stapel Schriftstücke, die vor ihm auf dem Schreibtisch lagen. »Ich fürchte, wir müssen sogar Jameson Hall verkaufen, um den Forderungen der Gläubiger nachkommen zu können.«

»Was?« Tante Augustas spitzer Schrei ließ Montgomery zuammenfahren. Er senkte den Kopf und sah sie über seine dicken Brillengläser hinweg mißbilligend an.

»Madam«, sagte er mit fester Stimme. »Ich spreche mit Miß FitzHugh.«

»Wollen Sie mir etwa weismachen, daß Alec mittellos gestorben ist, Sir? Das ist völlig unmöglich! So verantwortungslos kann nicht einmal er gewesen sein.«

»Es tut mir leid. Bis auf ein paar Legate für die Dienerschaft hat er nichts hinterlassen, Madam.« Ein wenig hilflos hob Montgomery die Schultern. »Liza«, fuhr er dann mit so mitfühlender Stimme fort, daß Elizabeth die Tränen in die Augen traten.

»Ich fürchte, dein Vater hat in den letzten Jahren ein paar ziemlich ... hm ... fragwürdige Investitionen getätigt. Ich habe mich aufrichtig bemüht, ihm davon abzuraten, aber er wollte nicht auf mich hören. Hinzu kommt, daß er sein Testament nicht geändert hat. Aus diesem Grund sind deine Tante und dein Onkel heute hier.«

»Was meinst du damit, Onkel Paul?« fragte Elizabeth, obwohl sie bereits ahnte, worum es ging.

Montgomery nahm die Brille ab und putzte sorgfältig die Gläser, um seine Verlegenheit zu verbergen. »Ja, also

... dein Vater rechnete nicht damit, daß du bis zu deinem einundzwanzigsten Geburtstag einen Vormund brauchen würdest. Er ging davon aus, du seist zum Zeitpunkt seines Todes längst mit Sir Guy Danforth verheiratet. Nun sind deine Tante und dein Onkel deine einzigen Verwandten.«

»Mit anderen Worten«, bemerkte Augusta spitz, »bin ich verpflichtet, das arme Ding bei mir aufzunehmen, sie zu beköstigen und zu kleiden, ohne auch nur einen Penny zu erben.« Sie musterte Elizabeth ziemlich abfällig.

»Aber meine Liebe«, begann Montgomery beschwichtigend. »Das Kind kann nichts dafür, daß Sir Alecs Geschäfte so glücklos verliefen.«

»Ich werde doch schon in einem halben Jahr einundzwanzig, Onkel Paul«, warf Elizabeth ein. »Ich brauche keinen Vormund. Wozu denn auch?«

»Das Gesetz schreibt es so vor, mein Kind«, gab Montgomery geduldig zurück. »Im übrigen ... es bliebe da ja noch die zweite Möglichkeit, nicht wahr?«

Elizabeth senkte den Blick. Sie dachte an Guy Danforth. Er brauchte dringend das Geld, das ihr Vater zur Mitgift bestimmt hatte. Nun war aber kein Geld mehr da. »Nein, Onkel Paul«, sagte sie mit fester Stimme. »Diese andere Möglichkeit besteht nicht mehr.« Entschlossen stand sie auf. »Wenn es nichts mehr zu besprechen gibt, werde ich mich jetzt um eure Unterbringung kümmern, Tante Augusta. Ihr werdet doch sicher über Nacht bleiben.«

Schweigend nickte Augusta, und Elizabeth ging rasch zur Tür.

Als sie sie leise hinter sich schloß, hörte sie noch die wütende Stimme ihrer Tante: »Es ist einfach lächerlich, daß wir das Mädchen aufnehmen sollen. Sie ist völlig mittellos, kein Mann von Stand wird sie jetzt noch heiraten. Was in aller Welt sollen wir mit ihr anfangen?«

Elizabeth machte sich nicht die Mühe, Paul Montgomerys Antwort abzuwarten.

»Miss Elizabeth?«

»Ja, Convers?« Sie wandte sich zu dem Butler ihres Vaters um und schluckte hastig die aufsteigenden Tränen hinunter. Sie mußte Haltung bewahren. Ihr Vater hätte es von ihr erwartet.

»Sir Guy ist hier, Miss Elizabeth. Er möchte Ihnen seine Aufwartung machen.« Als er Elizabeths Zögern bemerkte, fragte er leise: »Soll ich Sir Guy sagen, daß Sie heute nicht empfangen?«

»Nein, Convers. Ich werde sofort mit ihm reden. Ist er im Blauen Salon?«

»Ja. Werden Sie es durchstehen, Miss Elizabeth?«

»Natürlich. Bringen Sie bitte ein paar Erfrischungen. Nein, warten Sie, Convers. Ich glaube, Erfrischungen werden nicht nötig sein.«

Bevor Elizabeth den Blauen Salon betrat, blieb sie einen Augenblick vor dem silbergerahmten Spiegel in der Halle stehen. Das blasse Gesicht, das sie darin sah, ähnelte so gar nicht dem der bis vor wenigen Tagen fröhlichen, sorglosen Elizabeth Jameson FitzHugh. Sie schloß die Augen, bemühte sich, die in ihr aufsteigende Verzweiflung niederzukämpfen.

Jameson Hall, das wunderschöne alte Herrenhaus, in dem die FitzHughs seit Generationen gelebt hatten, würde in fremde Hände gehen. Wie liebte sie dieses Haus, in dem sie eine herrliche, sorgenfreie Kindheit verlebt hatte, obwohl ihre Mutter früh gestorben war! Die Liebe ihres Vaters und das vertraute Verhältnis zu ihm hatte sie voll und ganz entschädigt.

Ein Zittern überlief ihren Körper.

»Lieber Gott«, flüsterte sie ihrem Spiegelbild zu. »Ich danke dir, daß Vater dies nicht mehr erleben muß.« Dann straffte sie die Schultern und betrat den Blauen Salon.

»Elizabeth!«

Sie ließ sich ihren Unwillen nicht anmerken. Guy hatte

es nie über sich bringen können, sie Liza zu nennen. Vermutlich war ihm der Name nicht aristokratisch genug.

Aber Vater mochte diesen Namen, dachte sie, und das Herz wurde ihr warm. Wenn er ihn aussprach, war es wie eine Liebkosung gewesen.

»Liza, mein Kleines«, hatte er sie erst neulich beim Schachspiel geneckt. »Was zum Teufel denkst du dir dabei, mit dem Springer auf dieses verdammte Feld zu hüpfen? Willst du deinen alten Vater mit Gewalt gewinnen lassen, mein Engel?«

Elizabeth riß sich zusammen.

»Hallo, Guy«, sagte sie. »Wie lieb von dir, herzukommen.« Sie gestattete Guy Danworth, ihre Hände zu nehmen und sanft zu drücken.

»Das ist doch selbstverständlich, meine Liebe«, erwiderte er teilnahmsvoll.

Wie blaß sie ist, dachte Guy beim Anblick der dunklen Schatten unter ihren ausdrucksvollen Augen. Das schwarze Kleid stand ihr nicht. Sie wirkte darin irgendwie verloren und verhärmt. Den Gedanken an die vor ihnen liegenden Monate fand er nicht gerade erhebend, aber natürlich würde er seiner Pflicht mit der gebotenen Geduld und Toleranz nachkommen.

Elizabeth löste ihre Hände aus seinen und ging hinüber zu dem weißen Marmorkamin, der der ganze Stolz ihrer Großmutter gewesen war. Verstohlen beobachtete sie Guy und fragte sich plötzlich, weshalb sie überhaupt eingewilligt hatte, ihn zu heiraten.

Gewiß, er sah gut aus. Vor allem hatte sein schmales, asketisch wirkendes Gesicht sie angezogen, da sie darin Ehrlichkeit und Aufrichtigkeit zu lesen glaubte.

Doch jetzt?

Ehrlichkeit und Aufrichtigkeit? Nein. Verkniffen. Snobismus. Selbstgefälligkeit. Egoismus. Ja, schon mit achtundzwanzig Jahren ein affektierter Snob, genauso dumm wie seine engstirnige Mutter.

Wie ist es nur möglich, daß ich Guy bisher so verkannt habe? überlegte Elizabeth.

Guy räusperte sich. »Elizabeth, darf ich dir mein tiefstes Mitgefühl zu diesem traurigen Verlust ausdrücken? Auch meine Mutter sendet dir ihr herzlichstes Beileid ... natürlich.«

»Natürlich«, murmelte sie. »Vielen Dank, Guy.«

»Mutter macht sich deinetwegen Sorgen, meine Liebe. Ihr ist selbstverständlich klar, daß wir vor Ablauf deines Trauerjahres nicht heiraten können. Ich erwähnte, daß du vermutlich hier in Jameson Hall bleiben willst, aber das hält sie für ganz und gar unschicklich. Zumindest ohne Gouvernante. Sie schlägt vor, daß du die Zeit bei deinen Verwandten in London verbringst.«

»Ja.« Elizabeth nickte. »Es wird mir wohl nichts anderes übrigbleiben.«

»Sei versichert, meine liebe Elizabeth, daß ich meiner Pflicht genügen und mich derweil um James Hall kümmern werde.«

»Das wird nicht nötig sein, Guy.« Sie blickte ihm in die Augen und erkannte, daß der Tod ihres Vaters ihm gelegen kam. Offensichtlich nahm er an, jetzt würde ihm alles gehören. Aber war es unbedingt nötig, daß er das kostbare Mobiliar des Blauen Salons bereits mit einem fast gierigen Besitzerblick beäugte? Ein freudloses Lachen stieg ihr in die Kehle, doch sie unterdrückte es und sagte langsam und mit klarer Stimme. »Jameson Hall wird verkauft.«

»Was? Ich verstehe nicht, Elizabeth.« Guy runzelte die Stirn.

Hatte der Schock Elizabeth dermaßen zugesetzt, daß sie darüber den Verstand verloren hatte? Zum Glück ersparte sie ihm wenigstens eine hysterische Szene. »Zweifellos hat dich das alles sehr mitgenommen, meine Liebe«, sagte er mit herablassender Milde. »Derartige Überlegungen solltest du mir und dem Anwalt überlassen.«

»Guy ...« Sie zog den Verlobungsring vom Finger. »Es ist kein Geld mehr da. Mein Vater hat mir nichts hinterlassen. James Hall muß mit allem Inventar verkauft werden, um die Schulden zu decken. Wie ich schon sagte, es bleibt mir keine andere Wahl, als bis zu meinem einundzwanzigsten Geburtstag bei meinen Verwandten zu leben.«

»Kein Geld?« wiederholte Guy fassungslos. »Das ist doch unmöglich!«

Ein trauriges Lächeln umspielte Elizabeths Lippen. Er hörte sich fast genauso an wie Tante Augusta. Seine Stimme verriet heillosen Schreck, Widerwillen und Verachtung.

»Keine Sorge, Guy. Hier, nimm deinen Ring zurück. Ich habe nicht die Absicht, unsere Verlobung aufrechtzuerhalten.« Sonderbar, daß sie beim Abstreifen des kostbaren Smaragdrings das Gefühl gehabt hatte, von einer schweren Last befreit zu werden.

Wenn ich ihn geheiratet hätte, hätte ich aufgehört, ich selbst zu sein, dachte sie.

Guy griff nach dem Ring und steckte ihn ein. Elizabeth hatte auch nicht erwartet, daß er versuchen würde, sie umzustimmen, oder ihr versicherte, daß er sie liebe ... mit oder ohne Geld. Deutlich sah sie ihm an, wie er darum rang, ein paar passende Worte zu finden, um sich wie ein Gentleman aus der Affäre zu ziehen.

»Elizabeth«, sagte er schließlich. »Ich bin untröstlich.«

Er fühlte heftigen Zorn in sich aufsteigen. Dieser verdammte Sir Alec! Der alte Narr hatte offenbar alles verdorben. »Du weißt, wie nahe du mir stehst, aber ...«

»Ja, ich weiß, Guy«, fiel sie ihm ins Wort. »Bitte grüß deine Mutter von mir. Entschuldige mich nun, ich habe noch viel zu tun. Leb wohl, Guy. Convers wird dich hinausbegleiten.«

Elizabeth verließ den Blauen Salon, ohne sich noch einmal umzuschauen.

Bedforde Square, London, 1852

Mit wütendem Blick starrte Elizabeth auf ihre Schlafzimmertür, deren Knauf sich langsam drehte, bis er auf die Sperre stieß. Sie hörte einen unterdrückten Fluch und dann Schritte, die sich rasch entfernten.

Elizabeth sprang auf und ballte die Hände. Dieser ekelhafte Owen! Eine widerwärtige Kröte war er.

Seufzend wandte sie sich ab und preßte die Wange an die kühle Scheibe ihres niedrigen Fensters. Es war ein trüber, nebliger Tag, und man konnte die Menschen auf der Straße kaum erkennen.

O Gott, wie sie London haßte! Und wie sie das Leben in diesem Haus haßte. Tante Augusta hatte mit allem anderen sogar ihre Stute Ginger verkauft, und sie durfte auch keines der Pferde aus dem Penworthy-Stall reiten.

»Du bist in Trauer, Elizabeth«, hatte Augusta mit scharfer Stimme gesagt. »Benimm dich gefälligst, wie es sich für eine Lady geziemt.«

Lady. Ha! Während der fünf Monate, die Elizabeth bereits in diesem Haus weilte, hatte man sie wie ein Aschenbrödel behandelt.

Sie war die verarmte Verwandte, die für ihre Tante springen, die Launen der drei Töchter ertragen und ständig auf der Hut vor Owen sein mußte.

»Also wirklich, Lizzy«, klang ihr noch die weinerliche Stimme der vierzehnjährigen Janine im Ohr, die heute morgen im Unterrichtszimmer herumgenörgelt hatte. »Wozu müssen wir diese dummen Geschichtsdaten können? Wozu in aller Welt braucht ein Mädchen etwas über Gibraltar zu wissen? Du bist wie eine verschrobene alte Jungfer!«

Und dann Owens ironische Bemerkung von der offenen Zimmertür her:

»Na, na, kleine Schwester. Unsere liebe Elizabeth muß

sich doch schließlich mit etwas beschäftigen, oder? Immerhin stehen ihr nicht deine Möglichkeiten offen.«

»Richtig«, hatte sich die elfjährige Alice gemeldet. »Sie kriegt bestimmt keinen Mann mit.«

Was soll nur aus mir werden, wenn ich einundzwanzig bin? Immer und immer wieder stellte Elizabeth sich diese Frage. Sie hatte eine gute Erziehung genossen, aber der Gedanke, als Gouvernante zu arbeiten, machte sie ganz krank. Waren alle halbwüchsigen Mädchen so wie ihre Cousinen? Und wie würde ihre Stellung als Gouvernante sich auswirken? Würde man sie mit Geringschätzung behandeln? Wäre sie unerwünschten Annäherungsversuchen der Hausherren hilflos ausgeliefert wie jetzt denen Owens? Owen war dreiundzwanzig, schlank, hatte ein spitzes Kinn und stechende blaßblaue Augen.

Elizabeth war völlig überrascht gewesen, als er sie vor einer Woche auf der Treppe angehalten hatte.

»Wie überaus nett von dir, daß du zu uns gezogen bist, meine liebe Cousine«, hatte er geschnarrt und dabei ihre Wange gestreichelt.

Unangenehm berührt war sie zurückgezuckt.

»Das hat mit Nettigkeit nichts zu tun, Owen. Ich bin hier, weil ich muß.«

»Aber, aber, Elizabeth.« Er musterte sie mit einem Blick, der ihr das Gefühl gab, splitternackt vor ihm zu stehen. »Du vergißt völlig, wie ... wie reizend du bist. Ich finde dich höchst charmant. Du wirst bald einundzwanzig. Was tust du dann? Ich spüre doch, daß dieser Gedanke dir zu schaffen macht. Möglicherweise, meine Liebe, wenn du bereit wärst, ein wenig ... nun, ein bißchen entgegenkommender zu sein ...« In ihren Augen blitzte es gefährlich auf, was sein dubioses Interesse allerdings nur steigerte. »Ja, wirklich, Elizabeth, ich würde dich verwöhnen, würde dich viel lehren. Ein passabler Ehemann wird sich für dich kaum finden lassen. Aber wozu auch? Man muß ja nicht unbedingt verheiratet sein.«

Wie sehr Owen sich von Guy unterschied! Doch vielleicht war er auch nur ehrlicher.

»Hör zu, Owen«, antwortete Elizabeth ruhig. »Du bist mein Cousin, sonst nichts. Bitte rede nie wieder so mit mir.«

Herrje, ist das ein appetitliches Ding, dachte Owen, ohne sich von ihrer kühlen Ablehnung irritieren zu lassen. Ein bißchen dünn war sie vielleicht, aber selbst das enge Korsett konnte ihre aufregenden Brüste nicht ganz verbergen. Ein heftiges Verlangen überkam ihn.

»Bist du nicht vielleicht ein klein wenig zu stolz, Cousinchen? Das mußt du dir abgewöhnen. Es gibt kein Herrenhaus mehr und keine Dienerschaft, die dir die Wünsche von den Augen abliest. Das einzige, worauf du noch hoffen kannst, ist ein großzügiger ... Beschützer.«

»Und du glaubst, der richtige Mann dafür zu sein, nicht wahr?« gab sie ironisch zurück. Dann sah sie, wie sein Gesicht vor Wut erblaßte. »Laß mich in Ruhe, Owen, hörst du? Und bleib auch dem Unterrichtszimmer fern. Vielleicht gelingt es mir dann, deinen Schwestern wenigstens ein bißchen beizubringen.«

»Vielleicht wirst du sehr bald deine Meinung ändern.« Mit einer raschen Bewegung riß er sie in seine Arme. Seine Hände näherten sich ihrer Brust. Sie spürte seinen Atem auf ihrem Gesicht.

»Wenn dir ein Mann zu nahe kommt, gib zum Schein nach«, fielen ihr plötzlich die Worte ihrer alten Kinderfrau ein. Und dann tritt den Kerl dahin, wo es am meisten wehtut.

Elizabeth machte sich schlaff, und Owen wollte die Gelegenheit nutzen.

In dem nächsten Augenblick riß Elizabeth mit einem kräftigen Ruck das Knie hoch.

Owen fuhr zurück und stöhnte vor Schmerz.

»Du Hexe!« keuchte er. »Das wirst du mir bezahlen.«

»Das bezweifle ich stark, du erbärmlicher Wicht. Warten wir ab, was deine Mutter zu diesem Vorfall zu sagen hat.«

Elizabeth hätte es eigentlich wissen müssen. Die Reaktion ihrer Tante war bezeichnend gewesen.

»Was ist das für ein dummes Gerede?« hatte Augusta kühl gefragt.

»Es handelt sich nicht um dummes Gerede, Tante Augusta. Owen hat sich höchst ungebührlich benommen.«

Mit verächtlichem Blick hatte Augusta sie gemustert. »Elizabeth, wie kannst du nur solche Lügen verbreiten? Ich verstehe ja, was du damit bezwecken willst, aber schlag es dir aus dem Kopf. Hör auf, meinen Sohn zu umgarnen. Er wird dich niemals heiraten.«

»Ja, glaubst du denn etwas, daß ich das will?« Entsetzt hatte sie ihre Tante angestarrt. »Owen heiraten? Da wäre mir ein Taschendieb aus der finstersten Hafenkneipe willkommener.«

Owen hatte ihr weiter nachgestellt.

Er spielte Katz und Maus mit ihr, und er schien es zu genießen. Was für ein Glück, daß sie ihre Schlafzimmertür verriegeln konnte!

Aber was wird aus mir, wenn ich im nächsten Monat einundzwanzig werde? fragte Elizabeth sich zum x-tenmal.

Elizabeth stand vor der Zimmertür ihrer Tante. Bis zu ihrem Geburtstag war es nun nicht mehr weit, und so herzlos konnte Tante Augusta doch nicht sein, daß es ihr völlig gleichgültig war, was aus ihrer Nichte wurde.

Elizabeth hob die Hand, um zu klopfen, erstarrte dann jedoch mitten in der Bewegung, als sie die keifende Stimme ihrer Tante hörte.

»Dieses Mädchen ist die personifizierte Undankbarkeit. Was haben wir alles für sie getan, Alfred! Und trotzdem spielt sie noch immer die stolze Erbin. Außerdem diese Lügen über Owen! Der arme Junge ist ganz außer sich.«

»Wirklich?« fragte Onkel Alfred unbehaglich.

»Und wie! Auch die Mädchen lernen nichts bei ihr. Noch heute morgen hat Elizabeth mit der armen kleinen Janine geschimpft, weil sie in der Algebrastunde angeblich nicht aufgepaßt hat. Ausgerechnet Algebra! Ich werde dem einen Riegel vorschieben. Was für ein Jammer, daß Sir Guy Elizabeth nicht geheiratet hat. Na ja, zu verdenken ist es ihm nicht, daß er sie sitzenließ, als er vom wahren Stand der Dinge erfuhr.«

»Nein, es war Elizabeth, die die Verlobung gelöst hat.«

»Das behauptet sie«, erwiderte Augusta.

»Schön dumm von ihr, falls es stimmt, was ich allerdings bezweifle. Sie ist genau wie ihre Mutter: überheblich, weltfremd und ohne einen Funken Verstand. Sieh mich nicht so an, Alfred. Ich weiß sehr wohl, daß du die liebliche Isobel verehrt hast.«

Elizabeth schüttelte den Kopf. Onkel Alfred und ihre Mutter? Unmöglich!

»Isobel ist tot, Gussie«, hörte sie ihren Onkel sagen. »Ich habe sie bewundert, ja, aber das hat jeder.«

»Pfff!« schnaubte Augusta verächtlich. »Das einzige, was sie zustande gebracht hat, ist ein nichtsnutziges Mädchen. Wie eine kleine Prinzessin hat sie sie behandelt, bis sie im Kindbett gestorben ist. Wenn Isobel eine anständige Mitgift in die Ehe gebracht hätte, würde Jameson Hall jetzt vielleicht uns gehören.«

»Jameson Hall würde Elizabeth gehören, nicht uns, meine Liebe.«

»Aber wenn ich Alecs älterer Bruder wäre und nicht seine Schwester, würde ich es besitzen. Es wäre gut für uns, mein Lieber. Wir haben drei Töchter, die wir verheiraten müssen.«

»Wenigstens hast du eine Gratis-Gouvernante für sie, Gussie. Außerdem brauchte Owen nicht soviel Geld auszugeben.«

»Owen ist ein Mann von Welt«, fuhr Augusta wütend

auf. »Und er wird sich vorteilhaft verheiraten. Dafür werde ich schon sorgen. Aber was meine stolze Nichte betrifft, ich wette, sie würde ihre Nase nicht so hoch tragen, wenn sie die Wahrheit über ihren Vater wüßte.«

Elizabeth runzelte die Stirn. Die Wahrheit? Was für eine Wahrheit?

»Nun laß die Dinge doch ruhen, Gussie. Das Mädchen verdient seinen Unterhalt bei uns.«

»Ich weiß, daß du dich immer vor sie stellst, Alfred. Ich weiß auch, warum. Weil sie Isobels kostbare Tochter ist. Aber das sage ich dir, wenn sie es noch einmal wagt, Lügengeschichten über Owen zu verbreiten, sage ich ihr ins Gesicht, daß ihr Vater sich umgebracht hat.«

Entsetzt starrte Elizabeth auf die Zimmertür. ». . . daß ihr Vater sich umgebracht hat«, dröhnte es in ihren Ohren.

»Nein!« stieß sie erstickt hervor. Ein wilder Schmerz durchzuckte sie. »Nein!«

Mary, das einzige Hausmädchen der Penworthys, das Elizabeth höflich und anständig behandelte, fand Elizabeth zusammengekauert auf der Treppe.

»Miss«, sagte Mary bestürzt und legte die Hand auf Elizabeths Schulter. »Ist Ihnen nicht gut, Miss?«

Mit verschleiertem Blick schaute Elizabeth auf.

»So etwas kann er doch nicht getan haben«, flüsterte sie.

»Nein, gewiß nicht«, versicherte Mary, obwohl sie gar nicht wußte, worum es ging. Sie sah die Verzweiflung in den Augen der jungen Lady und wollte ihr helfen. Sicher war wieder Madams spitze Zunge schuld an Miss Elizabeths Kummer.

Zur Hölle mit der alten Hexe, dachte Mary wütend.

Mit raschen Schritten eilte Elizabeth über den Bürgersteig. Sie hatte kein Geld, und der Weg vom Bedford Square zu Paul Montgomerys Büro in der Fleet Street war lang. Erhitzt und schwer atmend erreichte sie schließlich das dreistöckige Geschäftshaus.

Einen Moment lang zögerte sie, die Stufen hinaufzusteigen.

Sei kein Feigling, Liza, sagte sie sich. Tante Augusta ist eine bösartige alte Hexe. Sie hat gelogen. Onkel Paul wird es gleich richtigstellen.

Als Elizabeth das Vorzimmer der Kanzlei betrat, räusperte sie sich befangen.

»Entschuldigen Sie bitte«, sagte sie zu einem der schwarzgekleideten Bürodiener. »Ich möchte zu Mr. Paul Montgomery. Mein Name ist Elizabeth FitzHugh.«

»Haben Sie einen Termin?« fragte der junge Mann beflissen.

Sie schüttelte den Kopf.

»Sagen Sie ihm nur, daß ich hier bin«, erwiderte sie mit fester Stimme und hob den schwarzen Schleier vom Gesicht.

Der junge Mann riß bewundernd die Augen auf. »Bitte nehmen Sie Platz, Miss. Ich will sehen, ob er frei ist.«

Einen Augenblick später erschien Montgomery. »Liza! Was für eine erfreuliche Überraschung. Komm herein.«

Zum erstenmal seit dem Tode ihres Vaters erhellte ein freudiges Lächeln Elizabeths Gesicht. »Vielen Dank, daß du dir die Zeit nimmst, mich zu empfangen, Onkel Paul.«

»Was für ein Unsinn, mein Kind.« Montgomery führte sie in sein Büro und schob einen Sessel vor seinen massiven Eichenschreibtisch. »Setz dich, und dann sag mir, was ich für dich tun kann.«

Elizabeth wußte nicht recht, wie sie anfangen sollte.

»Du siehst ganz reizend aus, Liza«, meinte Montgomery, um das Schweigen zu überbrücken. »Offenbar hast du dich bei deiner Tante gut eingelebt.«

Man merkte ihm an, wie sehr er hoffte, daß seine Vermutung zuträfe.

»Onkel Paul, hat Vater Selbstmord begangen?«

Fast greifbar hing die schicksalsschwere Frage zwischen ihnen. Elizabeth sah, wie Montgomery erstarrte. Langsam nahm er die Brille ab und putzte die völlig sauberen Gläser.

»Wie um alles in der Welt kommst du auf so etwas, meine Liebe?«

»Es stimmt, nicht wahr? Bitte, Onkel Paul, sag mir die Wahrheit. Ich ... ich hörte, wie meine Tante mit Onkel Alfred darüber sprach.«

»Dieses törichte Frauenzimmer!« Montgomery zerdrückte einen Fluch zwischen den Zähnen. Forschend betrachtete er Elizabeths bleiches Gesicht, schien dann zu einem Entschluß zu kommen. »Es tut mir so leid, Kind. Du solltest es nie erfahren. Ich hatte keine Ahnung, daß deine Tante ... Aber ist das denn jetzt überhaupt noch wichtig?«

»Für mich schon.« Nur mit äußerster Mühe gelang es Elizabeth, Haltung zu bewahren. »Er hat ein christliches Begräbnis bekommen«, murmelte sie. »Niemand hat etwas gesagt, nicht einmal Dr. Ramsay.«

»Es gab keinen Grund, es an die große Glocke zu hängen. Im übrigen glaube ich daran, daß es wirklich ein Unfall war. Und Dr. Ramsay auch. Diese Überdosis Laudanum ...«

»Warum, Onkel Paul? Warum hat er es getan?«

Montgomery senkte den Blick. »Ich habe darum gebetet, nie über diese Dinge mit dir sprechen zu müssen, Liza.«

»Ich kann es nicht fassen, daß er sich nur wegen ein paar Fehlinvestitionen umgebracht haben soll.«

»Nur? Es ist eine ziemlich komplizierte Geschichte, meine Liebe ... Also gut, Liza, wenn du es unbedingt wissen willst ...«

»Ja, Onkel Paul, das will ich.«

»Im Sommer 1851 begegnete dein Vater hier in London einem Amerikaner. Sein Name war Delaney Saxton. Saxton war auf der Suche nach Kapitalanlegern. Er schien ein reicher Mann zu sein, der in Kalifornien mit Gold ein Vermögen gemacht hatte. Dein Vater hat mit ihm ein Geschäft abgeschlossen und bestand darauf, daß ich und Daniel Boynton, Saxtons englischer Rechtsbeistand, den Transfer einer Summe von vierzigtausend Pfund in die Wege leiteten.«

Montgomery machte eine kurze Pause, bevor er fortfuhr.

»Ich wußte, daß dein Vater sich verschulden mußte, um den Betrag aufzubringen. Boynton und ich setzten einen Vertrag auf, um deinen Vater in jeder Hinsicht abzusichern. Falls die Mine, die, wie Mr. Saxton beteuerte, außerordentlich ergiebig war, nicht genug Gewinn abwarf, sollte deinem Vater ein Anteil an einer anderen Goldmine aus Saxtons Besitz überschrieben werden. Ein paar Monate später verließ Saxton England wieder, und wir hörten nichts mehr von ihm, absolut nichts. Dein Vater war verzweifelt. Zwei Monate vor seinem Tod teilte Saxtons Anwalt mir mit, daß die Goldmine, an der dein Vater beteiligt war, sich als Fehlschlag erwiesen hatte. Dennoch war Saxton nicht bereit, sich an die Vereinbarung bezüglich einer anderen Mine zu halten. Daraufhin ist dein Vater völlig zusammengebrochen.«

»Das ist doch nicht möglich, Onkel Paul! Ich kann es einfach nicht glauben.«

»Ich muß sagen, daß ich von Anfang an diesem Handel sehr skeptisch gegenüberstand, aber dein Vater ...« Montgomery zuckte die Achseln. »Er betonte immer wieder, daß dieser Saxton einflußreiche Freunde hier in London habe. Er vertraute ihm völlig.«

»Wer sind denn diese einflußreichen Freunde?«

»Keine Ahnung. Aus irgendeinem Grund war dein Vater nicht bereit, mir ihre Namen zu nennen. Ich wollte der Sache natürlich nachgehen, er bestand jedoch darauf, sich selbst darum zu kümmern.«

»Offenbar haben sie sich geweigert, ihm zu helfen«, meinte Elizabeth.

»Was ist mit Saxtons Anwalt, diesem Boynton? Zumindest muß er doch Bescheid wissen.«

»Es tut mir leid, Liza, der bedauernswerte Boynton ist ein paar Wochen vor deinem Vater einem Schlaganfall erlegen.«

Fassungslos starrte Liza Montgomery an. Dann sagte sie langsam: »Ich habe den Eindruck, daß du nie wirklich an die Existenz der Goldmine geglaubt hast, Onkel Paul.«

»Damit kommst du der Wahrheit ziemlich nah. Aber ich fürchte, wir werden es nie mit Sicherheit wissen.«

»Und warum hast du nichts getan, um diese Sache aufzuklären?«

»Meine liebe Liza, Delaney Saxton lebt in San Francisco, einer Stadt in Kalifornien. Das ist viele tausend Meilen von hier entfernt. Glaub mir, als dein Vater mir anvertraute, daß er sein ganzes Vermögen verliert, wenn Saxton sich nicht an die getroffene Vereinbarung hält, habe ich sofort einen befreundeten Bankier in New York eingeschaltet. Er hat Erkundigungen eingezogen, konnte jedoch auch nichts herausfinden. Eine weitere Verfolgung der Sache hätte sehr viel Geld gekostet, aber das stand uns nicht zur Verfügung.«

Elizabeth schloß die Augen. Warum hatte ihr Vater sie nicht ins Vertrauen gezogen? Sich des Geldes wegen das Leben zu nehmen ... Sie allein zu lassen und ihrer Tante auszuliefern ... Aber nein! Das war nicht fair ihrem Vater gegenüber. Ganz offensichtlich hatte er nicht mehr klar denken können. Vermutlich war er auch davon ausgegangen, daß sie Guy Danforth heiraten würde.

Sie lachte bitter auf. »Nein, es war kein Geld da, und es ist auch jetzt keines mehr da!« rief sie mit erstickter Stimme. »Kein bißchen. Und dieser Verbrecher, dieser widerwärtige Halunke kommt ungestraft davon.«

»Liza, mein Kind«, mahnte Paul Montgomery besorgt.

»Du bist überreizt. Beruhige dich. Es war unverzeihlich von mir, dir die Geschichte zu erzählen.«

Mit aller Kraft kämpfte Elizabeth den hysterischen Anfall nieder, der sie zu überwältigen drohte. Nie im Leben war ihr die Welt so trostlos vorgekommen wie in diesem Augenblick.

»Dann bleibt mir wohl nichts anderes übrig, als Näherin zu werden.« Wieder lachte sie bitter auf. »Mein Pech, daß ich gar nicht nähen kann, nicht wahr, Onkel Paul?«

»Liza, bitte! Du bleibst bei deinen Verwandten. Du wirst bald heiraten, und mit der Zeit wirst du auch vergessen.«

Elizabeth stand auf und straffte die Schultern. »Nein, Onkel Paul, ich werde nie vergessen. Niemals!«

Montgomery sah in ihr Gesicht. Nein, dachte er, sie wird nicht vergessen. Aber es wird ihr nicht helfen. Nichts kann ihr helfen.

Wortlos begleitete er sie zur Tür.

2. Kapitel

Mit großen Augen starrte Elizabeth ihre Tante an. »Das ist für mich, Tante Augusta?«

»Aber natürlich, mein liebes Kind.« Augusta hatte ihr leutseligstes Lächeln aufgesetzt. »Heute ist doch dein Geburtstag, nicht wahr? Ich finde, du bist lange genug in diesen schwarzen Sachen herumgelaufen. Wir müssen allmählich deine Lebensgeister wieder ein wenig wecken, Kindchen. Das ist gewiß auch im Sinne deines lieben Vaters.«

Mit einem Gefühl der Unwirklichkeit strich Elizabeth über das lavendelfarbene Seidenkleid.

Tante Augusta lächelte? Machte Geschenke? Die Welt stand Kopf.

»Du wirst zum Anbeißen darin aussehen, Cousine«, ließ Owen sich vernehmen.

Elizabeth schaute Owen an. Auch er zeigte ein breites Lächeln. Es ist nicht echt, dachte sie, er verabscheut mich aus tiefstem Herzen.

Alfred räusperte sich vernehmlich, wollte etwas sagen, aber ein Blick seiner Frau ließ ihn weiterhin schweigen.

»Meine liebe Elizabeth«, ergriff Augusta wieder das Wort. »Mir ist klar, daß die vergangenen sechs Monate für dich nicht besonders erfreulich waren. Der Tod deines armen Vaters war ein furchtbarer Schock für dich. Ich will ganz aufrichtig sein, Elizabeth. Dein Onkel und ich waren nicht darauf gefaßt, daß er dich mittellos zurücklassen könnte. Wahrscheinlich ist unsere Enttäuschung darüber schuld daran, daß wir uns dir gegenüber unfair verhalten haben. Wir hatten selbst ein paar finanzielle Probleme, die an unseren Nerven zerrten. Du bist so ein liebes, verständiges Mädchen, Elizabeth. Deshalb glaube ich fest daran, daß du uns verzeihen wirst.« Augusta umarmte Elizabeth überschwenglich.

Elizabeth spürte, wie ihr warm ums Herz wurde. Sie besaß Menschen, die sie liebten, zu denen sie gehörte. Sie hatte ihre Verwandten ganz falsch eingeschätzt.

Alfred räusperte sich erneut. »Elizabeth, meine Liebe, wir wollen heute abend deinen Geburtstag gebührend feiern, und zwar mit einem festlichen Dinner in einem eleganten Restaurant und einem anschließenden Theaterbesuch. Würde dir das Freude machen?«

»O ja, Onkel Alfred, natürlich«, versicherte Elizabeth überwältigt.

»Was hältst du davon, dich jetzt umzuziehen, Elizabeth?« schlug Tante Augusta vor. »Ab sofort wird Mary dir als Zofe zur Verfügung stehen. Ich weiß, du glaubst, wir haben sie deinetwegen entlassen, wegen deines kleinen ... Ausflugs vorige Woche. Aber dann haben wir es uns doch überlegt, weil wir wissen, daß du sie magst. Sie erwartet dich oben in deinem Zimmer.«

Das Gefühl der Unwirklichkeit verstärkte sich von Minute zu Minute. »Vielen Dank«, murmelte Elizabeth und verließ wie betäubt den Raum.

Mary erwartete Elizabeth tatsächlich in ihrem Zimmer.

»Ich finde es auch seltsam, Miss«, gestand Mary, während sie Elizabeth aus dem tristen schwarzen Wollkleid half. »Als man mir bei der Arbeitsvermittlung sagte, daß ich wieder hier anfangen kann, bin ich fast umgefallen. Dabei hatte mich die alte Ziege doch gerade erst gefeuert. Ohne Zeugnis. Und alles nur, weil ich Ihnen geholfen habe, den Anwalt Ihres Vaters zu besuchen.« Mary schüttelte den Kopf. »Dieser widerliche Schnüffler Cranke hat es natürlich herausgekriegt und mich bei Madam verpetzt. Und die hat mir fast den Kopf abgerissen, hat gekeift wie ein ganz ordinäres Fischweib.«

Erschauernd dachte Elizabeth an die Szene, die Tante Augusta auch ihr nach ihrer Rückkehr gemacht hatte. Bis heute, bis zu ihrem Geburtstag, war sie danach von der ganzen Familie wie eine Aussätzige behandelt worden. Nicht, daß sie das sonderlich gestört hätte, sie hatte die letzten Tage ohnehin wie eine Traumwandlerin verbracht und ununterbrochen an Paul Montgomerys Enthüllungen denken müssen. In ihr war ein unversöhnlicher Haß gewachsen, ein Haß auf den Mann, der ihren Vater betrogen und in den Tod getrieben hatte. Und sie konnte nichts tun. Sie war so schrecklich hilflos. Delaney Saxton war weit, weit fort, und sie saß hier in London ohne einen Penny.

Und nun dieser Umschwung im Verhalten der ganzen Familie.

»Ich verstehe es einfach nicht, Mary«, sagte Elizabeth verwirrt. »Tante Augusta hat sich entschuldigt und mich sogar umarmt. Es ist alles irgendwie geheimnisvoll.«

»Das finde ich auch, Miss. Schließlich bin ich nicht blind. Ich habe genau gesehen, wie man Sie hier behandelt hat. Ich fürchte, die wollen plötzlich was von Ihnen. Setzen Sie sich jetzt bitte, damit ich Sie frisieren kann, bevor Sie das Kleid anziehen.«

»Mary«, sagte Elizabeth nach einem langen Schweigen, und ihre Augen suchten den Blick der Zofe im Spiegel. »Was kann es nur sein, was sie von mir wollen? Das ergibt doch keinen Sinn.« Ich will auch nicht daran glauben, dachte sie verzweifelt. Lieber Gott, mach, daß es nicht wahr ist und daß sie mich wirklich mögen.

Mary bürstete eine dicke Haarsträhne aus, wickelte sie geschickt um ihre Hand und befestigte sie dann auf Elizabeths Kopf. »Was haben Sie nur für schönes Haar, Miss. Und so dicht. Aber das Schönste ist die Farbe, die in jedem Licht wechselt. Es muß der alten Backpflaume ein Dorn im Auge sein, Sie ständig neben den Puddinggesichtern ihrer Töchter zu sehen.« Mary überlegte einen Moment. »Ich habe keine Ahnung, was passiert ist, aber ich bin sicher, Sie werden bald herausfinden, was die liebe Familie von Ihnen will.«

»Du glaubst also nicht daran, daß sie sich vielleicht geändert haben, Mary?«

»Haben Sie schon erlebt, daß Ostern und Weihnachten zusammenfallen? Nein, Miss, ich glaube nicht daran. Stehen Sie jetzt bitte auf, damit wir sehen können, ob das Kleid Ihnen paßt.«

Die weiche Seide umschmeichelte Elizabeths Schultern, und feine Spitzen umrahmten das Dekolleté. Für einen Moment fühlte Elizabeth sich um ein Jahr zurückversetzt, als sie lachend mit einem neuen Kleid in die Bibliothek ihres Vaters gewirbelt war und er ihr versichert hatte, daß sie alle Männerherzen von Guildford brechen würde.

»Wunderbar. Sie sehen fantastisch aus«, sagte Mary und zupfte eine Falte zurecht. »Nehmen Sie sich vor Mr. Owen in acht. So aalglatt er auch immer wirkt, er ist ein

Teufel. Letztes Jahr hat er versucht, ein Stubenmädchen zu vergewaltigen, noch dazu auf der Toilette! Das muß man sich mal vorstellen. Madam hat das Mädchen natürlich sofort hinausgeworfen.« Sie zuckte die Achseln. »Das ist nun mal der Lauf der Welt.«

Mary sieht die Dinge klarer als ich, dachte Elizabeth niedergeschlagen. Ich muß aufhören, mir etwas vorzumachen.

»Weißt du, Mary«, sagte sie nachdenklich und fuhr in die neuen weißen Handschuhe. »Mit Speck fängt man Mäuse. Ich werde heute abend die Ahnungslose spielen und ganz lieb sein. Vielleicht kann ich sie ein wenig aushorchen.«

»Passen Sie nur auf, Miss, daß sie am Ende nicht selbst die Maus sind und denen in die Falle gehen«, mahnte Mary ehrlich besorgt.

Es dauerte nicht lange, bis Elizabeth herausfand, vor wem sie sich am meisten vorsehen mußte. Es war natürlich Owen. Sein Verhalten ihr gegenüber hatte sich grundlegend verändert. Er behandelte sie mit ausgesuchter Höflichkeit und lauschte aufmerksam jedem ihrer Worte. Und Elizabeth plauderte und lächelte, bis ihr die Wangenknochen weh taten.

Als der Oberkellner die Penworthys und sie zu dem festlich gedeckten Tisch geleitet hatte und sie Platz nahmen, sagte Onkel Alfred galant: »Du bist heute abend von allen anwesenden Damen die hübscheste, meine Liebe. Siehst du die neidischen Blicke, die die Herren Owen bereits zuwerfen? Wir werden Champagner bestellen, um deinen Geburtstag standesgemäß zu feiern. Einundzwanzig. Was für ein schönes Alter. Man hat das ganze Leben noch vor sich. Du hast Glück, Elizabeth. Du lebst im Schoße einer Familie, die dich liebt ...«

»Ich werde Roastbeef bestellen«, unterbrach Tante Augusta die gefühlvolle Ansprache ihres schwitzenden Ehegatten. »Du scheinst mir ein bißchen dünn, Elizabeth. Such dir etwas besonders Gutes aus, mein Kind.«

Warum kann ich dir nicht trauen? dachte Elizabeth traurig.

»Danke, Tante Augusta«, sagte sie bescheiden.

»Ich habe mir Gedanken gemacht, Elizabeth«, fuhr Augusta fort. »Du solltest häufiger mit der Köchin sprechen. Du hast in den letzten drei Jahren dem Haushalt deines lieben Vaters vorgestanden, und wir wollen doch verhindern, daß deine diesbezüglichen Talente verkümmern. Die Köchin soll all deine Leibgerichte kochen, denn ich bin sicher, daß du einen ausgezeichneten Geschmack hast.«

»Mir wird alles schmecken, was Elizabeth auswählt«, ließ Owen sich vernehmen.

»Also gut, das wäre erledigt. Ruf jetzt den Ober, Alfred.«

Elizabeth bestellte das teuerste Menü auf der Karte.

Nach dem vierten Glas Champagner röteten sich Owens Wangen allmählich. Elizabeth unterdrückte ein Kichern, weil er die messerscharfen Blicke, die seine Mutter ihm wiederholt zuwarf, einfach ignorierte.

Beim Dessert beugte Tante Augusta sich vor und tätschelte Elizabeths Hand.

»Mein liebes Kind«, flötete sie. »Was für ein Glück, daß du Sir Guy Danforth nicht geheiratet hast. Er hätte dich gewiß nicht glücklich gemacht. Du solltest unbedingt einen Mann heiraten, der nicht so viel älter ist als du. Owen, ich glaube, du hast jetzt wirklich genug Champagner getrunken«, wandte Augusta sich an ihren Sohn. »Schließlich ist es nicht dein Geburtstag, den wir hier feiern, mein Junge.«

Owen grinste schuldbewußt. »Du hast ja recht, Mutter. Ich fürchte, ich habe mich ein wenig hinreißen lassen.«

Onkel Alfred gähnte diskret hinter der vorgehaltenen

Hand. »Weißt du was, meine Liebe«, sagte er und sah seine Frau bedeutungsvoll an. »Ich glaube, ich bin zu alt für solche Vergnügungen. Was hältst du davon, wenn wir beide nach Hause fahren und die jungen Leute allein ins Theater gehen lassen würden?«

»Was für eine superbe Idee, Alfred!«

Denkst du! Elizabeth war auf der Hut.

»Was meinst du dazu, Elizabeth?« fragte Owen mit einer Stimme, die er wohl für samtweich und verführerisch hielt. »Ich werde dein Ritter sein und dich vor aller Welt beschützen. Sie spielen ›Romeo und Julia‹.« Er schenkte ihr ein vielsagendes Lächeln. »Wie gut, daß wir die Probleme der beiden nicht haben.«

Wir? Um Gottes willen, dachte Elizabeth. Ihre Tante und ihr Onkel hatten offenbar von vornherein geplant, daß sie mit Owen allein ins Theater ging. Warum? Hatte Tante Augusta sie nicht noch vor kurzem verdächtigt, Owen einfangen zu wolen? Sie begriff es einfach nicht.

Sorgfältig faltete Elizabeth ihre Serviette zusammen und legte sie neben ihren Teller. Dann hob sie den Kopf und lächelte die drei Penworthys unbefangen an.

»Ich würde das Stück schrecklich gern sehen«, versicherte sie. »Es ist so reizend von dir, daß du dich meiner annimmst, Owen. Hast du auch wirklich nichts dagegen, Tante Augusta?« So schlau wie ihr bin ich schon lange, dachte sie schadenfroh.

»Aber nicht das geringste, mein liebes Kind. Ich ... dein Onkel und ich wollen nur dein Bestes. Du kannst ganz gewiß sein, daß der liebe Owen gut auf dich achtgeben wird.«

»O ja.« Elizabeth nickte. »Das bin ich.«

Die Aufführung war gräßlich. Die Schauspieler agierten hölzern und leierten ihre Rollen monoton herunter, während das Publikum immer unruhiger wurde. Der bedauernswerte Romeo zählte mindestens vierzig Jahre. Dennoch konnte in Elizabeth keine Langeweile aufkommen, denn sie war fortwährend damit beschäftigt, Owens Knie auszuweichen.

In der Pause gingen sie hinunter ins Foyer.

»Holst du mir bitte ein Glas Limonade, Owen?« bat sie.

»Dein Wunsch ist mir Befehl, meine liebe Elizabeth.« Er verbeugte sich.

Als er zurückkam, bedankte Elizabeth sich höflich und nippte an dem Getränk.

»Ich fürchte, die Limonade ist zu sauer«, sagte sie mit unschuldigem Augenaufschlag. »Würde es dir etwas ausmachen, mir eine andere zu holen, Owen?«

Mit heimlicher Genugtuung konstatierte sie, wie es in Owens Augen unmutig aufblitzte. Aber sofort hatte er sich wieder in der Gewalt und schenkte ihr einen — wie er wohl glaubte — bestrickenden Blick, bevor er sich gehorsam auf den Weg machte.

Wenig später reichte Owen ihr das neue Glas. Elizabeth nahm nur einen winzigen Schluck und gab es ihm dann zurück. »Die Luft ist hier so stickig, ich habe plötzlich Kopfschmerzen. Würdest du mich bitte heimbringen?«

Wie schade, daß das Stück so miserabel ist, sonst würde er sich jetzt ärgern, dachte sie.

Zehn Minuten später saßen sie in einer gemieteten Kutsche.

»Fühlst du dich nun besser, Elizabeth?« fragte Owen zuvorkommend.

»Schon viel besser, Owen«, versicherte sie und war froh, daß er in dem Halbdunkel den verräterischen Glanz in ihren Augen nicht sehen konnte. »Es war ein aufregender Tag heute. Ich bin in einem richtigen ... Freudentaumel.«

»Liebe Elizabeth«, murmelte Owen und drückte sanft ihre Hand. »Es macht mich so froh, daß du glücklich bist«, fuhr er fort, und Elizabeth hatte den Eindruck, er bete eine einstudierte Rede herunter. »Es ist mir ein Bedürfnis, dir jeden Wunsch von den Augen abzulesen, meine liebe Cousine.«

Ein spöttisches Lächeln umspielte ihre Lippen.

»Wirklich, Owen?« fragte sie schüchtern.

«O gewiß, Elizabeth. Ich weiß, daß es vielleicht noch zu früh ist, darüber zu sprechen ... ein knappes halbes Jahr nach dem Tode deines Vaters, aber mein Herz drängt mich, es zu tun. Ich bewundere dich seit Jahren, liebste Elizabeth, seit Jahren.«

Allmächtiger! Er wollte ihr wahrhaftig einen Heiratsantrag machen!

Das durfte sie nicht zulassen, denn dann würde sie sich nicht mehr beherrschen können und ihm offen ins Gesicht lachen. Außerdem würde sie nie erfahren, was hinter alldem steckte. »Meine Kopfschmerzen, Owen«, sagte sie mit leidender Stimme. »Sie sind wieder da. Wenn es dir nichts ausmacht, möchte ich mich gern ein bißchen ausruhen, bis wir zu Haus sind.«

»Natürlich, meine Liebe.«

Klang da nicht ein wenig Erleichterung durch?

Elizabeth erlaubte Owen, ihre Hand zu küssen, bevor sie ihrem Zimmer zustrebte.

Sie schickte Mary ins Bett und wartete ein paar Minuten. Dann öffnete sie geräuschlos die Tür und schlich zu den Zimmern ihrer Tante. Unter der Tür schien noch Licht hervor, und Elizabeth hörte die unverkennbare schrille Stimme Augustas.

»Gut, daß du die Dinge nicht überstürzt hast, mein lieber Junge«, sagte Augusta zufrieden. »Elizabeth könnte sich sonst womöglich wundern, daß du dich so plötzlich in sie verliebt hast.« Sie seufzte hörbar erleichtert. »Ich glaube, sie trägt uns nichts nach. Erstaunlich, wie leicht sie zu täuschen ist.«

»Irgendwie gefällt mir das alles nicht«, meldete sich Alfred. »Nicht, daß wir ...«

»Genug, Alfred«, schnitt Augusta ihm das Wort ab.

»Uns bleibt nicht viel Zeit. Owen muß sich große Mühe geben.«

Wieso blieb ihnen nicht viel Zeit?

»Ich glaube nicht, daß Elizabeth sich besonders viel aus mir macht«, bemerkte Owen verdrießlich.

»Es war aber auch zu dumm von dir, sie wie ein Stubenmädchen zu behandeln, Owen«, herrschte seine Mutter ihn an. »Du mußt ihr Vertrauen gewinnen. Das Mädchen ist einsam, aber wir sind jetzt ihre Familie. Ihre liebevolle Familie, hörst du?«

»Und wenn ich sie nicht herumkriege, Mutter?« fragte Owen kleinlaut. »Rechtzeitig, meine ich.«

»Du wirst es schaffen, gib dir Mühe«, erwiderte Augusta in einem Ton, der Elizabeth eine Gänsehaut über den Rücken jagte. »Eine junge Dame zu kompromittieren, das ist zwar nicht sehr gentlemanlike, aber . . .«

Elizabeth hielt den Atem an. Heißer Zorn stieg in ihr auf.

Owen würde ihr also wieder zu nahe treten, doch sie würde ihm die Augen auskratzen!

»Das gefällt mir nicht«, sagte Onkel Alfred wieder.

»Vergiß endlich Isobel«, schnappte Augusta. »Was sein muß, muß sein.«

»Also, ich gehe jetzt ins Bett«, verkündete Owen gähnend.

Elizabeth hastete den Flur hinunter und verschwand gerade noch rechtzeitig in ihrem Zimmer. Aber es dauerte noch lange, bis sie einschlief.

»Guten Morgen, Miss. Hier bringe ich Ihnen Ihre Schokolade. Ein schöner Tag heute. Haben Sie etwas herausbekommen?«

»Guten Morgen, Mary.« Elizabeth gähnte herzhaft. »Ich habe dir einiges zu erzählen.«

Als sie mit ihrem Bericht fertig war, starrte Mary sie fassungslos an. »Das ist doch nicht zu glauben! Sich vorzustellen, daß Mr. Owen Sie kompromittiert ... Also, das ist ...«

»Ja, genau das ist es, Mary.« Elizabeth nickte. Nachdenklich rührte sie in ihrer Schokolade. »Willst du mir helfen, Mary? Ich habe eine Idee. Vielleicht ist es eine dumme Idee, aber im Augenblick fällt mir nichts anderes ein.«

»O ja, Miss, ich tue, was immer Sie wollen.« Mary nickte eifrig.

»Versuch bitte herauszufinden, ob in den vergangenen Tagen irgendwelche Besucher hier waren. Fremde Besucher, meine ich.«

Grübelnd zog Mary die Brauen zusammen. »Das müßte sich machen lassen, Miss. Ich bin ja nicht auf den Kopf gefallen, und blind bin ich auch nicht.«

»Wenn wirklich jemand hier war ...« Elizabeth zuckte die Achseln. »Na ja, dann sehen wir weiter. Ich habe das eigenartige Gefühl, jemand will mich von hier wegholen, und meine Tante ist dagegen. Nur warum, das begreife ich nicht. Ich muß dieses Haus verlassen, und bis dahin muß ich sehr vorsichtig sein.«

Zwei Tage vergingen, und es herrschte eine Art Waffenstillstand.

Mary hatte herausgefunden, daß es tatsächlich einen Besucher gegeben hatte, einen »vertrockneten kleinen Mann, der nach Großstadt roch«, wie Cranke sich ausgedrückt hatte. Aber wer dieser Mann war, wußte keiner.

»Habgier«, sagte Elizabeth. »Ein anderes Motiv kann es einfach nicht geben. Oder kannst du dir vorstellen, daß Tante Augusta aus einem anderen Grund so viel Geld ausgeben würde, Mary?« Elizabeth wies auf die zwei neuen Kleider, die auf ihrem Bett lagen. »Sie muß es als eine Art Investition betrachten.«

»Glauben Sie, daß dieser Mann vielleicht ein Geschäftsfreund Ihres Vaters war, Miss? Daß sich am Ende herausgestellt hat, daß sie doch noch etwas erben?«

»Ich weiß, es klingt unwahrscheinlich«, meinte Elizabeth. »Aber eine andere Erklärung habe ich auch nicht dafür.«

»Sie dürfen nicht auf den Nägeln kauen, Miss«, mahnte Mary.

»Oh!« Schuldbewußt betrachtete Elizabeth ihren ramponierten Daumennagel. »Die machen mich noch ganz verrückt.« Sie stand auf und begann, unruhig im Zimmer auf und ab zu gehen. »Ich bin ein Feigling, Mary. Ich sollte vor sie hintreten und sie ganz offen fragen, warum sie mich plötzlich wie ein kostbares Juwel behandeln. Ich sollte Tante Augusta gerade in die Augen sehen und ...«

»Oder lieber Mr. Owen«, warf Mary ein.

»Ja, vielleicht hast du recht. Sicher werden sie nach dem Abendessen wieder darauf bestehen, daß Owen mir Gedichte vorliest oder daß ich ihm etwas vorspiele. Dann wird Tante Augusta gähnen, Onkel Alfred aus dem Sessel zerren und ›die beiden lieben jungen Leute allein lassen‹«, äffte Elizabeth ihre Tante nach.

»Sachte, Miss, Sie übereilen nichts! Wenn dieser fremde Besucher wiederkommt, womit Sie ja rechnen, werde ich es erfahren. Vielleicht wäre es am besten, bis dahin zu warten.«

Verdrossen nickte Elizabeth, während Mary ihr in eines der neuen Kleider half. Es war aus blaßgrüner Seide und sehr tief dekolletiert. Zu tief, fand Elizabeth, als sie sich im Spiegel betrachtete.

»Du mußt mein Haar flechten, Mary«, sagte sie plötzlich. »Ja, ich glaube, der heutige Abend verlangt nach einer strengen Frisur.«

Mary tat, wie ihr befohlen, aber das Ergebnis erfüllte durchaus nicht den gewünschten Zweck. Die hoch aufgetürmten Flechten ließen Elizabeths biegsamen Hals nur um so schlanker und reizvoller erscheinen, wie Mary bemerkte. Sie seufzte. Es war zu spät, um noch etwas zu ändern.

»Geben Sie gut acht, Miss«, warnte sie. »Solange Sie Klavier spielen, dürfte Ihnen eigentlich nichts passieren.«

»Vielen Dank für den guten Rat«, gab Elizabeth trocken zurück.

Unglücklicherweise schienen Augusta und Owen Marys Geschmack zu teilen. Ob Owen wohl glaubte, daß Elizabeth ihn mit der neuen Frisur locken wollte?

Offenbar ja, dachte sie nach einem Blick in sein Gesicht. Sowohl mit der Frisur als auch mit dem Busen, der ihr fast aus dem Ausschnitt fiel, wie sie verärgert feststellte.

»Wie besonders reizend du heute abend aussiehst, mein liebes Kind«, schmeichelte ihre Tante. »Und so elegant mit der neuen Frisur, findest du nicht auch, Owen?«

»Ja, gewiß, Mutter, gewiß.«

»Ein auffallend schönes Mitglied der Familie Penworthy«, pflichtete auch Alfred bei.

Augusta kicherte. Sie kicherte! Elizabeth rang um ihre Beherrschung. Sie sah ihren Onkel und sagte mit erzwungener Ruhe: »Ich fürchte, du vergißt, daß ich keine Penworthy bin, Onkel Alfred. Ich bin eine FitzHugh, eine Jameson FitzHugh.«

»Aber ich wette, nicht mehr lange.« Augusta lächelte schelmisch und warf ihrem Sprößling einen vielsagenden Blick zu.

Als Augusta und Alfred dem jungen Paar mit dick aufgetragener Herzlichkeit eine gute Nacht wünschten und sich diskret zurückzogen, spürte Elizabeth ganz deutlich, daß Owen sich heute erklären würde. Er schwitzte und war sichtlich verlegen.

»Soll ich etwas für dich spielen, Owen?« fragte sie und bemerkte, daß Owen verstohlen seine feuchten Hände an den Hosenbeinen abwischte.

Sie wartete seine Antwort nicht ab, sondern setzte sich ans Klavier und begann mit einer Mozartsonate. Nicht ohne Absicht hatte sie eine besonders lange Sonate gewählt.

Aber Owen überwand seine Nervosität und unterbrach sie im zweiten Satz.

»Elizabeth, meine Liebe«, murmelte er ganz dicht an ihrem Ohr. Sie erschrak, als sie seinen heißen Atem im Nacken spürte, und ihre Hände entlockten dem Klavier eine mißtönende Dissonanz.

»Ich muß mit dir sprechen, Elizabeth, bitte! Ich kann meine Gefühle nicht länger unterdrücken.«

Langsam wandte Elizabeth sich auf dem Klavierhocker um und sah ihn an.

»Wie gut du deine Rolle gelernt hast, Owen«, sagte sie.

Überraschung trat in seinen Blick, aber er faßte sich schnell. »Du darfst nicht mit meinen Gefühlen spielen, Elizabeth. Komm, setz dich zu mir.«

Sie erhob sich und folgte ihm zum Sofa. Aber sie setzte sich nicht.

»Was hast du mir zu sagen?« fragte sie ohne Umschweife.

Owen lachte gezwungen. »Du bist immer so direkt, Elizabeth. Aber wie du willst.« Er bemühte sich um ein betörendes Lächeln. »Ich möchte, daß du meine Frau wirst.«

Elizabeth ließ ihn nicht aus den Augen. »Warum, Owen?«

»Warum?« wiederholte er gedehnt. »Weil ich dich liebe, natürlich. Ich habe dir in den vergangenen Tagen immer und immer wieder versichert, daß ich dich schon lange verehre.«

»Ja, das hast du. Was ich jedoch wissen will, ist, warum du mich ausgerechnet jetzt um meine Hand bittest.«

»Du bist vor ein paar Tagen volljährig geworden. Es ist an der Zeit, daß du heiratest.«

»Das heißt also, am Morgen meines Geburtstages hast du beschlossen, mich zu lieben und zu heiraten?«

»So genau nun auch wieder nicht.« Er wand sich verlegen.

»Owen«, sagte Elizabeth ruhig und in der Hoffnung, daß er sich verplappern und das Geheimnis doch noch preisgeben würde. »Hast du denn vergessen, daß ich arm wie eine Kirchenmaus bin? Wohl kaum eine passende Partie für dich, findest du nicht auch?«

»Es gibt wichtigere Dinge als Geld.«

»Aber nicht für eine Familie, Owen.«

»Da irrst du dich, Elizabeth, wirklich. Meine Eltern sind ganz entzückt von dir, und ich kann dir versichern, daß sie deine fehlende Mitgift keineswegs stört.«

Er ist verschlossen wie eine Auster, dachte Elizabeth mißmutig. Sie haben ihn gut präpariert.

»Owen, ich habe nicht die Absicht, irgend jemanden zu heiraten«, erklärte sie. »Es wäre besser für dich, deine neu entdeckten Gefühle zu vergessen.«

»Das kann ich nicht.« Seine Stimme klang mit einemmal scharf. Er machte eine Bewegung, als wollte er ihre Hände ergreifen, und Elizabeth trat rasch hinter einen Stuhl. »Es ist sehr grausam von dir, meine Gefühle so zu verspotten.«

»Owen«, sagte Elizabeth sanft. »Ich verspotte dich nicht. Ich will nur, daß du mich in Ruhe läßt.«

Sie senkte den Blick. »Die Großzügigkeit deiner Eltern hat mir klargemacht, daß ich ihnen nicht weiter auf der Tasche liegen darf. Ich habe die Absicht, mir eine Stellung zu suchen.«

»Eine Stellung? Das ist absurd! Meine Mutter würde es nie zulassen. Nein, Elizabeth, du mußt mich heiraten. Schon allein zu deinem Schutz.«

»Ich erinnere mich, Owen, daß du mir deinen Schutz schon einmal angeboten hast. Damals allerdings ohne Heiratsantrag.«

»Das war doch nur ein Scherz, liebe Elizabeth. Ein dummer Scherz.«

»Gute Nacht, Owen.« Entschlossen wandte sie sich zum Gehen.

»Nein, warte!«

Elizabeth hob ihre Röcke an und lief aus dem Salon. Nein, lieber Owen, dachte sie, während sie die Treppe hinaufhastete, diesmal kriegst du mich nicht.

»Elizabeth!«

Er verfolgte sie! Elizabeth konnte ihr Zimmer gerade noch rechtzeitig erreichen. Sie schlug die Tür zu und schob den Riegel vor. Dann lehnte sie sich schwer atmend gegen die Wand.

Draußen rüttelte jemand am Türknauf. »Elizabeth! Laß mich rein. Ich will nur mit dir sprechen. Komm, mach die Tür auf.«

Wo war Mary? Würde Tante Augusta es wirklich dulden, daß Owen die Tür aufbrach, um sie zu kompromittieren?

Hast du nichts von ihnen gelernt, Liza? meldete sich eine Stimme in ihrem Innern.

»Owen, mein Lieber«, flötete sie honigsüß. »Ich habe schreckliche Kopfschmerzen, und du hast mich so überrascht. Ich ... ich bin noch ganz durcheinander. Können wir nicht morgen über unsere Gefühle sprechen?«

Einen Augenblick herrschte Schweigen. Elizabeth glaubte Schritte zu hören. Sie preßte das Ohr an die Tür. Sie erkannte Tante Augustas Stimme, konnte jedoch die Worte nicht verstehen.

Dann sagte Owen: »Natürlich, Elizabeth. Aber du irrst dich wirklich, wenn du glaubst, daß ich meine Gefühle für dich ganz plötzlich entdeckt hätte. Ich bewundere dich schon lange. Wir reden morgen darüber. Schlaf jetzt gut, mein Liebling.«

Elizabeth atmete tief ein. Tante Augusta hatte ihr noch eine Galgenfrist gewährt.

Das ist ja das reinste Melodram, dachte sie plötzlich

und spürte, wie ihr ein hysterisches Kichern in die Kehle stieg. Aber eigentlich war ihr gar nicht zum Lachen zumute. Sie hatte Angst, richtige Angst.

Zitternd öffnete sie die Tür ihres Kleiderschranks, holte ihren großen Koffer hervor und begann, ihre Habseligkeiten einzupacken. Die neuen Kleider betrachtete sie eine Weile unschlüssig und warf sie dann auf den Boden des Schranks.

3. Kapitel

Am nächsten Morgen erwachte Elizabeth von einem lauten Klopfen. Sie blinzelte schlaftrunken und rief: »Wer ist da?«

»Ich bin's, Miss. Mary.«

Mit einem erleichterten Seufzer stand Elizabeth auf und öffnete die Tür. »Ich dachte schon, es wäre Owen.«

»Das ist ja Ihr Koffer, Miss!« rief Mary erstaunt.

»Ja. Ich verlasse das Haus noch heute morgen. Zuerst gehe ich zu Onkel Paul. Er wird mir helfen.«

Auf Marys fragenden Blick hin berichtete Elizabeth rasch, was sich am Vorabend zugetragen hatte.

»Jesus!« stieß Mary erschrocken hervor. »Also gut, Miss, nachdem ich Ihnen beim Ankleiden geholfen habe, gehe ich und packe meine Sachen auch. Machen Sie sich keine Sorgen, Miss. Wir werden es schon schaffen.«

Ich weiß zwar nicht wie, dachte Elizabeth beklommen, aber ich habe nicht die Kraft, mit dir zu streiten.

Kurz nachdem Mary verschwunden war, um ihr Bündel zu schnüren, verließ Elizabeth ihr Zimmer.

Sie bemerkte Owen nicht gleich, sondern erst als sie sein dröhnendes »Guten Morgen, Elizabeth« hinter sich hörte. Sie fuhr zusammen, und eine Gänsehaut kroch ihr über die Arme.

»Ich will gerade hinunter zum Frühstück gehen, Owen.«

Er vertrat ihr den Weg. »Nicht bevor wir zu einer Einigung gekommen sind, meine Liebe.« Owens Finger schlossen sich um ihr Handgelenk.

Unwillkürlich senkte Elizabeth den Blick auf seine Hand.

»Versprich mir, daß du mich heiraten wirst, Elizabeth.« Sein Griff wurde noch fester.

»Laß mich los, Owen.«

»Meine Eltern haben eine Sonderlizenz erwirkt, mein Liebling«, fuhr er fort, als hätte er ihre Worte nicht gehört. »Der Pfarrer, ein gewisser Mr. Hampton, ist bereits im Haus, um uns zu trauen. Sag ja, Elizabeth.«

»Wie?« fragte sie ironisch. »Sollen wir etwa noch vor dem Frühstück heiraten?«

»Du wirst mich nicht länger zum Narren halten, Elizabeth«, knirschte er, und seine Fingernägel gruben sich in ihre Haut.

Tief durchatmen, Liza, bleib ruhig, befahl sie sich.

»Owen«, sagte sie beherrscht. »Ich werde dich nicht heiraten, weder vor dem Frühstück noch nachher. Tatsache ist, daß ich dich niemals heiraten werde. Lieber ginge ich ... auf die Straße. Hast du mich verstanden?«

»O doch.« Seine Stimme klang jetzt gefährlich leise. »O doch, du wirst mich heiraten, Cousine.« Er stieß sie gegen die Wand, griff in ihren Ausschnitt und riß das Kleid bis zum Gürtel auf. Sie spürte seinen Mund an ihrem Hals. »O doch, Elizabeth. Ich werde dich jetzt nehmen. Dann gehörst du mir für immer.«

Elizabeth hatte sich eine solche Szene in Gedanken schon vorzustellen versucht, dennoch war sie jetzt wie gelähmt. Owen versuchte, sie zu küssen. Gleichzeitig spürte sie seine tastenden Hände auf ihren Brüsten. Er stand ein wenig seitlich von ihr, um sich vor ihrem Knie zu schützen.

Schließlich zog er sie in Richtung seines Zimmers. Elizabeths Körper gab nach und wurde schlaff. Sie hörte Owen überrascht einatmen.

»Ach, Owen«, hauchte sie und bot ihm die Lippen.

Er preßte sie an sich, zwang ihre Lippen auseinander und drängte seine Zunge in ihren Mund. In diesem Augenblick biß Elizabeth zu, so fest sie konnte.

Owen schrie vor Schmerz auf. Er fuhr zurück, preßte die Hand auf den Mund, und Elizabeth sah Blut zwischen seinen Fingern hervorquellen.

Sie raffte ihre Röcke und rannte die Treppe hinunter. Als sie auf halber Höhe war, schlug der Türklopfer an. Elizabeth hörte, daß Owen ihr folgte, wobei er wilde Flüche ausstieß. Nur ganz am Rande nahm sie wahr, daß sich trotz des Lärms niemand blicken ließ, niemand von der Dienerschaft und auch ihre Tante und ihr Onkel nicht.

»Herein!« schrie sie mit gellender Stimme.

Die Haustür öffnete sich, und ein kleiner Mann mit buschigem Backenbart trat über die Schwelle.

»Ja, kommen Sie herein!« rief Elizabeth. »Helfen Sie mir!«

Entgeistert starrte Frank Gillette die junge Frau an, die die Treppen hinuntereilte. Ihr Haar war zerzaust, und ihr Kleid stand bis zum Gürtel offen. Hinter ihr erblickte er einen wutschnaubenden jungen Mann mit Mordlust in den Augen.

Herr im Himmel! schoß es Gillette durch den Kopf. Mir scheint, ich habe soeben eine Vergewaltigung verhindert.

»Was geht hier vor?« fragte er.

Plötzlich tauchten von allen Seiten Menschen auf. Augusta Penworthy und ihr unscheinbarer Ehemann stürzten aus dem Salon zur Linken, und ein Mann, den Gillette für den Butler hielt, eilte mit flatternden Rockschößen aus dem Eßzimmer.

Gillette musterte die Penworthys und wies dann mit

der Hand auf Elizabeth. »Was zum Teufel hat das zu bedeuten?«

»Was tun Sie hier?« schrillte Augusta mit sich überschlagender Stimme und leichenblassem Gesicht. »Wir haben Sie erst morgen erwartet.«

Elizabeth spürte, wie ihre Panik allmählich nachließ. Dies war zweifellos der Mann, der »nach Großstadt roch«.

»Wer sind Sie?« flüsterte sie ihm zu.

»Elizabeth, geh sofort auf dein Zimmer!« befahl Augusta. »Ich komme gleich zu dir.«

Schweigend starrte Elizabeth ihre Tante an und trat noch einen Schritt näher zu dem Fremden.

»Mein Name ist Frank Gillette«, sagte der kleine Mann ruhig. »Sind Sie vielleicht zufällig Miss Elizabeth Jameson FitzHugh?«

Sie nickte.

»Es freut mich, Sie bei guter Gesundheit anzutreffen.«

»Ich bin immer bei guter Gesundheit, Sir.«

»Elizabeth, hast du mich nicht verstanden?« fuhr Augusta sie an. »Geh augenblicklich auf dein Zimmer. Owen, bring deine Cousine hinauf.«

»Tante Augusta!« Neben ihrem Retter fühlte Elizabeth sich sicher. »Ich gehe nirgendwo hin, schon gar nicht mit einem von euch. Ich verlasse dieses Haus.«

»Mr. Gillette!« Augustas Stimme hatte jetzt einen flehenden Unterton. »Meine Nichte ist völlig außer sich. Bitte beachten Sie ihren unschicklichen Ausbruch nicht und folgen Sie mir in den Salon. Wir werden sofort den Arzt für das Mädchen rufen.«

Geld, dache Gillette nicht sonderlich überrascht. Was es den Menschen antun kann!

Wie hatte er vor einigen Tagen nur so ein Narr sein können, dieser Frau den Grund seines Besuchs zu verraten?

»Madam«, sagte er gelassen zu Augusta. »Ich bin hergekommen, um Miß FitzHugh zu besuchen. Wollen Sie uns jetzt bitte entschuldigen?«

»Du bleibst hier, Elizabeth!« kreischte Augusta. »Wenn du es wagst, dieses Haus zu verlassen, dann wirst du in der Gosse verhungern. Dann werden wir unsere schützende Hand von dir zurückziehen.«

»Aber dann laufe ich auch nicht mehr Gefahr, von Owen vergewaltigt zu werden, nicht wahr, Tante Augusta?«

»Lügnerin! Sie lügt, Mr. Gillette. Hören Sie nicht auf sie.«

»Mr. Gillette, mein Koffer ist gepackt. Kann ich ihn schnell noch holen? Und meine Zofe auch?«

»Aber gewiß, meine Liebe. Wenn mich nicht alles täuscht, habe ich vorhin an der Hausecke eine junge Frau mit einem Koffer gesehen. Das könnte Ihre Zofe sein. Ich warte hier auf Sie.«

Er legte beruhigend die Hand auf Elizabeths Schulter und fügte mit sanfter Stimme hinzu: »Und noch etwas, Miss FitzHugh, Sie werden nicht in der Gosse verhungern. Das verspreche ich Ihnen.«

Dann wandte er sich an Augusta.

»Mr. Penworthy, wenn Sie versuchen sollten, die junge Dame daran zu hindern, das Haus mit mir zu verlassen, rufe ich den Konstabler.«

»Nein«, mischte sich Alfred ein und fuhr sich mit der Hand über die schweißnasse Stirn. »Das wird nicht nötig sein. Augusta, du gehst jetzt mit Owen in den Salon. Es ist vorbei.« Er atmete tief durch. »Ich habe nie wirklich daran geglaubt, daß ihr Elizabeth in die Knie zwingt. Sie hat einen eisernen Willen.« Er wollte sich zurückziehen, aber Crankes wehleidige Stimme ließ ihn verharren.

»Sir, was soll ich mit dem Pfarrer tun? Er trinkt bereits seine dritte Tasse Kaffee.«

»Himmelherrgott, Mann, lassen Sie ihn meinetwegen das Silber putzen!«

»Eine Erbschaft? Ich habe geerbt? Ich ... ich kann es fast nicht glauben«, flüsterte Elizabeth und sah Frank Gillette mit weit aufgerissenen Augen an. Sie saßen sich in einer Suite im Bradford-Hotel gegenüber. »Oh, ich habe mir schon gedacht, daß das alles mit Geld zu tun haben muß, aber eine genaue Vorstellung hatte ich nicht. Da Sie, wie Sie sagten, in keinerlei Geschäftsverbindung mit meinem Vater standen, frage ich mich nun, von wem diese Erbschaft kommt, Mr. Gillette.«

»Das will ich Ihnen gern sagen, Miss FitzHugh«, antwortete Frank Gillette lächelnd. »Erinnern Sie sich an Ihren Paten, Sir Jasper Dunkrik?«

»Ja, natürlich tue ich das, obwohl ich ihn mindestens zehn Jahre nicht mehr gesehen habe.«

»Ich bin ... ich war Sir Jaspers Anwalt. Während der letzten neun Jahre hat er in Indien gelebt und dort ein beträchtliches Vermögen gemacht. Unglücklicherweise verlor er Frau und Sohn bei einem Eingeborenenaufstand. Deshalb machte er Ihren Vater zu seinem Erben. Ein paar Monate nach dem Tode Ihres Vaters erlag Sir Jasper einem Fieber. Vorher muß er jedoch den Nachruf auf Ihren Vater in der Zeitung gelesen haben, denn kurz vor seinem Tod erhielt ich noch genaue Anweisungen von ihm.«

»Genaue Anweisungen?«

Gillette nickte. »Ja. Sir Jasper war über Ihre Familienverhältnisse offenbar bestens orientiert, denn er wies mich an, Sie erst an Ihrem einundzwanzigsten Geburtstag über Ihre Erbschaft zu informieren. Er wollte wohl verhindern, daß Ihre Verwandten die Hand auf das Vermögen legen konnten. An Ihrem einundzwanzigsten Geburtstag sprach ich morgens im Haus der Penworthys vor. Dabei habe ich einen beschämenden Mangel an Menschenkenntnis bewiesen, denn ich vertraute Ihrer Tante an, worum es sich handelte. Zudem verließ ich mich auf ihr Wort, als sie mir sagte, daß Sie krank und nicht in der

Lage seien, Besuch zu empfangen. Das war unverzeihlich von mir.«

Elizabeth lächelte betrübt. »Hätten Sie mich zu Beginn nicht so schlecht behandelt, dann wäre ich Ihnen vermutlich auch auf den Leim gegangen. Sie wollten natürlich, daß ich Owen heirate.«

»Natürlich.« Gillette nickte. »Als Ihr Ehemann hätte er uneingeschränkte Vollmacht über Ihr Vermögen bekommen.«

»Mr. Gillette, wird meine Erbschaft mich unabhängig machen? Ich brauche nicht viel, gerade genug, um mir und meiner treuen Zofe ein bescheidenes Leben zu sichern.«

Zu ihrer Überraschung lachte Gillet herzlich auf. »Miß FitzHugh«, erklärte er, als er sich wieder beruhigt hatte, »Ihre Erbschaft macht Sie nicht nur unabhängig, sondern zu einer der reichsten Erbinnen des Landes. Sie haben rund zweihunderttausend Pfund geerbt, meine Liebe.«

Elizabeth starrte ihn an.

»Zweihunderttausend Pfund«, wiederholte sie schließlich fast andächtig.

»So ist es. Zum Glück habe ich Ihren Verwandten gegenüber die Höhe der Erbschaft nicht erwähnt. Ich fürchte, man hätte Sie sonst — notfalls an den Haaren — nach Gretna Green geschleift.«

»Zweihunderttausend Pfund«, flüsterte Elizabeth noch einmal und sprang auf. »Das … das ist einfach zuviel! Du meine Güte, was mache ich nur mit so viel Geld?«

Lächelnd betrachtete Frank Gillette die bezaubernde junge Dame, die nun aufgeregt im Zimmer auf und ab schritt.

»Sie sind nun volljährig, Miß FitzHugh, und Sie sind nicht dumm«, sagte er. »Sie haben jetzt zwei Möglichkeiten. Entweder suchen Sie sich einen verläßlichen Ehemann, der Ihr Vermögen verwaltet, oder Sie lernen, es selbst zu tun.«

»Ich habe noch nie in meinem Leben mehr als hundert Pfund auf einem Haufen gesehen.«

»Nun ...« Gillette erhob sich. »Denken Sie in Ruhe darüber nach, Miß FitzHugh. Ich bin sicher, Sie werden die richtige Entscheidung treffen. Wenn Sie das getan haben, geben Sie mir bitte Nachricht. Hier ist meine Karte.«

Nachdem Mary Frank Gillette hinausbegleitet hatte, kam sie zurück zu Elizabeth, die vor dem Kamin stand und nachdenklich ins Feuer starrte.

»Kann ich noch etwas für Sie tun, Madam?« Elizabeth fuhr zusammen und sah Mary an, die in sonderbar steifer Haltung vor ihr stand.

»Was soll der Unfug, Mary?« fragte sie. »Hat das viele Geld plötzlich eine ›Madam‹ aus mir gemacht?«

»Nun ja, ich ... ich wollte nur angemessen ...«

»Schluß damit, Mary«, fiel Elizabeth ihr kurzerhand ins Wort. »Setz dich hin und trink eine Tasse Tee. Ich, das heißt, wir beide müssen jetzt überlegen, was in aller Welt ich mit meinem neuen Reichtum anfangen soll.«

Am nächsten Tag betrat Elizabeth, schicklich begleitet von Mary, Frank Gillettes Kanzlei in der Fleet Street.

Der schwarzberockte Kanzleidiener schien sie schon erwartet zu haben.

Er sprang bei ihrem Anblick auf und verbeugte sich so tief, als gehörte sie zur königlichen Familie.

»Miß FitzHugh? Mr. Gillette wird Sie sofort empfangen. Ma'am, wenn Sie mir bitte folgen wollen?«

Mit welchem Diensteifer ich plötzlich behandelt werde, dachte Elizabeth mit leiser Ironie. Sie blinzelte Mary zu und betrat Frank Gillettes Büro.

»Ah, da sind Sie ja, meine liebe Miß FitzHugh. Nehmen Sie bitte Platz.«

»Ich habe eine Entscheidung getroffen, Mr. Gillette.« Elizabeth kam sofort zur Sache.

»Und wie haben Sie sich entschieden, meine Liebe?« fragte Gillette gelassen.

»Ich will mein Geld selbst verwalten. Ich habe mich in den vergangenen vierundzwanzig Stunden ein wenig kundig gemacht und festgestellt, daß eine Frau in Vermögensangelegenheiten überhaupt kein Mitspracherecht hat, wenn sie erst einmal verheiratet ist.«

»Das trifft leider zu.«

Elizabeth senkte den Blick und zögerte kaum merklich. Dann beschloß sie, Mr. Gillette nichts von ihren eigentlichen Plänen zu verraten.

»Mir ist natürlich klar, daß ich noch viel über das Finanz- und Geschäftswesen lernen muß, wenn ich in der Lage sein will, mein Geld gewinnbringend anzulegen, Mr. Gillette.«

Ein wenig überrascht hob Frank Gillette die Brauen und wartete schweigend.

Eliszabeth atmete tief ein. »Ich werde mir sehr viel Mühe geben, Sir. Ich habe mir eine Frist von zwei Monaten gesetzt, um alles Notwendige zu lernen.« Da er noch immer schwieg, fügte sie mit einem Anflug von Arroganz hinzu: »Ich bin nicht auf den Kopf gefallen, Sir. Ich bin keine verwöhnte Prinzessin mit einem Spatzenhirn.«

»Nein«, versicherte er. »Das sind Sie gewiß nicht.«

»Ich bin froh, daß Sie so denken, Mr. Gillette. Die meisten Männer würden sich jetzt über mich lustig machen. Sagen Sie, können Sie mir jemanden nennen, der mich nicht auslacht, sondern mir bei meinem Vorhaben behilflich ist?«

»Ja, Miß FitzHugh, das kann ich.« Nachdenklich betrachtete er seine Fingernägel.

»Sie sagen, Sie haben sich eine Frist von zwei Monaten gesetzt. Darf ich fragen, was Sie nach Ablauf dieser zwei Monate beabsichtigen?«

Elizabeth schenkte ihm ein sonniges Lächeln, aber ihre Augen lächelten nicht.

»Ja, Mr. Gillette«, antwortete sie. »Ich werde England verlassen. Ich reise nach ... nach Amerika.«

Frank Gillette sog hörbar den Atem ein. »Das überrascht mich einigermaßen, Miß FitzHugh.«

»Bitte nennen Sie mich Liza, Sir. Meine Tante hält diesen Namen zwar für schrecklich gewöhnlich, aber meine Freunde nennen mich alle so.«

»Also gut, Liza. Verraten Sie mir auch, weshalb Sie sich ausgerechnet Amerika ausgesucht haben?«

»Vielleicht entschließe ich mich, für eine Weile dort zu leben«, wich sie aus. »Aber erst werde ich reisen und mir dieses große Land ein wenig ansehen.« Sie beugte sich vor und blickte den kleinen Anwalt fest an. »Ich vertraue Ihnen, Mr. Gillette, und möchte, daß Sie hier in England mein Rechtsbeistand bleiben. Aber einen Teil meines Vermögens werde ich nach Amerika transferieren.« Einen großen Teil, fügte sie im stillen hinzu.

»Dabei werde ich Ihnen gern behilflich sein, Miß Fitz ... Liza. Es wäre mir auch ein Vergnügen, Sie selbst in die Geheimnisse des Finanzwesens einzuweihen, aber leider bin ich auf diesem Gebiet nicht kompetent genug. Sind Sie heute abend frei?«

Auf ihr Nicken hin lächelte Gillette befriedigt. »Das ist gut. Erwarten Sie mich gegen sieben Uhr. Ein Herr namens Gregory Thomas wird mich begleiten. Er ist ein wahres Finanzgenie, und ich bin sicher, daß er sich nicht über Sie lustig machen wird, nur weil Sie eine Frau sind. Zum Glück hat er inzwischen genug Zeit, um Sie zu unterrichten.

Sie brauchen sich auch in anderer Hinsicht keine Sorgen zu machen. Er wird Sie behandeln, als wären Sie seine Enkelin.«

»Nein, wirklich, Liza, Sie müssen aufpassen!«

Elizabeth fuhr zusammen und sah Gregory Thomas schuldbewußt an. Mr. Gillette hatte recht gehabt. Mit dem dichten weißen Haar und den lustig zwinkernden braunen Augen ähnelte Gregory Thomas tatsächlich ihrem Großvater. Er hatte sie unter seine Fittiche genommen, und die Begeisterung, mit der er ans Werk gegangen war, verriet, wie sehr ihn der verdiente Ruhestand gelangweilt hatte.

»Es tut mir sehr leid, Gregory«, murmelte sie. »Es ist nur ...« Sie brach ab.

»Liza, was ist los?«

Nein, dachte sie, ich werde es ihm nicht verraten. In diese Geschichte durfte sie ihn nicht hineinziehen. Sie lächelte und hoffte, mit diesem Lächeln seinen aufkeimenden Argwohn zu besänftigen. »Wenn Sie es unbedingt wissen müssen, ich dachte gerade an meine Tante und meinen Onkel.«

Prompt ließ er sich ablenken. »Was haben sie sich denn jetzt schon wieder ausgedacht?«

»Sie werden es nicht glauben, Gregory. Die Penworthys schickten mir eine Rechnung — für Kost und Logis. Und für Kleider und all das andere Zeug, das sie mir nach meinem Geburtstag gekauft haben.«

»Ich hoffe, Sie haben die ›Rechnung‹ zerrissen. Zum Teufel mit ...«

»Aber Gregory! Sagt man so etwas in Gegenwart einer Lady?« Elizabeth schaute vorwurfsvoll drein. »Nein, ich vernichte die Rechnung nicht, sondern weise Mr. Gillette an, meiner Tante fünfzig Pfund zu schicken. Schade, daß ich ihr Gesicht nicht sehen kann, wenn sie das Geld bekommt.« Ein Schatten flog über ihre Züge. »Seit meinem Fortgang hat sie nichts unversucht gelassen, meinen Namen in den Schmutz zu ziehen.«

»Dieses gräßliche Weib! Man muß ihr das Maul stopfen, Liza. Ein guter Name ist schließlich sehr wichtig ...«

»Besonders für eine Frau, nicht wahr?« unterbrach Elizabeth den alten Herrn spitz.

»Ja, Liza, ich will Ihnen da gar nichts vormachen. Und

Sie selbst sollten das auch nicht tun.« Mit einer ungeduldigen Bewegung strich Gregory Thomas sich über sein weißes Haar. »Nachdem Sie mich schon einmal gründlich vom Thema abgebracht haben, kann ich Ihnen auch verraten, daß Ihre Tante und Ihr Onkel dem Anwalt Ihres Vaters einen Besuch abgestattet haben.«

»Onkel Paul? Du lieber Himmel, wozu? Und wann? Ich war letzte Woche bei ihm, da hat er nichts davon erwähnt.« Im nachhinein wurde Elizabeth bewußt, daß sich Paul Montgomerys Freundlichkeit inzwischen auffällig abgekühlt hatte.

Vielleicht hat es ihn verletzt, daß ich ihn nicht zum Verwalter meines großen Vermögens gemacht habe, überlegte sie. Dann fiel ihr ein, wie verstört er gewesen war, als sie ihn in ihre Pläne einweihte.

»Liza, nein!« hatte er schließlich entsetzt hervorgestoßen. »Weiß der Himmel, was und vor allem wer dich dort drüben erwartet. Um Gottes willen, mein Kind, laß die Finger davon.«

Elizabeth hatte den Kopf geschüttelt. »Onkel Paul, ich werde die Finger nicht davon lassen. Delaney Saxton wird bezahlen. Erst wenn ich ihn ruiniert habe und er weiß, daß ich, Elizabeth Jameson FitzHugh, an seinem Untergang schuld bin, werde ich zur Ruhe kommen.«

In seinem Gesicht hatte es heftig gearbeitet. »Liza ...«

»Onkel Paul, mach dir meinetwegen keine Sorgen. Ich habe mir alles genauestens überlegt. Du brauchst mir auch nicht vorzurechnen, wieviel Geld das alles kosten wird. Ich habe ja genug davon!«

»Liza?« riß Gregory Thomas Elizabeth aus ihren Gedanken.

Elizabeth schob die Erinnerung an die Unterredung mit Montgomery beiseite und fragte: »Was wollten Tante Augusta und Onkel Alfred von Onkel Paul?«

»Einen Rat, wie sie auf Umwegen doch noch an Ihr Vermögen herankommen könnten. Engste Verwandte, frühere Vormundschaft und so.«

»Sicherlich hat Onkel Paul ihnen eine saftige Abfuhr erteilt.«

»Eben nicht«, erwiderte Gregory. »Sonderbarerweise gehen meine Informationen dahin, daß Paul Montgomery im Augenblick dabei ist, Beweismaterial gegen Sie zusammenzustellen. Sie wollen auf eine gebrochenes Heiratsversprechen hinaus.«

»Das . . .«

»Pst! Regen Sie sich nicht auf, Liza. Damit kommen sie nicht durch. Ich habe ausführlich mit Frank Gillette darüber gesprochen.«

Elizabeth nahm sich zusammen. Gregory Thomas hatte sie in den letzten Wochen gelehrt, beim Auftauchen eines Problems zunächst einmal sorgfältig die Fakten zu sondieren, genau das tat sie nun.

Nach ein paar Minuten sagte sie:

»Ich verstehe, daß meine Tante und mein Onkel es mit solchen Praktiken probieren, aber ich begreife nicht, wieso Onkel Paul ihnen dabei hilft.«

Gregory Thomas zuckte die Achseln. »Liza, wenn es um Geld geht, erlebt man die merkwürdigsten Dinge auf dieser Welt. Das wird Ihnen auch noch aufgehen, mein Kind.«

»Sie mögen Paul Montgomery nicht.« Das war mehr eine Feststellung als eine Frage.

»Sie sind eine junge Dame mit erstaunlichem Scharfblick, Liza«, meinte Gregory anerkennend. »Ja, ich gebe es zu. Ich lehne den Mann aus tiefstem Herzen ab, und das übrigens nicht erst neuerdings. Ich traue ihm nicht.«

»Warum?«

»Meine Gründe haben nicht direkt mit Ihnen zu tun, Liza. Deshalb behalte ich sie lieber für mich.«

»Na gut. Ich will Sie nicht drängen. Im übrigen spielt das alles bald keine Rolle mehr. In genau drei Wochen bin ich an Bord der ›Eastern Light‹ und unterwegs nach Amerika.« Elizabeth hob die Schultern. »Vielleicht komme ich nie mehr zurück nach England.«

Verblüfft sah Gregory sie an. »Liza, jetzt machen Sie sich über mich lustig.«

»Wieso?« Sie lächelte leicht. »Ich habe doch schon mehrfach erwähnt, daß ich sozusagen die Welt erobern möchte. Und da wir gerade beim Thema sind — ich habe noch ein paar Fragen bezüglich des Geldtransfers nach Amerika.« Elizabeth sah Gregory mit Unschuldsaugen an. »Wenn ich mich entschließe, ein wenig in Amerika herumzureisen ... wie kann ich sichergehen, daß mein Geld mir jederzeit zur Verfügung steht?«

»Das ist nicht ganz einfach, besonders nicht in Amerika«, gab Gregory zu bedenken. »In großen Städten wie New York oder Boston ist es natürlich kein Problem. Aber je weiter man in Richtung Westen vordringt, desto schwieriger dürfte es werden, Schecks einzulösen.«

Elizabeth hatte sich inzwischen mit der Geographie Amerikas recht gut vertraut gemacht. Sie wußte, wo San Francisco lag. »Falls ich beschließen sollte, bis zur Westküste vorzudringen, müßte ich mein Geld also mit mir führen, oder?«

»Hm ... ja. In dem Fall würde es sich allerdings anbieten, das Bargeld gegen Edelsteine einzutauschen, vorzugsweise gegen Diamanten. Man kann sie gut verstecken, und sie lassen sich leicht wieder zu Geld machen. Allerdings kann ich mir wirklich nicht vorstellen, was Sie in den teilweise noch völlig unzivilisierten Westen führen sollte, Liza.«

»Warten Sie es ab«, gab Elizabeth vage zurück. »Jedenfalls kann es nicht schaden, auch über solche Dinge Bescheid zu wissen, stimmt's?«

4. Kapitel

San Francisco, Kalifornien, 1853

Delaney Xavier Saxton stieg von dem breiten Rücken seines Hengstes Brutus und betrachtete stolz die imposante Fassade seines Hauses. Hier, am Südhang des Rincon Hill, schien fast immer die Sonne, und der schon sprichwörtliche Nebel von San Francisco drang selten bis hier herauf.

Selbst nach einem Jahr noch genoß Delaney jedesmal den eindrucksvollen Augenblick der großzügig angelegten Säulenhalle, zu der breite Steintreppen hinaufführten. Es freute ihn, daß es dem Architekten gelungen war, anhand der recht dilettantischen Zeichnungen, die er ihm vorgelegt hatte, sein Bostoner Vaterhaus nachzubauen.

Als vor zwei Jahren Delaneys erstes Haus in Kalifornien dem verheerenden Feuer vom Juni 1851 zum Opfer fiel, hätte er nicht geglaubt, daß das Unglück auch eine gute Seite haben könnte. Diesem Wohnsitz am Rincon Hill würde auch ein Feuer nichts anhaben können. Das neue Haus sollte die Heimstatt für ihn, eine Frau und Kinder werden, die die zahlreichen Zimmer mit Lachen und Frohsinn füllen würden.

Bei dem Gedanken bewölkte sich Delaneys Stirn, denn er führte ihn zwangsläufig zu Penelope Stevenson. Penelope, das junge Mädchen mit dem hübschen Gesicht und der zierlichen Gestalt, betrachtete das Haus bereits als ihr Eigentum. Das gleiche taten ihre Mutter und ihr außerordentlich vermögender Vater. Henry Stevenson, von seinen Geschäftsfreunden nur ›Bunker‹ genannt, wurde bereits ein wenig ungeduldig. Mehr als einmal hatte er schon mit seiner lauten, dröhnenden Stimme Bemerkungen darüber gemacht, daß sein kleines Mädchen unter den heiratsfähigen Männern nur zu wählen brauche.

Damit hatte er durchaus recht. Es gab noch nicht viele Damen in San Francisco, die man vor den Traualtar führen konnte. Die Mehrheit der hiesigen Weiblichkeit bestand aus Prostituierten, den Mätressen reicher Geschäftsleute oder schmallippigen Matronen, die unentwegt versuchten, das gesellschaftliche Leben der Stadt mit Wohltätigkeitsveranstaltungen und Shakespeare-Aufführungen zu bereichern.

Penelope galt als gute Partie und war wirklich recht hübsch, zumindest dann, wenn sie nicht gerade einen Schmollmund machte, was sie allerdings gern und häufig tat. Aus einem Delaney unerfindlichen Grund hatte sie sich in den Kopf gesetzt, ausgerechnet Mrs. Saxton zu werden. Warum zögerte er noch immer, warum griff er nicht zu?

Unwillkürlich schüttelte er den Kopf. Er kannte die Antwort nur zu gut. Er liebte Penelope nicht. Sie war achtzehn, im Grund noch ein richtiges Kind: kapriziös, eitel und sträflich verwöhnt.

»Soll ich Brutus in den Stall bringen, Mr. Saxton?«

Beim Klang von Lucas' tiefer Stimme wandte Delaney sich um. »Ja, bitte, Lucas. Und reib ihn tüchtig ab«, fügte er ein wenig schuldbewußt hinzu. Er hätte sich längst um sein schweißnasses Pferd kümmern müssen, anstatt hier herumzustehen und Maulaffen feilzuhalten.

»Die Damen Stevenson werden bald eintreffen, Sir. Sie kommen zum Tee.«

Delaney schnaubte verächtlich.

»Zum Tee«, wiederholte er spöttisch. »Soviel ich weiß, hat Mrs. Stevenson nicht einen Tropfen englischen Blutes in ihren Adern.«

Lucas' Gesichtsausdruck blieb unbewegt.

»Lin Chou hat Teegebäck gemacht, aber ich fürchte, es ist auch nicht sehr englisch, Sir. Sie hat Reis zum Backen genommen.«

Delaney lachte. »Ich glaube, ich tue jetzt lieber etwas

für meine äußere Erscheinung, damit die gute Mrs. Stevenson nicht zu sehr die Nase rümpfen muß.«

»Waren Sie auf dem Postamt, Sir?« fragte Lucas.

»Ja. Mein Bruder hat mir aus New York geschrieben.« Delaney sah die Enttäuschung auf Lucas' Gesicht und sagte aufmunternd: »Gewiß trifft auch bald wieder mal ein Brief von deiner Schwester ein, Lucas. Du weißt, wie saumselig die Post ist.«

»Ja, ich weiß«, murmelte Lucas. Seine Schwester Julia lebte in Baltimore. Er hatte sie wohl schon ein dutzendmal gebeten, zu ihm nach San Francisco zu ziehen, aber sie konnte sich einfach nicht entscheiden.

Delaney gab Brutus einen Klaps auf den glänzenden Hals und ging mit langen Schritten ins Haus. Seine Stiefelabsätze knirschten auf dem chinesischen Granit der Eingangshalle, und der mächtige Kronleuchter klingelte leise. Delaney eilte die geschnitzte Eichentreppe in den oberen Stock hinauf. Er betrat sein geräumiges Schlafzimmer, dessen Fußboden mit prachtvollen chinesischen Teppichen bedeckt waren. Das breite Bett, die Nachttische und der Schrank waren aus Rosenholz. Delaney blieb einen Augenblick stehen und sah sich in dem behaglichen, sonnigen Raum um.

Eigentlich habe ich alles, was ich mir nur wünschen kann, dachte er. Und doch . . .

Er setzte sich auf das hochlehnige Sofa, das — von zwei Ohrensesseln flankiert — vor dem Marmorkamin stand, und zog den Brief seines Bruders aus der Tasche.

»Lieber Del«, las er laut. »Ich hoffe, mein Brief trifft dich bei guter Gesundheit an. Vor allem hoffe ich, daß er dich überhaupt erreicht. Giana geht es ausgezeichnet und den Kindern auch. Bei uns ist immer etwas los, das kannst du mir glauben.«

Delaney überflog die nächste Seite, auf der Alex von seinen geschäftlichen Aktivitäten berichtete und seinem Bruder einige Vorschläge bezüglich neuer Investitionen machte: »Appropos Investitionen, ich füge einen Zeitungsausschnitt aus der London Times bei. Gehörte Sir Alec FitzHugh nicht zu den Leuten, die in deine Mine in Downieville investiert haben? Aus dem Zeitungsausschnitt geht hervor, daß er vor beinahe zehn Monaten gestorben ist. Vermutlich weißt du es schon. Sein Anwalt hat dich sicher längst informiert.«

Delaney ließ den Brief sinken und schaute sinnend in den Kamin.

Nein, Paul Montgomery hatte ihn nicht informiert. Jeden Monat schickte Delaney einen ansehnlichen Scheck an Sir Alecs Anwalt, denn die Mine hatte sich in jeder Beziehung als wahre Goldgrube entpuppt.

Warum war er nicht von Montgomery unterrichtet worden? Nun, möglicherweise hatte der geschrieben, und der Brief war verlorengegangen. Besaß Sir Alec nicht eine Tochter? Vermutlich leitete Montgomery das Geld jetzt einfach an sie weiter. Trotzdem ... Montgomery hätte ihn benachrichtigen müssen, notfalls mit einem zweiten Schreiben.

Während Delaney badete und sich umzog, entwarf er im Geiste einen Brief, den er an Paul Montgomery schreiben wollte. Deshalb war er mit den Gedanken auch nicht ganz bei der Sache, als er eine halbe Stunde später Penelope und ihre Mutter in dem Raum begrüßte, den Mrs. Stevenson hartnäckig seinen »Salon« nannte.

»Lieber Mr. Saxton, wie nett, wieder einmal bei Ihnen zu Gast zu sein! Penelope hat sie schrecklich vermißt, Sir. Wie freundlich von Ihnen, uns zum Tee zu bitten.«

Mrs. Stevenson war eine laute, ziemlich gewöhnliche Person, aber Delaney übersah es mit galanter Höflichkeit. »Es ist mir ein Vergnügen, Madam. Penelope, Sie sehen wieder einmal reizend aus.«

Er hob ihre schlanke Hand an die Lippen und bemerkte, wie es in ihren Augen aufblitzte. »Wollen die Damen nicht Platz nehmen? Lucas, du kannst jetzt Tee und Kuchen servieren.«

Obwohl grobknochig und vollbusig, trug Mrs. Stevenson stets die jugendlichsten französischen Kreationen. Ihre Kleider waren äußerst farbenfroh, voller Bänder und Rüschen und stets ein wenig zu knapp. Im stillen hoffte Delaney, daß der Stuhl, für den sie sich entschieden hatte, unter ihr zusammenbrechen würde. Wie sie und ihr ebenso feister, plumper Mann zu einer so zierlichen Tochter kamen, war ihm ein Rätsel.

»Englischer Tee.« Mrs. Stevenson nickte anerkennend, während sie ihre Massen auf dem quietschenden Stuhl zurechtrückte. »Haben Sie nicht neulich erwähnt, Mr. Saxton, daß Sie vor ein paar Jahren in England waren?«

»Ach ja, Del, erzählen Sie uns davon«, zwitscherte Penelope. »Wie gern würde ich auch einmal nach England fahren!«

»Erst den Tee, meine Damen.« Delaney gab Lucas einen Wink, den Teewagen zu Mrs. Stevenson zu schieben. »Die Kuchen sind Lin Chous Werk«, sagte er. »Ich hoffe, Sie finden sie genauso köstlich wie ich.«

»Das versteht sich doch von selbst«, meinte Mrs. Stevenson.

»Das Gebäck sieht wunderbar aus, Del«, flötete Penelope.

Delaney verbiß sich ein Grinsen, als Mrs. Stevenson herzhaft in einen Reiskuchen biß.

Ihre fülligen Wangen erzitterten, aber sie verkniff sich natürlich jede Bemerkung. Lins flache, appetitlich gebräunte Reiskuchen sahen in der Tat weit besser aus, als sie schmeckten.

Warum soll ich den beiden nicht eine Überraschung bieten, dachte Delaney boshaft. Laut sagte er mit gespielter Lässigkeit: »Ich bin in Begleitung der Schwiegereltern meines Bruders nach London gefahren ... dem Herzog und der Herzogin von Graffton.«

»Oh!« hauchte Penelope und beugte sich vor. »Königliche Hoheiten!«

»Nicht ganz, Penelope«, dämpfte er ihre Begeisterung. »Auf jeden Fall habe ich meine Zeit in London sehr genossen und gleichzeitig gute Geschäfte gemacht.«

Unter anderem mit Sir Alec, der seit Monaten tot ist, schoß es ihm durch den Kopf.

»Ach, Del, erzählen Sie vom Tower of London«, bat Penelope mit ihrer hohen, ein wenig atemlosen Stimme. »Sieht man noch die Blutspuren von all den Leuten, die dort enthauptet worden sind?«

»Kein Blut, Penelope. Die Engländer nehmen es mit solchen Dingen sehr genau, wissen sie?«

Es war Montgomery, der Sir Alec zu der Investition überredet hat, dachte er. Warum hat der Mann mich nicht informiert?

Delaney begann sich zu langweilen. In England dauerte die Teestunde sicher nicht so verdammt lange! Nachdenklich ruhte sein Blick auf Penelope. Konnte es wirklich das Ziel der Träume eines Mannes sein, ein achtzehnjähriges hohlköpfiges Gänschen zu heiraten?

»Um Himmels willen!« entfuhr es ihm unwillkürlich.

»Was haben Sie gesagt, Del?« fragte Penelope. »Nichts? Dann will ich Ihnen unsere Neuigkeiten erzählen. Mama gibt in drei Wochen einen offiziellen Ball, und alle werden kommen. Wir werden Masken tragen ... das war Papas Idee.«

Delaney verschüttete fast seinen Tee. Masken! Begriff Penelope nicht, worum es ging? Mr. Stevenson wußte natürlich, daß alles zum Ball kam, was in San Francisco Rang und Namen hatte. Und dabei war es unumgänglich, daß viele der Damen, die diese Festivität zieren würden, in Wirklichkeit keine Damen waren, sondern die Mätressen der Männer. Vermutlich wußte Mrs. Stevenson das auch, denn sie rutschte verlegen auf ihrem Stuhl hin und her, während ihre Tochter munter weiterplapperte. Aber

Mrs. Stevenson nahm wohl fast alles in Kauf, um dem Ball in ihrem Haus zum Erfolg zu verhelfen.

Endlich hörte Delaney die Kutsche der Stevensons vorfahren. Er rief nicht nach Lucas, sondern brachte die Damen selbst hinaus. Liebenswürdig winkte er ihnen nach, kehrte dann ins Haus zurück und machte sich auf den Weg zur Küche. Die Tür war nur angelehnt, und er hörte Lin Chous leises, klingendes Lachen.

»Stell dir vor, Lin«, sagte Lucas gerade zu der kleinen Chinesin. »Die alte Fregatte konnte mit keinem Wort über die Reiskuchen meckern. Mr. Saxton hat ihr den Wind aus den Segeln genommen, weil er ihr praktisch in den Mund gelegt hatte, wie gut die Dinger sind, noch bevor sie sie probiert hatte.«

»Aber die Reiskuchen sind doch wirklich köstlich!« gab Lin entrüstet zurück. »Willst du keinen mehr, Lucas?«

Es freute Delaney, Lin Chou fröhlich lachen zu hören, nachdem er sie vor einem halben Jahr völlig verschüchtert und verstört in einer obskuren Kneipe aufgelesen hatte. Genaugenommen war sie von ihm ersteigert worden. Er wußte nicht, ob man sie bereits auf der Überfahrt von China nach Amerika zur Prostitution gezwungen hatte, und fragen mochte er sie nicht. Sie hätte ihr Gesicht verloren und das wohl kaum ertragen. Zum Glück hatte Lucas sie unter seine breiten Fittiche genommen.

Schmunzelnd erinnerte Delaney sich an die Bemerkung, die Sam Brennan einmal gemacht hatte: »Eine Chinesenhure und ein einbeiniger Pirat, Del! Guter Gott, Mann, haben Sie keine Angst, eines Morgens mit durchschnittener Kehle aufzuwachen? Oder sich eine unaussprechliche Krankheit zu holen?«

Delaney wandte sich ab und ging in die Bibliothek. Dies war sein Lieblingszimmer. Der Architekt hatte sich bei Ausstattung und Einrichtung dieses Raums genau an Delaneys Vorstellungen gehalten. Die Bücherregale an den Wänden reichten bis unter die Decke, und ein farbenprächtiger roter Aubusson-Teppich nahm der schweren dunklen Ledergarnitur jede Düsternis. Delaney versuchte sich Penelope in dieser Umgebung vorzustellen; es gelang ihm einfach nicht.

Da er aber inzwischen auf die Dreißig zuging, wurde es allmählich wirklich Zeit für ihn, eine Ehe einzugehen. In San Francisco kein einfaches Unterfangen.

Wenn ich mich doch entschließen sollte, Penelope zu heiraten, werde ich Marie Duchamps nicht aufgeben, dachte er. Seine Gedanken wanderten zu einer französischen Mätresse. Im Geiste sah er sie vor sich, wie sie — schlank und bezaubernd schön — nackt auf dem Bett lag und verlangend die Arme nach ihm ausstreckte, während in ihren dunklen Augen freudige Erwartung glühte. Sie war ihm treu. Zumindest hoffte er es, denn er war nicht erpicht darauf, sich eine Krankheit zu holen.

Ein Lächeln umspielte seine Lippen. Marie würde, wie so oft, verärgert den Kopf in den Nacken werfen, wenn er ihr mitteilte, daß sie ihn nicht auf den Ball bei den Stevensons begleiten könne. Vielleicht konnte er sie damit versöhnen, daß er ihr einen seiner Angestellten als Begleiter anbot ... Jarvis beispielsweise. Jarvis würde Marie nicht zu nahe treten, er machte sich nichts aus Frauen.

Delaney holte seine Schreibutensilien hervor, vergaß Marie und Penelope und konzentrierte sich auf den Brief, den er an Paul Montgomery schreiben wollte.

An Bord der »Eastern Light«, 1853

Es war ein nebliger, trüber Tag, aber Elizabeth schenkte dem Wetter keine Beachtung. Sie trat vom Bürgersteig auf die breite Straße und lächelte einer alten Frau zu, die an der Ecke Obst verkaufte. Plötzlich kam eine Kutsche in rasendem Tempo auf Elizabeth zu. Für den Bruchteil einer

Sekunde sah sie den Kutscher, dessen Gesicht von einem schwarzen Tuch und der breiten Krempe eines Schlapphuts fast völlig verdeckt war. Mit heiserer Stimme schrie er auf die Pferde ein, während seine Peitsche auf die dampfenden Rücken herabfuhr.

Er wird mich töten! durchfuhr es Elizabeth. Ich werde unter den Pferdehufen sterben.

»Nein!«

Zitternd vor Furcht, fuhr Elizabeth in ihrer Koje hoch.

»Miß Liza!«

Elizabeths schlaftrunkener Blick heftete sich auf Marys besorgtes Gesicht.

»Schon gut«, murmelte sie, aber ihre Stimme bebte genau so wie ihr Körper.

»Sie haben wieder davon geträumt, nicht wahr?«

Elizabeth nickte und strich sich mit den Fingern durch das zerwühlte Haar.

»Es war ein Unfall!« stieß sie hervor.

Mit diesen Worten versuchte sie jedesmal ihre Angst niederzuringen, wenn dieser schreckliche Alptraum sie heimgesucht hatte.

»Ja, in gewisser Weise jedenfalls.« Mary reichte Elizabeth ein feuchtes Tuch, damit sie sich die schweißnasse Stirn abtrocknen konnte.

»Und es war in England, vor vielen Wochen schon. Ein Verrückter hat versucht, Sie zu überfahren, aber das liegt doch nun weit hinter uns. Wir sind mitten auf dem Meer, Miß Liza. Sie brauchen sich nicht mehr zu fürchten.«

»Warum nur?« Elizabeths Stimme klang wie die eines verängstigten Kindes. »Ich habe niemandem etwas zuleide getan. Warum wollte er mich töten? Nicht einmal Tante Augusta oder Onkel Alfred ...«

»Jetzt hören Sie mir mal zu, Miß Liza«, unterbrach Mary sie energisch und setzte sich auf den Rand der schmalen Koje. »Dieser nette Matrose hat sie gerettet.

Zwar im allerletzten Augenblick, Sie sind jedoch heil und gesund. Der Kutscher war ein armer Irrer, der gar nicht wußte, was er tat. Deshalb müssen Sie das alles jetzt schleunigst vergessen.«

Aber wie kam ein Verrückter an eine so vornehme Kutsche? Warum versteckte er sein Gesicht hinter einem schwarzen Tuch?

»Wenn ich es nur könnte.« Seufzend ließ Elizabeth sich auf das flache Kissen zurücksinken.

»Versuchen Sie es«, sagte Mary streng. »Ich habe es ja auch schon fast vergessen.«

Sie wechselte das Thema. »Es gibt etwas, worüber ich dringend mit Ihnen reden muß, Miß Liza. Seit Tagen versuchen Sie, unseren Kapitän über San Francisco auszuhorchen. Sie stellen ihm dauernd Fragen über dort lebende wohlhabende Männer, insbesondere über Mr. Delaney Saxton. Also, ich finde, Sie gehen zu weit. Was soll Captain Markham denn von Ihnen denken?«

»Ich habe jedenfalls alles über Mr. Saxton erfahren, was ich wissen wollte«, erwiderte Elizabeth zufrieden. »Zumindest für den Augenblick. Es überrascht mich allerdings, daß er noch so jung und außerdem unverheiratet ist. Irgendwie stellt man sich einen solchen Schuft immer alt, dick und häßlich vor.«

»Viele Männer in San Francisco sind jung und unverheiratet. Und wenn sie verheiratet sind, dann leben ihre Familien an der sicheren Ostküste.«

Elizabeth schloß die Augen.

Wie gut, daß Mary bei weitem nicht alles wußte, was Captain Markham ihr im Verlauf der langen Reise schon über San Francisco erzählt hatte.

»Ein Haufen übermütiger junger Männer, meine Liebe«, hatte der Kapitän mißbilligend gesagt. »Erpicht auf Abenteuer, und gelegentlich gefährlich. Duelle, blutige Machtkämpfe, alle Arten von Gewaltanwendung ... sie lassen nichts aus. Mit dem Derringer können Sie ja inzwischen umgehen, und das ist auch gut so, denn man muß da unten auf alles gefaßt sein. Obwohl sich mittlerweile auch in San Francisco einiges gebessert hat, ist es mit New York oder London nicht zu vergleichen.«

Wenn Mary die kleine, aber tödliche Waffe zu Gesicht bekäme, würde sie vermutlich sofort in Ohnmacht fallen, dachte Elizabeth, die inzwischen schon recht zielsicher schoß.

Mr. Johansen, Captain Markhams Erster Offizier, hatte sie während der Überfahrt täglich unterrichtet, wenn Mary ihr Mittagsschläfchen hielt.

Als Mary sah, daß ihre junge Herrin in ein dumpfes Brüten versunken war, erhob sie sich und brachte ihre eigene Koje in Ordnung.

Sie hat nichts anderes im Kopf als diesen Mann, dachte Mary ingrimmig. Das ist ja ungesund. Die Rache ist mein, spricht der Herr.

»Wie spät ist es, Mary?« fragte Elizabeth schließlich. »Müssen wir uns nicht allmählich zum Frühstück fertigmachen?«

»Ja.« Mary nickte.

»Aber es ist wieder nur eine kleine Schüssel mit sauberem Wasser da.«

Elizabeth seufzte.

»Wie ich mich nach einem richtigen Bad sehne!« Sie rollte sich aus ihrer Koje und stellte die bloßen Füße fest auf die rauhen Holzplanken.

»Na, es wird ja nicht mehr lange dauern. Captain Markham hat gesagt, daß wir San Francisco in drei Tagen erreichen. Mir kommt es wie eine Ewigkeit vor, seit wir in England an Bord gegangen sind.«

»Weißt du eigentlich, daß wir noch sehr viel Glück gehabt haben, Mary? Mr. Johansen sagte, daß manche Schiffe acht Monate brauchen, um von New York nach San Francisco zu gelangen. Wir haben es immerhin in drei Monaten geschafft.«

Drei Monate miserables Essen, erbärmliche Unterkunft und Todesängste, dachte Mary. Schaudernd erinnerte sie sich an die Stürme, die sie hatten durchstehen müssen. Elizabeth und sie waren entsetzlich seekrank gewesen und wären am liebsten gestorben.

Noch drei Tage, ging es Elizabeth durch den Kopf. Bald bin ich da, Mr. Delaney Saxton. Sehr bald!

Als die ›Eastern Light‹ die Golden Gate Bridge passierte und in den Hafen einlief, stand Elizabeth neben Captain Markham auf dem Achterdeck.

»Das hätten wir wieder einmal glücklich überstanden«, sagte der Kapitän zufrieden. »Hier hat sich, wie ich sehe, inzwischen einiges verändert. Die Stadt wird von Mal zu Mal größer. Sie werden sich wundern, wie fortschrittlich man in San Francisco schon ist. Es soll auch bald Gaslicht geben.«

»Schauen Sie nur die Hügel dort drüben!« rief Elizabeth staunend.

»Das ist Russian Hill«, erklärte Captain Markham. »Und dort hinten ist der Telegraph Hill. Er heißt so, weil dort der Semaphor steht.«

»Die Stadt wirkt richtig modern mit all den vielen Backsteinhäusern.«

»Ja, das stimmt. Früher waren alle Häuser aus Holz, daher die furchtbaren Brände. Nach jedem Feuer wurde San Francisco wieder aufgebaut, und jedesmal ein bißchen besser. Die Leute sind stolz auf ihre Stadt.«

Es dauerte noch fast drei Stunden, bis Elizabeth und Mary mit all ihrem Gepäck unterwegs zum »Oriental-Hotel« waren.

»Die einzige standesgemäße Unterkunft für eine Lady«, hatte Captain Markham ihnen wiederholt versichert.

Elizabeth hatte sich herzlich von dem freundlichen Kapitän verabschiedet und versprochen, am übernächsten Abend mit ihm zu dinieren.

Das vollbepackte Fuhrwerk holperte über eine belebte Straße, die von Backsteinhäusern mit farbenfrohen Firmenschildern gesäumt wurde.

»Was für eine schöne und ungewöhnliche Stadt«, sagte Elizabeth zu dem Kutscher.

»Wir sind hier auf der Montgomery Street«, erklärte er. »Hier finden Sie alle Banken, Münzprüfer, Goldankäufer und Juweliere.«

»Wo ist denn die Saxton & Brewer-Bank?« fragte sie.

»Dort drüben, Ma'am. Ecke California Street. Eine gute, solide Bank. Dort liegen Sie richtig.«

Worauf du dich verlassen kannst! dachte Elizabeth. Mit finsterem Blick musterte sie das Backsteingebäude. Dann schaute sie auf den Saum ihres Kleides, in dem die wertvollen Diamanten eingenäht waren. O ja, sie würde gute Geschäfte mit Mr. Saxton machen ...

»Entschuldigen Sie, Ma'am.« Neugierig sah der Kutscher sie an. »Besuchen Sie hier Verwandte?«

»Ich bin hier, um Ihre wunderschöne Stadt zu besuchen«, erwiderte sie.

»Ja, wissen Sie, Ma'am, hier hat sich zwar schon vieles verändert, aber wenn ich Ihnen einen guten Rat geben darf ...«

Innerlich aufseufzend lehnte Elizabeth sich zurück und ließ die wohlgemeinten Ratschläge über sich ergehen.

Das »Oriental« war eine angenehme Überraschung. Weiße Säulen schmückten den Eingang und bildeten einen schattigen Vorbau. Vor dem Hotel befand sich ein breiter hölzerner Gehsteig, und an der Tür wartete ein goldbetreßter Portier.

Auf dem Weg vom Hafen hierher hatt Elizabeth immer wieder beobachtet, daß manche Männer stehenblieben und sie und Mary mit offenem Mund anstarrten. Einige von ihnen wirkten ziemlich abenteuerlich mit ihren Schlapphüten und den ausgebeulten Hosen. Andere dagegen sahen aus, als kämen sie direkt von der St. James Street in London, so elegant und gepflegt wirkten sie.

In der Halle des »Oriental« entdeckte Elizabeth nun ein halbes Dutzend aufwendig gekleideter Herren, die sie bei ihrem Eintritt musterten, als wäre sie ein ausgefallenes Exemplar einer exotischen Gattung. Der Empfangschef allerdings ließ es bei einem kurzen Blinzeln bewenden und fragte dann höflich nach ihren Wünschen.

Ich muß in dieser Stadt so schnell wie möglich als reiche englische Lady bekannt werden, dachte sie und erklärte mit erhobener Stimme, daß sie die beste Zimmerflucht wünsche, die das Hotel zu bieten habe.

»Ich bin Miß Elizabeth Jameson«, fügte sie hinzu, ohne dabei die Stimme zu senken.

»Willkommen in San Francisco, Miß Jameson.«

Während Elizabeth einem jungen Burschen mit einem Teil ihres Gepäcks nach oben folgte, hoffte sie inständig, bald Stadtgespräch von San Francisco zu sein.

»Ist das Wetter immer so schön und klar hier?« fragte sie den Jungen.

»Veränderlich, Miß, wenn Sie wissen, was ich meine. Immerhin haben wir erst März. Da kriegen wir manchmal Nebel, so dick wie eine Erbsensuppe. Und wenn es regnet, werden die Straßen zu Schlammlöchern.«

Elizabeth's Zimmerflucht im oberen Stock des Oriental war schöner und bei weitem eleganter als ihre Räume im »Bradford-Hotel« in London.

Vielleicht eine Spur überladen, dachte sie amüsiert und betrachtete die tiefroten Portieren, die von dicken Goldschnüren gehalten wurden.

»Herr du meine Güte!« ächzte Mary, nachdem der junge Kofferträger sich zurückgezogen hatte. »Selbst mein Zimmer gleicht dem in einem orientalischen Palast.«

Auch Elizabeth fand, daß die Zimmer mehr an einen Harem erinnerten als an ein Hotel. Sie waren außerordentlich geräumig, und die Aussicht war atemberaubend.

Durch die großen Fenster hatte man einen weiten Blick über die ganze Stadt bis hin zu den malerischen Hügeln und auf der anderen Seite und hinunter zu dem Hafen, in dem ein emsiges Treiben herrschte.

Elizabeth trat zu dem breiten Bett und strich leicht über die dunkelblaue Samtdecke.

»Sehen Sie nur, Miß Liza!« rief Mary. »Sie haben sogar eine eigene Badewanne hier hinter diesem Paravent.«

»Ausgezeichnet«, sagte Elizabeth zufrieden.

Elizabeth verhielt den Schritt und schaute hinauf zu dem blitzenden großen Schild. Saxton, Brewer & Co. stand darauf. Für einen kurzen Augenblick drohten ihre Knie nachzugeben.

Was, wenn ihm mein Name bekannt vorkommt? dachte sie in aufsteigender Panik.

Dann rief sie sich zur Ordnung. Elizabeth Jameson war ein fremder Name, den Delaney Saxton in keinen Zusammenhang bringen würde.

Sie straffte die Schultern, hob das Kinn und betrat durch die schwere Eichentür die Halle des Bankgebäudes. Mary folgte ihr dicht auf den Fersen.

In der Halle herrschte nicht das gedämpfte Raunen, das Elizabeth von den englischen Banken her kannte. Männer standen in kleinen Grüppchen beisammen und diskutierten lebhaft miteinander. Allmählich jedoch verebbte der Lärm, als man die Anwesenheit einer fremden Lady wahrnahm.

Ein großer, gutaussehender Mann im schwarzen Gehrock löste sich aus einer Gruppe und kam auf sie zu. Auf seinem Gesicht spiegelten Neugier und freudige Überraschungen wider. Er war noch jung, kaum über dreißig. Elizabeths Herz klopfte schneller, und ihr Mund war plötzlich ganz trocken.

»Kann ich Ihnen irgendwie behilflich sein, Miß?« fragte der Mann mit einer angenehm tiefen Stimme.

Reiß dich doch zusammen, du dumme Gans! rief Elizabeth sich erneut zur Ordnung.

»Ja. Ich möchte gern mit Mr. Saxton sprechen. Ich beabsichtige, eine Zeitlang in San Francisco zu bleiben, und möchte hier ein Konto eröffnen.«

In seinem Gesicht leuchtete es freudig auf. »Sie sind Engländerin, nicht wahr?«

»Auf ihr Nicken hin fuhr er fort: »Mein Name ist Daniel Brewer, Miß ...«

»Jameson. Elizabeth Jameson.«

»Sehr erfreut, Miß Jameson. Es tut mir leid, aber Mr. Saxton ist nicht hier.«

Die Enttäuschung wollte Elizabeth schier überwältigen. Nun hatte sie einen so weiten Weg gemacht, und dieser verdammte Kerl war gar nicht da! »Wann erwarten Sie Mr. Saxton denn zurück, Sir?«

Daniel Brewer zupfte an seinem Ohrläppchen. »Er ist augenblicklich in Downievielle, bei den Minen. Vor einer Woche wird er nicht zurück sein. Kann ich inzwischen etwas für Sie tun?«

Bei den Minen? Bei ihres Vaters Minen?

»Miß Jameson?«

»O ja, verzeihen Sie, Mr. Brewer. Natürlich können Sie etwas für mich tun. Könnten wir vielleicht in Ihr Büro gehen, Sir? Wir werden auch die Hilfe eines seriösen Juweliers brauchen.«

Die Angelegenheit wurde rasch und zu Lizas höchster Zufriedenheit erledigt. Der Juwelier schätzte die Steine, die sie zu Geld machen wollte, auf einen noch höheren Preis, als man es in London getan hatte. Mr. Brewer überreichte ihr ein Scheckhaft und warnte sie davor, allzuviel Bargeld bei sich zu tragen.

»Darf ich die Damen ins Hotel zurückbegleiten?« bot er galant an.

Es überraschte Mary nicht im geringsten, daß ihre Herrin Mr. Brewers Angebot mit einem verführerischen Lächeln akzeptierte. Sie wird den armen Kerl ausquetschen wie eine Zitrone, bis sie alles weiß, was sie wissen will, dachte sie.

»Darf ich Sie zu einer Tasse Tee einladen, Mr. Brewer?« fragte Elizabeth freundlich, als sie, Mary und Daniel Brewer das Hotel erreicht hatten.

Er strahlte.

»Gern. Vielen Dank.«

Während sie Tee tranken, erkundigte Elizabeth sich mit höflichem Interesse nach Brewers Familie, und er stand bereitwillig Rede und Antwort.

Nach der zweiten Tasse Tee sagte sie beiläufig: »Mr. Saxton kommt also erst in einer Woche zurück.«

»Ich nehme es an, Miß Jameson. Aber ich bin sicher, daß er rechtzeitig zum Maskenball bei den Stevensons wieder hier sein wird. Er hat es versprochen, und er wird Miß Stevenson gewiß nicht enttäuschen wollen.«

Miß Stevenson! Elizabeth nippte an ihrem Tee. »Eine junge Dame, vermute ich.«

»Ja. Miß Penelope ist Henry Stevensons einzige Tochter. Ein hübsches Mädchen und sehr begehrt, wie Sie sich vorstellen können. Sie ist mit Mr. Saxton befreundet, und bis zur Verlobung wird es sicher nicht mehr lange dauern. Woher kennen Sie Mr. Saxton eigentlich, Miß Jameson?«

Elizabeth blinzelte überrascht, hatte sich jedoch sofort wieder in der Gewalt. »Unser Kapitän hat ihn mir empfohlen. Er hat mir versichert, daß Mr. Saxton ein höchst ... ehrbarer Mann sei.«

»Das ist er mit Sicherheit. Del gehörte zu den Pionieren in diesem Land, und er ist einer der wenigen, die nicht nur ein Vermögen gemacht, sondern es auch behalten haben. Inzwischen mischt er fast überall mit, im Bankgeschäft, im Schiffahrtswesen, sogar in der Politik. Ich bin sehr stolz darauf, sein Partner zu sein.«

Nachdenklich blickte Elizabeth in ihre Teetasse. »Und Mr. Stevenson? Ist er auch so ehrbar und wohlhabend wie Mr. Saxton?«

Brewer lachte belustigt auf. »Ehrbar? Nun, Miß Jameson, das ist ein dehnbarer Begriff in San Francisco. Hier ist alles etwas unkonventioneller, wenn Sie verstehen, was ich damit sagen will. Was Mr. Stevenson betrifft ... er ist ein reicher Mann, reicher noch als Del. Ihm gehören der Löwenanteil an den hiesigen Eisengießereien und eine Zeitung.«

Reicher noch als Delaney Saxton? Wie sollte sie den Kerl ruinieren, wenn er die Erbin heiratet?

»Wie Sie wissen, bin ich gerade erst in Ihrer schönen Stadt angekommen, Mr. Brewer, und Sie sind der erste Mensch, dessen nähere Bekanntschaft ich gemacht habe. Vielleicht wäre ein Zusammentreffen mit Mrs. Stevenson möglich ...«

»Natürlich, Miß Jameson. Selbstverständlich«, fiel Brewer ihr eifrig ins Wort. »Eine junge Dame wie Sie braucht natürlich standesgemäße Gesellschaft. Möchten Sie vielleicht, daß wir zusammen unsere Aufwartung bei den Stevensons machen?«

Elizabeth maß ihn mit einem Blick, der einer Königin Ehre eingelegt hätte.

Daniel Brewer besaß eine rasche Auffassungsgabe. Er deutete Elizabeths Blick sofort richtig. Natürlich würde nicht sie bei den Stevensons ihre Aufwartung machen, sondern umgekehrt. Diese Miß Jameson war nicht nur eine besonders zauberhafte junge Dame, sie war auch sehr reich. Ein bißchen exzentrisch allerdings. Zweifellos würde Mrs. Stevenson ihre rechte Hand dafür geben, mit dieser vornehmen jungen Engländerin befreundet zu sein.

Zuvorkommend sagte er: »Ich könnte Mrs. Stevenson von Ihrer Ankunft in San Francisco berichten. Sicher wird sie Sie besuchen wollen. Vielleicht morgen? Ich wette, sie lädt Sie mit Vergnügen zu ihrem Ball ein.«

»Vielen Dank, Mr. Brewer«, antwortete Elizabeth freundlich. Sie erhob sich und reichte ihm die Hand. »Sie waren sehr hilfreich, Sir. Ich hoffe, wir sehen uns bald wieder.«

Mary geleitete Daniel Brewer hinaus und kam dann mit gefurchter Stirn zurück. »Damit haben Sie nicht gerechnet, Miß Liza, oder?«

»Nein.« Elizabeth schüttelte den Kopf. »Damit nicht. Ich bin zwar reich, Mary, aber wenn Saxton dieses Mädchen heiratet und damit an das Vermögen der Stevensons kommt, macht mir das einen Strich durch die Rechnung.« Sie ging ans Fenster und starrte hinaus.

»Was haben Sie vor, Miß?«

»Ich weiß noch nicht, Mary. Zunächst werde ich erst einmal die Bekanntschaft der Damen Stevenson machen. Vielleicht ist es ganz gut, daß Mr. Saxton nicht in der Stadt ist. So habe ich wenigstens Zeit, mich gründlich vorzubereiten, bevor ich mich in die Höhle des Löwen wage.«

5. Kapitel

Nachdenklich starrte Delaney in den Spiegel, während er sorgfältig seine Krawatte band. Dann fuhr er in den schwarzen Gehrock, den Lucas ihm schweigend hinhielt.

»Gott, wird das wieder ein langweiliger Abend werden«, seufzte Delaney.

»Vielleicht auch nicht«, widersprach Lucas. »Immerhin haben Sie diese neue englische Lady noch nicht besichtigt. Soll ja angeblich eine große Schönheit sein.«

»Sagt Daniel Brewer.« Delaney grinste. »Wenn man Penelope glauben darf, ist die Dame unterer Durchschnitt und ein richtiger englischer Snob.«

»Na ja, Sie können ja selbst urteilen.« Lucas reichte Delaney eine schwarze Samtmaske und den schwarzen Umhang.

»Ausgemachter Blödsinn«, brummte Delaney und griff nach der Maske.

Als sie zu den Stevensons unterwegs waren, meinte er: »Wahrscheinlich wird es spät werden, Lucas. Bring die Kutsche zurück und warte nicht auf mich. Irgendwie komme ich schon nach Haus. Und fahr jetzt ein bißchen langsamer. Ich muß Kräfte sammeln, damit ich Mrs. Stevenson gleich ertragen kann.«

Lucas tat, wie ihm geheißen, und Delaney lehnte sich zurück und schloß die Augen. In der »Midnight Star«, seiner Mine in Downieville, hatte es Ärger gegeben. Zwei Männer waren getötet worden. Faustrecht und rohe Gewalt, dachte Delaney angewidert. Warum konnten die Burschen nicht Frieden halten? Ärgerlich verzog er das Gesicht. Anstatt sich um wichtigere Dinge zu kümmern, war er unterwegs zu einem Maskenball!

Seine Gedanken schweiften zu dieser Engländerin. Miß Elizabeth Jameson. Seitdem er vor zwei Tagen zurückgekommen war, redete Daniel Brewer von nichts anderem. Die Dame schien reich, schön und exzentrisch zu sein. Daniel hatte die ausgesucht kostbaren Steine aus dem Tresor geholt und ihm gezeigt.

»Warum mag sie wohl ausgerechnet nach San Francisco gekommen sein?« hatte Daniel grübelnd gefragt.

»Vielleicht ist sie auf der Suche nach einem reichen Ehemann.«

»Ha! Dafür brauchte sie nur einmal um den Häuserblock zu gehen.« Daniel musterte seinen Freund und Partner neugierig. »Habe ich dir eigentlich gesagt, Del, daß sie im Grunde dich sprechen wollte, als sie das erstemal herkam?«

»Nein«, antwortete Delaney mit sarkastischem Unterton. »Hast du nicht. Im übrigen kenne ich die Dame nicht. Möchte wissen, was sie von mir wollte.«

»Wenn ich sie recht verstanden habe, hat der Kapitän der Eastern Light dein Lob gesungen.«

Eine unverheiratete junge Dame von Stand war etwas Außergewöhnliches in San Francisco, und allmählich war Delaneys Neugier erwacht.

»Stellen Sie sich nur vor«, hatte Mrs. Stevenson bei der gestrigen sich wieder einmal endlos hinziehenden Teestunde geschwärmt. »Eine echt englische Lady! Und sie wird zu unserem Ball kommen. Wir haben im ›Oriental‹ den Tee mit ihr genommen. Sie bewohnt die beste Suite des Hotels, was ihr selbstverständlich auch zusteht.«

»Wenn man Ihnen so zuhört, könnte man meinen, es handele sich um einen exotischen Vogel.«

»Vogel ist gut, Del«, hatte Penelope sich kichernd eingemischt.

»Hat sie nicht auch eine Nase wie ein Geierschnabel, Mama? Abgesehen davon ist sie eiskalt und eingebildet.«

»Aber Kind! Miß Jameson ist nicht eingebildet. Sie ist eben Engländerin. Sehr zurückhaltend und vornehm, aber unsere Einladung hat sie sehr freundlich angenommen.«

»Ich finde sie alt.« Penelope hatte ihren Schmollmund gemacht.

»Alt? Mein liebes Kind, sie kann kaum älter als einundzwanzig sein.«

Delaney lachte in sich hinein. Penelope war eifersüchtig, Konkurrenz konnte sie nun einmal nicht vertragen.

Die Kutsche erreichte das Haus der Stevensons. Delaney steig aus und setzte die Maske auf. In der Halle wurde er von Boggs empfangen, dem mit seiner gebrochenen Nase und den Zahnlücken recht abenteuerlich aussehenden Butler der Stevensons. Obwohl Boggs heute in einem maßgeschneiderten schwarzen Anzug steckte, wirkte er unter all den festlich gekleideten Menschen wie eine Promenadenmischung zwischen kunstvoll getrimmten Königspudeln.

»Guten Abend, Boggs.« Delaney grinste. »Haben Sie sich heute aber fein gemacht.«

»Vielen Dank, Mr. Saxton.« Boggs dienerte.

Delaney reichte ihm seinen Zylinder und stieg die Treppe zum Ballsaal hinauf. Die glitzernden Kronleuchter warfen flimmernde Reflexe auf die Gäste, die sich im Walzertakt auf der Tanzfläche drehten.

Obwohl alle Masken trugen, erkannte Delaney die meisten Gäste sofort. Wie immer waren mehr Herren als Damen anwesend, selbst wenn man auch die etwas fragwürdigen weiblichen Gäste zu den Damen zählte.

Delaney entdeckte Mrs. Stevenson. Ihr eisgraues Haar war in bizarre Löckchen gedreht, und in ihrer Frisur steckten zwei überlange Straußenfedern. Penelope war von Anbetern umringt, und Delaney hörte ihr kicherndes Lachen. Sein Blick glitt weiter ... auf der Suche nach Miß Elizabeth Jameson. Er sah Marie, die mit dem steifbeinigen Jarvis tanzte.

An ihrem Stil und Format könnte Penelope sich ein Beispiel nehmen, dachte Delaney. Anerkennend glitt sein Blick über die geschmackvolle gelbe Samttoilette seiner Mätresse. Als einzigen Schmuck trug sie ein Brillanthalsband, das er ihr zu Weihnachten geschenkt hatte.

Und dann entdeckte er die geheimnisvolle Engländerin. Er war sicher, daß sie es war. Sie stand bei Daniel Brewer, der sich offensichtlich bemühte, sie gegen die unverhohlen zur Schau getragene Neugier der anderen Herren abzuschirmen. Sie trug ein sehr elegantes Kleid aus blaßblauer Seide, das ihre wundervoll geformten weißen Schultern frei ließ. Abschätzend glitt Delaneys Blick über ihre Gestalt, und voll Bewunderung betrachtete er ihre vollen Brüste und die schmale Taille.

»Ich nehme alles zurück«, murmelte er. »Sie hat Stil.«

Ihr Gesicht war hinter einer Maske verborgen, aber ihr Haar war prachtvoll, von einer seltsamen Farbmischung ... wie das Herbstlaub daheim in Boston. Ohne den Blick von ihr abzuwenden, blieb Delaney neben der Tür stehen. Als Daniel die Lady eine Weile später verließ, um zum Buffett zu gehen, bahnte er sich rasch einen Weg zu ihr hin.

»Ich glaube, das ist mein Tanz, Miß Jameson«, sagte Delaney gelassen und bot Elizabeth den Arm.

Sie schaute den Mann an, der so locker und selbstbewußt vor ihr stand. Er war groß, schlank und sichtlich teuer gekleidet. Sein Haar war von einem hellen Braun, fast honigfarben, und bedeutend länger, als ein englischer Gentleman es tragen würde.

Ganz passabel, dachte Elizabeth. Und ihren Namen kannte er auch. Der Mann mußte eine gewisse Bedeutung in San Francisco haben, denn die anderen hatten ihm bereitwillig Platz gemacht. Trotzdem zögerte sie einen Augenblick, bevor sie ihre Hand auf seinen Arm legte. Ihr Blick glitt suchend durch den Saal. Wo mochte Saxton sein? Daniel Brewer hatte ihr versichert, daß sein Partner kommen würde.

»Sie kennen meinen Namen, Sir?« fragte sie und sah zu dem Fremden auf.

»Natürlich.« Er nickte, und ohne weiter darauf einzugehen, sagte er: »Ich verspreche, Ihnen nicht auf die Füße zu treten. Walzertanzen gehört zu meinen besonderen Vorzügen.«

Elizabeth lächelte. »Wir werden schon ...«

Er entpuppte sich dann tatsächlich als ausgezeichneter Tänzer, und er machte auch keinen Versuch, sie an sich zu pressen.

»Ich kenne Ihren Namen nocht nicht, Sir«, sagte Elizabeth nach einer Weile. Seine Augen waren hellbraun, mit kleinen goldenen Lichtern drin. Fast die gleiche Farbe wie sein Haar, stellte sie fest.

Delaney zwinkerte übermütig. »Ich finde nicht, daß Ihre Nase einem Geierschnabel gleicht.«

»Einem Geierschnabel! Nein, das will ich doch nicht hoffen. Was für ein abwegiger Vergleich, Sir.«

»Stimmt. Aber man hat mich nun einmal dahingehend informiert. Eine junge Dame, natürlich. Kein Gentleman würde sich eine derartige Entgleisung erlauben, nicht einmal dann, wenn es zuträfe.«

»Ich kann mich des Eindrucks nicht erwehren, daß Sie dazu durchaus imstande wären.«

»Ich?« Er zog eine Augenbraue hoch. Dann lächelte er entwaffnend. »Niemals. Ich mag vielleicht ein Schlitzohr sein, aber nie würde ich eine Dame beleidigen, die so gut tanzt wie Sie.«

»Ich tanze nicht mit Schlitzohren, Sir«, erklärte Elizabeth von oben herab.

»Ich fürchte, da muß ich Ihnen widersprechen, Madam. Da Sie bereits den ganzen Abend getanzt haben, dürften sich doch einige unter Ihren Partnern befunden haben.«

Wie gut er sich herauszuwinden versteht, dachte Elizabeth.

Ein Dummkopf war er jedenfalls nicht. Und er betete ihr auch nicht vor, daß sie das begehrenswerteste Geschöpf der Welt sei. Sie war einen Augenblick unaufmerksam und kam aus dem Takt.

»Oh«, sagte er, und um seine Lippen zuckte es verdächtig. »Sollte ich etwas zu vorschnell geurteilt haben? Am Ende sind Sie doch keine so gute Tänzerin.«

»Im allgemeinen schon«, erwiderte Elizabeth steif. »Ich habe mich nur gerade gefragt, wer der Mann ist ... der dort drüben.«

Sie wies auf einen untersetzten, schwergewichtigen Herrn, der sich lautstark mit einer Dame in Rot unterhielt.

»Das nehme ich Ihnen nicht ab«, sagte Delaney trocken. »Aber wie dem auch sei, der Herr ist John Parrot, ein bekannter Finanzmann hier in San Francisco. Nach wem suchen Sie wirklich?«

»Sie sind ziemlich unverschämt, Sir.« Verärgert blitzte Elizabeth ihn an.

»Ganz im Gegenteil, ich bin harmlos bis in die Knochen. Schade, der Walzer ist gleich zu Ende. Oh, sehen Sie nur, Miß Jameson, all die reißenden Wölfe dort drüben, die nur darauf warten, sich auf sie stürzen zu können. Ich glaube, ich sollte Sie noch einen Tanz lang vor ihnen beschützen.«

Bevor Elizabeth protestieren konnte, wirbelte er sie bereits wieder über das Parkett.

»Was hat Sie nach San Francisco geführt, Miß Jameson?« fragte er im Plauderton.

Ihr Gesicht verschloß sich augenblicklich.

»Aha«, meinte er leichthin. »Eine Weltenbummlerin also.«

»Vielleicht.«

»Wenn Sie mir sagen, nach wem Sie hier suchen, dürfte das die Angelegenheit ziemlich vereinfachen, meinen Sie nicht auch?«

»Also gut«, gab sie zögernd nach. »Wenn Sie es unbedingt wissen müssen. Ich würde heute abend gern meinen Bankier kennenlernen.«

»Ihren Bankier?« wiederholte Delaney erstaunt und streifte Daniel Brewer mit einem vielsagenden Blick.

»Ja. Sein Name ist Delaney Saxton. Mr. Brewer sagte mir, daß er heute abend hiersein würde. Immerhin will er ja Miß Stevenson heiraten.«

Delaney ließ sich seine Überraschung nicht anmerken. Wieso interessierte sich Miß Jameson dermaßen für ihn, einen Mann, den sie nie zuvor gesehen hatte? Aber wie auch immer, sollte sie ruhig noch ein bißchen schmoren.

»Penelope Stevenson heiraten?« fragte er gedehnt. »Ja, das ist durchaus möglich. Hat Daniel Brewer das behauptet?«

Elizabeth errötete. Diesr Mann brachte sie dazu, Dinge

zu sagen, ohne vorher zu überlegen. »Na ja, in etwa. Außerdem haben Mrs. Stevenson und Miß Penelope mich vorige Woche besucht und mir von Mr. Saxtons Absichten berichtet.«

»Hm. Warum sind Sie so erpicht darauf, diesen Burschen kennenzulernen? Er ist ziemlich unsympathisch, wissen Sie? Ein grauenhafter Tänzer, wortkarg . . . ein richtiger Muffel. Aber über dumme Witze lacht er sich halbtot. Wirklich, Miß Jameson, vergessen Sie den Mann.«

»Hat er kein bißchen Verstand im Kopf?«

»Kein bißchen.«

»Sie scheinen kein Freund von Mr. Saxton zu sein.«

»Habe ich das behauptet? Ach, wie schade, nun ist dieser Tanz auch vorbei. Ich fürchte, ich muß Sie jetzt Ihren anderen Bewunderern überlassen, Madam. Ich hoffe, Sie werden sich ihrer erwehren können. Aber Sie brauchen sich keine Sorgen zu machen. Sie sind vielleicht ein bißchen rauh, behandeln eine Dame jedoch stets mit dem gebotenen Respekt.«

»Sie offenbar nicht«, sagte Elizabeth schnippisch.

Delaney lachte. »Mir fehlt offenbar noch einiges zum erfolgreichen Salonlöwen.«

Elizabeth suchte noch krampfhaft nach einer passenden Antwort, als Daniel Brewer zu ihnen trat. »Sie könnten mir wenigstens Ihren Namen sagen, bevor Sie sich zurückziehen, Sir.«

»Vielleicht später, Miß Jameson. Guten Abend, Daniel. Bist du gekommen, um unserer englischen Lady deinen Schutz anzubieten?«

Daniel lächelte Elizabeth zu.

»So ist es. Es freut mich, daß ihr euch endlich kennengelernt habt. Miß Jameson, würden Sie mir die Ehre des nächsten Tanzes erweisen?«

»Kennengelernt?« gab Elizabeth zurück. »Ich habe keine Ahnung, wer der Mann ist.«

Delaney bedachte sie mit einem fast lausbubenhaften Grinsen und steuerte dann zielstrebig auf Miß Penelope Stevenson zu.

Daniel lachte und schüttelte den Kopf. »Das ist mal wieder typisch für Del. Er ist ein richtiger Witzbold, Miß Jameson. Aber Sie dürfen ihm nicht böse sein.«

Liza erstarrte.

»Del?« fragte sie mit dünner Stimme.

»Natürlich.« Daniel nickte.

»Delaney Saxton, mein Geschäftspartner.«

»Du bist eine Gans, Liza, eine ausgemachte Gans.«

»Madam? Verzeihen Sie, aber ich habe Sie nicht verstanden.«

Elizabeth riß sich zusammen. Sie tanzte gerade mit einem nervösen jungen Mann, der sie so vorsichtig im Arm hielt, als wäre sie aus Porzellan.

»Ich ... ich habe nur laut gedacht. Übrigens, man erzählt sich, daß Miß Stevenson und Mr. Saxton San Francisco bald mit einer Hochzeitsfeier überraschen werden.«

»Das glaube ich auch, Madam.« Der junge Mann nickte eifrig. »Miß Penelope ist eine so reizende junge Dame, und Del ... jeder hier in der Stadt wünscht ihm nur das Beste. Ja, ich glaube, sie werden die Sache bald perfekt machen.«

Ist es denn unbedingt nötig, daß alle sein Lob in höchsten Tönen singen? dachte Elizabeth verdrossen. Hat ihn denn wirklich noch keiner durchschaut?

In diesem Augenblick war der Tanz zu Ende. Sie beobachtete, wie Delaney Saxton Penelopes Hand an die Lippen zog. Als er sich wieder aufrichtete, sah er geradewegs in Elizabeths Augen und verbeugte sich mit einem spöttischen Lächeln.

Elizabeth wurde steif. Würde er sie noch einmal auffordern?

Er tat es nicht. Sie tanzte, bis sie ihre Füße kaum noch

spürte, wurde mit jeder Dame der Gesellschaft bekannt gemacht und ließ all die blumigen Komplimente der Herren über sich ergehen. Es war schon nach Mitternacht, als Daniel Brewer sie noch einmal zum Walzer aufforderte.

»Sollten die Masken nicht um Mitternacht fallen, Mr. Brewer?« fragte Elizabeth gespannt. Sie wollte unbedingt Delaney Saxtons Gesicht sehen.

Daniel schluckte. »Hm, nein, Miß Jameson.«

»Warum denn nicht?«

Er wand sich sichtlich verlegen. »Es ist bei uns nun einmal nicht üblich, Madam.«

Ausgerechnet Penelope war es, die Elizabeth ein paar Minuten später erklärte, warum es nicht üblich war. Die beiden hatten sich zurückgezogen, um sich ein wenig frisch zu machen.

»Ach, das«, sagte Penelope wegwerfend. »Mama würde es nie erlauben.« Auf Elizabeth's überraschten Blick hin kicherte sie. »Viele der anwesenden Damen sind nämlich keine Damen. Jeder weiß es, aber niemand stört sich daran, solange sie maskiert sind.«

»Wer — ›sie‹?«

»Na ja, die leichten Mädchen eben«, antwortete Penelope ohne Zögern. »Es gibt einfach zu viele Männer hier. Was sollen sie machen? Selbst Delaney hat eine französische Mätresse«, fuhr sie achselzuckend fort, und es schien ihr nicht das geringste auszumachen. »Er wird sie natürlich aufgeben, wenn wir heiraten.«

Elizabeth mußte diese Eröffnung erst einmal verarbeiten.

»Wann werden Sie Ihre Verlobung denn bekanntgeben?« fragte sie dann.

»Wenn Del endgültig um meine Hand angehalten hat.« Penelope streifte Elizabeth mit einem Seitenblick. Es war ihr nicht entgangen, daß Delaney gleich nach seiner Ankunft zweimal mit der Engländerin getanzt hatte.

Sie ist nichts als ein törichtes kleines Mädchen mit einem Spatzenhirn, dachte Elizabeth, während sie sich das Haar zurechtzupfte.

»Sie haben Mr. Saxton gewiß sehr gern, nicht wahr?« fragte sie beiläufig. »Ich finde ihn sehr ... geistreich.«

Zu ihrer Überraschung zuckte Penelope fast gelangweilt die Schultern. »Ach, wirklich? Ich verstehe oft gar nicht, was er meint. Trotzdem habe ich ihn eigentlich ganz gern. Daddy sagt, er ist eine gute Partie. Und da er in England war und dort sogar adelige Verwandte hat, ist Mama ganz vernarrt in ihn.«

Verwandte in England! Elizabeth preßte die Lippen zusammen. Deshalb war es ihm also gelungen, ihren Vater einzuwickeln. Aber wieso wußte Paul Montgomery nichts von diesen Verwandten?

»Ich hoffe, es wird sich alles nach Ihren Wünschen fügen, Miß Stevenson«, murmelte sie zerstreut.

Penelope lächelte selbstgefällig. »Oh, das wird es, Miß Jameson. Ich nehme an, Sie bleiben nicht mehr lange in San Francisco, oder?«

Ihre Stimme klang so hoffnungsvoll, daß Elizabeth sich ein Lächeln verbeißen mußte.

»Wir werden sehen«, sagte sie. »Ich fühle mich jedenfalls sehr wohl in Ihrer schönen Stadt.«

Schlaflos wälzte Elizabeth sich im Bett herum. Penelope liebt ihn nicht, dachte sie immer wieder. Verletzt würde nicht ihr Herz, sondern nur ihr Stolz. Als die Sonne am Horizont aufging, hatte Elizabeth einen Entschluß gefaßt.

Die Lösung war einfach, lächerlich einfach. Elizabeth stieg aus dem warmen Bett und tappte barfuß ans Fenster. Ob Delaney Saxton wohl auch schon auf war? Ob sie ihm gefallen hatte? Eigentlich war sie sich dessen sicher, obwohl er sie für den Rest des Abends gemieden hatte. Und wenn er Penelope Stevenson wirklich liebte? Was, wenn sie ihn ihr nicht ausspannen konnte?

»Miß Liza! So früh schon wach? Geht es Ihnen gut?«

Elizabeth wandte sich um, und als Mary ihre Miene sah, wußte sie Bescheid.

»Sie haben Mr. Saxton also kennengelernt.«

»Ja. Ich habe sogar zweimal mit ihm getanzt.« Elizabeth verzog die Lippen.

»Er ist allerdings ganz anders, als ich ihn mir vorgestellt hatte, Mary. Eigentlich wirkt er gar nicht wie ein ... ein Unhold. Sein Gesicht konnte ich allerdings nicht sehen, weil alle bis zum Schluß maskiert blieben. Sein Benehmen ist jedenfalls völlig unbefangen.«

»Warum schauen Sie dann so drein, als hätten Sie Ihren besten Freund verloren?«

»Ich habe beschlossen, ihn zu heiraten.«

Mary schien nicht einmal überrascht. »Demnach sind Sie überzeugt davon, daß er Miß Penelope zu seiner Frau machen will?«

»Scheint so. Sie ist dumm und hohlköpfig, aber ihr Vater ist steinreich. Offenbar ist Mr. Saxton nicht nur ein Schuft, sondern auch ein Mitgiftjäger.«

»Sie glauben nicht, daß er sie liebt?«

»Zumindest weiß ich, daß sie ihn nicht liebt.« Elizabeths Stimme wurde hart.

»Und was Mr. Saxtons Gefühle betrifft ... das laß nur meine Sorge sein.«

Ein mitleidiger Ausdruck trat in Marys Augen. Es war nicht richtig, daß ihre junge Herrin sich gezwungen sah, so weit zu gehen. Sie seufzte tief, denn sie wußte sehr gut, daß Miß Liza sich von nichts und niemanden von einem einmal gefaßten Plan abbringen ließ.

»Sieh mich nicht so an, Mary. Ich werde keinen Schaden nehmen. Ich heirate ihn, ruiniere ihn, und dann kehren wir beide nach England zurück, wo wir hingehören.«

Bei ihr hört sich alles so einfach an, aber so einfach ist das Leben nicht, dachte Mary. Hoffentlich geht das gut.

»Als seine Frau werde ich all seine Pläne kennen und genau wissen, wo ich ansetzen muß.«

»Del, Sie haben Besuch.«

Delaney blickte von seiner Arbeit auf und sah Jarvis fragend an. »Hoffentlich nicht die dicke alte Mrs. Tucker mit einer Wohltätigkeitskollekte.«

»Nein, Sir. Es ist diese Engländerin, Miß Jameson. Sie hat ausdrücklich nach Ihnen verlangt, Del.«

»Ach ja?« Delaneys Gesicht wurde völlig ausdruckslos. »Da die junge Dame zu unseren vermögendsten Kunden zählt, werde ich ihr wohl ein wenig Zeit widmen müssen. Führen Sie sie bitte herein, Jarvis. Ach ja, noch etwas, Jarvis ... Sie brauchen nicht an der Tür zu horchen.«

Mit beleidigter Miene verschwand Jarvis.

Was mochte sie nur wollen? Nachdenklich lehnte Delaney sich zurück.

Als Elizabeth im Türrahmen erschien, erhob er sich langsam, zog die graue Weste glatt, und einen Augenblick genoß er es, sie einfach nur anzuschauen. Obwohl die Maske ihr Gesicht verdeckt hatte, war er davon überzeugt gewesen, daß sie bezaubernd schön sein müsse. Und er hatte recht behalten.

Sie trug ein atemberaubendes Kleid aus gelber Seide mit dazu passender Haube. Ein paar weiche Locken ringelten sich um ihre Schläfen. Ihre Augen schimmerten wie Bernstein, aber Delaney war sicher, daß sich die Farbe — genau wie die ihres Haares — abhängig vom Lichteinfall veränderte.

Er begegnete Elizabeths Blick und stellte fest, daß sie ihn genauso ungeniert taxierte wie er sie.

»Was für ein unerwartetes Vergnügen, Miß Jameson«, sagte er gedehnt und trat auf sie zu. »Welchem glücklichen Umstand verdanke ich diese Ehre?«

Elizabeth schluckte mühsam. Im stillen bewunderte sie wieder sein dichtes Haar, das ihm in weichen Wellen in die Stirn fiel, und die von dunklen Wimpern gerahmten Augen. Warum hatte er nicht wenigstens ein fliehendes

Kinn? Es würde nicht ganz einfach sein, ihren Plan auszuführen.

Sei geistreich und schlagfertig, Liza, sei außergewöhnlich, sagte sie sich. Er ist ein Mann, den man vor allem niemals langweilen darf!

»Es ist ein besonders schöner Tag heut, Mr. Saxton.« Sie reichte ihm die Hand. »Ich bin gekommen, um Sie von Ihrer Fronarbeit zu befreien.«

Sieh an, sie läuft mir nach, dachte Delaney geschmeichelt, aber auch ein wenig verwirrt. Ohne sich von seinen Gefühlen etwas anmerken zu lassen, wies er auf den Stapel Papiere auf dem Schreibtisch.

»Wie Sie sehen, stecke ich leider bis zum Hals in dieser ›Fronarbeit‹. Ich fürchte, sie erledigt sich nicht von allein.«

»Sie Armer«, gab Elizabeth mit gespieltem Bedauern zurück. »Und Sie haben niemanden, der Ihnen die schwere Last ein wenig tragen hilft?« Sie neigte den Kopf zur Seite und schenkte ihm ihr bezauberndstes Lächeln. »Vielleicht sollten Sie Ihre Arbeit doch für ein Weilchen vergessen, Mr. Saxton. Ich habe die Absicht, Sie zum Essen einzuladen, Sir.«

Auf seinen überraschten Blick hin erklärte sie mit düsterer Stimme: »Sir, ich habe schon drei Heiratsanträge bekommen und wage es kaum noch, mich irgendwo allein blicken zu lassen. Wo bleibt Ihre Ritterlichkeit, Sir? Wollen Sie einer Dame in Not nicht zur Seite stehen?«

»Es fällt mir schwer, Miß Jameson, Sie mir in einer Notlage vorzustellen.«

In Delaneys Augen trat ein fast boshaftes Glimmen. »Gehört es zu Ihren Gewohnheiten, fremde Männer zum Essen einzuladen?«

»Nur, wenn es sich absolut nicht umgehen läßt«, antwortete Elizabeth gelassen. »Und jetzt knurrt mein Magen wie ein ausgehungerter Hofhund.«

Delaney verbeugte sich mit übertriebener Grandezza.

»Ihr Wunsch ist mir Befehl, Madam. Soll ich Daniel fragen, ob er sich uns anschließen will?« Überrascht bemerkte er, daß ihre ungewöhnlichen Augen sich bei diesem Vorschlag verdunkelten.

»Nein, lieber nicht«, fuhr er rasch fort, damit sie sich nicht noch mehr exponieren mußte. »Wie ich ihn kenne, ist Daniel gerade dabei, einen Haufen Geld für uns zu verdienen, und dabei wollen wir ihn nicht stören. Mir dagegen wird es ein Vergnügen sein, einen Teil unserer Profite auszugeben.«

Elizabeth lachte. »O nein, Mr. Saxton, ich werde dafür sorgen, daß Ihre Profite nicht angetastet werden. Wir gehen ins feinste Restaurant am Platz, und ich werde Ihnen beweisen, daß ich kein Geizkragen bin.«

»Besonders dann, wenn Sie kriegen, was Sie wollen, nicht wahr?«

Er glaubte, in ihren Augen einen Anflug von Schmerz zu erkennen, aber da sie bereits wieder lachte, mußte er sich wohl geirrt haben.

»Dann vor allem.« Sie nickte vergnügt.

Delaney war sich der neidischen Blicke der Herren durchaus bewußt, als er Elizabeth durch den Schalterraum begleitete.

»Diese hölzernen Gehsteige sind eine gute Idee«, sagte sie draußen mit einem angewiderten Blick auf die schlammige Straße. Der Nieselregen hatte am Vortag aufgehört, aber die Luft war noch immer feucht und stikkig.

»Ja.« Delaney wechselte auf die andere Seite, um Elizabeth gegen die Straße abzuschirmen.

»Ihr Männer habt es gut mit diesen praktischen Stiefeln und den Hosen«, meinte sie.

»Da muß ich Ihnen recht geben. Unsere Eitelkeit richtet sich weniger auf die Kleidung als auf andere Dinge.«

»Ich versichere Ihnen, daß es die Eitelkeit der Männer

ist, die uns Frauen zwingt, diese albernen Kleider zu tragen.«

»Geben Sie nicht mir die Schuld, Miß Jameson. Mir würden Sie ganz gewiß auch gefallen, wenn Sie Hosen und Stiefel trügen.«

Sein Kompliment freute Elizabeth, aber sofort rief sie sich zur Ordnung.

»Vielleicht haben Sie eines Tages Gelegenheit, das zu beweisen«, sagte sie geheimnisvoll.

Schweigend gingen sie weiter, bis sie ein ansprechendes Gebäude erreichten.

»Wir sind da. Dies Ist François ›Culinary Establishment‹«, erklärte Delaney. »Das feinste vom Feinen, seien Sie versichert. Und sündhaft teuer.«

Es handelte sich wirklich um ein mit verschwenderischem Luxus eingerichtetes Restaurant. Elizabeth stellte sofort fest, daß sie der einzige weibliche Gast war. Del grüßte nach allen Seiten, blieb aber nirgendwo stehen.

»Das ist François«, sagte er und nickte dem kleinen, dickbauchigen Mann zu, der eilfertig auf sie zukam. »Sein wirklicher Name ist Jud Stubbs, und er stammt aus Pennsylvania, glaube ich.«

»Mr. Saxton! Und die schöne englische Lady!« rief François strahlend. »Es ist mir ein besonderes Vergnügen, Madam.«

»Ihr Ruhm hat selbst vor den Küchentüren nicht haltgemacht«, flüsterte Delaney Elizabeth zu.

»Ich bitte um etwas mehr Haltung, Sir«, wies sie ihn hoheitsvoll zurecht.

»Immerhin habe ich Sie eingeladen.«

François komplimentierte sie an einen hübschen, ruhigen Tisch und händigte ihnen umständlich die Speisekarten aus.

»Die Karte wird Ihnen gefallen, Miß Jameson. François selbst hat sich die Mühe gemacht, sie ins Französische zu übersetzen.«

Nur mit Mühe gelang es Elizabeth, ihr Kichern zu unterdrücken, bis François davongeeilt war.

»Also wirklich, Miß Jameson, jetzt sind Sie es aber, die etwas für Ihre Haltung tun muß. Was sollen nur all die Herren denken, die zu Ihnen herüberstarren?«

»Zweifellos beneiden sie Sie aus tiefstem Herzen, Mr. Saxton.«

»So selbstsicher, Miß Jamson?« fragte er mit leiser Ironie. Es gefiel ihm, daß sie nicht im mindesten verlegen wurde.

»Selbstverständlich, Sir. Vergessen Sie nicht, daß ich in nur anderthalb Wochen bereits drei Heiratsanträge bekommen habe.«

Und warum läufst du mir dann nach? Diese Frage beschäftigte Delaney immer mehr.

François brachte einen alten Bordeaux der Spitzenklasse.

»Ein ausgezeichneter Tropfen, François.« Delaney nickte anerkennend. Er schenkte ein und hob sein Glas. »Trinken wir auf Sie, Miß Jameson. Auf daß all Ihre Wünsche in Erfüllung gehen.«

Unwillkürlich errötete Elizabeth. Er macht sich über mich lustig, dachte sie und straffte den Rücken. »Ja, Mr. Saxton, trinken wir darauf.«

Delaney blätterte in der Speisekarte. »Die Fischgerichte, die François zaubert, kann ich Ihnen wärmstens empfehlen, Miß Jameson. Allerdings dürften Sie nicht hören, wie er ›Bouillabaisse‹ ausspricht.«

»Ich verlasse mich auf Ihre Erfahrung mit François' Kochkünsten.«

»Aber nicht auf meinen überragenden Verstand?«

»Haben Sie mir nicht neulich verraten, daß ein gewisser Mr. Saxton kein bißchen Verstand im Kopf hat?«

»Eins zu null für Sie, Madam. Es ist eine ganz neue Erfahrung für mich, mit den eigenen Waffen geschlagen zu werden.« Er lächelte entwaffnend.

Hatte er mit diesem entwaffnenden Lächeln auch ihren Vater eingewickelt? Elizabeth spürte, wie ihr Herz sich verhärtete.

»Es gibt vieles, woran man sich nur schwer gewöhnen kann, Mr. Saxton«, sagte sie ruhig.

»Ich hege den leisen Verdacht, Miß Jameson, daß es gefährlich ist, sich mit Ihnen auf ein Wortgefecht einzulassen.« Er zwinkerte ihr zu. »Irgendwie erinnern Sie mich an meine Schwägerin.«

»Ihre Schwägerin?«

»Sie heißt Giana, und sie ist Engländerin wie Sie. Mein Bruder Alex und sie leben in New York. Sie ist ein sturer kleiner Dickschädel, doch ich glaube, mein Bruder hat sie allmählich im Griff.«

Nun war es ganz offensichtlich, daß er sie aufzog, aber das war im Augenblick nicht so wichtig. Seine Schwägerin war Engländerin, daher seine englische Verwandtschaft.

»Wie lautet denn ihr Geburtsname, Sir?« fragte Elizabeth beiläufig und trank einen Schluck Wein.

»Sir? Da Sie mich auf so unwiderstehliche Art zum Lunch überredet haben, könnten Sie mich eigentlich beim Vornamen nennen. So alt bin ich ja nun auch wieder nicht. Gerade achtundzwanzig, um genau zu sein.«

»Einverstanden. Wie hieß Ihre Schwägerin denn nun mit Geburtsnamen ... Delaney?«

»Van Cleave.« Unauffällig beobachtete er sie. Er hatte die Spannung in ihrer Stimme bemerkt, aber er begriff den Zusammenhang nicht.

»Van Cleave«, wiederholte Elizabeth nachdenklich. »Ich fürchte, ich kenne den Namen nicht.«

»England ist zwar klein, aber so klein auch gerade nicht«, meinte Delaney. Aus irgendeinem ihm selbst unerfindlichen Grund verschwieg er ihr, daß Gianas Mutter heute Aurora Arlington hieß und die Herzogin von Graffton war. Nicht, weil er fürchtete, daß sie darüber in das gleiche Entzücken geraten würde wie Mrs. Stevenson und Penelope, aber was er eigentlich befürchtete, hätte er nicht sagen können.

Schweigend sahen Elizabeth und Delaney zu, wie François die Bouillabaisse servierte. Als er wieder in der Küche verschwunden war, schnippte Delaney gedankenverloren mit den Fingern an sein Weinglas.

»Alle Welt fragt sich, was eine Dame wie Sie veranlaßt haben könnte, nach San Francisco zu kommen.«

»Sie auch, Delaney?«

»Ja, sicher. Man hat mir anfangs berichtet, daß Sie nicht nur eine Nase wie ein Geierschnabel hätten, sondern daß Sie obendrein auch noch ein Snob seien. Zu meiner Freude konnte ich mich davon überzeugen, daß ersteres nicht stimmt, doch . . .«

»Oh, natürlich bin ich ein Snob«, versicherte Elizabeth liebenswürdig.

»Die Suppe ist übrigens köstlich. Diese Einladung wird mich zwar ins Armenhaus bringen, aber ich werde wenigstens satt sein.«

»Ganz so schlimm wird es schon nicht werden, Miß Jameson. Darf ich Ihnen verraten, daß Sie die erste Dame sind, die mich zum Lunch eingeladen hat?«

»Vielleicht sollten sie etwas mehr für Ihren Charme tun.«

»Nun, Sie haben mich immerhin eingeladen. Ganz so reizlos bin ich demnach nicht.«

»Versteht es sich nicht von selbst, daß man versucht, seinen Bankier etwas näher kennenzulernen?«

»Sie sind erstaunlich wortgewandt, Madam. Das bin ich bei Frauen nicht gewöhnt.«

»Dann haben Sie bisher nicht erkannt, daß Frauen manchmal aus Klugheit schweigen und nicht zeigen, daß sie Männern durchaus gewachsen sind, Sir.«

»Oh, jetzt sagen Sie wieder ›Sir‹ zu mir. Nun ja, ich

fürchte, ich verdiene es.« Schuldbewußt sah Delaney Elizabeth an. »Verzeihen Sie mir den Angriff auf das weibliche Geschlecht. Aber dennoch ... ich bin wirklich nicht daran gewöhnt, von einer Frau so ... so ausgefragt zu werden.«

Ein schelmisches Lächeln umspielte ihre Lippen. »Eigentlich wollten Sie sagen, so unverschämt in die Defensive gedrängt zu werden, nicht wahr, Delaney?«

»Miß Jameson ...« Delaney lehnte sich zurück und verschränkte die Arme vor der Brust. »Sie sind mir ein Rätsel.«

»Und Sie mögen keine Rätsel?«

»Nein. Derartige Skurrilitäten komplizieren das Leben.«

Sie errötete. »Ich bin keine Skurrilität.«

»Hört sich ›reiche, gebildete Skurrilität aristokratischer Abkunft‹ besser an?«

»Bei mir ist zumindest die nachmittägliche Teestunde kein aufgesetztes Theater.«

»Arme Mrs. Stevenson.« Traurig schüttelte Delaney den Kopf. »Sie gibt sich solche Mühe, finden Sie nicht auch?«

Bevor Elizabeth antworten konnte, trat ein Herr an ihren Tisch, der sie fast mit den Augen verschlang.

»Ach, Tony!« rief Deleney. »Wie viele Hetzartikel haben Sie denn heute schon geschrieben?«

»Natürlich keinen, Del. Was soll die Frage?« gab Tony zurück, ohne den Blick von Elizabeths Gesicht zu wenden.

»Oh, verzeihen Sie mir bitte. Miß Jameson, erlauben Sie mir, daß ich Ihnen Anthony Dawson vorstelle, den Mitbesitzer unserer bedeutendsten Zeitung, der ›Alta California‹? Außerdem hat er schriftstellerische Ambitionen.«

Wann wird der lästige Kerl endlich gehen, dachte Elizabeth zehn Minuten später voll Ungeduld, blieb jedoch höflich.

Delaney begnügte sich damit, dem Strom von Komplimenten zu lauschen, mit denen Tony Elizabeth überschüttete. Nicht das überraschte ihn, sondern der Umstand, daß die junge Engländerin davon völlig unberührt zu bleiben schien. Tony war immerhin ein gutaussehender Mann, aber Miß Jameson interessierte sich nicht im geringsten für ihn.

Wieso dann für mich? fragte Delaney sich irritiert.

Als Elizabeth und er das Restaurant schließlich verließen, spöttelte er: »Ich fürchte, da bahnt sich ein neuer Antrag an.«

»Ich hoffe nicht«, gab sie zurück.

»Sie werden sich daran gewöhnen müssen, wenn Sie sich noch länger in San Francisco aufhalten. Abgesehen davon ist Tony Dawson ein sehr honoriger Mann.«

»Honorige Männer interessieren mich nicht!«

»Oh ...«

»Wären Sie so freundlich, mich zum Hotel zu bringen, Delaney?«

»Ich tue alles, um Sie vor der reißenden Meute zu schützen, Madam.«

Er machte keine Anstalten, sich mit ihr zu verabreden. Elizabeth wartete und hoffte, er sagte jedoch nichts.

»Wollen Sie noch auf eine Tasse Tee hereinkommen, Delaney?« fragte Elizabeth, als sie das ›Oriental‹ erreicht hatten. Sie war der Verzweiflung nahe. »Ich kann Ihnen echten englischen Tee bieten.«

Delaney hob kaum merklich eine Braue. »Ich bitte um Vergebung, aber ich fürchte, ich muß mich jetzt wieder um die Sicherheit Ihrer kostbaren Steine kümmern. Ich wünsche Ihnen noch einen vergnüglichen Aufenthalt in San Francisco.« Mit einer leichten Verneigung ließ er sie stehen.

Elizabeth hätte am liebsten vor Wut geweint. Wieso hatte sie keinen Erfolg bei ihm?

In der Hölle sollte er schmoren, der Kerl!

6. Kapitel

Elizabeth wartete drei Tage, daß Delaney Saxton etwas unternahm … irgend etwas. Sie sah ihn verschiedentlich, wenn sie mit Mary einkaufen ging, aber immer grüßte er nur höflich und schritt weiter.

»Was ist los mit ihm?« murmelte sie verdrossen und stieß die Spitze ihres Sonnenschirms heftig auf den Boden. »Was soll ich denn noch anstellen, um ihn zur Strekke zu bringen?«

Mary sparte sich eine Antwort. Mit glänzenden Augen beobachtete sie das geschäftige Treiben auf dem Portsmouth Square. »Sehen Sie nur, Miß Liza!« rief sie aufgeregt. »Das da drüben war das Jenny-Lind-Theater, das heißt bis vor einem Jahr. So ein Aufwand zu Ehren von Jenny Lind, und dabei ist sie nie hiergewesen. Dreimal ist das Gebäude abgebrannt und immer wieder aufgebaut worden. Dann hat man es an die Stadt verkauft, und jetzt ist es das Rathaus von San Francisco.«

»Da kann sich die Stadt aber freuen«, murrte Elizabeth.

»Für mein Leben gern würde ich einmal ins El Dorado gehen.« Mary wies auf das in grellen Farben bemalte Schild an dem Gebäude neben dem Rathaus. Sie kicherte. »Eine richtige Spielhölle. Kaum vorzustellen, daß so etwas direkt neben dem Rathaus steht.«

»Schon gut, Mary.« Elizabeth seufzte. »Ich will versuchen, meine schlechte Laune nicht an dir auszulassen. Reden wir also meinetwegen über das Wetter.«

»Es ist warm wie im Sommer«, griff Mary dankbar das Thema auf. »Man kann sich gar nicht vorstellen, daß erst März ist.«

»Ja, es ist wirklich schön.« Elizabeth nickte abwesend.

»Nun kommen Sie schon, Miß Liza. Die Schlacht ist ja noch nicht verloren. Heute abend sind Sie erst einmal auf der Dinnerparty bei den Newtons. Sicher ist Mr. Saxton auch da.«

»Ja.« Elizabeth schaute grimmig drein. »Und mit ihm Miß Penelope Stevenson.«

Als sie am Abend dann von Mary für die Party frisiert wurde, zerbrach sie sich den Kopf darüber, wie sie weiter vorgehen sollte.

»Vielleicht liebt Mr. Saxton Miß Stevenson tatsächlich«, meinte Mary.

»Unmöglich!« fuhr Elizabeth auf. »Das Mädchen ist dumm wie Bohnenstroh.«

»Aber sie ist bildhübsch, lacht sicher über alles, was Mr. Saxton sagt, und kann einen Haushalt führen. Wozu in aller Welt braucht eine Frau Verstand?«

»Sprichst du aus Erfahrung?« fragte Elizabeth spöttisch. »Wie alt bist du? Ein Jahr jünger als ich, nicht wahr? Übrigens weiß deine so überaus charmante Miß Penelope nicht einmal, wann sie lachen muß. Wenn sie die richtige Stelle erwischt, ist das reiner Zufall. Was ich brauche, ist ein narrensicherer Plan.«

»Wollen Sie Mr. Saxton vielleicht verführen?«

»Schon möglich ... wenn er heute abend wieder nicht anbeißt.«

»Wollen Sie sich etwa völlig kompromittieren? Wie kann der Mann anbeißen, wenn doch seine Verlobte dabei ist?«

»Sie sind nicht verlobt.«

»Noch nicht.«

»Wir werden ja sehen«, erwiderte Elizabeth mit einem hoffnungsfrohen Unterton.

»Habe ich schon erwähnt, daß ich heute morgen Mr. Saxtons Diener getroffen habe?«

»Mary!« Elizabeth fuhr auf ihrem Schemel herum und blitzte ihre Zofe strafend an. »Wie konntest du mir das nur bisher verschweigen?«

»Er heißt Lucas und ist ein netter Kerl. Er hat sich einfach vorgstellt und angeboten, mein kleines Päckchen für mich zu tragen. Mit seiner schwarzen Augenbinde und dem Holzbein sieht er aus wie ein Pirat.«

»Hast du etwas erfahren?« fragte Elizabeth ungeduldig.

Mary lächelte spitzbübisch. »Ja, Miß Liza, das habe ich. Er hat mir erzählt, daß kommenden Montag am Portsmouth Square ein großes Fest zu Ehren von Mr. Washingtons Geburtstag gefeiert wird.«

»Mary!«

»Haben Sie denn Ihren ganzen Humor verloren, Miß Liza? Also gut, Mr. Saxton macht jeden Morgen in aller Herrgottsfrühe einen Ausritt am Rincon Hill.«

»Aha.« Elizabeth verfiel in grübelndes Schweigen. Ihr Plan nahm allmählich Gestalt an.

An diesem Abend übertraf Delaney sich selbst an Galanterie und Höflichkeit. Es waren nur sechs Gäste anwesend, und er vermutete, daß Mrs. Newton Miß Jameson Tony zuliebe eingeladen hatte. Nach außen hin schenkte Delaney Penelope seine uneingeschränkte Aufmerksamkeit, aber seine Gedanken weilten bei Elizabeth. Lucas' Worte fielen ihm wieder ein:

Sie ist an Ihnen interessiert, Sir. Ihr Mädchen, ein niedliches Ding mit Namen Mary, hat mich ausgequetscht, bis ich mir vorkam wie ein leerer Wasserschlauch.

Alles, was recht ist, dachte Delaney und beobachtete Elizabeth über den Rand seines Weinglases hinweg, sie ist einfach sensationell.

Elizabeth saß zwischen Tony Dawson und Mrs. Newton, und er hörte immer wieder ihr melodisches Lachen. Sein Blick glitt hinab zu ihrem verführerischen Dekolleté, das von duftigen Spitzen umrahmt war. Er spürte ein plötzliches Verlangen in sich aufsteigen und beschloß — ein wenig ungehalten über seine Reaktion — nach dem Dinner Marie zu besuchen.

Es war zum Verrücktwerden. Selbst Elizabeths Nase gefiel ihm, schmal und gerade, mit Nasenflügeln, die absolut aristokratisch wirkten. Und dann diese vollen, lockenden Lippen!

»Del, hören Sie mir überhaupt zu?«

Augenblicklich wandte er sich dem hübschen Mädchen an seiner Seite zu.

»Verzeihen Sie mir, meine Liebe«, bat er zerknirscht. »Ich gestehe«, er hob die Stimme ein wenig, »ich dachte gerade über Spinozas Einfluß auf die Tier- und Pflanzenwelt von San Francisco nach.«

»Das hat doch nichts mit meinem neuen Kleid zu tun«, maulte Penelope.

»Gefällt es Ihnen, Del? Papa hat ein Vermögen dafür bezahlt.«

»Aber Spinoza, meine Liebe ...«

»Das ist wahrscheinlich wieder so ein dummer Politiker von der Ostküste«, meinte Penelope wegwerfend.

»O nein«, widersprach Delaney sichtlich amüsiert. »Da könnte man ihn schon eher dem Vigilance Committee zuordnen.«

Mit innerer Befriedigung registrierte Delaney den erstickten Laut von Elizabeth und das schallende Gelächter von Horace Newton.

»Del, Sie sind unmöglich!« keuchte Horace und wischte sich einen Spritzer Bratenfett vom Kinn.

»Sonst wäre das Leben auch zu langweilig«, gab Delaney zurück.

»Wirklich, Mr. Saxton«, meldete Elizabeth sich zu Wort. »Sie sollten nicht so abwegige Behauptungen aufstellen. Jedermann weiß schließlich, daß Joe Spinoza ein Musterbeispiel für die Pseudo-Doktrin der Tories ist, um die unverantwortlichen Kontrollgesetze beizubehalten.«

In Delaneys Augen blitzte es auf, und er beugte sich vor, um Elizabeth besser sehen zu können. »Ich fürchte, Miß Jameson, daß Sie Joe Spinoza mit seinem Bruder Otis verwechseln. Otis hat bekanntlich den größten Teil seines Lebens damit verbracht, in den Bäumen zu hocken und dem Farbwechsel ihrer Blätter zuzuschauen.«

»Moment, Miß Jameson, Del!« rief Tony Dawson begeistert. »Ich brauche Papier und Feder, damit ich das alles festhalten kann.«

»Das sollten Sie lieber unterlassen, Sir«, sagte Elizabeth mit sanfter Stimme. »Es wäre Mr. Saxton sicher peinlich, wenn er dahinterkommt, daß Otis Spinoza durchaus nicht in den Bäumen, sondern viele Jahre in Nordafrika gelebt hat, wo er den Einfluß der Wüstenwinde auf die Struktur der Sanddünen studierte.«

»Ich bin sicher, Miß Jameson«, warf Penelope mit scharfer Stimme ein, »daß Del sich nicht irrt. Er ist sehr klug, müssen Sie wissen. Er liest stapelweise Bücher.«

»Nein, so etwas, Sir!« Mit gespieltem Erstaunen riß Elizabeth die Augen auf. »Doch nicht Bücher! Zweifellos erlaubt Miß Stevenson sich einen schlechten Scherz auf ihre Kosten.«

»Meine Tochter erlaubt sich keine schlechten Scherze, Miß Jameson«, erklärte Mrs. Stevenson steif.

»Ich bitte um Verzeihung, Madam.« Elizabeth schenkte ihr ein zerknirschtes Lächeln. »Natürlich tut sie das nicht.«

»Es gibt ein paar Dinge, die junge Damen niemals tun sollten«, sagte Delaney mit unbewegtem Gesicht.

»Wie beispielsweise Männer eines Besseren belehren, Del?« fragte Tony Dawson grinsend.

»Zum Beispiel.« Delaney nickte.

»Vorsicht, Del«, warnte Mrs. Newton launig. »Passen Sie auf, daß Sie nicht den kürzeren ziehen.«

Delaneys Lächeln galt ausschließlich Elizabeth, als er sein Weinglas hob. »Ein Toast auf die Damen, die offenbar vergessen haben, daß die Amerikaner die Engländer bereits zweimal über den Atlantik zurückgejagt haben.«

»Auf Otis Spinoza, auf daß er sich bald ein Baumhaus bauen möge!« rief Tony.

»Auf die Amerikaner, die keine Niederlage einstecken können, ohne gleich Erfolge aus grauer Vorzeit hervorzukramen«, parierte Elizabeth.

»Auf die Herren«, sagte Agatha Newton energisch und erhob sich mit raschelnden Röcken, »die wir jetzt einem Gespräch unter Männern überlassen.«

Würdevoll rauschte die Gastgeberin aus dem Speisezimmer. Diese Miß Jameson hat es faustdick hinter den Ohren, dachte sie nicht ohne heimliche Belustigung. Agatha hatte sie Tony zuliebe eingeladen, weil er so verliebt war, daß sie ihn einfach nicht enttäuschen mochte.

Draußen gab sie Elizabeth einen leichten Klaps auf den Arm. »Wenn ich das Wortgefecht nicht beendet hätte, meine Liebe, wäre es Ihnen am Ende noch gelungen, das Selbstbewußtsein aller anwesenden Herren zu untergraben.«

»Ich liebe Wortgefechte, Madam«, gestand Elizabeth freimütig. Sie mochte Mrs. Newton, denn sie erinnerte sie ein wenig an ihre Tante Lucy, die leider schon vor vielen Jahren gestorben war.

»Ich fand es gar nicht so amüsant«, meldete sich Penelope.

»Nein«, sagte Agatha begütigend. »Sicher nicht. Willst du nicht etwas für uns spielen, Penelope? Du wirkst so bezaubernd am Klavier.«

»Sie wartet, bis die Herren hereinkommen«, erklärte Mrs. Stevenson kategorisch.

»Sie haben recht, Madam.« Elizabeth nickte. »Es wäre sonst reine Verschwendung.«

Als die Herren den Damen kurze Zeit später in den Salon folgten, beobachtete Agatha Newton überrascht, daß Delaney Saxton sofort zu Penelope Stevenson trat und nicht mehr von ihrer Seite wich.

Sonderbar, dachte sie, höchst sonderbar.

Zwei Tage später traf Delaney Tony Dawson, Daniel Brewer und Horace Newton zum Lunch im ›Captain Cropper's‹.

Sie genossen das ausgezeichnete Essen, sprachen über

Geschäfte und diskutierten dann die Neuigkeiten vom Tage.

»Da fällt mir ein, Del«, sagte Tony, als sie beim Portwein angelangt waren, »wann wollen Sie denn nun endlich Nägel mit Köpfen machen? Vor ein paar Tagen habe ich Bunker Stevenson getroffen. Er beginnt sich bereits zu fragen, ob Sie am Ende vielleicht kalte Füße bekommen haben.«

»Ich für meinen Teil glaube«, warf Daniel augenzwinkernd ein, »daß unser guter Del keine kalten Füße hat, sondern Blasen an denselben ... vom Weglaufen. Bleibt nur die Frage, wer ihn am Ende einfängt.«

»Ich?« Delaney spielte den Erstaunten, obwohl sein Herzschlag sich um eine Spur beschleunigte. »Ich laufe niemals weg, mein Lieber. Schon gar nicht vor einem zweibeinigen Fohlen.«

»Also, Agatha ist von der Engländerin ganz begeistert«, berichtete Horace. »Allerdings ist sie auch der Meinung, daß die junge Lady möglicherweise mehr Verstand hat, als für sie selbst gut ist. Ich frage mich, welcher Mann wohl die Courage besitzt, es mit ihr aufzunehmen.«

»Sam Brennan hat mir anvertraut, daß Cory Miniver ihr inzwischen auch einen Antrag gemacht hat. Damit dürfte das Dutzend allmählich voll sein. Sie hat ihn übrigens ebenfalls abgewiesen.«

»Ich gehe heute abend mit ihr ins ›Maguire's Opera House‹«, sagte Tony nicht ohne Stolz.

»Auf dem Programm steht ein Stück von Shakespeare, und da Miß Jameson Engländerin ist, dachte ich mir, daß es sie freuen würde.«

»Was muß ich hören, Tony?« fragte Delaney mit ironischem Unterton.

»Ich denke, Ihre Finanzen sind in Ordnung. Ich will doch nicht hoffen, daß Sie darauf aus sind, sich eine reiche Erbin zu angeln.«

Tony verschüttete etwas Wein, und sein gutgeschnittenes Gesicht verfinsterte sich. »Sie ist ein reizendes Geschöpf, Del. Von mir aus brauchte sie keinen Penny zu haben.«

»Schon gut, schon gut.« Beschwichtigend hob Delaney die Hände. »Ihr wollt also in ›Maguire's Opera House‹, hm?«

»Ja.«

»Marie ist ganz verrückt auf Shakespeare. Kann sein, daß wir uns heute abend noch über den Weg laufen.«

»Allmächtiger, Del!« stieß Daniel hervor und verschluckte sich fast. »Ich möchte nicht in deiner Haut stekken, wenn der gute alte Stevenson dich dort mit deiner Süßen erwischt.«

Was soll's? dachte Delaney und lächelte in sich hinein. Mich interessiert viel mehr, was Miß Jameson davon halten wird.

Mit heimlicher Belustigung beobachtete Elizabeth die nadelspitzen Blicke, die die Stevensons während der ganzen Vorstellung zu Delaney hünberschickten. Seine Mätresse war wirklich eine schöne Frau, wie sie fairerweise zugeben mußte. Als Elizabeths und Delaneys Blicke sich zufällig einmal kreuzten, lächelte sie ihm strahlend zu. Es freute sie, daß seine Augen sich daraufhin verdunkelten. Vermutlich hatte er gehofft, Eifersucht oder wenigstens damenhafte Mißbilligung bei ihr zu entdecken.

Tony Dawson machte sich bei der Vorstellung ein paar Notizen, die am nächsten Tag in der »Alta« erscheinen sollten.

»Die Aufführung war sehr beeindruckend, Sir«, sagte Elizabeth zu Tony, als sie nach der Vorstellung das Theater verließen.

»Ich hatte den Eindruck, daß Sie sich mehr für die Leute im Publikum interessiert haben als für das Stück«, meinte Tony skeptisch.

»Ach, wirklich?« Elizabeth lächelte schelmisch. »Ich

gebe allerdings zu, daß es mich überrascht hat, wie ungeniert die Herren ihre Mätressen in aller Öffentlichkeit ausführen. In London wäre das undenkbar ... zumindest glaube ich das.«

»Das ist kein Thema für eine junge Dame wie Sie«, murmelte Tony unbehaglich.

In Elizabeths Augen blitzte es auf. »Eine echte Dame muß unschuldig sein und unwissend bis zum Exzeß, nicht wahr?«

»Verzeihen Sie Tony«, fügte sie rasch hinzu, als sie seinen bestürzten Gesichtsausdruck sah. »Ich werde mich jetzt benehmen, das verspreche ich.«

»Darf ich Sie vielleicht zu einem späten Imbiß in den ›Poodle Dog‹ einladen?«

»Ich weiß aber alles über den vierten Stock, Sir«, erwiderte Elizabeth mit todernstem Gesicht. »Glauben Sie, daß das der richtige Ort für mich wäre?«

»Aber Miß Jameson!«

»Gibt es da oben nicht verschwiegene Zimmer mit einer ganz speziellen Einrichtung und diskreter Bedienung? Ach du meine Güte, jetzt habe ich schon wieder einen Fauxpas begangen.«

»Miß Jameson, Elizabeth ...« begann er mit einer so samtweichen Stimme, daß sie aufhorchte. Jetzt macht er mir gleich einen Antrag, durchfuhr es sie. Da er ein netter, sympathischer Mann war, wollte sie ihn nicht verletzen. Als sie ihn tief einatmen hörte, wechselte sie rasch das Thema. »Wie ich höre, gibt es in San Francisco auch eine ganz beachtliche Rennbahn.«

»Sie mögen Pferde, Miß Jameson?«

»Ich reite für mein Leben gern, Tony«, erwiderte Elizabeth. »Deshalb habe ich mir auch eine wunderschöne arabische Stute gekauft. Ihr Name ist Yvette.«

Und morgen werden Yvette und ich in aller Herrgottsfrühe einen Ausritt zum Rincon Hill machen! setzte sie in Gedanken hinzu.

Tief sog Elizabeth die frische Morgenluft ein und zügelte ihre Stute, als sie den Rincon Pint erreichten. Die Aussicht von hier oben war märchenhaft.

»Ganz ruhig, meine Kleine.« Liebevoll strich Elizabeth über Yvettes schimmernden Hals.

Elizabeth wußte sehr wohl, daß es nicht ganz ungefährlich war, allein auszureiten, deshalb trug sie ihren Derringer in der Tasche ihres grünsamtenen Reitkleides. Sie wandte sich im Sattel um und schaute herüber zu Delaney Saxtons Haus am Südhang des Rincon Hill.

Wo bleiben Sie, Mr. Saxton, verflixt noch mal? Elizabeth hatte ihm — entgegen ihrem ursprünglichen Plan — noch weitere zwei Tage Frist eingeräumt. Er hatte sich nicht gerührt. »Aber jetzt bist du dran, du Lump«, flüsterte sie, zu allem entschlossen.

Dann sah sie ihn. Er ritt einen Palomino, einen prächtigen Vollbluthengst, dessen goldene Mähne in der klaren Morgensonne glänzte.

Er hält sich gut im Sattel, dachte sie mit widerwilliger Anerkennung. Und gleich werden wir erfahren, wie es um seine Ritterlichkeit bestellt ist ...

Elizabeth gab Yvette die Sporen, und die Stute fiel in einen leichten Galopp. Ein kleiner, gut abgerollter Sturz würde keinen Schaden anrichten. Elizabeth holte tief Luft und stieß einen schrillen Schrei aus. Dann ließ sie die Zügel fahren, und die erschreckte Stute verlängerte ihre Galoppsprünge.

Kurz blickte Elizabeth zurück. Delaney Saxton hatte sie entdeckt! Er spornte seinen Hengst an und beugte sich dicht über den Pferdehals. Gleich war der richtige Moment gekommen. Dann würde sie sich aus dem Sattel gleiten lassen und einen Sturz par excellence hinlegen.

Als Elizabeth wieder nach vorne schaute, schien der Baum mit rasender Geschwindigkeit auf sie zuzukommen. Sie hatte ihn vorher nicht bemerkt. Jetzt war ihr Schreckensschrei echt. Ein tiefhängender Ast traf sie voll am Kopf. Im hohen Bogen flog sie aus dem Sattel und landete so elegant auf dem Boden wie ein Kartoffelsack.

Delaneys Warnruf kam zu spät. Er wußte natürlich, daß ihr Ausritt hier oben ihm galt, aber das spielte jetzt keine Rolle. Eine namenlose Angst durchfuhr ihn, als er ihren leblosen Körper auf dem steinigen Boden liegen sah.

Er sprang vom Pferd und kniete sich neben sie. Wenig später fühlte er den gleichmäßigen Puls an ihrem Hals und atmete erleichtert auf. Behutsam klopfte er ihr an die Wangen.

»Miß Jameson! Kommen Sie, wachen Sie auf!«

Elizabeths Augenlider zuckten, dann sah sie Delaney verwirrt an.

»O je!« entfuhr es ihr, und sie versuchte sich aufzusetzen. Im nächsten Augenblick faßte sie sich stöhnend mit der Hand an den Kopf und fiel kraftlos zurück. »So hatte ich es mir nicht gedacht«, flüsterte sie mühsam.

»Ich weiß«, sagte er begütigend. »Sie haben eine Kopfverletzung und müssen stilliegen. Haben Sie sonst noch irgendwo Schmerzen?«

Elizabeth spürte, wie ihr schwarz vor den Augen wurde. Sie fuhr sich mit der Zunge über die trockenen Lippen, brachte jedoch keinen Laut mehr hervor.

»Elizabeth!« rief Delaney beschwörend. Sein Blick fiel auf ihre angewinkelten Beine. Das Reitkleid war hochgerutscht und gab die spitzenbesetzten Dessous frei. Für den Bruchteil einer Sekunde durchzuckte es ihn heiß, dann zog er sorgsam ihren Rock herunter und bedeckte ihre Beine.

»Elizabeth, halten Sie ganz still. Bewegen Sie sich nicht. Ich hole schnell Hilfe.«

Delaney erhob sich. Er wußte, daß es gefährlich gewesen wäre, sie allein wegzuschaffen. In einiger Entfernung entdeckte er Joe Thatcher mit seinem Bierwagen und winkte ihn mit beiden Armen heran.

»Was passiert?« fragte Joe lakonisch und kletterte vom

Kutschbock. »Teufel auch«, fluchte er dann. »Das ist ja die reiche Lady aus England.«

»Ja. Ich lege sie hinten auf Ihren Wagen, Joe. Fahren Sie uns zu meinem Haus. Das ist am nächsten.«

Joe spie einen Strahl Tabaksaft aus. »Natürlich, Mr. Saxton. Aber besonders sauber ist ist es nicht da oben ...«

»Ist schon in Ordnung.« Delaney erkannte, daß Elizabeth wieder bei Bewußtsein war, obwohl sie die Augen fest geschlossen hielt. »Halten Sie durch, Elizabeth. Ich muß Sie jetzt hochheben. Es wird alles gut. Sie werden sehen.«

Er schob die Hände unter sie und hob sie vorsichtig auf. Sie stöhnte leise und verzog schmerzlich das Gesicht. Behutsam legte er sie auf ein paar übelriechende alte Decken, sprang dann ebenfalls auf den Wagen und hockte sich neben sie.

»Fahren Sie langsam, Joe. Ich weiß nicht, wie schwer sie verletzt ist.«

Wieder spuckte Joe im hohen Bogen aus und trieb dann sein Pferd an. Delaney hielt Elizabeth bei den Schultern, um die Unebenheiten der holprigen Straße abzufangen.

Es erschien ihm wie eine Ewigkeit, bis Joe den Wagen vor seinem Haus zum Stehen brachte.

Rasch steckte Delaney ihm einen Dollar zu. »Lucas!« brüllte er dann aus vollem Hals.

Die Haustür flog auf, und Lucas kam eilig herausgehinkt. Ein Blick genügte ihm, um im Bilde zu sein.

»Mist!« fluchte er aus tiefstem Herzen.

»Das kann man wohl sagen. Sie hat einen Ast gestreift und ist vom Pferd geflogen. Ich bringe sie jetzt nach oben. Hol Doc Morris. Ach, noch etwas«, rief er dem davonhastenden Lucas nach. »Brutus und die Stute der Lady gehen irgendwo am Rincon Hill spazieren.«

An der Haustür traf Delaney auf Lin Chou, deren schwarze Mandelaugen angstvoll aufgerissen waren. Sie murmelte etwas auf chinesisch, aber Delaney beachtete sie nicht. Er trug Elizabeth rasch die Treppe hinauf und stieß mit dem Fuß die Tür zu seinem Schlafzimmer auf.

»Elizabeth«, sagte er sanft und legte sie behutsam auf sein Bett. Dann strich er zart über ihre blasse Wange. An ihrer rechten Schläfe hatte sich eine dicke Beule gebildet.

Elizabeths Augenlider flatterten.

»Es tut so weh«, stöhnte sie leise.

»Wo noch, außer am Kopf?«

»An den Rippen, glaube ich.«

Vorsichtig öffnete er den Gürtel des Reitkleides. »Der Doktor wird gleich hiersein. Versuchen Sie, sich nicht zu bewegen.«

»So etwas Gemeines«, flüsterte Elizabeth mit schmerzverzerrtem Gesicht.

»Ich weiß. Ich lasse den Baum sofort umlegen.«

»Wagen Sie es nicht, mich zum Lachen zu bringen.«

»Tut mir leid.« Delaney lächelte mitfühlend.

»So sollte es nicht ausgehen. Ich habe diesen blöden Baum übersehen.«

Unwillkürlich mußte er grinsen. »Sie hatten also einen Unfall geplant, Sie kleine Intrigantin? Aber es sollte nur so aussehen als ob, nicht wahr?«

Halt den Mund, Liza! Bist du von allen guten Geistern verlassen?

Leise aufstöhnend drehte sie den Kopf zur Seite, und eine wohltuende Dunkelheit umfing sie wieder.

Delaney setzte sich neben sie und nahm ihre schlaffe Hand.

Die Hand einer vornehmen Dame, dachte er und betrachtete die schmalen Finger mit den sorgfältig manikürten Nägeln.

»Verdammt«, murmelte er, als er sah, daß die schmutzverkrustete Beule an ihrer Schläfe immer noch wuchs. Kopfverletzungen waren eine schlimme Sache.

Noch nie im Leben war Delaney sich so hilflos vorgekommen.

Er lauschte auf das quälend langsame Ticken der Uhr. Warum wachte sie nicht auf?

»Elizabeth«, flüsterte er.

Sie regte sich nicht.

Endlich hörte er zu seiner Erleichterung Doc Morris die Treppe heraufschnaufen.

»Da bin ich, Del. Was ist los?« bellte Saint Morris beim Hereinkommen. »Was ist mit der englischen Lady? Lucas hat irgendwas von einem Sturz gefaselt.«

Delaney erhob sich. »Sie hat eine Kopfverletzung davongetragen und die Rippen haben auch etwas abbekommen, glaube ich.«

»War sie die ganze Zeit ohnmächtig?«

»Nein, zwischendurch war sie bei Bewußtsein.«

Saint Morris zog den Gehrock aus und krempelte sich die Hemdsärmel auf. »Wollen mal sehen.«

Delaney trat beiseite und beobachtete mit sorgenvoll gefurchter Stirn, wie Saint, einer der wenigen wirklich guten Ärzte in San Francisco, behutsam die große Beule an Lizas Schläfe untersuchte. Obwohl Saint Morris ein untersetzter, schwerer Mann mit einem mächtigen Brustkorb war, hatte er eine überraschend leichte Hand.

»Am Leben ist sie jedenfalls«, stellte er lakonisch fest und richtete sich ächzend auf. »Höchstwahrscheinlich eine Gehirnerschütterung. Zum Teufel mit diesen albernen Kleidern, in die die Frauen sich einwickeln. Holen Sie mir Lin Chou, Del. Ich kann sie sonst nicht untersuchen.«

Delaney war froh, etwas Sinnvolles tun zu können. Er fand Lin draußen auf dem Flur bei Lucas.

»Ist Missy in Ordnug?« fragte sie ängstlich.

»Sie muß entkleidet werden, damit Doc Morris sie untersuchen kann. Ich bin hier draußen, wenn ihr mich braucht. Ach, noch etwas, Lin, zieh ihr das Nachthemd an, das ich nie getragen habe. Es liegt ganz unten in der Kommode.«

»Mist«, knurrte Lucas wieder, als er Delaneys beklommenen Gesichtsausdruck sah.

Delaney nickte nur und fuhr sich ratlos mit der Hand durchs Haar.

»Was zum Kuckuck hatte sie nur am Rincon Hill zu suchen?«

»Das müßtest du eigentlich wissen«, gab Delaney zurück. »Du hast doch ihrer Zofe meine sämtlichen Gewohnheiten verraten.«

»So ist das also«, murmelte Lucas nachdenklich. »Sie wollte Sie treffen.«

»Offensichtlich. Verdammt noch mal, warum dauert das so lange?« Delaney schluckte nervös. Im Geiste sah er Elizabeths blasses Gesicht mit den blutleeren Lippen vor sich. Es war alles seine Schuld. Wäre er ihr nicht so hartnäckig ausgewichen, dann hätte sie keinen Unfall zu inszenieren brauchen.

»Ich bin ein Hornochse«, murmelte er.

Lucas schnaubte entrüstet, enthielt sich jedoch jeden Kommentars. »Ich glaube, ich hole jetzt lieber ihr Mädchen.«

»Gute Idee, Lucas. Und da Saint Morris auf eine Gehirnerschütterung tippt, wird Miß Jameson wohl noch eine Weile hierbleiben müssen. Ihre Zofe soll ihre Sachen zusammenpacken und ihre eigenen auch. Sie werden beide unsere Gäste sein.«

Delaney hatte Verlangen nach einem Drink, aber er wagte nicht, seinen Posten vor der Schlafzimmertür zu verlassen. Er hörte Saint Morris mit Lin sprechen, konnte die Worte jedoch nicht verstehen. Endlich ging die Tür auf, und der Arzt erschien.

»Nun? Wie geht es ihr?«

»Der Ast hat gewonnen«, antwortete Saint Morris trokken. »Sie wird es überleben, Del, Sie werden sie jedoch eine Weile auf dem Hals haben. Miß Jameson ist nicht transportfähig mit dieser Gehirnerschütterung. Und was die Rippen betrifft, ein paar sind gebrochen. In den nächsten Wochen wird ihr nicht unbedingt nach Tanzen zumute sein.«

»Ist sie jetzt wieder bei Bewußtsein?«

»Nein, und das ist vermutlich auch gut so. Lin sagte, daß Sie Laudanum im Haus haben. Sie wird es brauchen.«

»Keine inneren Verletzungen?«

»Wohl kaum. Wenigstens ein Vorteil dieser idiotischen Kleider. Sie haben den Aufprall ein bißchen abgefangen. Jetzt könnte ich einen Whisky vertragen, Del.« Saint sah, daß Delaneys Blick zum Schlafzimmer flog, und schüttelte den Kopf.

»Sie können jetzt nichts für Sie tun, Del. Lin sagt Bescheid, wenn sie zu sich kommt.«

»Lucas holt gerade ihr Mädchen mit ihren Sachen.«

Während sie hinunter in die Bibliothek gingen, streifte Saint Delaney mit einem neugierigen Seitenblick. »Daniel Brewer hat mir von Miß Jameson erzählt. Scheint so, als wäre das Mädchen an Ihnen interessiert, Del.«

»Weiß der Himmel«, murmelte Delaney. »Sie ... sie ist mir ein Rätsel.«

»Hübsches kleines Ding. Scheint Mut zu haben. Ich konnte noch nie Frauen leiden, die nicht wissen, was sie wollen.«

»Hier ist Ihr Whisky, Saint.«

Beide leerten ihr Glas auf einen Zug.

»Bleiben Sie hier, bis sie wieder bei Bewußtsein ist?« erkundigte Delaney sich.

»Kann ich nicht, Del. Mrs. Cutter kriegt gerade ihr drittes Kind. Aber anschließend schaue ich noch einmal herein. Machen Sie sich nicht zu viele Sorgen. Halten Sie sich möglichst ruhig, wenn sie zu sich kommt. Ein bißchen Laudanum in Wasser gelöst ... sie wird es nötig haben.«

Nachdem Saint sich verabschiedet hatte, ging Delaney hinauf ins Schlafzimmer. Lin Chou hockte neben dem Bett wie ein kiebiger kleiner Wachhund. Ihr Blick hing wie gebannt an Elizabeths Gesicht.

Elizabeth war nur bis zur Taille zugedeckt, um ihren Brustkorb nicht unnötig zu belasten, und Delaney mußte beim Anblick seines unförmigen Nachthemds unwillkürlich lächeln.

»Missy rührt sich nicht«, berichtete Lin.

»Du kannst jetzt wieder hinuntergehen, Lin. Lucas wird bald mit ihrer Zofe hier eintreffen. Ich bleibe derweil bei ihr.«

»Missy sehr schön«, sagte Lyn fast andächtig. »Für eine weiße Frau, meine ich.«

»Da ich ebenfalls Weißer bin, muß ich dir Recht geben, Lin.« Delaney schmunzelte.

Als Lin verschwunden war, zog Delaney sich einen Stuhl heran und setzte sich.

»Warum interessierst du dich so für mich?«

Es kam ihm zu Bewußtsein, daß er sie nun schon ein paarmal beim Vornamen genannt hatte. Ihr Name gefiel ihm. Elizabeth Jameson. Ein aristokratischer Name.

7. Kapitel

Elizabeth spürte den warmen Sonnenschein auf ihrem Gesicht. Zeit zum Aufstehen, dachte sie schlaftrunken. Sie öffnete die Augen — und erstarrte. Was tat Delaney Saxton in ihrem Schlafzimmer?

»Hallo«, sagte Delaney und beugte sich vor. »Ich bin froh, daß Sie wach sind.«

»Ich pflege morgens immer aufzuwachen«, gab sie steif

zurück. Ein heftiger Schmerz durchzuckte ihre Brust, und sie stöhnte auf. »Irgend etwas stimmt nicht.«

»Bleiben Sie ganz ruhig liegen, Elizabeth.« Sanft drückte er sie ins Kissen. »Es ist nicht Morgen, sondern Nachmittag. Sie hatten einen Unfall. Können Sie sich nicht erinnern?«

»Einen Unfall? Ja ...« Sie nickte, aber gleich darauf bereute sie die Bewegung. »Ich will heim«, flüsterte sie, und Tränen traten ihr in die Augen.

»Pst, schon gut«, sagte Delaney weich. »Tun Ihnen die Rippen weh?«

»Ja«, stöhnte sie. »Ich kann kaum atmen.«

»Möchten Sie etwas Laudanum?«

»O nein!« Ihr Blick verschleierte sich. »Mein Vater starb ... Laudanum ...«

Er sah den tiefen Schmerz in ihren Augen. War es körperlicher Schmerz oder die Trauer um den Vater?

»Ganz ruhig bleiben, Elizabeth, ich gebe acht, daß Ihnen nichts geschieht. Nur ein paar Tropfen Laudanum. Dann werden Sie sich gleich besser fühlen.«

»Man nennt mich Liza«, flüsterte sie kaum hörbar und fragte sich verwundert, weshalb das plötzlich so wichtig war.

»Liza«, wiederholte er, und in seine Augen trat ein warmes Lächeln. »Das paßt auch viel besser zu Ihnen als das formelle Elizabeth, finde ich.«

»Ich ... ich halte es nicht aus.« Ihre Finger krampften sich um die Bettdecke, und eine Tränen rollte ihr über die Wange. Rasch wischte Delaney sie mit der Fingerspitze ab.

»Es tut mir so leid. Warten Sie, ich helfe Ihnen.« Er tröpfelte etwas Laudanum in ein Glas Wasser. »Trinken Sie ein paar Schluck.«

Delaney schob den Arm unter ihre Schultern und spürte, wie mühsam sie nach Atem rang. Behutsam setzte er das Glas an ihre Lippen. Sie wollte den Kopf abwenden, aber er zwang sie zu trinken.

Der Schmerz war schier unerträglich, und Elizabeth spürte, wie ihr die Tränen wieder in die Augen sprangen.

»Ich will nicht weinen«, sagte sie erstickt. »Ich hasse es.«

»Da hätten Sie mich mal hören sollen, als ich voriges Jahr angeschossen wurde. Ich habe gebrüllt wie ein Stier.« Das war natürlich eine faustdicke Übertreibung, aber im Moment hätte Delaney fast alles getan, um es ihr ein wenig leichter zu machen. »Seien Sie jetzt still. Das Sprechen ist viel zu anstrengend für Sie. In ein paar Minuten wird das Laudanum wirken.«

»Ich will nicht sterben ... schon gar nicht an Laudanum.«

»Warum sollten Sie? Doc Morris wird bald wiederkommen. Dann wird er es Ihnen bestätigen.«

Ein sonderbares Gefühl überwältigte Elizabeth. Als ob sie schwebte. Sie spürte den Schmerz noch, aber verebbte zusehends.

»Ich wollte nicht, daß das passiert«, flüsterte sie.

»Natürlich nicht.«

»Ich will nicht ... schwach sein ... bei Ihnen.«

»Das sind Sie auch nicht.«

»Sie dürfen mir nicht weh tun. Nicht bevor ... nie ...«

Ein bestürzter, fragender Ausdruck trat in Delaneys Gesicht.

Er wartete darauf, daß sie weitersprach, aber ihr Kopf fiel zur Seite, und ihre Lider schlossen sich wieder.

»Eliz ... Liza!« Panische Angst überfiel ihn. Hatte er ihr am Ende zuviel Laudanum gegeben?

Delaney lief zur Tür und riß sie auf. Draußen stolperte er fast über Mary und Lucas.

»Geh und hol Saint Morris«, herrschte er Lucas an. »Miß Jameson ist zu sich gekommen, und ich habe ihr etwas Laudanum gegeben.«

»Wie geht es ihr, Sir?« fragte Mary.

Delaney musterte Elizabeth's Zofe, die er erst jetzt zu bemerken schien. »Was? Ach so, Liza.«

Ein mißbilligender Ausdruck flog über Marys Gesicht. Offenbar fand sie es ganz und gar unschicklich, daß Deleney ihre Herrin beim Kosenamen nannte.

»Hören Sie, Mary, aus dem Spaß ist Ernst geworden. Ein Baum stand im Weg, und sie ist mit dem Kopf gegen einen Ast geschlagen.«

Fassungslos sah Mary ihn an. »Aus dem Spaß ist Ernst geworden?« wiederholte sie.

»Ich weiß, daß sie vorhatte, mir einen Reitunfall vorzugaukeln, damit ich den galanten Ritter spiele. Genauso war es auch, aber sie hat sich leider ernstlich dabei verletzt.«

»O mein Gott!« flüsterte Mary und lehnte sich an die Wand. »Wie schlimm ist es, Sir?«

»Eine Gehirnerschütterung und ein paar gebrochene Rippen. Der Arzt wird bald wieder hiersein. Er hat mir versichert, daß sie bei entsprechender Pflege bald gesund wird.«

Mary fuhr sich nervös mit der Zunge über die Lippen. »Woher wissen sie, daß ... daß ...«

»Sie hat es mir gesagt. Nicht ganz freiwillig, natürlich. Es ist ihr so herausgeschlüpft. Wie heißen Sie mit vollem Namen, Mary?«

»Mary Leona MacTavis, Sir.«

»Gut. Ich habe Miß Jameson in meinem Schlafzimmer einquartiert, weil es ein großer und luftiger Raum ist. Sie können gleich nebenan schlafen. Sie beide werden für eine Weile meine Gäste sein.«

»Vielen Dank, Sir.«

Delaney wandte sich zum Gehen; dann schien ihm noch etwas einzufallen.

»Irre ich mich, oder entspricht das haargenau den Plänen Ihrer Herrin, Mary?«

»Wie können Sie so etwas sagen, Sir?«

Argwöhnisch sah er sie an, und Mary schlug hastig die Augen nieder, um sich nicht zu verraten. »Ich gehe jetzt lieber zu ihr hinein, Sir.«

»Ja, tun Sie das. Wir werden uns beim Wachen ablösen. Sie trägt übrigens eines meiner Nachthemden. Wenn es ihr etwas besser geht, können Sie sie umziehen.«

Delaney zählte die Schläge der schönen alten Standuhr. Es war Mitternacht. Hoffentlich hatte Mary sich endlich schlafen gelegt. Er hatte sie fast zwingen müssen, vom Bett ihrer Herrin zu weichen. Sie traute ihm anscheinend nicht.

»Ich bin schließlich kein Wüstling«, hatte er ungehalten gebrummt. »Und Sie werden ihr keine große Hilfe sein, wenn Sie vor Erschöpfung zusammenbrechen.«

Trotzdem war es Lucas gewesen, der Mary dann schließlich überzeugen konnte.

»Komm schon, Mädchen«, hatte er mit einer so sanften Stimme gesagt, wie Delaney sie noch nie bei ihm gehört hatte. »Ich sorge dafür, daß man dich ruft, wenn es ihr schlechter geht.«

»Aber ihr Haar wird schrecklich verfilzen, wenn ich es nicht flechte!«

»Kümmern Sie sich morgen darum.« Damit hatte Delaney Mary kurzerhand aus dem Zimmer geschoben.

Nein, dachte Delaney jetzt und betrachtete sinnend Elizabeths entspanntes Gesicht, ich bin kein Wüstling. Aber ich würde dich gern in den Armen halten, dich streicheln und liebkosen, bis du vor Lust vergehst.

»Du bist ein Narr, Delaney Saxton«, murmelte er ärgerlich und fuhr erschrocken zusammen, als Elizabeth leise aufstöhnte. Er stand auf und beugte sich über sie. »Schon gut«, flüsterte er. »Es ist alles in Ordnung.« Sanft strich er ihr die wirren Locken aus der Stirn.

Elizabeth öffnete die Augen. Ihre Pupillen waren erweitert und wirkten tiefschwarz in dem gedämpften Licht.

»Vater«, wisperte sie, hob die Hand und berührte Delaneys Wange. »Vater.«

»Ich bin hier«, sagte Delaney. »Ich bleibe bei dir, Liza.«

»Ich bin so dumm, Vater. Wie konnte ich nur glauben, daß ich ihn wirklich heiraten will. Er ist ein Heuchler, Vater. Aber du konntest nicht wissen ...« Sie schloß die Augen wieder.

»Nein, du brauchst ihn nicht zu heiraten, Liza. Ein Heuchler ist nichts für dich.«

»Tante Gussie war so wütend«, fuhr Elizabeth in sonderbar singendem Tonfall fort. »Du hast mich verlassen, Vater, hast mich ihr ausgeliefert.« Ein Zittern überlief sie, und sie warf den Kopf auf dem Kissen hin und her.

»Du bist ihr nicht mehr ausgeliefert«, sagte Delaney tröstend. »Hörst du, Liza? Tante Gussie kann dir nichts mehr anhaben.«

»Sie wollten mich erst, als ich wieder reich war. Und Owen. Er ist ein Lump. Ich hatte nun niemanden auf der ganzen Welt.« Eine dicke Träne kullerte über ihre Wange.

Delaney wischte sie fort. Er hatte Erfahrung mit Menschen, die im Fieber sprachen. Dabei kam oft eine Menge zutage. Aber dieses wohlerzogene Mädchen, was konnte es schon zu verbergen haben? Was brachte sie dazu, so hoffnungslos zu weinen?

»Ginger ... sie haben sie verkauft, nur weil ich in Trauer war. All die langen Monate. Onkel Paul ... warum tust du das? Sie hassen mich ... hassen mich.«

Es gelang Delaney nicht, sie zu beruhigen. Schließlich legte er sich neben Elizabeth und schlang vorsichtig die Arme um sie. Er strich über ihr Haar, streichelte Hals und Schultern und flüsterte ihr sinnlose Worte ins Ohr.

Allmählich wurde sie ruhiger und fiel in einen leichten Schlummer. Ihre zur Faust geballte Hand ruhte auf Delaneys Brust.

Wie ein kleines Kind, dachte er zärtlich.

»Ich glaube, dein Plan geht auf«, flüsterte er und streifte ihre Lippen mit einem Kuß.

»Ich kann nicht atmen!« krächzte Elizabeth unter Schmerzen. »Der Verband, Mary, ich kriege keine Luft.«

»Halten Sie still, Liza. Ich hole Hilfe.«

Mary rannte zur Tür, die in diesem Augenblick geöffnet wurde. Delaney stand auf der Schwelle.

»Sir, der Verband ist zu fest. Sie hat schreckliche Schmerzen.«

Heiße Angst stieg in ihm auf, aber er unterdrückte sie.

»Lassen Sie mich nachschauen«, sagte er ruhig.

Er trat ans Bett und sah, wie sich Elizabeths Gesicht bei jedem Atemzug schmerzlich verzerrte.

»Liza«, befahl er mit fester Stimme. »Atmen Sie flach. So ... ja. Langsam.«

Er beugte sich über sie, um den Verband ein wenig zu lockern. Dann kam ihm zu Bewußtsein, daß er sie dabei entblößen würde.

»Mary!« rief er über die Schulter. »Sagen Sie Lucas, daß er Doc Morris holen soll.«

Delaney legte die Hand behutsam auf Elizabeths Rippen, um sich von der Festigkeit des Verbandes zu überzeugen. Er spürte jeden ihrer Atemzüge. »Nein, noch langsamer, Liza. Ganz leicht und flach atmen. So ist es gut. Braves Mädchen.«

»Ich bin kein Kind mehr«, stieß sie zwischen den Zähnen hervor.

»Weiß Gott nicht. Dann brauchte ich mir auch keine Sorgen wegen Ihrer jungfräulichen Schamhaftigkeit zu machen. Tun Sie, was ich gesagt habe.«

Elizabeth stöhnte gemartert. Jeder Atemzug tat höllisch weh.

»Flach atmen«, wiederholte Delaney immer wieder.

Und Elizabeth gehorchte.

»Nun, was ist?« fragte Doc Morris, als er hereinkam,

ohne sich mit einer Begrüßung aufzuhalten. »Miß Mary sagte, daß unsere Patientin sich über den Verband beschwert.«

Beim Klang der sonoren Stimme drehte Delaney sich um. »Bin ich froh, daß Sie gleich kommen konnten, Saint. Liza, falls Sie sich nicht erinnern, dies ist Saint Morris, Ihr Arzt.«

»Gehen Sie mal da weg, Del, damit ich mir die Dame näher ansehen kann.« Ohne weitere Umstände begann Saint, Lizas Nachthemd hochzuziehen. Mary stieß einen entrüsteten Laut aus und pflanzte sich vor Delaney auf.

Diskret trat Delaney hinüber ans Fenster.

»Und nun, Verehrteste«, hörte er Saint brummen, »hören Sie endlich auf, sich so zu sperren, und regen Sie sich nicht auf. Dann wird es Ihnen sicher gleich viel besser gehen.«

Elizabeth spürte, wie der Druck auf ihrer Brust allmählich nachließ.

»So ist es besser«, brachte sie mühsam hervor.

»Na also, Miß Mary, geben Sie mir ein Glas Wasser mit drei Tropfen Laudanum.«

»Bitte kein Laudanum mehr«, flüsterte Elizabeth. »Ich ... bitte nicht.«

»Es mildert den Schmerz, Mädchen. Also los, trinken Sie schon.«

Widerstrebend trank Elizabeth. »Ich begreife nicht, wieso man Sie ›Saint‹ nennt.« Ihre Augen funkelten. »Einen Heiligen stelle ich mir anders vor.«

Der Doc grinste vergnügt. »Ich sehe schon, Sie sind bald wieder wie neu. Delaney, Sie können wieder herkommen.« Und zu Elizabeth gewandt fuhr er fort: »Sie werden jetzt tief und fest schlafen, mein Kind. Del, Mary, geben Sie gut acht auf meine Patientin.« Er zwinkerte Elizabeth zu und machte sich dann geräuschvoll auf den Weg.

»Das war köstlich«, sagte Elizabeth.

»Es ist Lins Spezialmenü für Invalide.« Delaney schmunzelte. »Fragen Sie mich nicht nach den Zutaten. Ich könnte nicht einmal die Namen aussprechen. Aber ich werde Lin sagen, daß es Ihnen geschmeckt hat.«

»Das hat es.« Elizabeth nickte nachdrücklich. »Vielleicht verrät sie Mary das Rezept.«

Delaneys Blick ruhte forschend auf ihrem Gesicht. Es ging ihr zum Glück schon viel besser. Ihre Augen waren wieder klar, und sie hatte auch schon etwas Farbe bekommen.

Es ging schon auf zehn Uhr abends zu. Saint Morris war heute nicht dagewesen, weil er sich um einen Mann kümmern mußte, der bei einem Duell angeschossen worden war. Delaney nahm Elizabeth das Tablett ab, stellte es beiseite und setzte sich dann in den Ohrensessel neben ihrem Bett.

»Es waren heute einige Besucher für Sie da«, begann er im Plauderton. »Gentlemen unterschiedlichster Herkunft und Konfession haben vorgesprochen, den Hut in der Hand und die Augen voll tiefsten Mitgefühls.«

»Ich hoffe, Sie haben ihnen gesagt, daß ich noch niemanden empfangen kann.«

»Wo denken Sie hin? Ich habe sie alle heraufgeführt. Sie machten gerade ein Nickerchen.«

Unwillkürlich hob Elizabeth die Hand und berührte ihr sorgfältig gebürstetes Haar. Auf Delaneys Lachen hin zog sie die Brauen zusammen.

»Sie sind ein Flegel!« zischte sie.

»Und Sie sind fast schon wieder die alte, dem Himmel sei Dank.«

»Und seinem Heiligen«, vollendete sie trocken.

Er beugte sich ein wenig vor. »Haben Sie noch Schmerzen?«

Elizabeth mußte daran denken, daß er sie vor ein paar Tagen haltlos hatte jammern hören, und versteifte sich.

»Nein«, antwortete sie knapp. Sie verspürte wirklich nur noch ab und zu ein paar Stiche in der Brust und gelegentlich ein dumpfes Pochen im Kopf.

»Das nehme ich Ihnen zwar nicht ab, aber Sie brauchen tagsüber kein Laudanum mehr zu schlucken, höchstens noch zum Einschlafen. Sagen Sie, Liza«, fuhr er übergangslos fort. »Wann starb Ihr Vater?«

Erschrocken schaute sie auf. »Wie ... woher wissen Sie, daß mein Vater tot ist?«

»In der Nacht nach Ihrem Unfall haben Sie im Fieber gesprochen. Sie hielten mich für Ihren Vater.«

»Er starb im vergangenen April«, erklärte Elizabeth leise. O Gott, was hatte sie sonst noch gesagt?

»Das tut mir leid.« Delaney registrierte den eigenartigen Ausdruck, der bei seinen Worten in ihre Augen trat, und fragte sich, was das zu bedeuten hätte. Vielleicht hatte sie den Tod ihres Vaters noch nicht überwunden und wollte ihren Schmerz vor ihm verbergen. Er erhob sich, ging zum Kamin und stocherte in der Glut. Dabei spürte er ihre Blicke im Rücken.

»Wieso nennen Sie mich Liza?«

»Sie wollten das«, antwortete Delaney und drehte sich zu ihr um. »Der Name paßt gut zu Ihnen, finde ich.« Er sah, wie sie errötete, und fuhr fort. »Ich halte Sie für höchst ungewöhnlich, Liza. Bis zu Ihrer mißglückten Vorstellung am Rincon Hill habe ich Sie für eine emanzipierte, welterfahrene junge Dame gehalten.«

»Und wieso jetzt nicht mehr?«

Er schüttelte den Kopf. »Sie sind zielstrebig und vermutlich halsstarrig wie ein Muli, aber emanzipiert und welterfahren sind Sie nicht.«

Elizabeth senkte den Blick. Sie hatte alles so sorgfältig geplant. Nun war sie hier bei Delaney Saxton, war allein mit ihm, und trotzdem gelang es ihr nicht, wirklich zu ihm vorzudringen. Sie mußte ihn unbedingt aus der Reserve locken, sein Interesse wecken.

»Es war wie ein Schock für mich«, hörte sie ihn sagen, »daß ich in meinem Bett keine Dame von Welt vorfand, sondern ein sehr verwundbares junges Mädchen.«

Elizabeth preßte die Lippen zusammen und schwieg.

»Wenn es wirklich nur ein vorgetäuschter Unfall gewesen wäre, kann ich nur vermuten, wie Sie sich dann verhalten hätten. Ich will es mir gar nicht ausmalen.«

»Es ist unfair von Ihnen, sich über mich lustig zu machen. Sie nutzen meine Hilflosigkeit aus.«

Delaney schmunzelte. »Ich muß die Gelegenheit nutzen, denn ich fürchte, eine weitere Chance werden Sie mir nicht geben.«

Wider Willen mußte Elizabeth lächeln, dann sagte sie rasch: »Ich bin jetzt müde.«

»Aha, das bedeutet, Ihnen fällt im Moment keine passende Antwort ein, um mich auf den Platz zu verweisen, der mir zukommt, nicht wahr? Gehe ich recht in der Annahme, daß Sie mir den Grund für Ihre kleine Charade nicht verraten werden?«

Elizabeth holte tief Luft und sah ihm geradewegs in die Augen. »Sie gefallen mir«, erwiderte sie. »Aber Sie haben mich die ganze Zeit ignoriert.«

»Und das ist der einzige Grund?«

»Ja.«

»Warum gerade ich, Liza?«

»Warum nicht?«

Nachdenklich strich Delaney sich über das Kinn. »Daniel Brewer hat mich neulich gefragt, was in aller Welt eine hübsche junge Lady wie Sie nach San Francisco geführt haben könnte. Wir kamen zu dem Schluß, daß es nur eine Erklärung dafür gibt. Sie sind auf der Suche nach einem reichen Ehemann.«

»Ich brauche keinen reichen Ehemann.«

»Genau das ist es, was mich an dieser Theorie auch stört, meine Liebe.«

Meine Liebe! Elizabeth schenkte ihm ein Lächeln, das

sie für unwiderstehlich hielt. Zu ihrem größten Verdruß lachte Delaney jedoch schallend auf.

»Ich hasse Sie!« fauchte sie und fühlte sich wie eine komplette Närrin.

»Liebe ... Haß ... die beiden Gefühle liegen sehr nah beieinander, meinen Sie nicht auch?«

»Ja.« Elizabeths Blick hielt seinen fest. »Das tun sie.«

Unvermittelt wurde Delaney ernst. »Erzählen Sie mir von Ihrer Kindheit in England.«

Elizabeth entspannte sich ein wenig. Dies war wenigstens kein gefährliches Terrain. »Ich war ein Einzelkind. Meine Mutter starb im Kindbett, als ich zehn war. Später sorgte ich für meinen Vater, bis er starb.«

»Was ist mit Ihrer Tante Gussie?«

Ein heißer Schreck durchzuckte Elizabeth. Was hatte sie nur alles dahergeredet? »Sie ist ein wahrer Alptraum.«

»Und Owen?«

»Er ist ihr Sohn und ein Lump.«

»Aha. Und wer ist dann der Heuchler?«

»Der Heuchler? Oh ... sein Name ist Sir Guy Danforth. Ich war einmal mit ihm verlobt. Er und seine Mutter lebten in unserer Nähe, in Surrey. Nach dem Tod meines Vaters habe ich ihm den Ring zurückgegeben.«

»Weil Sie mittellos zurückgeblieben waren?«

Elizabeth ballte die Hände unter der Decke. »Mir scheint, daß Sie ohnehin schon alles wissen, Delaney.«

»Nur bruchstückweise. Trotzdem habe ich den Eindruck, daß das vergangene Jahr für Sie alles andere als leicht war.«

»Das ist wahr.«

»Waren Sie zufällig im Jahre 1851 in London?«

»Nein, ich war zu Haus.«

»Wie bedauerlich. Zu der Zeit hielt ich mich nämlich dort bei Verwandten auf. Leider habe ich nicht allzuviel vom Land gesehen, aber ich habe viele interessante Leute getroffen.«

Darauf wette ich! dachte Elizabeth. »Sie erwähnten, daß Ihre Schwägerin Engländerin ist.« Gespannt sah sie ihn an.

Delaney lehnte den Kopf zurück, ließ Elizabeth jedoch nicht aus den Augen.

»Ja. Ich war Gast ihrer Mutter und ihres Stiefvaters, Aurora und Damien Arlington. Sie sind der Herzog und die Herzogin von Graffton.«

Heftiger Zorn wallte in Elizabeth auf. Die beiden waren es also, die ihren Vater in die Sache hineingezogen und sich dann geweigert hatten, ihm zu helfen. Dabei waren sie reich, sehr reich sogar.

»Ich kenne sie nicht«, log sie.

»Und warum bringt dann schon ihr Name Sie so aus der Fassung?«

»Das tut er durchaus nicht«, widersprach sie.

»Ich wiederhole es noch einmal, Liza. Sie sind mir ein Rätsel.« Delaney trat an einen der Beistelltische und zählte ein paar Tropfen Laudanum ins Wasser.

»Ich will das Zeug nicht.«

»Danach wird im Augenblick nicht gefragt. Sie trinken es.«

»Ich lasse mir von niemandem etwas befehlen!«

Ihre Stimme zitterte vor Zorn.

Delaney lächelte, aber Elizabeth erkannte die Entschlossenheit in seinem Blick.

»Zwingen Sie mich nicht, es Ihnen mit Gewalt einzuflößen, Liza. Sie sind in meinem Haus, in meinem Bett und in meiner Obhut. Öffnen Sie jetzt den Mund.«

Elizabeth trank, bis das Glas leer war.

»So ist es gut. Es überrascht mich, daß Sie tatsächlich auch einmal folgsam sein können. Nein, gehen Sie nicht schon wieder auf mich los. Sie haben mich heute schon ganz schön geschafft. Dabei wartet noch ein Haufen Arbeit auf mich, bevor ich zu Bett gehen kann.«

»Ich ... das tut mir leid.«

Delaney beugte sich herab und berührte mit den Fingerspitzen ihre Wange. »Aber nicht doch, Liza. Ich bin ja froh, daß Sie hier sind. Es wäre mir zwar lieber, wenn die Umstände anders wären, aber was geschehen ist, ist geschehen. Und jetzt müssen Sie schlafen.«

Elizabeth hob das Gesicht und begegnete seinem Blick. Unwillkürlich fuhr sie sich mit der Zungenspitze über die Unterlippe. Sie hörte ihn scharf einatmen.

»Sie sind ein Filou«, sagte sie und gab sich Mühe, ihre Stimme möglichst mißbilligend klingen zu lassen.

Da hast du gar nicht so unrecht, Miß Neunmalklug, dachte Delaney.

»Nicht bewegen, Liza«, bat er ganz leise.

Elizabeth sah, wie er sich noch tiefer beugte. Ein eigenartiges Gefühl der Unwirklichkeit überkam sie, als stände sie neben sich selbst und beobachtete die Szene aus der Ferne. Plötzlich spürte sie Delaneys Lippen auf ihrem Mund. Erschrocken zuckte sie zurück.

»So emanzipiert«, murmelte er. »Sind Sie noch nie geküßt worden?«

»Doch!« stieß sie hervor. »Von Owen. Es war einfach gräßlich.«

»Ich wage nicht, mir vorzustellen, was Sie mit ihm gemacht haben.«

»Beim erstenmal hat er mein Knie zu spüren bekommen, und beim zweitenmal habe ich ihn in die Zunge gebissen.«

»Hat der Heuchler Sie geküßt?«

»Natürlich nicht. Er war ja schließlich ein Gentleman.«

»Wieso hat Owen Sie zweimal geküßt? Hat der Bursche denn nichts dazugelernt?«

Ihr ausdrucksvolles Gesicht verriet ihre Gedanken, und Delaney war nicht im mindesten überrascht, daß sie mit einer Gegenfrage auswich. »Warum haben Sie mich geküßt?«

»Das war kein richtiger Kuß, meine Liebe.« In seinen

Augen glomm es auf. »Das war nur ein Anfang ... eine Sondierung des Terrains.«

»Ich kann Sie nicht ohrfeigen, weil mir die Rippen so weh tun.«

»Mit anderen Worten, Sie sind ganz in meiner Gewalt. Regt der Gedanke Sie nicht auf?«

Elizabeth mußte kichern und bereute es sofort.

»Bitte«, keuchte sie. »Bringen Sie mich nicht zum Lachen. Und außerdem sollten Sie nicht vergessen, daß ich unter dem Schutz eines Heiligen stehe.«

Delaney richtete sich auf und sah nachdenklich auf sie nieder. Er merkte, daß das Laudanum allmählich zu wirken begann, obwohl in ihren Augen noch eine gewisse Herausforderung blitzte. »Soll ich die Gunst der Stunde nutzen und Sie noch einmal küssen? Immerhin haben Sie ja nicht versucht, mich zu entmannen.«

Elizabeth errötete.

»Darf ich hoffen, daß ich tatsächlich einmal das letzte Wort hatte?« fragte Delaney.

»Ich schlafe schon«, erklärte Elizabeth und schloß die Augen.

»Gute Nacht, Liza.«

Sie öffnete die Augen erst wieder, als sie hörte, wie die Schlafzimmertür leise ins Schloß fiel. Zögernd hob sie die Hand und berührte ihren Mund. Ihre Lippen fühlten sich irgendwie anders als sonst an. Hastig ließ sie die Hand sinken.

Morgen werde ich ihn nach seinen Geschäften fragen, nahm sie sich vor. Dann wird er Farbe bekennen müssen. Und außerdem werde ich ihn nach all den »interessanten Leuten« fragen, die er in London getroffen hat.

Elizabeth saß gewaschen und frisch frisiert im Bett und wartete auf Delaney. Als sie endlich draußen Männerschritte hörte, setzte sie ein hinreißendes Lächeln auf.

Es war Saint Morris.

»Donnerwetter!« Er stieß einen langen Pfiff aus. »Das ist ja, als wenn die Sonne aufgeht. Sie werden meine Hilfe nicht länger benötigen, Verehrteste.«

Elizabeth hätte ihn zu gern gefragt, wo Delany steckte. Nachdem er sie flüchtig untersucht hatte, erkundigte sie sich so beiläufig wie möglich: »Haben Sie den Hausherrn schon gesehen, Doc?«

»Del? War er noch nicht hier? Wer hat denn dieses ganze Grünzeug von Ihren Bewunderern heraufgebracht?« Er wies auf die zahlreichen Buketts, die im Zimmer verteilt waren.

»Nicht er«, erwiderte Elizabeth verdrossen. »Die hat Mary alle gestern heraufgebracht.«

»Ach so. Da unten häuft sich schon wieder eine neue Wagenladung. Del wird sicher irgendwann Zeit finden, das Zeug herzuschaffen. Er ist ein vielbeschäftigter Mann, mein Kind. Ruhen Sie sich inzwischen aus, aber nehmen Sie nur Laudanum, wenn Sie es wirklich brauchen. Sonst werden Sie mir noch abhängig davon.«

Als Elizabeth wieder allein war, starrte sie mißmutig auf die Zimmertür.

Also war Delaney zu Haus, hatte es jedoch nicht für nötig befunden, nach ihr zu sehen. So ein eingebildeter, arroganter Laffe!

In diesem Augenblick wurde die Tür geöffnet und Delaney erschien auf der Schwelle. Noch bevor Elizabeth ihre Befriedigung über seinen Besuch genießen konnte, wandte er sich um und sagte: »Nur herein, meine Damen. Ich bin sicher, daß Miß Jameson sich über alle Maßen nach weiblicher Gesellschaft sehnt.«

Elizabeth verschluckte sich fast. Dann sagte sie, den Blick fest auf Penelope gerichtet: »Da haben Sie recht, Delaney. Nach Ihren ... ausgedehnten Besuchen ist es eine erfreuliche Abwechslung.«

»Miß Jameson!« piepste Penelope mit ihrer hohen Stimme. »Wie angegriffen Sie aussehen.«

Delaney verbiß sich ein Grinsen. Er schob die Hände in die Hosentaschen und ging hinüber zum Fenster.

»Ach, wirklich?« hauchte Elizabeth. »Das liegt gewiß an den langen Abenden, Miß Stevenson.«

Mrs. Stevenson rauschte heran wie die »Eastern Light« unter voller Besegelung.

»Oh, ganz im Gegenteil«, widersprach sie ihrer Tochter. »Ich glaube, Miß Jameson hat sich schon so gut erholt, daß sie bald in ihr Hotel zurückkehren kann. Wie fühlen Sie sich, meine Liebe?«

»Angegriffen, Madam, aber nur innerlich.«

»Wollen die Damen nicht Platz nehmen?« fragte Delaney verbindlich, weil ihm die Situation offenbar zu heikel wurde.

»Alle Welt spricht von Ihrem Unfall«, berichtete Penelope und zupfte ihr hübsches gelbes Taftkleid zurecht. »Del sagt, daß Tony Dawson, dieser dumme Junge, täglich ein paarmal hier vorspricht.«

Elizabeth maß Delaney mit einem vielsagenden Blick, aber er lächelte nur und schwieg.

»Ist es nicht schön«, bemerkte sie, »so gute Freunde zu haben?«

»Agatha Newton wollte uns begleiten«, ergriff Mrs. Stevenson wieder das Wort. »Aber ich bedeutete ihr, daß zuviel Besuch Sie wahrscheinlich ermüdet.«

»Wie umsichtig von Ihnen, Madam.«

»Wie ich höre, behandelt dieser schreckliche Saint Morris Sie«, sagte Penelope wegwerfend.

»Meine liebe Penelope!« Delaneys stimme klang in Elizabeths Ohren so sanft wie eine Liebkosung. »Dr. Morris ist einer der wenigen kompetenten Ärzte hier in San Francisco. Ich verstehe Ihre Abneigung nicht.«

»Er hat keinen Schliff.« Mit einer gezierten Bewegung warf Penelope den Kopf zurück.

»Oh, das erklärt natürlich alles«, erwiderte Delaney. Offenbar hatte Saint Penelope nicht genügend hofiert.

Penelopes Lider flatterten irritiert. Sie wußte nicht recht, was sie von den Worten halten sollte.

Delaney, dem nicht entgangen war, daß Elizabeth ihn unauffällig beobachtete, trat zu Penelope und streichelte ihre Hand. Dabei fragte er sich verwundert, warum er sich so verhielt.

Er liebte Penelope nicht und hatte auch nicht mehr die Absicht, sie zu heiraten. Trotzdem benahm er sich so. In Wirklichkeit — und das erkannte er in diesem Augenblick mit plötzlicher Klarheit — bedeutete sie ihm von Tag zu Tag weniger.

Delaney suchte Elizabeths Blick. Was für wundervolle Augen sie hatte. Im stillen verfluchte er den Umstand, daß es ihm einfach nicht gelingen wollte, den Ausdruck dieser geheimnisvollen Augen zu deuten. Was würde sie wohl sagen, wenn er ihr gestand, daß er womöglich noch interessierter an ihr war als sie an ihm?

»Ah, da bist du ja, Lin!« Lin erschien mit dem Tee, und Delaney war sichtlich dankbar für die Unterbrechung. »Meine Damen, ich glaube, die Anstrengung ist für Miß Jamson wohl doch ein wenig zuviel gewesen. Wir lassen sie jetzt lieber allein und nehmen den Tee unten.«

Zähneknirschend registrierte Elizabeth den triumphierenden Blick, den Penelope ihr zuwarf. Man verabschiedete sich formvollendet, und dann war Elizabeth wieder sich selbst überlassen.

Wenig später erschien Lin Chou mit Elizabeths Tee und knupsrigem Mandelgebäck. »Tee mit Sahne, Missy?«

»Nein, danke, Lin.« Elizabeth biß in einen der kleinen Kuchen. »Hm, ein Gedicht. Genau wie all die anderen leckeren Sachen, die du immer für mich zubereitest, Lin. Es schmeckt mir ausgezeichnet.«

Lin strahlte.

»Die Ladies sind schon fort«, berichtete sie.

»Ach ja?«

»Mr. Del wird nachher mit Miß Stevenson ausreiten.«

Elizabeth verschüttete etwas Tee, und Lin beeilte sich, den Schaden wiedergutzumachen.

Die Lady will den Master, dachte sie schlau. Es freute sie, und sie konnte es gar nicht abwarten, Lucas einzuweihen.

Nachdem Lin gegangen war, fluchte Elizabeth unflätig wie ein Kutscher.

8. Kapitel

Delaney führte die Gabel zum Mund. Überlaut, wie es ihm schien, hörte er dann seine Kaugeräusche in der lastenden Stille. Elizabeth hatte kaum ein Wort gesprochen, seit er mit dem Dinner-Tablett hraufgekommen war. Er glaubte den Grund für ihr finsteres Schweigen zu kennen und fühlte sich außerordentlich geschmeichelt.

»Mögen Sie den Mais nicht?« fragte er in das Schweigen hinein. »Er ist ganz jung und zart, frisch aus Lins Garten.«

Ohne den Blick von ihrem noch fast unberührten Teller zu heben, murmelte Elizabeth abwesend: »Er ist sehr ... gelb.«

Delaney zog eine Braue hoch. »Gelb wie der Neid ... und die Eifersucht?«

Bedächtig legte Elizabeth die Gabel auf den Teller. Am liebsten hätte sie Delaney den Mais mitten ins Gesicht geworfen. Sie war frustriert, weil sie mit ihm nicht weiterkam, und hatte das Gefühl, in eine Sackgasse geraten zu sein. Und dieser arrogante Affe hielt das für Eifersucht! Ihr fehlte noch jede Erfahrung mit Männern. Sie hatte ihn mit ihrem Verhalten strafen wollen, aber offenbar hatte sie zum falschen Mittel gegriffen, wenn er es für Eifersucht hielt.

Elizabeth hob den Blick und sagte mit liebenswürdiger

Stimme: »Sie sind ein eingebildeter Flegel, wissen Sie das?«

»So ist es schon viel besser. Sie werden immer so schrecklich einsilbig, wenn Sie verärgert sind.«

»Dafür bin ich wenigstens ehrlich. Sie dagegen scheinen überhaupt keine echten Gefühle zu haben. Über alles machen Sie sich lustig.«

»Warum so aggressiv, Liza? Ich habe nichts anderes im Sinn, als Ihnen bei einem guten Abendessen Gesellschaft zu leisten und Sie dabei ein wenig aufzuheitern.«

»Woher haben Sie die Narbe an der Oberlippe?« fragte sie zusammenhanglos.

»Von einer Axt, die mein Vater mir zum achten Geburtstag schenkte. Ich habe noch mehr Narben ... an viel interessanteren Stellen.«

»Und Sie würden mir gern erzählen, woher Sie stammen, um Ihre heldenhafte Kühnheit unter Beweis zu stellen, nicht wahr?«

»Nur wenn ich damit Ihre Bewunderung erringen und Sie ein wenig milder stimmen kann.«

In deiner Gegenwart kann mich gar nichts milder stimmen, dachte Elizabeth. Sie brachte ein bühnenreifes Gähnen zuwege und fragte beiläufig: »Haben Sie Ihren Ausritt mit Miß Stevenson genossen?«

Um Delaneys Lippen zuckte es verdächtig. »Ist es nicht komisch, daß ich genau wußte, daß Sie darüber informiert sind?«

»Ach, und Sie glauben, daß ich dshalb eifersüchtig bin?« gab sie spöttisch zurück.

»Penelope ist eine recht ... recht umsichtige Amazone. Längst nicht so draufgängerisch wie Sie. Das kommt natürlich der Unversehrtheit ihres anmutigen Körpers zugute.«

Er spielte mit ihr wie eine große, träge Katze mit einer — bandagierten — Maus. Elizabeth sah das zweifellos recht groteske Bild plastisch vor sich und mußte kichern.

»Was ist? Darf ich mitlachen?«

Warum nicht? dachte sie und verriet Delaney, worüber sie gekichert hatte.

Er grinste. »Wenn nicht Sie die Bandagen trügen, würde sich allerdings die Frage erheben, wer von uns beiden die Katze ist.«

Die Bemerkung hatte gesessen. Elizabeth biß sich auf die Lippe.

»Ich spiele nicht mit Ihnen«, sagt sie steif.

»Schon möglich. Auf jeden Fall haben Sie Jagd auf mich gemacht. Ich frage mich, was Sie wohl mit mir machen würden, wenn ich die Waffen strecken und mich ergeben würde.«

»Das wäre mal eine nette Abwechslung.«

»Und was würden Sie sagen, wenn meine Kapitulation direkt neben Ihnen im Bett stattfände?«

Wie, um alles in der Welt, sollte sie auf diese freche Frage reagieren? Ihn herausfordern?

»Oh verflixt«, entfuhr es ihr. »Ich weiß es nicht.«

Er lachte auf und warf dabei fast das Tablett um. »Sie sind köstlich, wissen Sie das?«

Elizabeth spürte, wie ihr bei seinen Worten heiß wurde. Ein unbeschreibliches, nie gekanntes Gefühl regte sich in ihr, und sie scheute unwillkürlich davor zurück.

»Wollen Sie mir nicht erzählen, was Sie heute den ganzen Tag getrieben haben?« wechselte sie hastig das Thema. »Dr. Morris erwähnte, daß Sie ein sehr beschäftigter Mann sind. Haben Sie sich mit geschäftlichen Dingen befaßt, bevor die Stevensons kamen?«

Attacke und Rückzug, dachte Delaney. Eine geschickte Strategie.

»Das habe ich in der Tat.« Er stellte das Tablett weg und lehnte sich zurück. »Ich erwarte eines meiner Schiffe aus dem Orient zurück. Es müßte jeden Tag einlaufen.«

Schiffe! Wie reich war er eigentlich? »Wie viele Schiffe besitzen Sie, Delaney?«

»Drei. Mein Vater war Schiffsbauer in Boston, wie heute mein Bruder Alex, der in New York lebt.«

»Aha. Interessant.«

Delaney verschränkte die Arme vor der Brust und streckte die Beine aus. »Betreiben Sie nur höfliche Konversation oder wollen Sie feststellen, ob ich so vermögend bin wie Sie?«

»Ich bin außerordentlich vermögend«, gab Elizabeth schnippisch zurück. Konnte dieser gräßliche Mann etwa Gedanken lesen? Ständig brachte er sie mit seinen Bemerkungen in die Defensive.

»Sie sind ein Krösus ... wie ich. Einer jener beklagenswerten Plutokraten, die — zu Recht oder nicht — Anspruch auf vornehme Abstammung und erlesenen Geschmack erheben.«

»Unser Vermögen war über Generationen hinweg Familienbesitz«, erwiderte Elizabeth ein wenig hochmütig. »Bis mein Vater starb. Dann wurde alles anders.«

»Wollen Sie mir nicht erzählen, wie Sie zu Ihrem jetzigen Vermögen gekommen sind?«

Warum eigentlich nicht? Vielleicht konnte sie auf diese Weise Delaneys Vertrauen gewinnen. »Mein Pate hat es mir hinterlassen, nachdem er in Indien gestorben ist. Ein paar Jahre zuvor waren seine Frau und sein Sohn bei einem Eingeborenenaufstand ums Leben gekommen. Diese Erbschaft hat mich buchstäblich vor dem Armenhaus gerettet. Sie hat mich frei gemacht ... und ich genieße diese Freiheit.«

»In dem Fall erscheint es mir in der Tat höchst unwahrscheinlich, daß Sie auf der Jagd nach einem Ehemann sind, weil es dann mit der Freiheit vorbei wäre.«

Er versucht schon wieder, mich aus der Reserve zu locken, dachte Elizabeth und war auf der Hut.

»Amerika ist nicht England, Delaney«, wandte sie ein. »Hier sind auch die Frauen freier.«

»Bis zu einem gewissen Grade. Wie auch immer, Sie

sind eine höchst undurchsichtige Frau, Liza. Vielleicht erzählen Sie mir eines Tages, weshalb es Sie ausgerechnet in diese gottverlassene Gegend gezogen hat.«

»Sind Sie nicht auch bis in den Orient gesegelt?«

»Schon. Aber das beantwortet meine Frage nicht, oder?«

»Nein«, gab Elizabeth zögernd zu. »Da haben Sie recht.«

Delaney beobachtete sie unauffällig. Ihr volles Haar war geflochten und hochgesteckt, und ein paar vorwitzige Löckchen umrahmten ihr Gesicht. Sie trug ein blaßgelbes Spitzennachthemd, das sich um ihren schlanken Hals bauschte. Alles an ihr war zart und zerbrechlich, selbst ihre Hände mit den schmalen, wundervoll geformten Fingern.

Unwillkürlich schaute er auf seine eigenen Hände und seufzte innerlich auf. Sie sahen immer noch aus wie Arbeiterhände; die Zeit in den Minen hatte ihre Spuren hinterlassen.

Er begehrte Elizabeth. Das überraschte ihn im Grunde nicht, denn sie war schön. Und doch, er hatte Frauen gekannt, die noch schöner waren, und keine hatte ihn so magisch angezogen wie sie. Vielleicht war es ihre Unergründlichkeit, die ihn so fesselte.

Attacke und Rückzug, dachte er wieder. O ja, sie verstand sich auf das Spiel.

»Nun mal ehrlich, haben Sie noch Schmerzen?« fragte er.

»Nur ein bißchen.«

»Sie wollen auf keinen Fall Laudanum mehr, nicht wahr?«

»Nein. Ich will nicht dauern unter Drogen stehen.«

»Liza, starb Ihr Vater an einer Überdosis Laudanum?«

Elizabeth erbleichte, und in ihre Augen trat ein Ausdruck, als hätte er sie geschlagen.

Ja! hätte sie am liebsten geschrien. Und es war deine Hand, die das Gift in sein Glas geträufelt hat! Sie schloß die Augen, um den in ihr auflodernden Haß zu verbergen.

»Es tut mir leid«, sagte Delaney sanft. »Ich wollte keine Wunden aufreißen. Ich glaube, ich lasse Sie jetzt allein, denn Sie bauchen Ruhe.«

Er erhob sich und stellte die Teller auf das Tablett. »Schlafen Sie gut, meine Liebe. Ich schaue morgen früh wieder nach Ihnen.«

Elizabeth lag noch eine Weile wach. Sie starrte mit brennenden Augen in die Dunkelheit, und der Schmerz um den toten Vater drückte ihr fast die Brust ab. Sonderbarerweise galt ihr letzter Gedanke vor dem Einschlafen Delaney Saxton. Er war ihr genauso ein Rätsel wie sie ihm. Die Details paßten einfach nicht zusammen. Irgendwie wollte es ihr nicht gelingen, mit Hilfe dieser Details das Bild des Mannes zu formen, den sie aus tiefster Seele haßte.

Nachdem Delaney Elizabeth verlassen und noch kurz mit Lin und Lucas gesprochen hatte, zog er sich in die Bibliothek zurück, um zu arbeiten. Aber er konnte sich nicht recht konzentrieren.

Ein Lächeln umspielte seine Lippen, als Lins Worte ihm einfielen:

Missy ist verrückt nach Ihnen, hatte sie ihm anvertraut. Sie ist eine richtige Lady.

Delaney begann einen Brief an seinen Bruder Alex, mußte aber nach einer guten Viertelstunde feststellen, daß er über den ersten Satz nicht hinauskam. Er fluchte lautlos in sich hinein, denn er wußte nur zu gut, was, oder vielmehr wer es war, der ihn so ablenkte. Er löschte die Lampen und ging leise die Treppe hinauf.

Vor der Schlafzimmertür blieb er einen Augenblick stehen, wobei er versuchte, das Verlangen zu unterdrücken, das ihn bei der Vorstellung überfiel, wie Elizabeth in seinem Bett schlief.

Plötzlich hörte er einen gellenden Schrei.

»Liza!« Er riß die Schlafzimmertür auf und stürzte in den dunklen Raum. Nur undeutlich sah er, wie sie sich krampfhaft im Bett hin und her warf. Ihr jämmerliches Schluchzen drang jedoch deutlich an sein Ohr. Offenbar hatte sie einen Alptraum.

»Liza«, sagte Delaney noch einmal, setzte sich auf die Bettkante und faßte nach ihren Schultern. »Wach auf. Wach auf, Liza!«

»Nein!« Sie keuchte und versuchte ihn fortzustoßen. »Nein! Nein!«

Er spürte die Kraft, die die Angst ihr verlieh, und schüttelte sie sanft. »So wach doch auf!«

Elizabeth wimmerte leise, dann wurde ihr Körper schlaff.

Delaney nahm sie in die Arme und wiegte sie leicht.

»Komm, mein Liebling, es ist ja schon gut«, murmelte er.

Die Tür des Nebenzimmers flog auf, und Mary stürzte herein.

»Keine Sorge, Mary«, sagte Delaney. »Sie hat nur schlecht geträumt.«

Mary seufzte tief auf. »Jetzt hatte sie schon so lange Ruhe davor«, sagte sie. »Ich habe geglaubt, daß es damit endgültig vorbei ist, aber offenbar ...«

»Hatte sie solche Träume schon öfter?« unterbrach Delaney sie. In diesem Augenblick regte Elizabeth sich in seinen Armen.

Anstatt sich ihm zu entziehen, schmiegte sie sich an ihn und verbarg ihr Gesicht an seiner Schulter, als müßte sie sich verstecken.

»Ja.« Mary nickte. »Bevor wir England verließen, wurde sie beinahe von einer Kutsche überfahren. Ein Matrose riß sie im letzten Moment zurück.«

»Ich verstehe. Gehen Sie wieder ins Bett, Mary. Ich bleibe bei ihr.«

Mary nickte und zog sich zurück. Leise schloß sie die Tür hinter sich. Wie erstaunlich ihr Verhalten war, kam Delaney in diesem Augenblick gar nicht zu Bewußtsein. Normalerweise hätte keine Zofe ihre Herrin mitten in der

Nacht in den Armen eines Mannes zurückgelassen, der nicht deren Ehemann war.

»Liza«, flüsterte Delaney an Elizabeths Schläfe und liebkoste mit den Lippen ihre zarte Haut.

Sie drängte noch näher zu ihm, und ein heftiges Verlangen durchströmte ihn, als er ihre Brüste durch das dünne Nachthemd spürte. Behutsam streichelte er ihr Haar, massierte dann die verspannten Muskeln ihrer Schultern.

Elizabeths Panik verebbte. Mit einem Schlag wurde ihr klar, daß sie ausgerechnet an Delaneys Brust Schutz gesucht hatte — und sich auch noch wohl dabei fühlte. Jäh hob sie den Kopf. Dabei war sie weniger auf Delaney wütend als auf sich selbst.

»Ich bin nicht hysterisch«, murmelte sie.

Sein Griff lockerte sich ein wenig, aber er gab sie nicht frei.

»Nein, sicher nicht«, sagte er besänftigend. »Jeder hat gelegentlich Alpträume.«

»Es war nicht nur ein Alptraum«, widersprach Elizabeth. »Dieser Verrückte hat versucht, mich umzubringen. Ich bilde mir das nicht bloß ein.«

»Der Mann, der die Kutsche fuhr?«

Sie nickte und preßte das Gesicht unwillkürlich wieder an seine Schulter. Das brachte sein Blut erneut in Wallung. Wie sehnte er sich danach, ihre Brüste zu liebkosen!

Ein wenig schuldbewußt schob Delaney sie von sich und drückte sie in die Kissen. Sie war Gast in seinem Haus, hilflos und geschwächt, und das durfte er unter keinen Umständen ausnutzen.

Elizabeth schien nicht zu merken, was in ihm vorging.

»Ich bin wieder ganz in Ordnung«, sagte sie mit relativ fester Stimme. »Es tut mir leid, Sie gestört zu haben. Eigentlich träume ich jetzt nur noch selten davon.«

»Ich ging gerade an Ihrer Tür vorbei, als ich Sie schreien hörte.« Mit kaum merklich bebender Hand schob Delaney eine Locke aus ihrer Stirn. »Sie haben mich zu Tode erschreckt.«

In diesem Augenblick wurde Elizabeth voll und ganz bewußt, daß sie allein mit ihm war ... mitten in der Nacht ... und daß sie nichts am Leibe hatte als ein dünnes Nachthemd.

Sollte sie ihn zu sich herabziehen? Ihn bitten, bei ihr zu bleiben? Und was dann? Die Erinnerung an Owens Überfall stieg plötzlich in ihr auf, und ihr Körper wurde steif vor Abwehr.

Delaney mißdeutete ihre Reaktion.

»Sie brauchen keine Angst vor mir zu haben, Liza«, sagte er leise. »Ich würde Ihnen nie weh tun. Möchten Sie ein Glas Wasser oder Milch?«

»Nein«, lehnte sie ab, und ihre Stimme klang wie die eines kleinen Kindes.

Er stand auf und strich mit fahrigen Bewegungen das Deckblatt glatt. Dann räusperte er sich.

»Liza?«

»Ja?«

»Hätten Sie Lust, morgen eine kleine Spazierfahrt mit mir zu machen, wenn Saint einverstanden ist?«

Nach kurzem Zögern antwortete sie: »Das würde ich gern tun.«

Dann lag Elizabeth wieder allein in dem dunklen Zimmer. Sie hörte Delaney die Treppe hinuntersteigen, einen Augenblick stehenbleiben, als wäre er unschlüssig, wohin er sich wenden sollte. Wenig später knarrte die Haustür. Wo wollte er jetzt noch hin?

Die nächsten Stunden verbrachte Delaney bei Marie und verschaffte seinem Körper die ersehnte Erleichterung. Nur seinem Körper; die bohrenden Gedanken hinter seiner Stirn blieben. In tiefes Grübeln versunken, ritt er gegen Morgen durch das stille San Francisco heim zu seinem Haus.

»Ja, warum nicht?« gab Saint Morris sein Einverständnis. Er lächelte, als er sah, welche Freude er seiner Patientin damit machte. »Aber daß Sie mir die Gäule im Schritt gehen lassen, Del! Es ist ein schöner Tag. Fahren Sie mit Miß Jameson zur Küste. Passen Sie gut auf sie auf, ja! Sie darf sich nicht überanstrengen.«

Am frühen Nachmittag saß Elizabeth dann in einem Landauer. Wie herrlich frei und ungebunden man sich doch ohne Korsett fühlt, dachte sie, lehnte den Kopf zurück und genoß die warmen Sonnenstrahlen auf ihrem Gesicht. So konnten sich sonst wohl nur Männer fühlen. Sie wandte den Kopf ein wenig und streifte den neben ihr sitzenden Delaney mit einem Seitenblick. Lucas thronte vorn auf dem Kutschbock.

»Ich bin Ihnen so dankbar«, sagte sie zu Delaney. »Der Landauer ist wunderbar bequem. Sie verwöhnen mich.«

»Den Landauer haben mir freundlicherweise die Stevensons geliehen«, gestand er mit einem boshaften Grinsen.

Elizabeth schluckte die spitze Antwort hinunter, die ihr auf der Zunge lag. Statt dessen lächelte sie. »Ich lasse mich nicht von Ihnen provozieren, Delaney. Nicht heute.«

»Ist Ihnen warm genug, Liza?«

»Wenn Sie noch eine Decke um mich wickeln, fange ich an zu glühen.«

Sein Blick hielt ihren fest. Wie gern hätte er sie zum Glühen gebracht! Nicht mit einer Decke, sondern mit seinem Körper.

Geschickt lenkte Lucas die Kutsche durch die belebten Straßen.

»So viele neue Gebäude«, bemerkte Elizabeth staunend und schrie leise auf, als ein schwer bepackter kleiner Chinese beinahe vor die Kutsche gelaufen wäre.

»Ja, San Francisco wächst von Tag zu Tag«, sagte Delaney. »Lucas, fahr an der Mission Dolores vorbei! Wenn Sie wieder ganz gesund sind, Liza, machen wir einen Besuch in den Russ Gardens. Haben Sie schon davon gehört?«

»Ja, natürlich«, erklärte sie von oben herab. »Tony hat mir davon berichtet.«

»Hat er Ihnen auch erzählt, daß wir sogar eine Rennbahn haben? Sie sehen, es wird Ihnen hier alles geboten, was das Herz begehrt.«

»Ich war noch nie auf einer Rennbahn«, sagte Elizabeth mit leisem Bedauern.

»Was? Nicht einmal in Ascot?«

Sie schüttelte den Kopf.

»Vater meinte, das schickte sich nicht für ein junges Mädchen.«

»Und nun, da Sie eine unabhängige Frau sind ... ist es da auch noch unschicklich?«

Elizabeth lächelte schelmisch. »Mit einer angemessenen Begleitung sicherlich nicht.«

»Ich werde Tony fragen, ob er Zeit hat«, sagte Delaney mit unbewegtem Gesicht.

»Sie ...«

Er unterbrach sie rasch. »Wissen Sie eigentlich, daß die Stadt den Namen ›San Francisco‹ erst vor sechs Jahren bekommen hat? Damals war Washington Barlett Bürgermeister. Er forderte in unserer ersten Zeitung, dem ›California Star‹, daß der Name Yerba Buena in San Francisco umgewandelt werden solle.«

»Yerba was?«

»Yerba Buena. Das heißt in etwa ›gutes Kraut‹. Vermutlich nannte man die erste Ansiedlung so wegen einer aromatisch duftenden Staude, die hier überall an der Küste wuchs. Wie Sie wahrscheinlich wissen, war alle Welt später daran interessiert, Kalifornien zu annektieren. Aber natürlich haben wir Amerikaner das Rennen gemacht. Spanien hat uns Kalifornien schließlich abgetreten.«

»Wann wurde das Gold entdeckt?«

»Ironie des Schicksals. Der Vertrag wurde 1848 unterzeichnet, und genau neun Tage vorher stieß man bei Sutters Mühle auf die ersten Nuggets. Ein paar Monate später brach hier die Hölle los.«

»Mit Ihnen als einem der ersten … wie nennt man solche Leute noch? Argonauten?«

Ein Schatten flog über Delaneys Gesicht.

»Stimmt«, bestätigte er dann. »Ich kam damals von Boston hierher, zu jener Zeit ein ziemlich abenteuerliches Unterfangen.«

Er streifte Elizabeth mit einem Seitenblick. »Im Grunde ist es das noch.«

»Sie sind wegen des Goldes nach Kalifornien gekommen?«

»Mein Bruder würde sagen, weil ich eine Art Rebell war und nicht in die Fußstapfen meines Vaters und Großvaters treten wollte. Das Gold und die Herausforderung, es durch eigene Kraft zu etwas zu bringen, reizte mich.«

»Es muß alles recht schwierig für Sie gewesen sein«, meinte Elizabeth.

»Romantisch jedenfalls nicht. Es war reine Knochenarbeit. Aber ich hatte ziemliches Glück, und das kann man wirklich nicht von jedem sagen, den es hierher verschlagen hat.«

»Ich könnte mir denken, daß es mehr war als harte Arbeit«, sagte Elizabeth nachdenklich. »Vermutlich ist es ein Naturgesetz, daß Männer sich in die wildesten Abenteuer stürzen müssen, um zu beweisen, wie stark und unbesiegbar sie sind.«

Delaney lachte. »Würde es Sie sehr beeindrucken, wenn ich Ihnen von diesen gottverdammten Moskitos berichte, die über meinen armen Körper hergefallen sind? Oder vielleicht von dem Vergnügen, bis zu den Hüften im Wasser zu stehen und Gold zu waschen?«

Elizabeth antwortete nicht.

»Oh, sehen Sie nur!« rief sie plötzlich. »Kein einziges Haus mehr, nur Sanddünen, so weit das Auge reicht.«

»Viel näher kann ich nicht ans Meer heranfahren, Sir«, sagte Lucas über die Schulter. »Sonst bleiben die Räder im Sand stecken.«

»Du kannst an der nächsten Düne halten, Lucas. Ich gehe dann mit Miß Jameson hinunter an den Strand.«

Der Fahrweg wurde immer holpriger. Die Luft hatte sich ein wenig abgekühlt, und mit einemmal roch Elizabeth das Meer. »Wie schön!« rief sie atemlos und winkte den Möwen zu, die über ihren Köpfen dahinschossen. »Und kein Mensch ist hier. Es gehört uns ganz allein.«

»Ja.« Delaney nickte. »Uns ganz allein. So, Lucas. Halt an.«

Vor ihnen lag der Pazifische Ozean, und das saphirblaue Wasser gleißte und schimmerte in der Sonne. Man hörte nichts als das Rauschen der Wellen und hin und wieder den schrillen Schrei einer Möwe.

»Mein Gott«, entfuhr es Elizabeth fast ehrfürchtig. »Mir ist, als wäre ich der erste Mensch, der das zu Gesicht bekommt. So muß ein Bergsteiger sich fühlen, wenn er einen Gipfel erklommen hat.«

»Noch ist dieser Landstrich unberührt. Aber in zehn Jahren, vielleicht schon in fünf, wird hier wahrscheinlich alles zugebaut sein«, meinte Delaney. Er schaute zum Himmel hinauf. »Wir haben Glück mit dem Wetter. Es kommt sehr häufig vor, daß hier alles in dickem Nebel verschwindet.«

Elizabeth wandte sich um und sah hinüber zu einem schroffen, teilweise mit Bäumen bewachsenen Felsenriff.

»Dort oben würde ich mir gern ein Haus bauen«, sagte sie spontan.

»Das dürfte ganz schön feucht werden, und wenn es neblig ist, haben Sie nichts von der Aussicht. Gehen wir nun hinunter an den Strand?«

Elizabeth spürte ihre Rippen zwar noch, aber es war auszuhalten. »Gern, Sir.«

Delaney warf sich eine der Decken über die Schulter und ging um die Kutsche herum auf Elizabeths Seite.

»Miß Jameson«, sagte er mit einer formvollendeten Verbeugung. Dann zwinkerte er ihr zu und hob sie sanft auf seine Arme.

»Wirklich«, protestierte sie. »Ich bin gesund genug, um allein zu gehen.«

»Pst! Es ist mir ein Vergnügen, glauben Sie mir.«

Fast wider Willen hielt Elizabeth sich an ihm fest. Sie spürte Delaneys feste Muskeln und hatte plötzlich ein ganz eigenartiges Gefühl in der Magengegend. Zumindest hielt sie es für die Magengegend.

»Ich habe wohl Hunger«, murmelte sie verwirrt.

»Wenn wir hier draußen ein Picknick veranstalten, würden die Möwen uns bombardieren. Sie haben nämlich keine Kinderstube, wissen Sie?«

Nur für einen Augenblick, dachte Elizabeth und schmiegte sich an ihn, nur für einen winzigen Augenblick ... Sie schmeckte die salzige Luft auf den Lippen und spürte, wie die frische Meeresbrise mit ihrem Haar spielte.

Sichtlich widerstrebend setzte Delaney sie ab. Er nahm die Decke und breitete sie im Sand aus. »Ihr Sofa, Madam«, sagte er mit einer einladenden Handbewegung.

Elizabeth musterte ihn verstohlen. Sie fragte sich, wieso das eigenartige Gefühl im Magen nachgelassen hatte, seitdem sie wieder auf ihren Füßen stand.

»Ich verstehe es nicht«, murmelte sie und ließ sich auf der Decke nieder. Mit großer Sorgfalt, fast ein wenig prüde, zupfte sie ihre Röcke zurecht, damit ihre Beine sittsam bedeckt waren.

Delaney streckte sich neben ihr aus und stützte sich auf den Ellbogen.

»Was verstehen Sie nicht?« erkundigte er sich.

»Ich bin gar nicht mehr hungrig«, gestand sie verwundert.

»Wieso glaubten Sie denn, hungrig zu sein? Wenn ich mich recht erinnere, haben Sie beim Lunch tüchtig zugelangt.«

Elizabeth schaute über das Wasser. Sie merkte nicht, daß Delaney sie gespannt beobachtete.

»Es ist verrückt«, erwiderte sie schließlich achselzuckend. »Als Sie mich trugen, fühlte mein Magen sich plötzlich leer an.«

In Delaneys Augen blitzte es auf, aber er beschloß, Elizabeth diesmal nicht in Verlegenheit zu bringen. Er setzte sich und ließ den Sand zwischen den Fingern hindurchrinnen.

»Hier komme ich immer her, wenn ich in Ruhe nachdenken will«, sagte er.

»Haben Sie heute auch über wichtige Dinge nachzudenken?« fragte sie.

»Schon möglich«, antwortete er ausweichend und beschäftigte sich angelegentlich mit dem feinen Sand. »Hier draußen erscheinen mir die Dinge immer viel klarer und einfacher.«

Er lehnte sich zurück und dehnte wohlig die Glieder. Elizabeths Blick fiel auf seine langen Beine, die in knappsitzenden dunkelbraunen Flanellhosen steckten. Sie sah die muskulösen Schenkel, und unwillkürlich glitt ihr Blick höher. Dann zuckte sie zusammen, schlug betreten die Augen nieder und merkte, daß das eigenartige Gefühl wieder da war.

»Liza ...« sagte Delaney mit einer Stimme, die sie wie ein warmer Mantel einhüllte. Sie blickte ihn an, und heiße Röte schoß ihr ins Gesicht.

»Tut mir leid!« stieß sie hervor. »Ich ... ich weiß gar nicht, was mit mir los ist. Sie halten mich jetzt sicher für schrecklich albern.«

Delaney legte sich flach auf den Rücken und breitete die Arme aus. Sein Blick hielt ihren fest, und sie sah die tanzenden Lichter in seinen braunen Augen.

»Ich bin zu dem Schluß gekommen«, verkündete er mit feierlichem Ernst, »daß ich die Schlacht verloren habe. Machen Sie mit mir, was Sie wollen, Liza. Aber verfahren Sie gnädig mit einem geschlagenen Mann.«

Nervös fuhr Elizabeth sich mit der Zungenspitze über die Lippen. Delaney sah es und mußte seine ganze Selbstbeherrschung aufbieten, um nicht aus der Rolle zu fallen, denn er spürte, wie es seine Lenden fast schmerzhaft durchzuckte.

»Was meinen Sie damit?« fragte Elizabeth.

»Ich habe mich ganz und gar in Ihre Hände gegeben. Was wollen Sie noch?«

Er sieht mich an, als wollte er mich verschlingen, dachte sie. Sie hatte plötzlich Angst und wandte hastig das Gesicht ab. Wo war ihr brennender Haß auf diesen Mann geblieben? Der Haß, der sie so lange beseelt und ihr die Kraft für dieses Abenteuer gegeben hatte?

»Liza? Was ist los?«

»Ich ... ich fürchte mich.« Ihre Stimme zitterte, und Delaney erkannte, daß das der Wahrheit entsprach.

»Haben Sie schon vergessen, was ich Ihnen gestern nacht gesagt habe? Daß ich Ihnen nie weh tun würde? Ich bin zwar ein rauher Amerikaner, aber ein ehrloser Lump bin ich deshalb nicht.«

Elizabeth schluckte. Am liebsten hätte sie ihm gestanden, daß sie sich nicht vor ihm fürchtete, sondern vor sich selbst. Dann nahm ihr benebelter Verstand plötzlich auf, was Delaney soeben gesagt hatte.

Kein ehrloser Lump? Doch bist du einer! schrie es in ihrem Herzen auf. Meinen Vater hast du auf dem Gewissen, und dafür sollst du büßen! Erwürgen könnte ich dich, ertränken, erstechen ...

Nur ganz allmählich dämmerte ihr, daß sie sich offenbar dem Ziel ihrer Wünsche näherte. Nutz deine Chance, Liza!

Sie zwang sich zu einem betörenden Lächeln und

wandte langsam — und effektvoll, wie sie hoffte — den Kopf. Zu ihrer tiefsten Erbitterung begann Delaney leise zu lachen.

»Oh, Liza, Ihnen fehlt offenbar die Erfahrung, um den Vamp zu spielen.«

Sie erstarrte innerlich. Hatte er sie durchschaut?

»Aber dazu besteht auch gar keine Veranlassung«, fuhr er fort, richtete sich auf und faßte sanft unter ihr Kinn. »Es ist für mich ein ganz neues Gefühl, einem Menschen begegnet zu sein, der mir plötzlich wichtig ist. Ungeheuer wichtig.«

»Warum waren Sie dann so . . . so herausfordernd gleichgültig?«

»Diese Frage habe ich mir selbst inzwischen schon gestellt. Alles begann auf diesem Maskenball. Es hat mir Spaß gemacht, mit Ihnen die Klingen zu kreuzen, weil Sie nie um eine Antwort verlegen waren. Vermutlich wollte ich es einfach darauf ankommen lassen, wie weit Sie wohl gehen würden.«

»So weit, daß ich mir fast den Hals gebrochen hätte.«

»Und welchen Mann würde so etwas kaltlassen? Sie gefallen mir, Liza, wie keine Frau mir je gefallen hat. Sie regen die Fantasie eines Mannes an.« Delaney verspürte das schier unwiderstehliche Verlangen, sie zu küssen, sie hinab auf die Decke zu ziehen. Hastig ließ er ihr Kinn los.

»Sie werden ja direkt poetisch«, sagte Elizabeth mit vorgetäuschter Lässigkeit, aber ihre Stimme klang unsicher.

Er fuhr mit der Hand durch die Luft. »Ich bin achtundzwanzig Jahre alt, Liza, nur unwesentlich älter als Sie. Außerdem bin ich ein reicher Mann und brauche Ihr Geld nicht.«

»Und Penelope?« flüsterte sie.

»Dieser jungen Dame wird nichts abgehen. Ihr Stolz wird vielleicht eine kleine Schramme abbekommen.«

Elizabeth befeuchtete ihre trockenen Lippen. Sie wollte

die nächst Frage nicht stellen, aber irgend etwas trieb sie dazu. »Und Ihre ... Geliebte?«

Delaney zog die Brauen zusammen. »Woher wissen Sie von ihr?«

»Penelope hat es mir gesagt. Sie meinte, Sie würden sie aufgeben, wenn Sie erst einmal mit ihr verheiratet wären.«

Delaney dachte an Maries weichen, hingebungsvollen Körper, an ihre Erfahrenheit in Liebesdingen und an ihre angeborene Herzensgüte. Er erinnerte sich daran, wie wütend er gestern nacht auf sich gewesen war, weil er Marie genommen hatte, während seine Gedanken bei Elizabeth weilten.

»Penelope hatte kein Recht, über Marie zu reden.«

»Es ist etwas, das ich eigentlich nicht so recht verstehe. Brauchen alle Männer ... na ja, Mätressen?«

»So ist es.« Delaney nickte mit todernstem Gesicht, aber in seinen Augen blitzte der Schalk. »Es ist aber etwas ganz anderes, als eine Frau zu haben.«

»Dann nehme ich an, es ist ganz in Ordnung. Folglich war Penelope egoistisch, oder?«

Nun konnte Delaney sich nicht mehr beherrschen. Er lachte schallend.

»Was ist denn daran so komisch?« fragte Elizabeth.

»Sie, Liza«, keuchte er und wischte sich die Tränen aus den Augen. Als er jedoch ihre echte Verwirrung sah, wurde er ernst.

»Ich möchte, daß Sie meine Frau werden. Ich brauche auch keine Mätresse. Ich möchte, daß der Gedanke, ich könnte eine andere Frau berühren, Sie fuchsteufelswild macht. Auf diesem Gebiet sollen Sie ganz und gar egoistisch sein. Und nun, mein welterfahrenes kleines Mädchen, willst du ja sagen und mich aus meiner Trübsal befreien?«

»Wozu soll ich ja sagen?« fragte Elizabeth mit hochgezogenen Brauen und genoß ihren Triumph.

»Sie sind sehr anspruchsvoll, Madam«, seufzte Delaney. »Also, willst du mich heiraten, Liza?«

Schweigend sah sie ihn an, und ein grübelnder Ausdruck trat in ihre Augen.

»Ich denke«, erwiderte sie schließlich langsam, »das ist gar keine so schlechte Idee.«

»Eine ausgezeichnete Idee sogar«, meinte er zufrieden.

Erst auf dem Heimweg kam Delaney zu Bewußtsein, daß von Liebe überhaupt nicht die Rede gewesen war. Mit gerunzelter Stirn starrte er auf Lucas' Rücken. Liza mußte ihn, Delaney, doch lieben, sonst hätte sie sich nicht solche Mühe gegeben. Aber warum hatte sie nichts gesagt?

Mädchenhafte Scheu, vermutlich, dachte er, und seine Züge glätteten sich. Er mußte ihr Zeit lassen.

Und was seine eigenen Gefühle betraf ... bis zur Liebe waren sie noch nie gediehen. Er begehrte Elizabeth, und sie gefiel ihm besser als jede andere Frau. Die Liebe würde sich von allein einstellen.

9. Kapitel

»Also gut, Del«, sagte Daniel Brewer und stellte seinen Bierkrug geräuschvoll auf den Tisch. »Du hast mich vom Schreibtisch weggezerrt, hierher ins ›El Dorado‹ geschleift und mich gezwungen, dieses verdammte Bier zu trinken. Willst du mir jetzt endlich verraten, was eigentlich los ist?«

»Gezwungen? Du hast Schaum an der Oberlippe, Daniel.«

Daniel fuhr sich mit dem Handrücken über den Mund. Plötzlich wurden seine Augen schmal. »Geht es etwa um Miß Jameson? Sie ist doch wieder gesund, oder?«

»O ja, sie ist wieder ganz die alte. Und ich werde sie heiraten.«

»Du wirst was?«

»Ich hoffe, es wird dir nicht das Herz brechen ... dir und einem Dutzend weiterer Bewohner dieser Stadt.«

»Teufel auch! Ich gratuliere, Del.« Fassungslos schüttelte Daniel den Kopf.

»Verdammt will ich sein, aber eigentlich überrascht es mich gar nicht.« Er beugte sich vor und zwinkerte dem Freund zu. »Der Aufenthalt in deinem Haus ... das hat es gebracht, hm?«

»Ich will doch nicht hoffen«, gab Delaney mit gefährlich leiser Stimme zurück, »daß du mir unlautere Praktiken unterstellst.«

»Gott bewahre!« Beschwichtigend hob Daniel die Hände.

»Das wollte ich dir auch geraten haben.«

Delaney lehnte sich zurück und sah sich in San Franciscos berüchtigstem Spielsaloon um. Es war Spätnachmittag, und etliche Spieler saßen bereits bei ihren Karten. Im Hintergrund plärrte ein blechernes Klavier. Von den leichtgeschürzten Damen waren jedoch erst sehr wenige anwesend. Ihr Einsatz erfolgte erst am Abend.

»Weißt du was«, sagte Delaney nach einer Weile grübelnd. »In den letzten zwei Stunden — so lange sind wir verlobt — bin ich zu dem Schluß gekommen, daß es einfach geschehen mußte, daß es unvermeidbar war.«

»Unvermeidbar? Was meinst du damit?« fragte Daniel verblüfft. »Bist du jetzt unter die Philosophen gegangen? Allerdings ...«

Er zögerte. »Na ja, Miß Jameson hat gleich am ersten Tag nach dir gefragt ...«

»Glaubst du, mein unübertroffener Ruf als Liebhaber hat sie aus England hergelockt?«

»Für mein Leben gern würde ich Mäuschen spielen, wenn du sie das fragst.«

»Oh, das werde ich, verlaß dich darauf. Und weißt du, was sie antworten wird? Sie hätte gehört, ich brauche ein paar Nachhilfestunden, und sie habe sich kompetent gefühlt.« Aber Delaney wußte nur zu gut, daß das nicht wahr war. Elizabeth war unglaublich naiv auf diesem Gebiet. Sie begriff ja nicht einmal die Reaktionen ihres eigenen Körpers.

»Und was ist mit Penelope Stevenson und Tony Dawson?« erkundigte sich Daniel.

»Die beiden Fliegen in der Suppe, meinst du? Um Penelope brauchst du dir keine Sorgen zu machen. Ich habe ihr gestern bei unserem Ausritt gesagt, daß ich Liza heiraten werde.«

»Liza?«

»Elizabeths Kosename. Ich finde ihn ... ganz reizend.«

»Du warst dir der Dame ziemlich sicher, oder?«

»Schon möglich. Aber das hat nicht den Ausschlag gegeben. Übrigens würde ich Penelope Stevenson genausowenig heiraten, wie ich dir meinen Anteil an der Bank überschreibe.«

»Und wie hat Penelope auf deine Neuigkeit reagiert?«

»Laß es mich einmal so sagen: Nicht im Traum hätte ich geglaubt, daß eine Achtzehnjährige mit angeblich denkbar bester Kinderstube sich so haarsträubend artikulieren kann. Nachdem sie Liz in der Luft zerrissen hatte, fiel sie über mich her. Es war schon ein beeindruckendes Erlebnis. Als ich anschließend mit Bunker sprach, war ich direkt überrascht. Keine Vorhaltungen, nichts dergleichen. Er seufzte lediglich abgrundtief, wünschte mir alles gute und versicherte mir mit resignierter Stimme, daß ich ein Glückspilz sei.«

»Herrje, schließlich wart ihr ja auch nicht offiziell verlobt, Del.«

»Das stimmt zwar, aber Penelope ist über alle Maßen von sich und ihrem Charme überzeugt. Wie ich hörte, hat sie allenthalben verbreitet, daß sie es ist, die mich hinhält. Wie findest du das?«

Gedankenverloren blickte Daniel in seinen Bierkrug.

»Bist du dir eigentlich darüber im klaren, Del, daß du Miß Jameson kaum kennst? Sie ist noch nicht einmal einen ganzen Monat hier.«

»Ja.« Delaney nickte zögernd. »Da hast du recht. Aber dafür habe ich jetzt viele Jahre Zeit, sie kennenzulernen. Sie ist ein Rätsel, dessen Lösung ich mit dem größten Vergnügen in Angriff nehmen werde. Und ich werde mir Zeit dabei lassen. Viel Zeit.«

James Corras, der Besitzer des ›El Dorado‹, trat an den Tisch, die unvermeidliche Zigarre im Mundwinkel. »Del, Daniel, was treibt ihr denn so?«

»Geld verdienen, Jim, aber weitem nicht soviel wie du«, gab Delaney zurück. »Man braucht ja wohl nicht zu fragen, wie die Geschäfte gehen, oder?«

»Was haltet ihr davon, wenn ich euch ein Bier spendiere? Auf Kosten des Hauses.«

»Eine Menge.« Daniel nickte.

»Aber trotzdem bleibe ich nicht die halbe Nacht hier, um mir von dir beim Pokern das Geld aus der Tasche ziehen zu lassen.«

»Man muß leben, Sohn. Und man lebt. Das ist mehr, als man von dem armen Jack Darcy sagen kann. So ein Esel.«

»Wie ich hörte, hat er Blake Jones Falschspiel vorgeworfen«, sagte Daniel.

»Das hätte er lieber lassen sollen«, meinte Delaney kopfschüttelnd. Er erinnerte sich an sein eigenes Duell mit Blake vor über zwei Jahren. »Der Mann schießt wie der Teufel und hat auch genausoviel Spaß daran. Stimmt es, daß er sich Darcys Mädchen geschnappt hat, noch bevor der Mann unter der Erde war?«

James Corras nickte. »Nettes Ding«, mumelte er. »Seht ihr zwei nur zu, daß ihr euch aus solchen Sachen heraushaltet.« Damit schlurfte er von dannen.

»Apropos«, wandte Daniel sich an Delaney. »Was ist mit Marie?«

Delaney verzog das Gesicht. Elizabeths Bemerkung bezüglich der Notwendigkeit von Mätressen fiel ihm ein. Wie sonderbar, daß es sie so gar nicht zu interessieren schien, ob er Marie aufgab oder nicht. Selbst sein Angebot, es zu tun, hatte sie nicht sonderlich beeindruckt.

»Ich werde bald mit Marie sprechen, Daniel. Ich bin sicher, daß sie keinerlei Problem haben wird, wieder einen großzügigen Beschützer zu finden.«

Sie unterhielten sich noch eine Weile übers Geschäft, und dann zog Delaney seine Uhr aus der Westentasche. »Ich bin mit meiner zukünftigen Frau zum Dinner verabredet.«

»Steht der Heiratstermin schon fest?«

Delaney schüttelte den Kopf.

»Nein. Liza war ziemlich erschöpft von unserer Ausfahrt und hat auf dem Rückweg geschlafen wie ein Engel. Ich werde heute abend mit ihr darüber sprechen.«

Delaney trug Elizabeth hinunter ins Eßzimmer. Als er sie absetzte, erkundigte er sich: »Hast du wieder dieses eigenartige Gefühl im Magen?«

Arglos lächelte sie zu ihm auf. »Sicher. Ich habe ja auch einen Bärenhunger.«

Er konnte es kaum erwarten, ihr zu zeigen, woher dieses Gefühl kam, und der Gedanke daran, sie zu streicheln und zu liebkosen, rief heftiges Verlangen in ihm wach. Wie gern hätte er ihr zugeflüstert, was sie noch alles über eigenartige Gefühle lernen würde — in ihrer Hochzeitsnacht. Aber er schwieg.

Sie war dermaßen unwissend in diesen Dingen, daß er sie nicht erschrecken wollte, zumindest nicht, bevor sie verheiratet waren.

Nachdem Lin das Essen aufgetagen hatte, hob Delaney sein Weinglas. »Auf uns, Liza.«

Nach einem kaum merklichen Zögern hob auch Elizabeth ihr Glas. »Ja, auf uns.«

»Während du den Nachmittag verschlafen hast, habe ich mit Daniel gesprochen. Ich soll dich herzlich von ihm grüßen.«

»Wie nett von ihm. Hm, schmeckt das Fleisch gut. Und dieses appetitlich angerichtete Gemüse! Lin ist eine wahre Meisterköchin.«

Delaney lächelte.

»Habe ich schon erwähnt, daß du mindestens genauso appetitlich aussiehst heute abend?«

»Ja.« Elizabeth erwiderte sein Lächeln. »Das hast du. Aber Sie, Sir, sehen auch nicht gerade aus wie ein Landstreicher. Ganz im Gegenteil, muß ich sagen. Im Kerzenschein wirken deine Augen wie dunkler Honig. Du hast sehr eindrucksvolle Augen, weißt du? Ich könnte mir denken, daß dir das schon viele Frauen gesagt haben.«

»Hunderte«, erklärte er selbstgefällig. In Wirklichkeit freute es ihn unbändig, dieses Kompliment von ihr zu hören. Von der Frau, die er heiraten würde.

»Eingebildeter Kerl.«

»Habe ich nicht allen Grund dazu? Immerhin wird die schönste Frau von San Francisco mich heiraten.«

Elizabeth spürte ein Würgen im Hals. Sie fühlte sich schuldig.

Hör auf damit, Liza! Was soll das? Du mußt es tun, denn er verdient es.

»Ich will nicht nur ein schönes Schmuckstück sein, Del«, sagte sie ein wenig unsicher. »Eine Frau, die nur im Schatten ihres Mannes dahinvegetiert.«

»Habe ich das von dir verlangt?«

»Nein. Aber ich weiß, wie die Engländer ...«

»Ich bin kein Engländer, meine Liebe.«

Elizabeth spielte mit ihrer Gabel und schob die Erbsen auf dem Teller hin und her. »Ich ... ich will nicht die Kontrolle über mein Geld verlieren.«

Sie hob den Blick und sah, daß er sie forschend betrachtete. »Was ich damit sagen will«, fuhr sie hastig fort,

»ist folgendes: Nachdem ich das Erbe angeteten hatte, habe ich zwei Monate damit verbracht, von einem Londoner Geschäftsmann zu lernen, wie man mit Geld umgeht. Von ihm weiß ich, daß auch hier in Amerika die Frauen alle Rechte verlieren, wenn sie heiraten. Sie werden völlig abhängig von ihren Ehemännern. Ich will das nicht.«

»Dein Geld gehört dir, Liza«, sagte Delaney ruhig. »Ich will damit nichts zu schaffen haben. Dachtest du, ich erwarte von dir, daß du dein Vermögen auf mich überschreibst? Als eine Art Mitgift?«

»Ich weiß nicht«, erwiderte sie unsicher. »Ich habe noch nicht viel Erfahrung darüber, was Männer denken und erwarten.«

»Wie solltest du auch? Deine Männerbekanntschaften sind ja doch recht begrenzt, nicht wahr? Dein Onkel, der Heuchler und Owen, der Lump. Und was dein Geld betrifft, werde ich mich darauf beschränken, dir gelegentlich ein paar gute Tips zu geben aber auch das nur, wenn du es wünschst.«

Rasch griff Elizabeth nach ihrem Weinglas, um ihre Befangenheit zu überspielen.

»Ich habe dir schon gesagt, daß ich dir nie weh tun werde, Liza«, sprach Delaney nach kurzem Schweigen weiter. »Genausowenig werde ich je versuchen, dich zu einer Frau umzumodeln, die du nicht sein willst. Alles, was ich möchte ist, daß du ... daß wir glücklich werden.«

»Ja«, erwiderte sie fest.

»Das möchte ich auch.« Aber ich werde dir weh tun. Ich muß es.

»Verrate mir, Liza ...«

Delaney lächelte übermütig. »Ist die Praxis so schön wie die Theorie?«

»Ich verstehe nicht.«

»Die Praxis, meine Liebe, das bin ich als dein Ehemann. Die Theorie dagegen war die Jagd auf mich.«

»Vielleicht solltest du mich das fragen, nachdem du mein Ehemann geworden bist«, antwortete sie mit schwankender Stimme.

»Das werde ich, sei ganz sicher. Ach ja, da ist noch etwas, das ich dir sagen wollte, Liza. Du bist Engländerin. Bis vor fünf Monaten war England deine ganze Welt. Wenn du in den kommenden Jahren dann und wann Sehnsucht nach England bekommen solltest, werden wir gemeinsam hinfahren. Ich wollte, daß du das weißt. Es ist absolut in Ordnung, daß die Frau dem Mann folgt, aber ich würde nie von dir verlangen, daß du für mich alles aufgibst, was bisher von Bedeutung für dich war.«

Elizabeths Finger krampften sich um den Stiel des Weinglases.

»Warum bist du so gut zu mir?« brach es aus ihr hervor. »So aufmerksam und fürsorglich?«

Betroffen sah er sie an. »Hast du etwas anderes erwartet?«

Ja, verdammt!

Sie riß sich zusammen und brachte ein kleines Lächeln zustande.

»Nein, natürlich nicht. Ich ... es hat mich nur überrascht. Im übrigen gibt es nichts, was mich noch an England bindet. Aber du, Del, du hast ja immerhin diese noble Verwandtschaft dort drüben, nicht wahr?«

»Ja. Der Herzog und die Herzogin werden begeistert sein, wenn sie hören, daß ich eine Engländerin heirate. Am liebsten hätte Aurora mich damals schon mit einer netten kleinen Engländerin verkuppelt.«

Großer Gott! Würde die Herzogin sich an den Namen Jameson erinnern?

Wenn nicht, wird sie nicht wissen wollen, wer ich bin und woher ich komme? überlegte Elizabeth.

Wird Delaney Fragen stellen, die ich nicht beantworten kann?

»Briefe von hier nach England sind endlos lange unterwegs, nicht wahr? Deine hochwohlgeborene Herzogin wird noch mindestens drei Monte auf die freudige Nachricht warten müssen«, sagte sie schließlich.

Delaney nickte. »Ich habe heute nachmittag sowohl an sie als auch an meinen Bruder geschrieben. Alex liegt mir schon lange in den Ohren, dieses unvermeidliche Übel endlich auf mich zu nehmen.«

»Ich finde die Bezeichnung nicht gerade schmeichelhaft«, schmollte Elizabeth.

»Männergerede, Liza. Nicht ernst zu nehmen. Die Männer gefallen sich nun einmal darin, sich lauthals ihrer Freiheit zu brüsten. In Wirklichkeit sehen sie sich verzweifelt nach etwas Dauerhaftem ... nach einer Frau, einem Heim und einer Familie.«

Etwas Dauerhaftes.

Mit ihr sicher nicht!

»Eine Familie?« Elizabeth schluckte.

»Nun, das ist im allgemeinen eine ganz natürliche Folge der Eheschließung, mein Herz. Willst du keine Kinder?«

Sie mied geflissentlich Delaneys Blick. »Ich weiß nicht ... Ich bin noch so jung.«

»Viele Frauen bekommen ihr erstes Kind schon im Alter von sechzehn oder siebzehn Jahren.«

Elizabeth befeuchtete ihre trockenen Lippen. »Muß man unbedingt Kinder haben, Del? Ich meine, sofort?«

Was war los mit ihr? Nur mit Mühe gelang es Delaney, sich seine Betroffenheit nicht anmerken zu lassen. »Nein, nicht unbedingt. Aber ich glaube, die meisten Ehepaare sehnen sich nach Kindern.«

Er hätte sie gern geneckt, ihr gesagt, daß die Wahrscheinlichkeit einer Empfängnis sehr hoch sein würde, da er fest entschlossen war, sie mindestens sechs Wochen lang nicht aus dem Bett zu lassen. Ob sie überhaupt wußte, wie Babys entstanden?

»Wenn du noch etwas warten willst, läßt sich das sicher

einrichten«, sagte er und stellte sich vor, wie er Marie fragen würde, welche Maßnahmen sie zur Empfängnisverhütung traf. Bei dem Gedanken verschluckte er sich fast an seinem Wein.

Elizabeth nickte unbehaglich. »Ich glaube, ich möchte noch warten.«

Sie wußte, daß Eheleute einen sehr vertrauten Umgang pflegten, daß sie in Gegenwart des anderen ihre Kleider ablegten und miteinander schliefen. Daß sie sich auch küßten und dergleichen.

Unwillkürlich schüttelte sie den Kopf, weil sie sich das »Dergleichen« nicht näher ausmalen mochte. Trotzdem war sie fest entschlossen, alles zu tun, was Delaney von ihr als Ehefrau erwartete.

»Wann wirst du mich heiraten, Liza?« fragte Delaney unvermittelt.

»Wann du willst«, gab sie zurück und zog mit der Gabel Muster über den Teller.

»Nächste Woche?«

»Für einen Mann, der seine Freiheit achtundzwanzig Jahre lang so sorgsam gehütet hat, haben Sie es aber plötzlich sehr eilig, Mr. Saxton.«

Er grinste. »Wie wahr. Und noch etwas, meine Liebe. Ich möchte nicht, daß du ins ›Oriental‹ zurückkehrst. Übrigens meint Saint, daß du in einer Woche wieder in Hochform bist.«

»Sie sieht dürr und käsig aus wie eine vertrocknete alte Schachtel.«

Gequält verzog Tony Dawson das Gesicht bei Penelopes bissiger Bemerkung. Hoffentlich gingen Penelope bald die Vokabeln aus, nachdem sie nun bereits eine gute halbe Stunde in übelster Weise über Elizabeth Jameson hergezogen hatte.

Nein, sie heißt ja nicht mehr Jameson, korrigiert er sich. Sie war jetzt Mrs. Delaney Saxton. Tony seufzte und wünschte inständig, daß Penelope sich in Luft auflösen und ihn seinem Weltschmerz überlassen möge. Aber den Gefallen tat sie ihm natürlich nicht.

»Ich begreife gar nicht, wie Del auf so etwas hereinfallen konnte.«

»Auf so etwas? Was wollen Sie damit sagen, Penelope?« Im stillen verfluchte er sich, daß er auf die Bemerkung überhaupt eingegangen war, denn so brachte er sie nie zum Schweigen.

»Das ist mir vielleicht eine englische Lady«, zischte Penelope gehässig, ohne sich im mindesten darum zu kümmern, daß Agatha Newton bereits mißbilligend zu ihr herübersah. »Niemand weiß im Grunde, wer sie ist und woher sie kommt. Alles, was sie hat, ist Geld.«

Tony blickte in sein Champagnerglas.

»Natürlich hat sie Geld«, sagte er gleichgültig. »Und wenn man genau hinhört, merkt man sofort, daß sie nur aus England kommen kann.«

»Sie wissen ganz genau, daß ich das nicht meine«, gab Penelope schnippisch zurück.

Suchend blickte Tony sich um. Kam denn niemand, um ihn vor dieser kleinen Schlange zu retten? Die Frischvermählten standen drüben mit Sam Brennan und Reverend Barkeley vor den großen Fenstertüren.

Elizabeth ist wirklich sehr blaß, dachte er, und sein Herz krampfte sich zusammen. Seufzend wandte er sich wieder Penelope zu.

»Sie wissen ja, daß sie hier geschlafen hat, Tony, nicht wahr? In Delaneys Bett! Es blieb ihm gar nichts anderes übrig, als sie zu heiraten.«

»Was ist das nun wieder für ein häßliche Bemerkung, Penelope! Del hat sie bei sich aufgenommen, weil sie einen Unfall hatte. Sie war sehr krank. Haben Sie das vergessen?«

»Ha!« Spöttisch sah Penelope Tony an. »Sie wird schon bald dahinterkommen, daß Delaney genauso ist wie alle anderen Männer hier in San Fancisco. Ein Charmeur mit seiner Geliebten.«

Kopfschüttelnd beobachtete Agatha Newton die beiden. Tony wirkte erbarmungswürdig. Man sah ihm die Enttäuschung über Elizabeths Hochzeit deutlich an, und außerdem litt er sichtlich Höllenqualen in Penelope Stevensons Gesellschaft. Diese alberne kleine Gans! Merkte sie denn gar nicht, daß sie sich lächerlich machte? Alle anderen Gäste hatten das Brautpaar hochleben lassen und ihm ihre besten Wünsche mit auf den Weg gegeben. Die Trauung im kleinen Rahmen in der St.-Mary-Kirche, bei der die Newtons und Dan Brewer als Zeugen fungiert hatten, war sehr vornehm und elegant gewesen, und Revernd Barkeley hatte eine ergreifende Predigt gehalten.

Anschließend waren im Laufe des Nachmittags mindestens hundert Hochzeitsgäste ins Haus geströmt, um dem jungen Paar Glück und Segen zu wünschen und sich an dem opulenten Buffet gütlich zu tun.

Agatha tauschte einen Blick mit ihrem Mann und nickte unauffällig. Es war schon spät, und Elizabeth schien vor Müdigkeit fast umzufallen. Ein verträumter Ausdruck trat in Agathas graue Augen, als sie Elizabeths bezauberndes weißes Satinkleid betrachtete.

Monsieur Daneau selbst hatte es genäht, und Elizabeth sah traumhaft darin aus. Um den Hals trug sie eine kostbare Perlenkette ähnlich der, die Agatha vor zwanzig Jahren auf ihrer eigenen Hochzeit getragen hatte.

»Wollen wir, meine Liebe?« fragte Horace.

Agatha seufzte wehmütig. »Sieht sie nicht hinreißend aus, Horace? Ach, wie mich das alles an unsere Hochzeit erinnert!«

Horace Newton kratzte sich hinterm Ohr. »Teufel auch, hast du ein gutes Gedächtnis, Aggie. Das ist doch schon gar nicht mehr wahr.«

Ohne sich von der wenig romantischen Antwort ihres Gatten beirren zu lassen, fuhr Agatha fort: »Was meinst du, Horace, sollte ich nicht vielleicht mit Elizabeth sprechen?«

»Wozu denn das?« fragte Horace entgeistert.

»Sie hat ihre Mutter verloren, als sie noch ein kleines Mädchen war«, erklärte Agatha ungeduldig. »Es sollte mich nicht wundern, wenn sie über gewisse, das Eheleben betreffende Dinge absolut unwissend wäre. Vielleicht sollte ich als mütterliche Freundin . . .«

»Halt die Luft an, Aggie. Überlaß das nur Del. Er ist schließlich kein grüner Junge mehr. Im übrigen halte ich das Mädchen durchaus nicht für so naiv.«

»Sie ist Engländerin«, gab Agatha zu bedenken.

»Du weißt, wie ein Mädchen aus gutem Haus dort erzogen wird.«

»Woher? Aber das spielt keine Rolle. Was die Kleine jetzt am wenigsten braucht, ist ein altes Schlachtroß, das ihr weise Ratschläge gibt.«

»Du bist und bleibst ein Scheusal, mein Guter.«

»Na ja, du könntest ihr vielleicht sagen, daß ihr die Sensation ihres Lebens bevorsteht«, meinte er schmunzelnd, was ihm einen liebevoll-mißbilligenden Klaps seiner Frau einbrachte.

»Also gut, aber ich verlasse dieses Haus nicht, bevor wir Tony von dieser kleinen Nervensäge befreit haben. Und wie Sally Stevenson sich aufführt! Als wäre dies das Ende der Welt.«

»Okay, ich schnappe mir Bunker. Für ihn dürfte es ohnehin höchste Zeit sein. Obwohl der beste Champagner in Strömen fließt, hat der Bursche sich ausschließlich an Brandy gehalten.«

»Ich erlöse inzwischen den armen Tony von Penelope.« Nach allen Seiten freundlich grüßend, steuerte Agatha auf Tony zu, dessen Leidensmiene in ihr Herz schnitt.

»Nun, Tony, Penelope, unterhaltet ihr euch gut?« fragte sie munter. »Was für ein wunderschöne Hochzeit, findet ihr nicht auch? Und dieses tolle Buffet! Ich schwöre, ich werde drei Tage nichts essen können.«

»Die Hochzeitstorte war knochentrocken«, nörgelte Penelope. »Wetten, daß diese obskure Chinesin sie gemacht hat?«

»Weißt du, Penelope, daß es kaum etwas Verwerflicheres gibt als schlechte Manieren?« sagte Agatha mit einem strengen Blick. »Insbesondere dann, wenn sie unangebrachter Eifersucht entspringen?«

Blöde alte Kuh, dachte Penelope aufsässig.

»Sie werden schon sehen«, zischte sie. »Del wird sie bald satt haben, und dann wird es ihm leid tun.« Mit dieser boshaften Bemerkung drehte sie sich auf dem Absatz um und flüchtete unter die Fittiche ihrer Mutter.

»Vielen Dank, daß Sie mir zu Hilfe gekommen sind, Agatha«, sagte Tony erleichtert und leerte sein Glas.

»War mir ein Vergnügen, mein Junge.« Sie klopfte ihm aufmunternd auf die Hand. »Wir werden uns gleich auf den Weg machen. Wollen Sie uns nicht begleiten?«

Tony verzog die Lippen zu einem niedergeschlagenen Lächeln.

»Warum? Fürchten Sie, daß ich aus der Rolle falle, wenn ich noch bleibe?«

»Gewiß nicht«, versicherte Agatha herzlich. »Ich dachte nur, manchmal tut die Gesellschaft alter Freunde ganz gut.«

»Stimmt schon. Aber heute abend nicht. Trotzdem vielen Dank, Agatha.«

»Eine rassige Stute haben Sie sich da eingefangen, Del«, sagte Sam Brennan, während Delaney ihn zur Tür begleitete.

»Danke, Sam. Da mögen Sie gar nicht so unrecht haben.«

»Die arme Kleine sieht todmüde aus«, fuhr Sam fort, und ein lüsternes Grinsen umspielte seine sinnlichen

Lippen. »Hoffentlich ist sie morgen früh nicht ganz erschöpft.«

Delaneys Lächeln gefror.

»Es freut mich, daß Sie kommen konnten, Sam«, sagte Del reserviert.

Nach einem plump-vertraulichen Boxer in Delaneys Magen machte Sam Brennan sich auf den Heimweg, gefolgt von den Stevensons und den Newtons.

Erleichtert aufatmend, weil die strapaziöse Prozedur sich endlich ihrem Ende zuneigte, ließ Elizabeth sich in einen Sessel sinken. Sie lehnte den Kopf zurück und schloß die Augen.

Sie hörte Delaneys Stimme. Er verabschiedete an der Tür offenbar die letzten Hochzeitsgäste.

»Jetzt bin ich Mrs. Delaney Saxton«, murmelte Elizabeth vor sich hin. »Ich kann es kaum fassen.«

»Sie werden sich sehr bald daran gewöhnen.«

Erschrocken riß sie die Augen auf und begegnete Tony Dawsons Blick.

Lächelnd sah Tony auf sie herab, die linke Hand hatte er jedoch zur Faust geballt.

»Ach, Tony«, sagte Elizabeth verlegen. »Ich dachte, Sie wären schon fort.«

»So gut wie«, erwiderte er. »Ich wollte Ihnen nur noch einmal alles Gute wünschen, Elizabeth.«

»Bitte, Tony, nennen Sie mich doch Liza.«

Er hob die Brauen. »Wird Del damit einverstanden sein?«

»Was hat er mit meinem Namen zu tun?«

»Immerhin ist er jetzt Ihr Ehemann. Das gibt ihm gewisse Rechte.«

Sie nickte und erhob sich, wobei sie sich sorgfältig die Röcke glattstrich. »Mir aber auch. Und ich lasse mich nicht so leicht unterkriegen.«

Sie hatten nicht bemerkt, daß Delaney zurückgekommen war.

»Wird sie schon wieder aufmüpfig, Tony?« fragte er und streifte seine Frau mit einem lächelnden Blick.

Tony sah die Zärtlichkeit in seinem Gesicht und spürte einen Stich im Herzen.

»Ich muß jetzt auch aufbrechen«, sagte er steif, ohne auf Delaneys Bemerkung einzugehen. »Werdet ihr eine Hochzeitsreise machen?«

»Wir haben uns noch nicht entschieden«, antwortete Delaney. »Aber meine energische kleine Frau wird mir sicher bald mitteilen, was ihr vorschwebt.«

Elizabeth gähnte herzhaft. »Das einzige, was mir momentan vorschwebt, ist ein Bett.«

Beide Männer starrten sie an.

»Aber meine Liebe«, tadelte Delaney dann mit einem breiten Grinsen. »Du mußt lernen, deine geheimen Wünsche für dich zu behalten. Allenfalls kannst du sie mir ins Ohr flüstern.«

»Oh!« Ihr Gesicht wurde flammendrot. »Ich wollte sagen ... das heißt ... du bist abscheulich, Delaney Saxton! Kommen Sie, Tony, ich bringe Sie zur Tür. Kümmern wir uns nicht um diesen Flegel.«

»Ich wünsche Ihnen alles Glück der Welt, Liza«, sagte Tony an der Tür. »Del ist ein feiner Kerl. Ich bin sicher, Sie werden sehr glücklich mit ihm sein.« Es schien Elizabeth, als wollte er noch mehr sagen, aber zum Glück tat er es nicht.

»Ich danke Ihnen, Tony. Sie müssen bald einmal zum Dinner zu uns kommen. Lin ist eine unübertroffene Köchin.«

»Gern. Es wird mir ein Vergnügen sein«, versicherte Tony und verabschiedete sich dann hastig.

Plötzlich spürte Elizabeth Delaneys Hände auf ihren Schultern. Er knetete die Muskeln sanft durch, um Elizabeths verspanntem Nacken Erleichterung zu verschaffen.

»Besser?« fragte er leise und hauchte einen Kuß auf ihre

Schläfe. Langsam drehte er sie zu sich herum. »Was machen deine Rippen?«

»Ich spüre sie noch ein bißchen«, antwortete Elizabeth mit rauher, unsicherer Stimme. Jetzt bloß keine Schwäche zeigen! Sie lachte unbefangen. »Monsieur Daneau war entsetzt, weil ich es ablehnte, ein Korsett unter dem Kleid zu tragen.«

»Ja, du erwähntest es bereits. Der Mann ist ein Trottel. Wozu brauchst du ein Korsett?«

»Die Mode verlangt es nun einmal.« Angriffslustig hob sie das Kinn. »Nur euch Männern zuliebe müssen wir uns so einpacken und verschnüren.«

Nicht eine Sekunde ließ Delaney sich von ihren streitbaren Worten täuschen. Er wußte, daß Elizabeth verlegen war und sich fürchtete. Krampfhaft suchte er nach einem Mittel, sie ein wenig zu beruhigen und abzulenken.

»Da gebe ich dir völlig recht«, sagte er friedfertig. »Soll ich Monsieur Daneaus vornehmen Laden in Schutt und Asche legen?«

Elizabeth befeuchtete ihre trockenen Lippen und merkte, daß Delaney sie aufmerksam beobachtete.

»Meine Lippen sind trocken«, erklärte sie, um ihre Befangenheit zu überspielen.

»Das kommt vom Champagner.«

»Wo ist Mary?« fragte sie nervös.

»Sie feiert mit Lucas und Lin in der Küche. Heute abend werde ich deine Zofe sein. Komm, mein liebes Eheweib.«

Mein liebes Eheweib!

Elizabeth stand da wie festgewachsen. Mit einer raschen Bewegung nahm Delaney sie in die Arme und hob sie hoch.

Er spürte sehr wohl, wie sie sich versteifte, aber er ließ sich nicht aus der Fassung bringen. Lächelnd trug er sie die Treppe hinauf bis ins Schlafzimmer, das jetzt ihr gemeinsames Schlafzimmer war. Er stellte sie sanft auf die Füße und schloß dann die Tür hinter sich.

Schweigend betrachtete er sie einen Augenblick. Steif wie eine Statue stand sie mitten im Zimmer. In ihren Augen lag ein gehetzter Ausdruck.

Delaney machte keine Anstalten, sich ihr zu nähern. Er lehnte sich an die Tür und verschränkte die Arme vor der Brust.

»Vergiß nicht, Liza«, sagte er ruhig. »Ich habe dir versprochen, dir niemals weh zu tun.«

Elizabeth nickte, den Blick fest auf das Teppichmuster geheftet.

»Habe ich dir auch gesagt, daß du die schönste Braut bist, die ich jemals hatte?«

Ihr Kopf fuhr hoch. »Ich bin deine einzige Braut!« Sie funkelte ihn an.

»Ausgezeichnet. Jetzt benimmst du dich wenigstens nicht mehr wie ein erschrecktes Hühnchen. Und nun komm, meine Liebe, damit ich dir aus dem Kleid helfen kann.«

Elizabeth spürte, wie er geschickt die zahllosen Knöpfe am Rückenteil des Kleides öffnete.

Ich bin seine Frau, hämmerte sie sich ein. Ich muß die glückliche Braut spielen. Er darf keinen Verdacht schöpfen ...

Das Kleid glitt von ihren Schultern.

»Dreh dich um, mein Liebling, und halt dich an mir fest. Ich weiß sonst nicht, wie ich dich von dieser Kreation befreien soll, ohne sie zu beschädigen.«

Schließlich lagen das Kleid und die zahlreichen Unterröcke am Boden, und Elizabeth stand da in ihrem mit Rosenknospen bestickten Batisthemd, den spitzenbesetzten Unterhosen und den Seidenstrümpfen.

»Du siehst anbetungswürdig aus«, sagte Delaney weich und legte den Finger unter ihr Kinn. »Dessous und Schleier, was für ein bezauberndes Bild. Komm, setz dich vor den Spiegel, Liza, damit ich dir das Haar lösen kann.«

Während Delaney ihr den Schleier abnahm und die

Haarnadeln aus der Frisur zog, versuchte er, Elizabeth abzulenken. »Penelope hat ein paar ziemlich ätzende Bemerkungen losgelassen. Hast du das auch gehört?«

»Ich bin ja schließlich nicht taub. Ich glaube, am liebsten hätte sie mir das Küchenmesser in die Rippen gestoßen.«

»Ende gut, alles gut«, sagte er weise, nahm die Bürste und zog sie langsam durch Elizabeths dichtes, glänzendes Haar. »Eigentlich muß ich mich bei dir bedanken, weil du mich aus den Fängen dieser boshaften kleinen Hexe befreit hast. Allerdings bezweifle ich stark, daß ich sie je geheiratet hätte. Schon vor deinem Auftauchen hier ist sie mir manchmal ziemlich auf die Nerven gegangen.«

Bestürzt sah sie ihn im Spiegel an. Er hätte Penelope nicht geheiratet! Hatte sie, Liza, sich für nichts und wieder nichts geopfert?

Nein, nein, es war auf jeden Fall besser so. Abgesehen von den ehelichen Pflichten, die sie wohl oder übel über sich ergehen lassen mußte, würde sie zumindest in seinem Haus leben, Einsicht in seine Geschäftsunterlagen haben und in seine Pläne eingeweiht werden. Nur so konnte es ihr gelingen, ihn zu ruinieren.

»Du hast herrliches Haar, Liza. Vielleicht sollte man ein Fest zu Ehren der Lady Godiva geben und dir die Hauptrolle übertragen.«

Warum war er nur so verdammt liebenswürdig?

»Mein Haar ist nicht lang genug«, murmelte sie verdrießlich.

»Dann warten wir eben noch ein Jahr damit. Und nun, mein Herz, habe ich eine besondere Überraschung für dich.« Er ging zum Schrank. »Das ist übrigens nicht aus Monsieur Daneaus Salon.«

Argwöhnisch beobachtete Elizabeth, wie er einen mit roten Bändern verschnürten Karton hervorholte und ihn ihr reichte. »Ich hoffe, es gefällt dir so gut wie mir.« Delaney küßte sie flüchtig auf die Lippen.

Elizabeth zog die Schleife auf und hob den Deckel ab. Vor ihr lag ein seidenes Nachthemd mit passendem Negligé von so zauberhafter Eleganz, wie sie es noch nie gesehen, geschweige denn getragen hatte.

»Wie schön!« stieß sie atemlos hervor. »Aber ... es ist ja fast durchsichtig.«

»Besser als gar nichts.« Er küßte sie auf die Wange und ging zur Tür. »Zieh es an, Liza. Ich bin gleich zurück.«

10. Kapitel

Als sich die Tür hinter Delaney geschlossen hatte, stand Elizabeth auf, ohne das hauchdünne Nachthemd loszulassen. Langsam strich sie über das zarte Gewebe; dabei fiel ihr Blick auf ihren Trauring. Es war ein atemberaubend schönes Schmuckstück. Ein großer, feuriger Solitär, umgeben von drei Rubinen. Gedankenverloren betrachtete sie ihn.

Plötzlich fuhr sie zusammen. Delaney würde gleich zurück sein! Auf keinen Fall durfte sie dann noch in Unterwäsche hier herumstehen. Rasch zog sie sich aus und schlüpfte in das Nachthemd. Die weiche Seide umschmeichelte ihren Körper.

Sie hörte die Tür aufgehen und wandte sich rasch um. Ihr war nicht bewußt, daß sich vor dem Kaminfeuer jede Linie ihres schlanken Körpers abzeichnete.

Delaney hielt den Atem an. »O Liza«, sagte er leise. »Wie schön du bist.«

Trotz der in ihr aufsteigenden Panik zwang Elizabeth sich, stehenzubleiben, während er auf sie zu kam. Er trug einen blauen Hausmantel aus Samt, der seine breiten Schultern knapp umspannte.

»Du bist ja barfuß«, stellte sie dann fest.

»Da wir jetzt beide keine Schuhe tragen, können wir

gleich mal sehen, wie wir größenmäßig zusammenpassen.«

Einen Augenblick stand Delaney reglos vor ihr. Dann zog er Elizabeth langsam an sich, hob die Hand und drückte ihren Kopf an seine Schulter.

»Perfekt«, meinte er.

Mit Verwunderung nahm sie wahr, daß ein leises Zittern seinen Körper überlief.

»Heute nacht werde ich dich wecken, Liza«, flüsterte Delaney zärtlich an ihrer Schläfe. »Es wird dir gewiß gefallen. Leg jetzt die Arme um meine Schultern und stell dich auf die Zehenspitzen.«

Elizabeth tat, wie ihr geheißen. Sie war sich der Kraft bewußt, die von seinem Körper ausging. Als sie spürte, wie seine Hände über ihren Rücken glitten, wurde sie steif, und ein erstickter Laut entfuhr ihr.

»Pst, Liebling«, flüsterte er.

»Entspann dich. So ist es besser. Kannst du es jetzt spüren, Liza?«

Was für ein sonderbares Gefühl, dachte sie verwundert, als es unterhalb ihrer Gürtellinie seltsam zu kribbeln begann. Und wie hart sich sein Körper plötzlich anfühlte!

»Was soll ich spüren?« fragte sie verwirrt.

»Mein Verlangen nach dir, Geliebte.«

Delaneys Hände glitten allmählich tiefer, und er hob sie ein wenig an.

Elizabeth schlang die Arme um seinen Nacken, um nicht das Gleichgewicht zu verlieren und begrub das Gesicht an seinem Hals.

Mäßige dich, Delaney, schalt er sich ungehalten. Dir bleibt noch die ganze Nacht.

Behutsam hob er sie hoch und trug sie zum Bett. Er legte sie nieder und richtete sich auf.

»Weißt du«, sagte er und fuhr sich übers Kinn, »ich habe mich an dem Nachthemd bereits satt gesehen.«

»Aber ich habe sonst nichts!« rief Elizabeth erschrocken und zog unwillkürlich die Knie an.

»O doch, mein Herz, viel mehr, als du ahnst.« Delaney machte sich an dem Gürtel seines Hausmantels zu schaffen, aber da hörte er, wie sie scharf die Luft einsog. Würde sie seinen Körper abstoßend finden? Er spürte, wie das Blut in seinen Lenden klopfte, und wußte, daß der Anblick sie erschrecken würde.

Ich darf nichts übereilen, dachte er. Dann beugte er sich zu Elizabeth hinab und hob sie wieder vom Bett hoch.

Was tut er jetzt mit mir? fragte Elizabeth sich schreckerfüllt. Als er sich in einem der Lehnstühle vor dem Kamin niederließ und sie auf seinen Schoß zog, atmete sie erleichtert auf.

»Wollen wir ein wenig plaudern?« fragte sie hoffnungsvoll.

»Ja, gern. Ich habe nämlich gerade festgestellt, daß ich noch gar nicht müde bin. Sag mal, woran hast du eigentlich heute morgen während der Trauungszeremonie gedacht?«

Bereitwillig und dankbar ging Elizabeth auf seine Frage ein, denn sie lenkte ein wenig von seiner Hand ab, die ihre Schulter streichelte.

»Ich hatte Angst, Agatha Newton würde jeden Moment in Tränen ausbrechen.«

Seine Hand verweilte einen Augenblick und glitt dann langsam an ihrem Arm hinab. »Ach, Liza . . .« Delaney seufzte abgrundtief. »Wie kannst du nur so unromantisch sein? Ich dachte, du würdest jetzt gestehen, daß es der glücklichste Augenblick deines Lebens war.«

Er lächelte unbefangen, aber sein Blick hing wie gebannt am Ansatz ihrer vollen, runden Brüste. Er ertappte sich bei dem Wunsch, sie durch das dünne Nachthemd zu streicheln, bis die Knospen sich aufrichteten. Als hätte sich dieser Wunsch seiner Hand mitgeteilt, legte sie sich sanft um die weiche Rundung.

Elizabeth erstarrte und hielt den Atem an. Am liebsten hätte sie seine Hand fortgestoßen, aber das ging natürlich nicht. Er war ihr Mann.

Ihr Körper gehörte nach Recht und Gesetz ihm. Sie spürte, wie Delaney ihre Brust sanft drückte, und zuckte erschrocken zusammen.

»Ich will doch noch keine Kinder!« stieß sie hervor, und blankes Entsetzen trat in ihre Augen.

Delaney lockerte seinen Griff und sah sie lächelnd an. »Meine Hand bedeutet doch noch keine Gefahr für dich, mein Engel«, sagte er neckend.

»Und warum tun Männer und Frauen so ... so etwas erst, wenn sie verheiratet sind?«

O du heilige Unschuld, dachte er, aber ein leises Schuldbewußtsein regte sich in ihm. Er hatte ganz vergessen, mit Marie über Empfängnisverhütung zu sprechen. Statt dessen hatte er einen ganzen Abend damit verbracht, ihr von Elizabeth zu erzählen. Es hatte ihn amüsiert, wie überzeugt Marie war, daß er bald zu ihr zurückkehren würde.

»Hab keine Angst, mein Kleines«, sagte er nun zärtlich. »Vertrau mir nur. Wenn ich recht informiert bin, braucht es seine Zeit, um ein Kind zu zeugen. Heute nacht brauchen wir uns deswegen keine Sorgen zu machen.«

Ihm trauen? Das war unmöglich. Und doch ... Immer, wenn sie nicht ganz bewußt an den Grund ihrer Heirat mit Delaney dachte, vertraute sie ihm ganz automatisch. Sie spürte, wie seine Finger sich allmählich ihrer Brustwarze näherten, die sich — zu Elizabeths Entsetzen — bereits aufzurichten begann, bevor er sie erreichte.

»Du verführst mich«, sagte sie anklagend.

»Wenn ich das nicht täte«, gab Delaney augenzwinkernd zurück, »müßte ich vermutlich die nächsten zwanzig Jahre als Jungfrau verbringen.«

Er berührte eine der starren Brustwarzen. »Vielleicht habe ich mich getäuscht. In Wirklichkeit bist du gar nicht so kalt, meine Liebe.«

»Aber ich mag das nicht. Wirklich, ich … Es ist gemein von dir, mich so aufzuziehen, Delaney Saxton. Und eine Jungfrau bist du schon gar nicht.«

Langsam wanderte seine Hand an ihrem Körper hinab. »Ich habe nicht im entferntesten die Absicht, dich aufzuziehen, Liza. Komm, küß mich.«

Sie hob das Gesicht und spürte seinen warmen Mund auf ihrem. Er schmeckte nach Champagner und Hummer … und nach etwas Fremdem, Aufregendem.

»Entspann dich, Liebling«, flüsterte Delaney.

Seine Zunge glitt leicht über ihre geschlossenen Lippen, und Elizabeth hatte plötzlich wieder ein sonderbares Gefühl in der Magengegend.

»Oh!« entfuhr es ihr unwillkürlich.

Delaney nutzte die Gelegenheit und schob seine Zungenspitze zwischen ihre Lippen.

Das eigenartige Gefühl verstärkte sich zusehends und untergrub Elizabeths Abwehrbereitschaft. Delaney streichelte und liebkoste sie. Unwillkürlich reagierte ihr Körper und drängte sich ihm entgegen.

Er bemerkte es frohlockend, bedeckte ihr Gesicht mit Küssen, und seine sich immer kühner vorwagende Hand spürte die lockende Wärme ihres Körpers.

»Komm ins Bett, Liza«, raunte er heiser.

»Ich … ich weiß nicht.« Ihre Stimme klang schrill in den Ohren, und sie wünschte, er würde die verflixte Hand wegnehmen. Wieso fühlte sie sich plötzlich so feucht an? Das konnte doch nicht normal sein!

»Wir lassen uns viel Zeit, Liza, ich verspreche es.« Er trug sie wieder zum Bett.

»Wie stark du bist!« stieß Elizabeth hervor. Ihre Nervosität steigerte sich mit jeder Minute, denn sie spürte, daß der Augenblick der Wahrheit nahte.

So schlimm kann es ja nicht sein, sonst wären nicht so viele Leute verheiratet, dachte sie und kämpfte die aufsteigende Panik nieder.

»Und du, mein Kleines, bist federleicht.« Er legte sie aufs Bett und streckte sich neben ihr aus.

»Das Bett ist viel zu schmal«, behauptete Elizabeth, als sie die Hitze neben sich spürte, die von Delaneys Körper ausging.

Delaney lachte ein wenig gepreßt. Er war kein junger Draufgänger mehr, aber seine Selbstbeherrschung wurde wahrlich auf eine harte Probe gestellt. Mädchenhafte Scheu war für eine Braut etwas durchaus Normales und Wünschenswertes, doch alles hatte seine Grenzen.

»Liza«, sagte er mit erzwungener Ruhe. »Das Bett ist völlig in Ordnung. Ich werde dich jetzt lieben. Entspann dich und überlaß alles mir, einverstanden?«

Elizabeth nickte zögernd. Sie spürte seinen Mund auf ihren Lippen und seine Hand, die ihren Körper erkundete.

Plötzlich richtete er sich auf. »Weg mit dem lästigen Ding«, sagte er und streifte mit einer raschen Bewegung das Nachthemd ab.

Sie spürte die kühle Luft an ihrer Haut und legte instinktiv die Hände auf ihre Brüste.

Wortlos warf Delaney das Nachthemd zu Boden und streifte seinen Hausmantel ab. Als er sich Elizabeth wieder zuwandte, sah er, daß sie die Augen fest geschlossen hielt. Der Anblick ihres bloßen Körpers ließ seinen Atem stocken.

»Mein Gott«, sagte er leise.

Überrascht riß sie die Augen auf. »Du betest?«

»Nein, ich bewundere dich. Du bist hinreißend. Nein, versuch nicht, dich vor mir zu verbergen. Ich bin dein Mann, schon vergessen?«

Er legte die Hand auf ihre Hüfte, weil ihm das am unverfänglichsten erschien. »Soll ich dir sagen, was ich sehe?« Ohne ihre Antwort abzuwarten, fuhr er fort: »Deine Augen wirken wie poliertes Mahagoni, und dein Haar schimmert gleichzeitig rötlich und bräunlich und ...«

Elizabeth unterbrach ihn. »Hör mal, ich ...« Die Worte blieben ihr in der Kehle stecken, als sie sah, wie sein Blick tiefer glitt.

»Deine Brüste sind ... anbetungswürdig.« Delaney senkte den Kopf, fuhr mit der Zunge leicht um die Warze herum und nahm sie dann in den Mund.

Elizabeth bäumte sich auf. »O bitte, nein! Delaney, du kannst doch nicht ...«

»Pst«, flüsterte er, und sein warmer Atem ließ sie erschauern. »Stör mich nicht, mein Herz.« Er sah in ihre verschleierten Augen.

»Mir scheint, in Wirklichkeit gefällt es dir. Aber es wird noch viel schöner, mein Liebling. Warte nur ab. Nein, mach dich nicht so steif. Laß deinen Körper ganz natürlich reagieren.« Sein Blick senkte sich wieder auf ihren Körper. »An den Rippen sieht man noch ein paar blaue Flecken, doch das tut der Schönheit keinen Abbruch.«

Delaney merkte, daß seine Stimme ein wenig schwankte, und er schloß für einen Moment die Augen, um sich wieder unter Kontrolle zu bekommen. Unwillkürlich rückte er noch dichter an sie heran.

»Du fühlst dich ganz hart und haarig an«, murmelte Elizabeth verwirrt, ohne zu ahnen, wie sehr sie Delaneys Selbstbeherrschung mit diesen Worten auf die Probe stellte.

Er ließ die Hand über ihren flachen Bauch gleiten. »So weiß und makellos wie der Schnee in den Sierras«, meinte er, und seine Finger wanderten weiter abwärts.

»Weißt du, was unter diesem köstlichen Haarflaum verborgen ist, Liza?«

»Bitte nicht«, wisperte sie und versuchte sich ihm zu entwinden. Aber plötzlich wurde sie ganz still unter seiner streichelnden Hand, und ein Schauer überrieselte sie.

Delaney fuhr fort, sie zu liebkosen. Er spürte die wachsende Bereitschaft ihres Körpers.

»Oh, meine Geliebte«, raunte er, senkte den Kopf und

küßte sie leidenschaftlich. Dabei streichelte er sie weiterhin. Er würde sich nicht mehr lange zurückhalten können, das wußte er.

Elizabeth merkte, daß etwas Unbegreifliches mit ihrem Körper vorging, und erkannte intuitiv, daß Delaneys Berührungen diesen Vorgang in ihr auslösten.

»Delaney!« protestierte sie und bäumte sich wieder auf.

Delaney verlor die Kontrolle über sein Verlangen nun endgültig.

Er glitt auf Elizabeth, stützte sich mit den Ellbogen ab und sah ihr tief in die angstvoll aufgerissenen Augen. »Spürst du, wie ich dich begehre, Liza? Denk jetzt an gar nichts mehr. Mach dich ganz locker.«

»O nein«, flüsterte sie, als sie spürte, daß sich etwas unglaublich Hartes an ihre geschlossenen Schenkel preßte.

Langsam begann Delaney sich auf ihr zu bewegen. Er fühlte ihre Brüste an seiner Haut und atmete schneller.

»Liza, Geliebtes, ich kann nicht mehr!«

Mit dem Knie öffnete er ihre Schenkel, und kalte Angst packte Elizabeth. Das so eigenartig erregende Gefühl, das sie eben noch durchströmt hatte, war wie weggeblasen, und sie wurde ganz steif.

Für den Bruchteil einer Sekunde zögerte Delaney. Dann drang er langsam in sie ein.

Ich will ihr nicht weh tun, dachte er, ich darf es nicht. Aber im nächsten Augenblick bemerkte er den leichten Widerstand und stöhnte innerlich auf.

Im stillen hatte er gehofft, daß ihr Jungfernhäutchen längst ein Opfer ihrer Reitleidenschaft geworden wäre, aber dem war nicht so. Er hielt inne, um Elizabeth Zeit zu geben, sich zu entspannen.

»Du machst mich ganz verrückt«, raunte er ihr ins Ohr und spürte fast schmerzhaft, daß er es nicht mehr hinauszögern konnte. »Liza, mein Herz, mach die Augen auf«, flüsterte er. »Küß mich jetzt.«

Er preßte die Lippen auf ihren Mund. Während seine

Zunge sich Einlaß verschaffte, stieß er zu. Sein Kuß erstickte Elizabeths Schmerzensschrei. Ihre Fingernägel bohrten sich in sein Fleisch.

Tränen traten in Elizabeths Augen. Sie fühlte sich hilflos und irgendwie verraten, denn Delaney hatte doch versprochen, ihr nicht weh zu tun. Im nächsten Augenblick stellte sie überrascht fest, daß der Schmerz allmählich verebbte und einer wohligen Wärme wich, die sich in ihrem Körper ausbreitete.

Unwillkürlich schlang sie die Arme um ihn und sie preßte sich an ihn.

Diese Bewegung ließ ihn alles vergessen.

Elizabeth spürte, wie er sich plötzlich verkrampfte, und sie sah, wie sein Gesicht sich in einem ihr unbegreiflichen Gefühlsausbruch verzerrte. Sie selbst empfand überhaupt nichts — abgesehen von einer unangenehmen Nässe, die sie sich nicht erklären konnte.

Elizabeth wartete, bis Delaney sich beruhigt hatte. Als er sich dann auf die Ellbogen stützte, um sie zu entlasten, erschien er ihr erschöpft.

Er ist mein Mann, dachte sie, und ich hatte keine Wahl. Ich habe meine Pflicht getan.

Schuldbewußt sah Delaney sie an. »Kannst du mir verzeihen?«

»Daß du mir weh getan hast? Es ist fast vorbei.«

»Daß ich nicht auf dich gewartet habe.«

»Auf mich gewartet?« fragte Elizabeth verwirrt.

Sein Blick wurde weich.

»Du wirst es schon noch verstehen, Liebste. Ich verspreche es dir.« Behutsam löste er sich von ihr und merkte, wie sie aufatmete. »Ist es jetzt besser?«

Sie nickte. Wie oft wird er das tun, fragte sie sich im stillen. Wie oft brauchen Männer das? Einmal im Monat? Einmal im Jahr?

»Dann bin ich zufrieden«, sagte er.

»Laß uns jetzt ein bißchen schlafen, bevor wir es noch einmal versuchen.«

»Noch einmal? Du willst doch nicht etwa sagen, daß du ...«

»Es ist Tradition, daß man sich in der Hochzeitsnacht mindestens sechsmal liebt.«

»Das ist nicht dein Ernst!«

Beim Anblick ihres entsetzten Gesichts war es mit seiner Beherrschung vorbei, und ein dröhendes Lachen erschütterte seinen Brustkorb.

»O Liza, was bist du nur für ein süßes, unschuldiges Kind.« Delaney küßte sie zärtlich. »Es brennt ein bißchen, nicht wahr? Das war dieses dumme Jungfernhäutchen. Jetzt sind wir es los, Gott sei Dank.«

»Der liebe Gott hat dazu nichts beigetragen«, bemerkte sie trocken. »Ich fühle mich irgendwie ... klebrig an.«

»Liza«, sagte er weich und streichelte ihre Wange. »Ich bin so glücklich, daß du mich geheiratet hast.« Ob er ihr wohl anbieten sollte, ihr dabei zu helfen, wie sie sich säubern sollte? Dann malte er sich ihre Reaktion auf diesen Vorschlag aus und unterließ es.

»Ich hatte keine andere Wahl«, murmelte sie ungehalten, wehrte sich jedoch nicht, als er sie an sich zog und ihren Kopf an seine Schultern bettete. Einen Augenblick später war sie eingeschlafen.

»Liza, mein Herz, wach auf! Das Frühstück ist fertig.«

Elizabeth seufzte schlaftrunken und zog sich die Bettdecke über den Kopf, um die lästige Stimme auszusperren, die sich in ihre Träume drängte.

»Wach auf, Liebling«, hörte sie die Stimme wieder und spürte eine Hand auf ihrer Schulter.

Jemand zerrte die Bettdecke weg, und heller Sonnenschein fiel auf Elizabeths Gesicht. Sie öffnete die Augen — und erstarrte.

»Delaney! Was tust du hier? Du bist ja nicht einmal richtig angezogen! Was ...« Sie brach abrupt ab, und heiße Röte schoß ihr in die Wangen. Großer Gott! Sie war ja mit ihm verheiratet.

Dann merkte sie, daß sie splitternackt war, und zog die Bettdecke wieder hinauf, diesmal bis ans Kinn.

»Guten Morgen, mein liebes Eheweib«, sagte Delaney sanft. Jetzt bedauerte er es, aufgestanden zu sein, anstatt bei ihr zu bleiben und sie zu lieben, während sie noch in süßer Schlaftrunkenheit schwebte. Nun war die Chance vertan. Er sah es an ihrem abweisenden Gesicht.

»Guten Morgen, Del«, sagte sie und mied geflissentlich seinen Blick.

Ihre Verlegenheit rührte ihn, und er reichte ihr einen ihrer eigenen — deprimierend unromantischen — Morgenröcke. »Es ist ein bißchen kühl heute morgen. Zieh das an, mein Herz.«

Elizabeth griff hastig nach dem Morgenrock, rührte sich jedoch nicht aus dem Bett. Seufzend wandte Delaney sich ab und ging hinüber zum Frühstückstisch. Schließlich hörte er am Quietschen des Bettes, daß Elizabeth aufstand.

Nachdem er ihr Zeit gegeben hatte, sich sittsam zu bedecken, wandte er sich zu ihr um. In diesem lächerlich braven Morgenrock sah sie aus wie ein Schulmädchen.

Ich darf jetzt keine Spannung aufkommen lassen, dachte er, trat auf sie zu und nahm sie in die Arme. Elizabeth machte sich wieder einmal steif. Er küßte sie auf die Stirn und fuhr ihr mit den Fingern durch die zerzausten Locken.

»Mein Haar ist völlig verfilzt«, jammerte sie. »Normalerweise wird es für die Nacht geflochten.«

»Nur das nicht«, entgegnete Delaney erschrocken. »Versprich es mir.« Zärtlich schaute er sie an. »Du siehst aus wie eine Frau, die ... die gut geschlafen hat.«

»Ich habe Hunger.« Elizabeth stemmte die Hände gegen die Brust, aber er gab sie nicht frei.

Plötzlich hatte sie wieder ein klebriges, unangenehmes Gefühl und errötete tief. »Ich muß ... mich erst ...«

»Ach ja, natürlich.«

Delaney ließ sie los, und sie hastete hinter den Paravent am anderen Ende des Zimmers. »Lin hat frisches Wasser heraufgebracht, während du noch schliefst!« rief er ihr nach.

Seine Stimme verriet sein Bedauern, daß er ihr nicht behilflich sein durfte, aber er wußte, daß jetzt weise Zurückhaltung das Gebot der Stunde war. Widerstrebend setzte er sich an den Frühstückstisch und griff nach der Kaffeekanne.

Elizabeth streifte den Morgenrock ab — und wurde starr vor Entsetzen. Getrocknetes Blut bedeckte ihre Schenkel. Ihr Blut! Delaney hatte sie verletzt. Unwillkürlich schrie sie auf.

»Um Gottes willen, was ist passiert?« Sie preßte den Morgenrock an ihren Körper und starrte Delaney mit schreckgeweiteten Augen an. »Was ist los, Liebling? Hast du dich verletzt?«

»Nein«, erwiderte sie. »Du hast mich verletzt. So viel Blut ...«

Um ein Haar hätte er vor Erleichterung aufgelacht.

»Es ist alles in Ordnung, mein Liebes«, sagte er sanft. »Das ist immer so nach dem ersten Mal. Dein Jungfernhäutchen, weißt du? In Zukunft wird so etwas nie wieder geschehen.«

Eine namenlose Erleichterung erfüllte Elizabeth, gefolgt von einer tödlichen Verlegenheit.

»Ich ... das wußte ich nicht«, stammelte sie und kam sich ungeheuer dumm vor. »Kein Mensch hat mir etwas davon gesagt.«

»Nein, natürlich nicht«, bestätigte Delaney begütigend und verfluchte sich im stillen, daß er sie nicht darauf vorbereitet hatte. Aber es war ihm einfach nicht in den Sinn gekommen, daß ihre Unwissenheit so weit reichen könnte. »Soll ich dir helfen, Liza?«

Sie schüttelte stumm den Kopf. Erwartete er etwa, daß sie sich von ihm waschen ließ? Dazu noch dort, wo ... Allein der Gedanke machte sie schaudern.

»Bitte, setz dich wieder an den Tisch«, bat sie vollkommen tonlos.

Delaney ging zum Tisch zurück. Er machte sich noch immer Vorwürfe.

Sie hätte nicht allein sein dürfen, als sie das Blut entdeckte. Sein Blick flog zum Bett hinüber, und auch dort sah er die dunklen Flecken eingetrockneten Blutes.

»Liza!« rief er. »Alles in Ordnung?«

»Ja, was denn sonst?«

Aha, dachte er erleichtert, und ein Lächeln erhellte sein Gesicht, denn ihre Stimme klang schon wieder recht munter und aggressiv. Seinen ursprünglichen Plan, sie heute morgen noch einmal zu lieben, würde er wohl aufgeben müssen. Vielleicht am Nachmittag ... na gut, spätestens aber am Abend.

»Ach ja«, murmelte er. »Die Pflichten eines frischgebackenen Ehemannes.«

»Was meinst du damit?« Elizabeth kam hinter dem Paravent hervor und sah ihn streitlustig an.

Delaney lächelte ihr zu. »Setz dich, Liza. Die Croissants sind köstlich. Lin hat sie eigens für dich aus der französischen Bäckerei geholt.«

»Wie lieb von ihr.«

Er ließ sie nicht aus den Augen, während sie ihm gegenüber Platz nahm und nach einem Croissant und der Butterdose griff.

»Zieh die Krallen ein, mein Schatz. Du hast wirklich keinen Anlaß, so böse dreinzuschauen. Mir wird ja ganz angst und bange.«

Elizabeth biß in ihr Croissant, schlang den Happen jedoch zu hastig herunter und verschluckte sich.

»Hier, mein Liebes«, sagte Delaney amüsiert und reichte ihr ein Glas Orangensaft.

Als Elizabeth wieder Luft bekam, blitzte sie ihn wütend an.

»Es macht dir offenbar großen Spaß, dich ständig über mich lustig zu machen.«

»Warum?« Er zog die Brauen hoch.

»Darum«, schnappte sie giftig.

»Und jetzt sag mir, was du vorhin mit der dummen Bemerkung gemeint hast.«

»Was für eine dumme Bemerkung?«

»Deine Pflichten als frischgebackener Ehemann. Es kam mir irgendwie verdächtig vor.«

»Was sollte daran verdächtig sein?« Delaney schüttelte den Kopf. »Ich habe mich bloß ein bißchen bemitleidet. Weißt du ... eigentlich hatte ich die Absicht, den ganzen Tag mit dir im Bett zu verbringen. Ich fürchte jedoch, du bist dem nicht gewachsen. Das ist zwar bedauerlich, aber ich versichere dir, ich habe Verständnis dafür.«

Elizabeth spürte wieder ein leises Brennen und bewegte sich unbehaglich. Delaney hatte sie splitternackt gesehen, sie berührt, und er war in sie eingedrungen. Sie biß sich auf die Lippe und hätte sich am liebsten in Luft aufgelöst. Wenn sie ihn doch wenigstens verachten könnte! Wieso fühlte sie sich nicht gedemütigt, nachdem er sie genommen hatte?

»Ich kann dich nicht leiden!« fuhr sie ihn an.

»Ach, Liza.« Delaney schmunzelte. »Du wirst mich niemals langweilen.«

»Aber Sie langweilen mich, Sir.«

»Wenn das so ist«, sagte er und machte Anstalten, sich zu erheben, »sollte ich vielleicht doch keine Rücksicht auf deine leichte Unpäßlichkeit nehmen ...«

Mit einem entrüsteten Schrei sprang Elizabeth auf und kippte dabei fast den Tisch um. Lachend hielt Delaney ihn fest.

Nachdem Elizabeth sich wieder gesetzt hatte, betrachtete er sie einen Augenblick schweigend und fragte dann: »Verrätst du mir jetzt, warum du nach San Francisco gekommen bist?«

Völlig überrumpelt starrte sie ihn an. Um dich zu ruinieren, du elender Lump!

Ihr Mund war plötzlich ganz trocken. Sie wußte genau, daß er ein elender Lump war.

Aber warum benahm er sich dann nicht so? Sie verstand es einfach nicht.

»Abenteuerlust«, erwiderte sie schließlich so lässig wie möglich.

»London hat mich angeödet. Ich wollte etwas von der Welt sehen.

»Aha.« Delaney nickte. »Das ist gewiß ein stichhaltiger Grund. In diesem Fall wird es sicher ganz in deinem Sinne sein, wenn wir eine Flußfahrt nach Sacramento machen. Die Stadt ist in den letzten Jahren enorm gewachsen und wird vermutlich bald die Hauptstadt von Kalifornien. Nun, was hältst du davon?«

»Aber die Indianer!« Elizabeth war froh, daß ihr das eingefallen war. Sie wollte nicht fort! Sie mußte hierbleiben und Pläne schmieden.

»Wir fahren ja auf dem Fluß. Falls du überhaupt Indianer siehst, dann nur am Ufer, und das liegt in sicherer Entfernung.«

»Kommt man denn per Schiff bis nach Sacramento?«

»Mit einem Flußdampfer. Glaub mir, mein Herz, du wirst es genießen. Ein Flußdampfer hat nicht die entfernteste Ähnlichkeit mit dem Schiff, auf dem du nach Amerika gekommen bist. Die ›Scarlett Queen‹ ist ein schwimmender Palast. Und wenn wir nicht verheiratet wären, würden wir wahrscheinlich dick und fett von all dem guten Essen.«

Elizabeth wußte sehr wohl, auf welche schlankhaltenden Freiübungen er anpielte; sie wappnete sich jedoch mit Gleichmut. Sie konnte ohnehin nichts dagegen tun.

»Ja«, sagte sie, denn ihr war klar, daß jede normale junge Frau sich auf eine Hochzeitsreise freuen würde. »Ich möchte Sacramento gern kennenlernen.«

»Du wirst staunen. Es hat auch dort einen bösen Brand gegeben, aber wie bei uns in San Francisco haben sie die Stadt schöner und besser wieder aufgebaut. Wir fahren heute nachmittag. Ich hoffe, das paßt dir, meine Liebe.«

»Dann war also alles schon beschlossene Sache?«

»In der Tat«, bestätigte Delaney. »Ich muß dir doch etwas bieten, oder?«

»Ach ja«, sagte sie und wischte sich sorgfältig die Hände an der Serviette ab. »Die Pflichten eines Ehemannes ...«

11. Kapitel

Die ›Scarlet Queen‹ war tatsächlich mit keinem Schiff zu vergleichen, das Elizabeth je in ihrem Leben gesehen hatte.

»Amerikanische Flußdampfer sind ein Nonplusultra an Luxus und Komfort«, sagte Delaney nicht ohne Stolz, als sie zum Landungssteg hinuntergingen.

Staunend betrachtete Elizabeth den Dampfer, der ihr eher wie ein prachtvolles mehrstöckiges Haus vorkam, mit weiten Türen, großen Fenstern und zahlreichen Veranden.

»Bei Nacht wirkt die ›Scarlet Queen‹ wie ein verzaubertes Märchenschloß«, fuhr Delaney fort. »Alles ist dann hell erleuchtet, und die Schornsteine sehen aus wie feuerspeiende Vulkane.«

»Regt deine poetische Ader sich wieder?« spöttelte Elizabeth, obwohl sie insgeheim tief beeindruckt war.

An der Anlegestelle herrschte reges Treiben. Hafenarbeiter ent- und beluden mehrere Schiffe, die neben der ›Scarlet Queen‹ vor Anker lagen, und es herrschte ein wirres Durcheinander von schreienden Menschen und wiehernden Pferden.

Elizabeth erschauerte, denn es war kühl und bedeckt, und die ersten Nebelschwaden begannen das Dock einzuhüllen.

»Ist dir kalt?« fragte Delaney. »Dann laß uns an Bord gehen.«

Sie wichen einem Chinesen aus, der zwei Eimer mit Garnelen an einer langen Stange auf den Schultern balancierte.

»Lucas hat unser Gepäck schon aufs Schiff gebracht«, sprach Delaney weiter. »Der Kapitän wird dir gefallen. Sein Name ist Rufus O'Mally, und er hat eine unnachahmliche Art, mit Damen umzugehen. Seine Matrosen dagegen haben nichts zu lachen bei ihm, denn jede Art von Schlamperei ist ihm verhaßt.«

»Das hört sich an, als ob du ihn gut kennen würdest.« Elizabeth hatte nur mit halbem Ohr hingehört, denn das bunte Treiben an Deck der ›Scarlet Queen‹ fesselte ihre Aufmerksamkeit.

Man hätte meinen können, daß dieser zusammengewürfelte, malerische Anblick ihr inzwischen zur Gewohnheit geworden wäre: Damen in kostbaren Seidentoiletten und Herren mit Zylinder und Gehrock neben abgerissenen, verwegenen Gestalten mit Schlapphut, ausgebeulten Hosen und Stoppelbart. Und doch war Elizabeth jedesmal aufs neue entzückt und überrascht, wie nahtlos sich alles zusammenfügte. Sie versuchte, sich eine solche Szene in London vorzustellen . . . Einfach undenkbar.

»Er arbeitet immerhin für mich«, sagte Delaney.

»Wie? Wer? Ach so.« Nur allmählich begriff Elizabeth den Sinn seiner Worte. Schließlich fuhr sie herum und blickte ihn entgeistert an.

»Wolltest du damit andeuten, daß der Dampfer dir gehört?« fragte sie gedehnt.

»Nur zur Hälfte, um genau zu sein. Sam Brennan ist mein Partner bei diesem Unternehmen, das sich bislang recht erfreulich ausgezahlt hat.« Er sah, daß sie die Stirn runzelte, und erkundigte sich ein wenig konsterniert: »Freut es dich nicht, einen Ehemann zu haben, der dich mit Luxus umhegen und umsorgen kann?«

»Ich bin kein exotischer Vogel, den man in einem goldenen Käfig hält! Und ich bin auch nicht auf deine Fürsorge angewiesen.«

Delaney begriff nicht, weshalb Elizabeth so heftig reagierte, aber er hielt die Sache nicht für wichtig genug, um sich länger damit zu befassen. »Die ›Scarlet Queen‹ befördert vorzugsweise Passagiere nach Sacramento, trotzdem läuft sie unterwegs verschiedene Häfen an. Wenn du Lust hast, besuchen wir bei anderer Gelegenheit auch einmal Grass Valley oder Marysville. Ich könnte dir auch den Yuba River zeigen. Dort habe ich eine Goldmine.«

Wie schön für dich, dachte sie grimmig.

»Allerdings geht es dort draußen noch immer ziemlich rauh und unzivilisiert zu«, sprach Delaney weiter. Er nickte Colonel Dakworth und seiner Frau freundlich zu, während er mit Elizabeth dem verglasten Ruderhaus zustrebte. »Dort leben Menschen verschiedenster Nationalitäten — Deutsche, Schweden, Chinesen, sogar Engländer und auch ...« Er brach mitten im Satz ab, und sein Gesicht wurde kalt und abweisend.

»Na, so was! Wenn das nicht Mr. Saxton mit seiner niedlichen kleinen Frau ist. Wie geht's, Ma'am?«

Elizabeth musterte den dunkelhaarigen, hageren Mann, der vor ihnen stand. Sie zuckte zusammen, als Delaney mit eisiger Stimme sagte: »Blake! Ich nehme an, Sie entschuldigen uns.«

Er umspannte Elizabeths Ellbogen mit eisernem Griff und zog sie weiter.

»Blake?« fragte sie irritiert. »Wer ist das? Warum bist du so unfreundlich zu ihm gewesen?«

»Er ist kein guter Typ, Liza. Um ehrlich zu sein, ich würde ihm nicht einmal über den Weg trauen, wenn er einen Heiligenschein und ein Dutzend harfespielender Engel als Eskorte hätte. Ah, da ist ja Captain O'Mally.«

Überrascht musterte Elizabeth den verblüffend kleinen Mann, der in einer dekorativen scharlachroten Uniform steckte. Sein kahler Kopf war so kugelrund wie sein Bauch, und sein breites Grinsen ließ eine Reihe unregelmäßiger, aber schneeweißer Zähne sehen. Er wirkte wie ein gutmütiger, harmloser Kobold.

»Rufus, dies ist meine Frau Elizabeth. Und dies, meine Liebe, ist Captain O'Mally.«

Der schlug die Hacken zusammen, und sein Grinsen wurde womöglich noch breiter. »Ihr ergebenster Diener, Ma'am.« Freundlich schaute er sie mit seinen blauen Augen an. »Sie sind also die bezaubernde englische Lady, die sich unseren guten Del eingefangen hat.«

»Sie haben den Nagel auf den Kopf getroffen, Rufus«, warf Delaney trocken ein.

»Es freut mich außerordentlich, Ihre Bekanntschaft zu machen, Captain.« Elizabeth reichte ihm die Hand. Seine Hand war fast so klein und schmal wie ihre, aber sie hatte einen angenehm festen Druck.

»Und das ist Mr. Hoolihan, Ma'am.« Captain O'Mally wies auf einen großen, ziemlich dunkelhäutigen Mann, der aus dem Steuerhaus kam. Er trug ebenfalls eine Uniform in Rot, jedoch ohne die vielen Tressen und Messingknöpfe, die die des Kapitäns zierten. »Mr. Hoolihan hat erst letzt Woche angeheuert«, fuhr O'Mally fort. »Dies ist seine zweite Fahrt. Er hat natürlich ausgezeichnete Referenzen.«

Während die Männer sich über Schiffsangelegenheiten unterhielten, merkte Elizabeth, daß Mr. Hoolihan sie aus den Augenwinkeln beobachtete. In seinem Blick lag weder Wärme noch Bewunderung. Im Gegenteil, er fixierte sie wie einen aufgespießten Schmetterling.

Ein lautes Pfeifen ließ Elizabeth zusammenfahren.

»Wir legen ab«, sagte Captain O'Mally. »Machen Sie und Ihre Gattin mir das Vergnügen, heute abend mit mir zu speisen, Del?«

»Wir werden sehen«, antwortete Delaney und bedachte Elizabeth mit einem hintergründigen Lächeln. »Unsere Kabine ist auf dem Oberdeck«, erklärte er ihr und wies auf die breite Treppe, die nach oben führte. »Dort sind auch der Speisesaal, der Spielsalon und die anderen Luxuskabinen.«

Mit großen Augen schaute Elizabeth sich um. Es wirkte alles so aufwendig und verschwenderisch.

Delaney ahnte, was in ihr vorging. »Die unteren Decks sind ein bißchen bescheidener, aber trotzdem nicht zu vergleichen mit den Zwischendecks der Überseeschiffe.«

Elizabeth beobachtete die Passagiere, die an der Reling standen und zum Kai herüberwinkten, als das Schiff allmählich Fahrt aufnahm.

»Komm, mein Liebling«, sagte Delaney.

»Aber es gibt hier so viel zu sehen«, protestierte sie. »Schau nur die Hügel dort drüben. Wie grün sie sind. Und all die Inseln. Sind sie bewohnt?«

»Zum Teil, Liebling, du zitterst ja. Komm, ich will nicht, daß du dich erkältest.«

Nur zögernd folgte Elizabeth ihrem Mann, und sie mied seinen Blick. Die Erinnerung an die unbekannten, erregenden Gefühle, die sie in der vergangenen Nacht empfunden hatte, verwirrte sie und machte sie befangen.

In der Kabine angekommen, blieb Elizabeth wie vom Donner gerührt stehen. Die Wände waren mit Mahagoni getäfelt; die dunklen Möbel wirkten elegant und kostspielig. Den Boden bedeckte ein dunkelroter Teppich, die Farbe wiederholte sich in den Samtportieren der Fenster,

Elizabeths Blick glitt zu dem breiten Bett mit dem ebenfalls rotsamtenen Überwurf.

»Wie ein schwimmendes Bordell, hm?« bemerkte Delaney. »Für die Einrichtung zeichnet Sam verantwortlich. Ich fürchte, er hat dabei seiner Fantasie zu sehr die Zügel schießen lassen.«

Plötzlich spürte Elizabeth seine Hände auf ihren Schultern. »Del, ich ...« Sie versuchte, sich ihm zu entziehen.

»Nicht doch, Liebes«, sagte er.

»Es ist nur ... ich bin heute fast noch nervöser als gestern abend.« Sie lachte befangen. »Du hältst mich sicher für töricht.«

»Nein, durchaus nicht.« Er drehte sie zu sich um. »Aber jetzt kennst du meinen Körper und hast auch die Liebe kennengelernt.« Um seine Lippen zuckte es. »Zumindest glaube ich das. Oder hast du die Augen die ganze Zeit geschlossen gehalten?«

Elizabeth schüttelte stumm den Kopf.

»Um ehrlich zu sein, Liza, ich konnte den ganzen Tag über kaum an etwas anderes denken. Du bist anbetungswürdig, weißt du das?«

Zur Hölle mit dir! Ich will nichts für dich empfinden.

»Und nun, mein Liebling, werde ich dich ausziehen, und dann werden wir uns sehr viel Zeit füreinander nehmen. Wenn du später hungrig bist, lasse ich uns etwas herbringen.«

Elizabeth fürchtete sich. Sie fürchtete sich vor der Reaktion ihrs Körpers. Delaneys Hände glitten liebkosend über ihre Schultern und legten sich dann um ihre Brüste. Langsam senkte er den Kopf und küßte Elizabeth. Seine Lippen waren warm und weich, und sein Kuß war so süß ...

Kämpfe dagegen an, Liza! Du kannst ihn zwar nicht hindern, aber du darfst es nicht genießen!

Seine Zunge fuhr über ihre Lippen und verschaffte sich mit sanftem Druck Einlaß. Elizabeth erschauerte. Er nahm es mit Befriedigung wahr und gab ihren Mund frei.

»Gefällt dir das?« fragte er leise.

Sie antwortete nicht, mußte sich jedoch zwingen, nicht die Arme um ihn zu schlingen.

Delaney löste sich von ihr und begann, ihren blauen Samtmantel aufzuknöpfen. Sie ließ es geschehen.

Als Elizabeth nur noch mit ihrem Unterzeug bekleidet dastand, war ihr Gesicht ganz blaß und ängstlich. Sie wandte sich ab, als Delaney begann, rasch seine eigenen Kleider abzustreifen. Wenig später spürte sie seine Hände auf ihren bloßen Schultern.

Gequält schloß sie die Augen. Ich muß die verliebte junge Frau spielen, dachte sie. Delaney durfte nichts merken.

Er umfaßte ihr Taille und hob Elizabeth hoch. Dann ging er mit ihr zum Bett und legte sie nieder.

Sie schaute zu ihm auf und schrak zurück vor der tiefen Zärtlichkeit, die sie in seinen Augen lesen konnte. Und sie las noch etwas darin: heißes Verlangen. Ihr Blitt glitt über seine muskulöse, behaarte Brust hinab bis ... Erschrocken hielt Elizabeth den Atem an, als sie den sichtbaren Beweis seines ungeduldigen Verlangens sah.

Delaney legte sich neben sie. »Hab keine Angst, mein Herz. Entspann dich.«

Behutsam streifte er ihr die Unterwäsche ab. Sie erhob dagegen keinen Protest. Dann spürte sie seinen heißen, fordernden Körper an ihrer Haut.

Delaneys Hände begannen wieder ihr magisches Spiel. Jede Bewegung, jeder Kuß verriet die zielstrebige Entschlossenheit des Mannes, der Elizabeths Körper auf so wundervolle Weise zu Reaktionen veranlaßte, die sie nicht unter Kontrolle hatte. Seine Finger wurden immer kühner, und plötzlich überrieselte Elizabeth eine Welle der Lust.

»Bitte, Del! Bitte nicht ...«

Er ließ nicht ab von ihr. Unbeirrt fuhr er fort, die Geheimnisse ihres Körpers zu erforschen.

»Was soll ich nicht?«

»Ich ... ich will das nicht«, stieß sie hervor.

»Du kleine Lügnerin«, murmelte Delaney, denn er war längst vom Gegenteil überzeugt. Ihr Körper hatte sie verraten. »Es wird nicht mehr weh tun, Geliebte«, flüsterte er und begann, sie rhythmisch zu streicheln.

Wieder erschauerte Elizabeth, und unwillkürlich kam sie ihm entgegen. Sie kämpfte gegen das süße, erregende Gefühl an, aber es wurde stärker und stärker. Schließlich preßte sie das Gesicht an Delaneys Schulter und stöhnte erstickt auf.

»So ist es gut, Liza«, raunte er heiser. »Laß dich los. Denk an nichts, laß deinen Empfindungen freien Lauf.«

Für den Bruchteil einer Sekunde erstarrte ihr Körper zu völliger Reglosigkeit. Dann nahm Delaney mit tiefer Befriedigung das krampfhafte Zucken wahr, das Elizabeth von Kopf bis Fuß überlief. Seine Lippen erstickten den Schrei, der tief aus ihrer Kehle drang. Wild bäumte sie sich auf. »Del, o Del!« stieß sie hervor und klammerte sich an ihn.

Rasch, bevor der Sturm verebbte, der sie noch immer schüttelte, drang Delaney in sie ein. Sie empfing ihn bereitwillig, drängte ihm entgegen. Er spürte, daß sie genauso nach ihm verlangte wie er nach ihr, und war verloren. Als die Wogen der Lust über ihm zusammenschlugen, hatte er das Gefühl, in ihr zu bersten. Ein heiserer Laut entrang sich seiner Kehle; danach verlor er sich in einem Gefühl unendlicher Glückseligkeit.

Erschöpft ließ Delaney sich auf Elizabeth niedersinken. Grenzenlose Zärtlichkeit wallte in ihm auf und — ja, auch tiefe Befriedigung. Nun war sie wirklich sein. Sie hatte sich ihm gegeben und Lust dabei empfunden.

Er hob den Kopf ein wenig und begegnete Elizabeths verschleiertem Blick.

»Ich verstehe es nicht«, flüsterte sie. »Ich wollte es nicht, aber ...«

Er streifte ihre Lippen mit einem Kuß. Dann glitt er neben sie und zog sie fest in seine Arme. Seine Gedanken wanderten in die Zukunft, in eine Zukunft voller Liebe und Leidenschaft.

Elizabeth dagegen fühlte sich wie betäubt. Sie begriff das alles nicht. Wo war die Elizabeth geblieben, die diesen Mann gehaßt hatte? Die sich in der Vorfreude gesonnt hatte, ihn in die Knie zu zwingen? Eine tiefe Verzweiflung überkam sie, und sie brach in Tränen aus.

Die Gäste, die Captain O'Mally zum Dinner an seinen Tisch geladen hatte, waren höchst unterschiedlich, aber äußerst interessant. Auch hier sah Elizabeth sich wieder von unvorstellbarem Luxus umgeben.

»Sehr beeindruckend, Captain«, sagte sie, als Rufus O'Mally einen Stuhl für sie zurechtrückte.

»Für Del muß es immer nur vom Besten sein«, erwiderte O'Mally mit einem bewundernden Blick, wobei man nicht hätte sagen können, ob er das Schiff meinte oder Elizabeth in ihrer pfirsichfarbenen Seidentoilette.

Die Speisekarte war endlos, und von mindestens der Hälfte aller aufgeführten Gerichte kannte Elizabeth nicht einmal den Namen.

Delaney bemerkte ihre Unsicherheit und kam ihr zu Hilfe.

»Das geschmorte Hähnchen mit Austernsoße kann ich dir sehr empfehlen.«

»Danke«, sagte sie, ohne ihn anzusehen. Zu deutlich erinnerte sie sich an den bestürzten Ausdruck in seinen Augen, als sie vorhin in Tränen ausgebrochen war. Aber er hatte sie nur stumm in den Armen gehalten, hatte nicht gefragt und nichts von ihr verlangt.

Delaney gab bei dem weißbefrackten Steward die Bestellung auf, griff dann nach dem kostbaren Kristallglas mit dem trockenen Weißwein und lehnte sich zurück. Geistesabwesend beantwortete er Colonel Dakworths

Fragen; seine Gedanken weilten bei Elizabeth. Was für ein Rätsel sie ihm noch immer war! Ein wunderschönes, bezauberndes Rätsel mit einem leidenschaftlichen Körper.

Delaneys Blick fiel auf Brent Hammond, einen alten Bekannten und unverbesserlichen Charmeur, der Elizabeth anhimmelte. Keine Chance, alter Freund, gib dich keinen Illusionen hin, dachte er schadenfroh.

Dann bemerkte er, daß auch Mr. Hoolihan, O'Mallys rechte Hand, Elizabeth intensiv beobachtete, allerdings auf eine seltsam abschätzende Art, ohne die geringste Spur einer Gefühlsregung. Ein merkwürdiger Mann, diser Hoolihan! Vielleicht sollte man doch ein paar Erkundigungen über ihn einziehen.

Colonel Dakworth, dieser aufgeblasene Wichtigtuer, berichtete nun Reverend Divine voller Stolz von den Fortschritten bei der Säuberung San Franciscos von lichtscheuem Gesindel aller Art, aber Delaney interessierte das momentan nicht. Er wartete mit Undeduld auf das Ende des Dinners, um mit Elizabeth in die Abgeschiedenheit ihrer Luxuskabine zurückkehren zu können.

Worüber sie wohl nachdachte? Bereute sie, bei dem Zusammensein mit ihm ein sinnliches Vergnügen empfunden zu haben? War das der Grund für ihre Tränen gewesen? Wohl kaum. Ihre absolute Unwissenheit in allen Dingen, die die Liebe betrafen, verriet, daß niemand ihr irgendwelche falschen Vorstellungen auf dem Gebiet der Erotik eingeimpft haben konnte.

Captain O'Mally stand auf und hob sein Glas.

»Ich bitte um Gehör«, sagte er. »Ich möchte einen Toast ausbringen. Auf Delaney und Elizabeth Saxton, unsere Neuvermählten.«

Brent Hammond zog die Brauen hoch, und seine Augen funkelten. »Auf die bezaubernde Braut.«

»Möge Ihr Bund gesegnet sein«, fügte Reverend Divine salbungsvoll hinzu.

Elizabeths Blick flog zu Delaneys Gesicht. Gesegnet! Damit konnte der Reverend nur Kinder meinen.

Eine bohrende Unruhe befiel sie. Delaney hatte versichert ...

Endlich wurden die Desserts gereicht. Elizabeth hielt es kaum noch am Tisch aus. Sie spürte Delaneys Verwunderung, wann immer sein Blick sie streifte. Am liebsten hätte sie sich irgendwohin verkrochen, um endlich allein sein zu können.

Nach dem Dinner bat Captain O'Mally Delaney um eine kurze Unterredung. Elizabeth vermochte ihre Erleichterung kaum zu verbergen.

»Mir wird die Zeit gewiß nicht zu lang werden, Del«, versicherte sie munter. »Ich mache inzwischen einen kleinen Spaziergang an Deck. Es ist ein so wunderschöner Abend.«

Sein Blick verriet ihr, daß er sie durchschaut hatte, aber er hielt sie nicht zurück.

Elizabeth holte ihren Samtmantel aus der Kabine. Als sie wenig später am Spielsalon vorbeikam, hörte sie Gelächter und fröhliche Stimmen. Sie ging weiter, froh darüber, keine Menschenseele an Deck zu sehen. Die Nacht war klar und schön, der Himmel mit Sternen übersät und der Fluß so breit, daß man das Ufer kaum erkennen konnte. Elizabeth lehnte sich an die Reling und schaute gedankenverloren in das tiefschwarze Wasser des Sacramento.

Irgend etwas geht mit mir vor, dachte sie. Ich verliere mein Ziel aus den Augen und bin auf dem besten Wege, mich in den Mann zu verlieben, der meinen Vater auf dem Gewissen hat. Sie schloß die Augen und versuchte, den lange gehegten Haß in ihr Herz zurückzuzwingen.

»Ich darf nicht schwach werden«, flüsterte sie inbrünstig. »Ich muß ...«

Ein Arm legte sich eisenhart um ihre Taille, und eine Hand verschloß ihren Mund.

»Tut mir leid, Ma'am«, hörte sie eine rauhe Stimme dicht an ihrem Ohr, und dann merkte sie, daß sie hochgehoben wurde.

O Gott, nein! Er will mich über Bord werfen!

Elizabeth wehrte sich verzweifelt und rammte dem Mann den Ellbogen in den Magen. Er stieß einen grunzenden Schmerzenslaut aus, ließ sie jedoch nicht los. Sie biß ihm in die Hand, und es gelang ihr, einen hohen, schrillen Schrei auszustoßen. Doch sofort packte der Mann wieder so fest zu, daß sie glaubte, er würde ihr den Kiefer brechen. Grelle Lichter tanzten vor ihren Augen, und der Schmerz nahm ihr fast die Sinne. Aber noch immer kämpfte sie mit aller Kraft gegen ihn an, und beide verwickelten sich in ihren weiten Mantel.

Elizabeth hörte ihren Peiniger fluchen und spürte, daß er sie immer weiter über die Reling schob. Ich werde sterben, schoß es ihr durch den Kopf. Ich werde ertrinken.

In diesem Augenblick vernahm sie eine Männerstimme und das dumpfe Poltern näher kommender Stiefel. »Was geht da vor? Aufhören, sofort!«

Jäh ließ ihr Widersacher sie los, und Elizabeth sank keuchend in sich zusammen.

»Mrs. Saxton! Großer Gott, Ma'am. Was ... was wollte der Kerl?« Es war Brent Hammond, der sich zu ihr niederbeugte und behutsam nach ihrem Arm griff.

»Es ... es geht schon wieder«, ächzte Elizabeth, aber sie zitterte am ganzen Leibe. »Er wollte mich umbringen.«

Brent zerdrückte einen Fluch zwischen den Zähnen. »Kommen Sie, Ma'am, beruhigen Sie sich. Der Kerl ist verschwunden.« Vorsichtig zog er sie hoch.

»Del«, flüsterte Elizabeth, »bitte, wir müssen meinen Mann ...«

In diesem Moment näherten sich erneut Schritte. Wie vom Donner gerührt blieb Delaney stehen, als er Elizabeth in Brent Hammonds Armen sah.

»Zum Glück ist Ihrer Frau nichts geschehen«, sagte Brent ruhig.

Elizabeth hob den Kopf, und eine unendliche Erleichterung durchflutete sie bei Delaneys Anblick.

»Del!« schrie sie auf, riß sich von Brent Hammond los und warf sich an Delaneys Brust.

Er preßte sie an sich und strich beruhigend über ihren Rücken. Dann suchte er Brents Blick.

»Was ist passiert?« fragte er knapp.

»Offenbar hat jemand versucht, Ihre Frau über Bord zu werfen.« Brent senkte die Stimme und fuhr fort: »Vielleicht wollte der Kerl ihr auch Gewalt antun.«

Elizabeth zittert noch immer.

»Schon gut, mein Herz«, sagte Delaney leise. »Ich bin ja da.«

Sie hob ihr bleiches Gesicht zu ihm auf.

»War das der Mann, der mich schon in England umbringen wollte?«

Delaney stutzte kaum merklich und erwiderte: »Ich weiß es nicht, Liza, Brent, habt ihr sein Gesicht gesehen?«

»Er wirkte ziemlich abgerissen und hatte eine Wollmütze tief ins Gesicht gezogen«, sagte Brent. »Als er mich kommen hörte, rannte er zum Niedergang.«

Elizabeths Finger krampften sich um Delaneys Rockaufschläge. »Ich konnte ihn nicht sehen, Del. Er war hinter mir. Seine Stimme kannte ich nicht.«

»Was hat er gesagt, Liza? Erinnerst du dich?«

»Etwas wie ›tut mir leid‹.

»Ein Mörder mit Gewissensbissen«, murmelte Brent kopfschüttelnd.

»Wir müssen mit Rufus darüber sprechen. Glaubst du, daß du es schaffen wirst, Liza?«

Sie nickte zögernd. Sie hatte noch immer furchtbare Angst, und ihr war sterbensübel. »Wer, Del? Wer will mich . . .«

»Das kriegen wir heraus«, unterbrach er sie. »Brent,

würden Sie Captain O'Mally bitte sagen, daß ich ihn in meiner Kabine erwarte?«

Brent Hammond nickte und sah Delaney nach, der seine Frau hochgehoben hatte und mit ihr davoneilte.

Mit aller Kraft klammerte Elizabeth sich an Delaney, und er spürte, daß die Angst sie noch immer schüttelte.

Himmel, dachte er, was wäre geschehen, wenn Brent nicht dazugekommen wäre?

Er versuchte, sich jede Einzelheit ihres Alptraums ins Gedächtnis zurückzurufen. Dann kam ihm plötzlich zu Bewußtein, daß er eigentlich fast nichts über Elizabeths Vergangenheit wußte. Wer immer sie töten wollte, mußte etwas mit ihrer Vergangenheit zu tun haben.

In der Kabine stellte Delaney Elizabeth vorsichtig auf die Füße. Erst jetzt hatte er Gelegenheit, sie richtig anzusehen. Ihr Gesicht war kalkweiß, und die Pupillen in den angstvoll aufgerissenen Augen waren geweitet.

Sie hatte einen Bluterguß am Kiefer, der sich bereits dunkel färbte.

Als Delaney sie krampfhaft schlucken sah, führte er sie rasch zur Waschkommode. Fürsorglich stützte er ihren Kopf, während sie sich übergab. Dann ließ er sie los, um ihr einen Whisky einzuschenken. Elizabeth taumelte und sank auf den Teppich nieder.

Delaney kniete sich rasch neben sie.

»Hier, Liza, trink das«, befahl er.

Sie nahm einen Schluck und verzog das Gesicht.

»Noch ein bißchen, Liza.« Elizabeth gehorchte.

»So ist es gut, mein Liebling«, lobte er sie, trug sie vorsichtig zum Bett und holte ein feuchtes Tuch, das er ihr auf die Stirn legte. »Bleib ganz ruhig liegen, mein Herz.« Sanft strich er mit dem Finger über ihren Kiefer. Zum Glück war nichts gebrochen. Er sah, daß das Entsetzen allmählich aus ihren Augen wich, und entspannte sich ein wenig. »Besser?« fragte er leise.

»Ja«, flüsterte sie. »Tut mir leid, daß ich mich so angestellt habe, aber . . .«

»Pst.« Delaney griff nach ihrer Hand und küßte die Fingerspitzen. »Du hast Todesangst ausgestanden«, sagte er gepreßt. »Liza, wir finden den Kerl, verlaß dich darauf.« Es klopfte an der Tür, und er hob den Kopf. »Herein!« rief er.

Captain O'Mally trat ein.

»Was ist los, Del?« fragte er aufgeregt. »Was faselt Hammond da von Vergewaltigung und Mord und . . .«

»Setzen Sie sich, Rufus«, unterbrach Delaney ihn mit scharfer Stimme und stand abrupt auf. »Wir haben ein Problem.«

Elizabeth hörte, wie er dem Kapitän den Vorfall mit knappen Worten schilderte. Schwankend setzte sie sich auf und stellte die Füße auf den Boden.

Sofort war Delaney neben ihr und legte die Hand auf ihre Schulter.

»Kannst du dem Captain jetzt genau sagen, wie es sich zugetragen hat, Liza?«

Sie nickte und nahm ihre ganze Kraft zusammen. Während sie sprach, spürte sie Delaneys Hand, die ihre Schulter sanft knetete.

»Sein Gesicht habe ich nicht gesehen«, schloß sie ihren Bericht. »Aber er sprach irgendwie komisch.«

»Was meinst du damit?« fragte Delaney.

Elizabeth versuchte, die richtigen Worte zu finden, es gelang ihr jedoch nicht.

Rufus O'Mally kaute nervös an seiner Unterlippe. Er hätte gern geflucht, aber das mußte er sich in Gegenwart der Lady natürlich verkneifen.

»Ich verstehe das alles nicht«, sagte er schließlich. »Wer in aller Welt könnte Ihnen etwas antun wollen, Ma'am? Na, wie dem auch sei, wir verlieren Zeit. Ich rufe sofort meine Leute zusammen und verhöre sie, aber . . .« Er zuckte die Achseln und sah Delaney an. Beide wußten von vorneherein, daß nicht viel dabei herauskommen würde. »Wollen Sie mich begleiten, Del?«

Delaney spürte, wie Elizabeths Finger sich um sein Handgelenk schlossen. »Nein, ich war ja nicht Zeuge des Vorfalls. Brent Hammond wird euch eine bessere Hilfe sein.«

»Gut. Ich komme zurück, sobald ich kann.«

Als sich die Tür hinter dem Kapitän geschlossen hatte, zog Delaney Elizabeth in die Arme.

»Sehen wir zu, daß du aus diesem beschmutzten Kleid heraus und ins Bett kommst, mein Liebes«, sagte er zärtlich.

Elizabeth fühlte sich wie betäubt. Nur vage spürte sie, wie er die Knöpfe ihes Kleides öffnete, und stumm gehorchte sie, als er sie anwies, sich umzudrehen. Sie trug noch immer kein Korsett, und so dauerte es nicht allzulange, bis sie, nur noch mit ihrem Spitzenhemdchen bekleidet, vor ihm stand.

»Ins Bett mit dir«, sagte Delaney und gab ihr einen liebevollen Klaps.

Mit großen Augen sah sie zu ihm auf. »Aber mein Nachthemd?«

Sie wirkte so süß und hilflos in ihrem Hemdchen, daß Delaney alle Kraft zusammennehmen mußte, um sich zu beherrschen. Schnell drehte er sich um und ging zum Wandschrank, um ihr ein Nachthemd zu holen. Als er zurückkam, stand Elizabeth noch immer am selben Fleck und beobachtete ihn schweigend.

Starr sie nicht an wie ein Idiot, Delaney Saxton! rief er sich ärgerlich zur Ordnung. Krampfhaft versuchte er, ihre runden Brüste zu übersehen, die von dem dünnen Hemd nur notdürftig verhüllt waren. In diesem Augenblick hob Elizabeth die Arme. Zu Delaneys Überraschung streifte sie sich das Hemd über den Kopf und ließ es auf den Boden fallen. Dann schaute sie ihn an.

»Bitte, Del, hilf mir«, flüsterte sie. »Verlaß mich nicht.«

Sein Blick glitt über ihren nackten Körper.

»O Liza!« stieß er tonlos hervor und nahm sie in die Arme. »Liza, mein Geliebtes.« Mit fahrigen Fingern zog er die Haarnadeln aus ihrer Frisur, und das Haar fiel in dichten Wellen auf ihren Rücken hinab.

Was sie jetzt braucht, versuchte er sich einzureden, ist keine körperliche Liebe, sondern Trost und Zuwendung. Einen Beweis, noch am Leben zu sein. Halt dich also zurück, Delaney.

Aber plötzlich drängte Elizabeth sich an ihn und zog seinen Kopf zu sich herunter.

»Bitte«, flüsterte sie und küßte Delaney leidenschaftlich.

Er erkannte, daß sie nicht mehr klar denken konnte, daß sie vergessen wollte, was geschehen war. Sie stand unter Schock. Sie war ... Ihre Zunge verschaffte sich Einlaß in seinen Mund, und er stöhnte auf.

»Du bist meine Frau«, stieß er hervor. »Meine Frau!«

Elizabeth zerrte fieberhaft an seinem Hemd. Wortlos hob er sie hoch und legte sie aufs Bett. Er sah, wie ihr Blick an seinem Körper hinabglitt und ihre Augen sich weiteten.

»Bitte«, flüsterte sie wieder und streckte ihm die Arme entgegen.

Im nächsten Augenblick lag er auf ihr und küßte sie wild und leidenschaftlich. Mit frenetischer Inbrunst erwiderte Elizabeth seine Küsse. Sie preßte ihn an sich, und ihre Hände fuhren über seinen Körper. Und immer wieder flüsterte sie: »Bitte, Del, bitte!«

Delaney spürte, wie das brennende Verlangen, das ihren Körper erbeben ließ, auf ihn übersprang. Sie war wie von Sinnen, und als er in sie eindrang, bäumte sie sich wild auf und erreichte im selben Augenblick den Gipfel der Ekstase. Ihr Höhepunkt war so heftig, daß sie ihn fast von sich stieß; heisere Schreie drangen aus ihrer Kehle. Sie rief seinen Namen und umklammerte ihn mit aller Kraft.

Auch Delaney erreichte in Sekundenschnelle den Höhepunkt. Ihm war, als risse es ihm die Seele aus dem Leib. Danach liebkoste er Elizabeth sanft und flüsterte ihr sinnlose Liebesworte zu. Eine selige Ermattung überkam sie.

Delaney schaute in ihr entspanntes Gesicht und sah, daß der gehetzte Ausdruck aus ihren Augen verschwunden war.

Behutsam glitt er neben sie. Schweigend bettete er ihren Kopf an seine Schulter und streichelte sie, bis sie eingeschlafen war.

Er selbst blieb wach. Nur ganz allmählich beruhigten sich seine aufgewühlten Sinne. Nie zuvor in seinem Leben hatte er ein Liebeserlebnis von solcher Intensität gehabt. Er war von vornherein sicher gewesen, daß Elizabeth — einmal geweckt — eine leidenschaftliche Frau sein würde, aber diese Wildheit, diese fast zügellose Leidenschaft . . . Unwillkürlich schüttelte er den Kopf.

Andererseits war er sich durchaus im klaren darüber, daß er ihr heutiges Verhalten nicht überbewerten durfte. Sie hatte sich gefürchtet, hatte unter einem Schock gestanden und war in seine Arme geflüchtet, um das grauenhafte Geschehen zu vergessen. Aber immerhin in seine Arme. Bei ihm hatte sie Trost und Vergessen gesucht.

Als Delaney ein leises Pochen an der Kabinentür hörte, löste er sich behutsam von Elizabeth und griff nach seinem Hausmantel. Er öffnete die Tür und sah in Captain O'Mallys besorgtes Gesicht.

»Nun?«

»Nichts, Del, absolut nichts. Verflucht, aber es könnte trotzdem einer aus der Mannschaft gewesen sein. Könnte Ihre Frau uns vielleicht noch irgendwelche Angaben machen?«

»Nein, sie schläft jetzt, aber ich spreche morgen früh noch einmal mit ihr.«

Captain O'Mally seufzte. »Brent Hammond hat recht.

Die ganze Sache ist verdammt geheimnisvoll. Hören Sie, Del, wir alle haben Feinde. Vielleicht wollte jemand Ihrer Frau an den Kragen, um Sie zu treffen?«

»Möglich«, sagte Delaney, aber es entsprach nicht seiner Überzeugung.

»Was ist mit Blake Jones? Sie beide sind doch einmal aneinandergeraten ... voriges Jahr, glaube ich.«

»Nein«, erwiderte Delaney. »Höchst unwahrscheinlich. Blake ist ein unangenehmer und sicher auch unberechenbarer Bursche, aber ein Feigling ist er nicht. Der wäre nicht weggelaufen. Vertagen wir die Angelegenheit auf morgen, Rufus. Dann sehen wir weiter.«

Captain O'Mally nickte unglücklich und trottete davon.

12. Kapitel

»Hier, Liebling, trink das.«

Elizabeth blinzelte schlaftrunken und setzte sich auf, ohne zu merken, daß sie völlig nackt war.

»Wie spät ist es?« fragte sie und gähnte herzhaft.

Erst als sie Delaneys vielsagende Blicke bemerkte, wurde sie vollends wach, und ihre Wangen röteten sich. Mit einem erstickten Schrei zog sie sich die Bettdecke bis zum Hals hinauf.

»Echter englischer Tee«, sagte Delaney gelassen und reichte ihr die Tasse. Elizabeth nahm einen Schluck und sah ihren Mann dann unsicher an.

»Wie spät ist es?« fragte sie noch einmal.

»Fast neun. Ich nehme an, du hast sehr gut geschlafen, oder irre ich mich?«

»Nein, du irrst dich nicht!« stieß sie befangen hervor. Die Erinnerung an die vergangene Nacht bereitete ihr tödliche Verlegenheit. Wie hatte sie sich nur so aufführen können!

»Ich weiß ganz genau, was du jetzt denkst.« Delaney zwinkerte ihr zu. »Immerhin kenne ich dich inzwischen um einiges besser. Sachte, sachte!«

Er hob die Hände, als er den kriegerischen Ausdruck auf ihrem Gesicht sah. »Fall nicht gleich über mich her. Es ist ja alles in Ordnung.«

Vorsichtig setzte Elizabeth die Teetasse ab.

»Aber ich habe immer noch Angst«, sagte sie leise.

»Natürlich.« Delaney nickte und wurde wieder ernst. »Ich auch. Ich fürchte, wir müssen die ganze Sache noch einmal Schritt für Schritt durchgehen. Bist du dazu in der Lage?«

Elizabeths Blick fiel zufällig auf seine Hände, diese schlanken, wohlgeformten Hände, die ihrem Körper Reaktionen entlockten, die sie nie für möglich gehalten hätte. Aber daran durfte sie jetzt nicht denken. Sie nickte zögernd.

»Gut. Dann erzähl mir jetzt zuerst noch einmal von diesem Burschen, der dich in England überfahren wollte.«

Da dieser Zwischenfall nun schon Monate zurücklag, vermochte Elizabeth einigermaßen ruhig darüber zu sprechen.

»Und du hast nicht die leiseste Ahnung, wer es gewesen sein könnte?«

»Nein. Er trug ja ein schwarzes Tuch vor dem Gesicht.«

»Na gut. Und jetzt zu gestern abend.«

Elizabeth befeuchtete ihre trockenen Lippen. »Kann ich noch etwas Tee haben, bitte?«

Delaney schenkte ihr Tee nach, und sie sah fasziniert zu, wie diese starken Hände, denen eine magische Kraft innezuwohnen schien, geschickt und behutsam mit dem kostbaren Porzellan umgingen. Wieder irrten ihre Gedanken ab, und sie erbebte unwillkürlich.

Delaney bemerkte es, und ein Schatten flog über sein Gesicht. Er legte den Finger unter ihr Kinn und hob ihr Gesicht an.

»Liebling«, sagte er ganz ruhig. »Was letzte Nacht zwischen uns geschehen ist, war absolut normal. Du bist meine Frau, und du solltest begreifen, daß es völlig normal und richtig ist, Vergnügen dabei zu empfinden, wenn wir beisammen sind.«

»Aber ich war so ... so zügellos.«

In seinen Augen glomm es auf. »Ich habe jede Sekunde deiner Zügellosigkeit genossen.«

Er holte tief Luft und lehnte sich zurück. »Trotzdem, fürchte ich, müssen wir uns im Moment anderen Dingen zuwenden. Erzähl mir noch einmal genau, was geschehen ist.«

Das war nicht ganz einfach, aber Delaneys gezielte Fragen halfen Elizabeth, so daß er sich schließlich ein recht genaues Bild machen konnte.

»Eines steht fest«, sagte er. »Irgend jemand hat ein starkes Interesse daran, dich auszuschalten, und er ist nicht von hier, sondern er kommt aus England. Im Falle deines Todes würden deine Tante und dein Onkel dich beerben, nicht wahr?«

»Ja, aber sie stecken bestimmt nicht dahinter, Del. Tante Augusta ist eine raffgierige, bösartige Frau, aber so weit würde selbst sie nicht gehen.«

»Hm ... Erzähl mir jetzt von deinem Vater.«

Elizabeth preßte die Lippen zusammen. Sie wußte, daß sie weder von ihrem Vater noch über Paul Montgomery sprechen durfte.

»Liza!«

Delaneys Stimme klang scharf, und Elizabeth blinzelte unwillkürlich.

»Mein Vater hatte sich auf ein paar ziemlich windige Geschäfte eingelassen«, sagte sie schließlich zögernd. »Aber er war ein guter Mensch, ein herzensguter Mensch.«

Sie schluckte. Da verteidigte sie nun ihren Vater vor dem Mann, der für seinen Tod verantwortlich war! Das war unerträglich. Schluchzend vergrub sie das Gesicht im Kissen.

Bevor Delaney sie in die Arme nehmen konnte, fuhr sie hoch.

»Was ist mit dir?« stieß sie wild hervor. »Du bist mein Ehemann. Du bist es jetzt, der mich nach meinem Tod beerbt, nicht mein Onkel oder meine Tante!«

Sein Gesicht wurde hart, aber er zwang sich, seinen Ärger über diese Unterstellung herunterzuschlucken.

»Vergiß nicht, daß ich dich in England noch nicht kannte«, erwiderte er so ruhig wie möglich. »Glaubst du denn, daß es zwei Menschen gibt, die dir nach dem Leben trachten?«

Verwirrt schüttelte Elizabeth den Kopf. »Ich ... es tut mir leid, Del.«

»Hör mir jetzt genau zu, Liza. Du bedeutest mir eine ganze Menge, wie du weißt. Sonst hätte ich dich wohl kaum geheiratet. Du ... du verheimlichst mir etwas, irgend etwas aus deiner Vergangenheit. Ich bin bereit, alles in meiner Macht Stehende zu tun, um dich zu beschützen, aber begreif doch um Himmels willen, du mußt mir gegenüber aufrichtig sein. Wir können doch nicht unser Leben lang unentwegt auf der Hut vor einem potentiellen Mörder sein.«

Nie zuvor hatte er in einem so kalten, unpersönlichen Ton mit ihr gesprochen. Alle Wärme war aus seinen Augen verschwunden, und kein Lächeln erhellte seine Züge.

»Ich warte«, sagte er knapp.

»Bitte, Del, da gibt es nichts mehr zu erzählen«, murmelte Elizabeth, aber sie konnte seinem Blick nicht standhalten.

»Also gut.« Er seufzte. Verdammt noch mal, was verbarg sie vor ihm? »Wir werden jetzt unsere Sachen packen, und wenn wir heute nachmittag in Marysville anlegen, gehen wir von Bord und kehren nach San Francisco zurück.«

Überrascht sah sie zu ihm auf.

»Der Mann, der dich umbringen wollte, ist aller Wahrscheinlichkeit nach noch an Bord. Wir wollen kein Risiko eingehen. Wir fahren nach Haus.«

Und dort werde ich Erkundigungen einziehen, mein Liebling, setzt Delaney in Gedanken hinzu. Das Schlimme ist nur, es wird Monate dauern, bis ich etwas herausfinde ... falls es etwas herauszufinden gibt.

Die Rückfahrt traten Delaney und Elizabeth auf der ›Wildfire‹, einem alten, verrosteten Kahn, an, der zur Beförderung der Goldsucher von und nach San Francisco eingesetzt wurde. Ihre Kabine war klein und bescheiden eingerichtet.

Delaney wich nicht von Elizabeths Seite, und er beobachtete sie unausgesetzt. Das machte sie entsetzlich nervös; selbst wenn sie ihm die Wahrheit gesagt hätte, wäre das Rätsel um den Mann, der ihr nach dem Leben trachtete, damit noch lange nicht gelöst.

Das Abendessen, das zu Elizabeths Überraschung gut war, nahmen sie in der Kabine ein. Und immer noch ruhte Delaneys fragender, forschender Blick auf ihr. Würde das jetzt immer so weitergehen?«

Elizabeths Gedanken wanderten zurück nach England. Außer ihren Verwandten gab es nur drei Menschen, die von ihrem Vermögen wußten: Onkel Paul, Frank Gillette und Thomas Gregory. Aber was konnten sie bei ihrem Tod gewinnen? Es ergab einfach keinen Sinn.

»Liza?«

Delaneys Stimme unterbrach ihr brütendes Schweigen.

»Ja, was?«

»Zeit zum Schlafengehen, meine Liebe.«

Da es in der Kabine keinen Paravent gab, mußte Elizabeth sich in Delaneys Gegenwart ausziehen. Mit skeptischen Blicken musterte sie die schmale Koje. Sie konnte Delaneys belustigtes Grinsen fast körperlich spüren, während sie sich das Nachthemd über den Kopf zog und daranging, sich im Schutze des langen Nachthemds von ihrer Unterwäsche zu befreien.

Danach kroch sie in die Koje, rückte so weit wie möglich an die Wand und schloß fest die Augen. Sie machte sie auch nicht auf, als die Matratze neben ihr unter Delaneys Gewicht nachgab.

»Komm her«, sagte er, und es klang fast wie ein Befehl.

Elizabeth zuckte zusammen. »Ich ... ich bin schrecklich müde.« Ihre Stimme zitterte.

»Ich nicht. Und ich verspreche dir, daß du es gleich auch nicht mehr sein wirst. Komm her.«

Sie rührte sich nicht. Plötzlich spürte sie seine Hand an ihrer Wange. Behutsam strich Delaney in der Dunkelheit über ihr Gesicht, zeichnete die Konturen der Lippen nach, ließ die Finger tiefer gleiten — zum Kinn, zum Hals ...

Elizabeth zwang sich, still liegenzubleiben.

Ich darf mich nicht wieder so gehenlassen, hämmerte sie sich ein.

Als Delaney eine ihrer Brüste umfaßte, sog sie scharf den Atem ein und bemühte sich krampfhaft, die Gefühle zu ignorieren, die sich in ihr regten.

»Sperr dich nicht, Liza«, flüsterte er und schob die Hand unter ihr Nachthemd. »Ich dulde es nicht, nicht seitdem ich weiß, welche Leidenschaft in dir schlummert.«

»Del ...« Elizabeth kämpfte verzweifelt gegen ihr Verlangen an. »Ich bin wirklich sehr müde.«

Er ließ sich nicht täuschen. Seine kundigen Finger hatten inzwischen den Beweis für ihre Bereitwilligkeit gefunden. »Gib es auf, Liza«, raunte er an ihrem Ohr. »Dein Körper hat längst erkannt, was gut für ihn ist. Hör auf, gegen mich zu kämpfen. Und was noch wichtiger ist, hör auf, gegen dich selbst zu kämpfen.«

»Ich will nicht ...« Unwillkürlich seufzte sie leise. Delaney hatte die Innenseite ihrer Schenkel und ihren Schoß berührt.

»O doch, du willst. Berühr mich auch, Liebling.« Sie tastete über seine Brust, über den flachen Bauch und wanderte langsam weiter hinunter. Plötzlich ging ein Ruck durch Elizabeths Körper, und sie stieß einen keuchenden Laut aus.

»Es fühlt sich an wie harter Samt«, wisperte sie dann verwundert wie ein Kind.

Delaney erbebte und preßte sie fest an sich. Es erstaunte Elizabeth, eine so heftige Reaktion in ihm auslösen zu können.

»Laß dich ganz los, Geliebte«, bat er heiser. »Laß dich fallen.«

Er spürte ihren Widerstand, als er in sie eindrang, aber er wußte, daß es ein künstlich aufgebauter Widerstand war, der im Gegensatz zu ihren eigentlichen Gefühlen stand. Das wilde Verlangen, das er in ihrem Körper entfacht hatte, trug dann auch den Sieg davon. Lustvoll stöhnte Elizabeth auf, und paßte sich dem Rhythmus seiner Bewegungen an. Bevor sie gemeinsam den Gipfel der Ekstase erreichten, sah Delaney jedoch für den Bruchteil eines Augenblicks Angst in ihren Augen.

Delaney hielt Elizabeth fest umschlungen, bis ihre aufgewühlten Sinne sich allmählich beruhigten, und glitt dann neben sie. Sofort rückte Elizabeth ein wenig von ihm ab.

Verärgert und enttäuscht sagte er: »Wenn du wieder weinst, lasse ich dir keine Ruhe, bis du mir den Grund dafür verraten hast.«

»Ich weine nicht.«

Delaney hob die Hand und strich ihr das zerzauste Haar aus der Stirn. »Liza, warum lehnst du dich eigentlich dermaßen gegen deine Gefühle auf?«

Elizabeth schwieg.

Er stieß einen tiefen Seufzer aus.

»Ist dir eigentlich klar, wie sonderbar du dich verhältst, Liza?«

Sie schluckte mühsam; ihr fiel keine Antwort ein. Zum Glück war es dunkel, und er konnte ihr Gesicht nicht sehen.

»Vermutlich weißt du es genau«, fuhr Delaney nach einer Weile fort. »Ich würde dich eher verstehen, wenn die ganze Sache von mir ausgegangen wäre. Es war aber umgekehrt. Vom ersten Augenblick an hast du klar erkennen lassen, daß du mich wolltest. Jetzt hast du mich und bekämpfst sowohl mich als auch dich. Das begreife ich einfach nicht.« Er holte tief Luft. »Liza, ich bin dein Mann. Wenn du es nicht über dich bringen kannst, mir zu vertrauen, dann weiß ich nicht, was aus uns werden soll.«

»Du ... du bist ganz anders, als ich erwartet hatte«, erwiderte Elizabeth, ohne zu überlegen.

Das überraschte Delaney und er richtete sich halb auf. »Ja, was hast du denn erwartet?«

»Du bist Amerikaner«, sagte sie, als erkläre das alles.

»Nun, das läßt sich nicht leugnen«, meinte er. »Aber das wußtest du schon vorher.«

»Del ... ich werde doch nicht schwanger, oder?«

Sie spürte seine Bestürzung.

»Ist das der Grund?» fragte er gepreßt. »Benimmst du dich deshalb so eigenartig?«

»Ja«, log Elizabeth.

»Ich will nicht schwanger werden. Noch nicht. Ich habe Angst davor.«

Delaney dachte an die Scheidenschwämmchen und die Essiglösung in seinem Koffer und an die genauen Anweisungen, die ihm Marie gegeben hatte. O Gott, das hatte er ganz vergessen.

»Dafür habe ich Verständnis, mein Liebes«, sagte er sanft und küßte Elizabeth auf die Schläfe. »Wenn wir uns das nächste Mal lieben, zeige ich dir, was du tun mußt, um eine Schwangerschaft zu verhüten.«

Er hörte ihren erleichterten Seufzer und gab sich zufrieden.

Nachdem Elizabeth eingeschlafen war, lag Delaney noch eine Weile wach. Ein Lächeln umspielte seine Lippen, als er an das Gespräch mit Marie dachte.

»Du willst was, chéri?« Entgeistert hatte sie ihn angestarrt.

»Ich brauche deinen Rat zur Empfängnisverhütung, Marie. Meine Frau möchte nicht gleich schwanger werden.«

Sie hatte gelacht, bis ihr die Tränen kamen. »Das ist ja wohl der beste Witz, den ich je gehört habe. Du fragst ausgerechnet deine Mätresse, wie du es anstellen sollst, deine Frau nicht zu schwängern. Mon Dieu, Männer!«

Dann hatte Marie ihn über die Funktionen des weiblichen Körpers aufgeklärt, und Delaney fragte sich nun, wann Elizabeths Periode zu erwarten war. Im stillen zählte er, wie oft sie inzwischen beisammen gewesen waren und begann zu rechnen.

»Verdammt«, murmelte er schließlich in die Dunkelheit.

Den Rest der Rückreise verbrachten Delaney und Elizabeth an Deck.

Delaney spielte den Fremdenführer, wies Elizabeth auf die Landstriche hin, an denen sie vorbeikamen, und wußte interessant und fesselnd über die noch junge Geschichte dieses wilden Landes zu berichten.

»Wer hat Kalifornien eigentlich zuerst besiedelt?« fragte Elizabeth.

»Zum größten Teil Spanier und Mexikaner. Sie bilden die Aristokratie des Landes. Wohlhabende Großgrundbesitzer mit riesigen Ranches. Und dann fielen wir Yankees ins Land ein. Wir ...«

Er unterbrach sich, und Elizabeth sah, daß ein Schatten über sein Gesicht flog.

»Es ist schon erstaunlich, daß ausgerechnet wir uns das Recht herausnehmen, Menschen anderer Sprache und aus anderen Kulturkreisen zu verachten«, fuhr er nach einer Weile fort. »Wir maßen uns an, sie Greaser zu nennen. Das ist mindestens so diskriminierend wie die Bezeichnung Nigger. Und die Chinesen nennen wir Digger. Wir können wirklich stolz auf uns sein.«

Seine Stimme klang so bitter, daß Elizabeth ihn erstaunt musterte.

»Darüber habe ich noch gar nicht nachgedacht, Del. Ich weiß, daß du Lin vor einem schrecklichen Schicksal bewahrt hast, aber ich wußte nicht, daß dir auch das Schicksal dieser Kalifornier so am Herzen liegt.«

»Warum nicht? Sie sind ein stolzes Völkchen. Sie leben und sterben für ihre Ehre, und das macht es ihnen natürlich nicht gerade leicht. Es gibt da eine Familie, die ich besonders gut kenne. Don Luis Varga hat mir einmal das Leben gerettet. Ein Jahr später geriet er und seine Familie ins Unglück. Sie verloren das Land an Goldsucher, und die Herde wurde von Viehdieben weggetrieben. Don Luis wurde beim Versuch, die Herde zu verteidigen, brutal ermordet, und seine Familie mußte sich eine Bleibe in Monterey suchen. Unglücklicherweise war ich damals gerade nicht in Kalifornien, sonst hätte ich vielleicht das Schlimmste verhindern können. Im übrigen ist das kein Einzelfall. Die Menschen hier in Kalifornien haben es nicht leicht.«

Wie er sich für diese Dinge engagiert, dachte Elizabeth erstaunt. Aber nein, wahrscheinlich gab er nur vor, engagiert zu sein. »Könntest du nicht etwas für sie tun?« fragte sie beiläufig. »Du bist doch reich, oder?«

Nachdenklich blickte Delaney sie an.

»Ja«, sagte er gedehnt. »Ich bin reich, jedoch nicht reich genug. Und dann ist das auch noch eine Frage der Macht. Es gehört eine Menge Macht dazu, den Dingen eine andere Richtung zu geben.« Er lächelte plötzlich. »Habe ich eigentlich schon erwähnt, daß man mich zu überreden versucht, für den Senat zu kandidieren?«

»Hält man dich für so honorig?«

»Eine etwas seltsame Frage für eine liebende Ehefrau, findest du nicht?«

»Na, hör mal, Del, hast du noch nie jemanden ... übers Ohr gehauen? Um deines eigenen Vorteils willen?«

Elizabeth erschrak über den Zorn, der plötzlich in seinen Augen aufblitzte. Er beherrschte sich jedoch.

»Nein«, antwortete er ruhig.

»Nicht einmal auf deinen Reisen? In England, zum Beispiel? Das ist immerhin weit weg, und es wäre nicht so einfach, dich von dort aus zur Rechenschaft zu ziehen.«

Schweigend betrachtete Delaney sie. Sie gab sich den Anschein zu scherzen, aber er hörte die unterschwellige Spannung in ihrer Stimme.

»Wärst du vielleicht so freundlich, das näher zu erklären, Liza?« bat er schließlich.

Elizabeth zuckte die Achseln und schaute hinüber zum Ufer. »Ach, das war nur so eine Frage, sonst nichts.«

Sie log, dessen war Delaney sicher. Was sollte das alles? Zweifelte sie an seiner Ehrbarkeit? Aber eine Frau würde doch keinen Mann heiraten, dem sie nicht traute, oder?

»Wie, sagtest du, heißen deine Verwandten drüben in England?« fragte er plötzlich.

»Penworthy«, antwortete Elizabeth spontan.

Im nächsten Augenblick überlief es sie siedendheiß. Jetzt hatte sie einen Fehler gemacht. Diese Information hätte sie Delaney nie geben dürfen.

Zu ihrer Erleichterung schien er kein Interesse an einer Vertiefung des Themas zu haben. Sicherheitshalber startete sie jedoch ein Ablenkungsmanöver. »Woher hast du eigentlich die Narbe an der Schulter?«

Natürlich durchschaute Delaney das Manöver sofort, dennoch ging er darauf ein.

»Von einem Duell mit Blake Jones, einem Individuum übelster Sorte«, erwiderte er. »Wir haben ihn gestern getroffen, als wir an Bord der ›Scarlet Queen‹ ...«

»Ein Duell?« unterbrach Elizabeth ihn mißbilligend. »Das ist ja direkt ... direkt barbarisch.«

»Ganz richtig«, bestätigte Delaney trocken. »So etwas läßt sich hier draußen manchmal leider nicht vermeiden.«

»Hast du versucht, ihn zu töten?«

»Nein, aber möglicherweise war das ein Fehler.«

»Worum ging es bei dem Duell?«

»Worum? Ja ...« Delaney räusperte sich. »Um ehrlich zu sein ...« Er gab sich einen Ruck. »Blake wollte Marie Gewalt antun. Ich war mit ihr ... liiert.«

»Wie schmerzlich für euch beide«, knirschte Elizabeth. Es überraschte und ärgerte sie maßlos, daß heftige Eifersucht in ihr aufwallte. Delaneys Verlegenheit verschwand schlagartig. Er lächelte zufrieden. Elizabeth hätte ihm am liebsten die Augen ausgekratzt.

Elizabeth machte ein Auge auf und blinzelte verärgert zu Mary hinüber, die vergnügt vor sich hin summte.

»Ist es nicht noch ein bißchen früh, um dermaßen guter Laune zu sein?«

Mary antwortete nicht, sondern summte fröhlich weiter.

»Mary!« Elizabeth schlug die Decke zurück und schwang die Beine aus dem Bett. Gleich darauf bemerkte sie, daß sie keinen Faden am Leibe trug, und wurde flammendrot.

»Ja, Sie wünschen, Mrs. Saxton?« fragte Mary nun scheinheilig.

»Scher dich zum Teufel!« grollte Elizabeth.

»Du meine Güte, sind wir heute morgen aber mißgestimmt«, sagte Mary mit harmloser Miene. »Möchten Sie vielleicht einen Morgenmantel, Mrs. Saxton?«

»Natürlich möchte ich einen«, schnappte Elizabeth.

»Ist ja auch ziemlich kühl«, bemerkte Mary daraufhin gelassen. »Es regnet Bindfäden. Wirklich, Mrs. Saxton ...

ähm ... Miß Liza, Sie sollten Mr. Saxton bitten, Ihnen ein Nachthemd zu geben, wenn er Sie morgens verläßt.«

»Himmel! Mary, nimm dich in acht.«

»Lukas hat mir einiges über Mr. Del erzählt«, fuhr Mary ruhig fort, während sie ihrer Herrin in den Morgenrock half. »Er ist kein schlechter Mann, Miß Liza.«

Ungläubig starrte Elizabeth ihre Zofe an. »Ich höre wohl nicht recht! Hast du vergessen, was er meinem Vater angetan hat? O ja, ich verstehe, du bist dem Charme erlegen, den er so verschwenderisch versprüht. Oder ist es vielleicht Lukas' Charme?«

Jetzt errötete Mary, aber sie gab keine Handbreit nach. »Mir scheint, daß Mr. Dels Charme Sie auch nicht ganz kaltläßt ... besonders im Bett.«

Elizabeth biß sich auf die Lippe.

»Das«, sagte sie bitter, »ist eine Schwäche. Ich gebe es zu. Aber das hat mit dem anderen nichts zu tun.«

»Jedenfalls sollten Sie daran denken, Miß Liza, daß diese Schwäche sehr leicht ein Kind zur Folge haben könnte.«

»O nein! Das werde ich verhindern.« Sekunden später fragte Elizabeth sich, wie das denn wohl effektiv zu bewerkstelligen sei. Sie schloß die Augen und dachte an die gestrige Heimkehr.

Wie sie sich alle gefreut hatten, ihren geliebten Herrn und Meister wiederzusehen! Lukas' Piratengesicht war in einem breiten Grinsen förmlich zerflossen, und Lin hatte mit strahlenden Mandelaugen und vor Freude umkippender Stimme berichtet, was sich in den letzten drei Tagen zugetragen hatte. Selbst Mary war Delaney mit einem warmen Lächeln entgegengetreten.

Wieso hat Delaney gestern abend eigentlich keinen Versuch gemacht, mich zu ... zu nehmen? überlegte Elizabeth. Er hatte ihr lediglich das Nachthemd abgestreift, sie sanft liebkost und nach einem Gutenachtkuß in den Armen gehalten, bis sie eingeschlafen war. Irgend etwas schien ihn beschäftigt zu haben, irgendein Problem ...

Mary riß sie aus ihren Gedanken.

»Übrigens, Miß Liza, Mr. Del hat uns erzählt, was auf dem Schiff geschehen ist und weshalb Sie so früh zurückgekommen sind. Er hat Lukas angewiesen, Sie nicht aus den Augen zu lassen, wenn er selbst nicht da ist. Sie werden doch vorsichtig sein, oder?«

»Natürlich!« gab Elizabeth ungeduldig zurück. »Schließlich bin ich nicht lebensmüde.«

»Mr. Del hat mich nach Ihren Verwandten und Bekannten in England ausgefragt. Er sorgt sich, Miß Liza.«

Elizabeth erschrak. »Du hast ihm doch nicht etwa von Paul Montgomery erzählt?«

»Nein, aber ich war nahe dran. Ich mache mir auch Sorgen, Miß Liza. Das ist doch alles Wahnsinn. Sie versuchen, Mr. Del eins auszuwischen, irgend jemand versucht, Ihnen eins auszuwischen, und Mr. Del könnte bei dem Versuch, Sie zu schützen, getötet werden.«

»Hör zu, Mary. Ich habe mir lange den Kopf zerbrochen, aber ich kann mir beim besten Willen nicht vorstellen, daß jemand ein Interesse daran hat, mich umzubringen. Ich weiß, daß Paul Montgomery sauer war, weil er mein Geld nicht verwalten durfte, doch deshalb würde er mich doch nicht umbringen. Mein Gott, er gehörte zu den engsten Freunden meines Vaters.«

»Und wenn Ihre Tante ihm einen Anteil an Ihrem Erbe versprochen hat?«

»Daran habe ich auch schon gedacht«, gab Elizabeth seufzend zu.

»Weißt du, was ich mir überlegte habe? Ich schreibe einen Brief nach England, daß ich mein ganzes Geld verloren habe, und ich bitte Tante Gussie, mich wieder bei sich aufzunehmen. Dann werde ich nie mehr etwas von ihnen hören.«

»So etwas Ähnliches hat Mr. Del heute morgen ebenfalls vorgeschlagen. Er läßt nichts unversucht, um Sie zu schützen, Miß Liza. Offenbar ahnt er, daß Sie etwas vor ihm verbergen. Er ist nicht weiter in mich gedrungen, aber für ihn scheint festzustehen, daß es irgend etwas gibt, das wir verheimlichen.«

»Ich weiß. Was immer er auch sein mag, ein Idiot ist er jedenfalls nicht.«

»Sind Sie sich eigentlich darüber im klaren, Miß Liza, daß der Verbrecher es wahrscheinlich wieder versuchen wird?«

Elizabeth nickte bedrückt.

»Ohne meinen Derringer setze ich keinen Fuß mehr vor das Haus. Vielleicht«, fügte sie mit aufgesetzter Munterkeit hinzu, »bringe ich ihn selbst zur Strecke.«

Schweigend begann Mary, Elizabeths Koffer auszupakken.

»Mrs. Newton ist gestern vorbeigekommen«, berichtete sie. »So eine nette Frau! Sie hat mir alle möglichen Fragen über Sie gestellt. Dann hat sie wohl gemerkt, daß ich mich darüber gewundert habe, denn sie erwähnte, daß dieses Stevenson-Mädchen alle möglichen Gerüchte über Sie verbreitet.«

»Soll sie doch, die dumme Gans«, meinte Elizabeth gleichgültig.

»Aber sie wollen doch sicher nicht, daß Mr. Del sich kränkt«, gab Mary vorwurfsvoll zurück.

»Aha, daher weht der Wind«, sagte Elizabeth.

»Natürlich will ich, daß er sich kränkt, verdammt noch mal.«

»Eine Lady flucht nicht.« Tadelnd sah Mary ihre Herrin an.

»Ach nein? Weißt du eigentlich, daß dein gespriesener Mr. Del sich wegen seiner Mätresse duelliert hat?«

»Damals war er schließlich noch nicht verheiratet.« Mary kicherte. »Mr. Del ist nun einmal nicht zum Mönch geschaffen.«

Niedergeschlagen schloß Elizabeth kurz die Augen. Mary war ins feindliche Lager hinübergewechselt. Nie zuvor hatte sie sich so allein und verraten gefühlt. Sie stand vom Bett auf. »Ich will jetzt baden.«

Eine halbe Stunde später saß Elizabeth vor ihrem Frisiertisch, und Mary bürstete ihr Haar.

»Was werden Sie jetzt tun?« fragte Mary plötzlich.

»Habe ich doch schon gesagt. Ich werde meinen Derringer immer bei mir führen.«

»Das meine ich nicht, Miß Liza, und das wissen Sie auch ganz genau.«

»Ich weiß nicht, ob ich dich überhaupt noch ins Vertrauen ziehen kann, Mary. Du bist so verliebt in deinen Mr. Del ... oder ist es am Ende doch Lukas, der Pirat?« Elizabeth war klar, daß sie sich abscheulich benahm, aber sie konnte sich einfach nicht beherrschen.

»Ich werde Ihnen verraten, was ich tun würde«, sagte Mary bedächtig. »Ich würde zu meinem Mann gehen und mit ihm reden. Ich würde ihm die ganze Wahrheit anvertrauen.«

»Eine tolle Idee«, spottete Elizabeth. »Ich kann dir genau sagen, was dann passieren würde. Wir beiden fänden uns auf dem ersten Schiff wieder, das nach England fährt.«

»Was höre ich da von Schiffen, die nach England fahren?«

Beim Klang von Delaneys Stimme fuhren die beiden zusammen.

»Guten Morgen, Mary, Guten Morgen, Liza, meine Liebe. Oder soll ich lieber guten Tag sagen?« Er gab Elizabeth einen Kuß auf die Wange. »Du hast doch nicht etwa vor, mich zu verlassen?«

»Ich ... ich dachte, du wärst schon gegangen«, stotterte Elizabeth betreten.

»Gegangen?« Delaney hob eine Braue. »Wir sind doch

noch in den Flitterwochen. Außerdem gießt es wie aus Eimern. Mary, stecken Sie ihr das Haar nicht auf. Lassen Sie es so, wie es ist. Lin hat dir dein Frühstück warm gehalten, mein Liebling. Bist du soweit?«

Elizabeth nickte.

Während des Frühstücks erzählte Delaney ihr von einer Versammlung, die am Abend im Pacific Club stattfinden sollte.

»Ich fürchte jedoch, Horace läßt mich nicht aus den Fängen. Sie wollen einen Senator, der so ehrbar ist wie eine Jungfrau. Vielleicht«, fügte er augenzwinkernd hinzu, »finden sie doch noch eine Leiche im Keller, wenn sie lange genug in meiner Vergangenheit herumgraben. Dann wäre ich fein raus. Vielleicht sollte ich eine erfinden.«

»Aber du willst den Posten doch, oder?« fragte Elizabeth erstaunt. »Du willst doch in die Politik.«

Nachdenklich rührte Delaney in seiner Kaffeetasse. »Ich, ich glaube schon. Mir scheint, du kennst mich bereits ganz gut, mein Herz. Ich will aber keinesfalls in Washington enden, sondern hier etwas tun, hier in Kalifornien. Ich habe schon in verschiedenen Komitees gesessen und fand das höchst interessant. Solche Komitees möchte ich selbst aufstellen, die geeigneten Leute aussuchen und dafür sorgen, daß auch tatsächlich etwas getan wird. Da Paul Donner vor einigen Monaten gestorben ist, werde ich Horace und den anderen vorschlagen, daß ich für das Gouverneursamt kandidiere.«

»Und wie würde das vor sich gehen?«

Delaney lächelte. »Ach ja, ich vergesse immer wieder, daß du Engländerin und an ein ganz anderes Regierungssystem gewöhnt bist. Ich lasse mich zunächst einmal von der Partei nominieren, und dann ziehe ich von Stadt zu Stadt, um die Leute davon zu überzeugen, daß sie mich wählen müssen.«

»Das kostet eine Menge Geld, nicht wahr?«

»So ist es. Wärest du gern die Frau eines Politikers, Liza?«

Obwohl Delaneys Stimme ganz ungezwungen klang, hörte Elizabeth den Ernst, der dahintersteckte. Nun wußte sie, daß es sein dringender Wunsch war, wirklich in die Politik zu gehen. War dies die Möglichkeit, ihn zu ruinieren?

Sie schenkte ihm ein bestrickendes Lächeln. »Ich wäre begeistert.«

»Aber erst müssen wir uns um wichtigere Dinge kümmer«, wechselte er abrupt das Thema.

»Um dieses Phantom beispielsweise, das dir ans Leben will.«

»Ja.« Elizabeth gab sich Mühe, ganz ruhig zu wirken. »Mary erzählte mir, daß du sie ausgefragt hast. Irgendwie paßt mir diese Methode nicht.«

Vorsichtig stellte Delaney seine Kaffeetasse ab, stand auf und ging zum Fenster. Ein paar Minuten starrte er schweigend in den strömenden Regen hinaus.

»Ich dachte mir schon, daß dir das nicht passen würde«, sagte er schließlich, ohne sich umzudrehen. »Aber bist du noch nie auf die Idee gekommen, daß es für einen Ehemann nicht besonders schmeichelhaft ist, daß seine Frau ihm nicht traut?«

»Das bildest du dir nur ein, Del. Weshalb sollte ich dir nicht trauen?«

»Wenn ich die Antwort darauf wüßte, wäre mir wohler. Vor allem könnte ich dann die geeigneten Schritte unternehmen.« Delaney wandte sich um und sah Elizabeth an. »Ich bin es leid, Liza. Deine ewigen Ausflüchte hängen mir zum Hals heraus. Selbst jetzt weichst du mir schon wieder aus. Dein Gesicht verrät dich, meine Liebe.«

Ich muß ihm das Gegenteil beweisen, dachte sie, setzte ein unbefangenes Lächeln auf, erhob sich und ging zu Delaney hinüber. Dann stellte sie sich auf die Zehenspitzen und küßte ihn auf den Mund. Sie spürte seine Überraschung, sein unwillkürliches Zurückweichen und hielt ihn rasch an den Rockaufschlägen fest.

»Du bist mein Mann, Del«, flüsterte sie. »Ich bin um die halbe Welt gesegelt, um dich zu finden.«

Er antwortete nicht, blickte ihr nur stumm in die Augen.

»Meine Ausflüchte, wie du es nennst ... die bildest du dir bloß ein, Del, wirklich. Es ist nur alles so neu für mich. Hier ist alles ganz anders als in England.«

Er wollte ihr glauben. Elizabeth erkannte es an seinem Gesichtsausdruck. Ein überwältigendes Schuldgefühl wallte plötzlich in ihr auf, und sie senkte hastig die Lider. Delany sah zuviel. Immer sah er zuviel.

13. Kapitel

Rastlos lief Elizabeth im Eßzimmer hin und her. Seit Stunden zerbrach sie sich den Kopf darüber, wie sie es anstellen sollte, Delaney zu schaden. Die wildesten Pläne hatte sie schon gefaßt und wieder verworfen.

Sie schaute auf die Wanduhr. Fast zehn. Delaney würde bald zurück sein, und sie war noch keinen Schritt weiter.

Was bin ich nur für ein miserabler Stratege, dachte Eli zabeth niedergeschlagen. Sie wußte einfach nicht, wo sie ansetzen sollte. Selbst wenn es ihr gelang, Skandalgeschichten über ihn zu verbreiten und dadurch seine politischen Hoffnungen zunichte zu machen, wäre er deshalb um keinen Pfennig ärmer.

Delaneys Geschäfte waren einfach zu weit verzweigt, um einen vernichtenden Schlag führen zu können. Was also sollte sie tun?

Elizabeth ließ sich aufs Sofa sinken und lehnte den Kopf zurück.

Es war alles so schwierig geworden. Hinzu kam, daß

sie sich nicht einmal frei bewegen konnte. Erschauernd dachte sie an den Mann, der sie in den nachtschwarzen Fluß hatte werfen wollen. Wer war es, wer?

Und dann Delaney. Der Platz, den er in ihrem Leben einnahm, gewann von Tag zu Tag an Bedeutung. Zur Hölle mit ihm! Warum benahm er sich nicht wie der Unhold, der er doch war? Warum war er nicht niederträchtig und abscheulich? Elizabeth rang so verzweifelt darum, ihn zu hassen und zu verachten.

»Allmählich werde ich hysterisch«, sagte sie laut in den stillen Raum hinein. »Tausend Fragen schwirren mir durch den Kopf, aber ich habe keine einzige Antwort parat.« Und sie fürchtete sich. Sie fürchtete sich davor, allein zu sein, und ebenso davor, mit ihm zusammen zu sein. Und vor allem fürchtete sie sich vor den Gefühlen, die sie für ihn zu empfinden begann.

Elizabeth erhob sich und nahm ihre ruhelose Wanderschaft wieder auf.

»Ich glaube, ich sehe bereits die Ansätze eines Lochs im Teppich«, sagte Delaney, als er eine Viertelstunde später das Zimmer betrat. »Komm her, Liza, damit ich dich küssen kann. Dann bleibst du wenigstens stehen und schonst die Einrichtung.«

Elizabeth sah die blitzenden Regentropfen auf seinem Haar und in seinen Augen diese ganz besondere Zärtlichkeit, die er nur für sie zu reservieren schien. Sie schluckte mühsam.

»Hallo«, sagte sie, ohne sich ihm zu nähern. »Bist du der neue Machtfaktor im Staat Kalifornien?«

»Das ist mir im Moment so egal wie nur irgend etwas. Komm endlich her!«

Elizabeth ging zu ihm und schmiegte die Wange an seine Schulter.

Delaney legte die Arme um sie. »Wie gut, dich zu fühlen. Liza, kannst du einem gewissenlosen Schurken vergeben, daß er dich in den Flitterwochen ein paar Stunden lang allein gelassen hat?«

Er bezeichnete sich selbst als gewissenlosen Schurken! Na bitte!

»Liza?«

»Ja, ja, ich vergebe dir das.« Sie wünschte, sie hätte sich dazu zwingen müssen, aber in Wirklichkeit bot sie ihm freiwillig den Mund dar.

Sie wollte von Delaney geküßt werden.

»Weißt du eigentlich, wie schön du bist, Liza?« Seine Stimme klang sanft und verführerisch. Er küßte Elizabeth allerdings nicht, sondern zeichnete lediglich mit dem Zeigefinger die Konturen ihrer Lippen nach.

»Das sagst du nur, weil du ... weil du ...«

»Genau. Recht hast du«, neckte er sie.

Elizabeth reagierte emotional, boxte ihn in den Magen.

Pflichtschuldigst stöhnte Delaney auf und zog sie dann fest an sich.

»Ich will mit dir schlafen, Liebes«, flüsterte er an ihrem Hals.

»Den ganzen Abend über habe ich mich danach gesehnt. Paß auf, ich sage dir jetzt in allen Einzelheiten, was ich mit dir tun werde.«

Er sagte es ihr tatsächlich.

Daraufhin begann Elizabeths Herz zu rasen. Ein eigenartig berauschendes Gefühl schien ihren ganzen Körper zu überschwemmen, und sie merkte, wie auch der letzte Widerstand in ihr erlahmte.

»Ich mag dieses Gefühl nicht«, behauptete sie, aber es wirkte nicht überzeugend.

»O doch, Liza.« Delaney lachte leise. »Ich werde es dir beweisen.«

Bevor Delaney an diesem Abend mit ihr schlief, unterwies er sie in der Handhabung der zur Empfängnisverhütung notwendigen Utensilien.

Es war ein peinliches Unterfangen, und Elizabeth wand

sich in tödlicher Verlegenheit. Doch sie nahm alles in Kauf.

Nur kein Kind, sagte sie sich immer wieder.

Agatha Newton lächelte ihrer jungen Gastgeberin zu. »Bitte sagen Sie Lin, daß das Essen vorzüglich war, Elizabeth. Ich habe so viel gegessen, daß ich mich kaum noch rühren kann.«

»Ganz meine Meinung.«

Horace Newton wischte sich den Mund ab und legte dann die Serviette sorgsam neben seinen bis auf den letzten Krümel geleerten Teller.

»Ich wette, es war nicht ganz das, was Sie erwartet hatten«, sagte Elizabeth schmunzelnd. »Yorkshire Pudding, Roastbeef, Salzkartoffeln und . . .«

»Mit einer Spur Ingwer und Sojasoße«, warf Delaney ein. »Lin ließ sich nicht davon abbringen, daß ausländische Kost ohne ihre Gewürze ungenießbar sein würde.«

Elizabeth warf einen Blick auf die Uhr. »O je, wir müssen uns auf den Weg machen. Ich bin sicher, die Herren wollen sich keinen Augenblick von Lola Montez' Vorstellung entgehen lassen.«

»Nicht einen«, bestätigte Delaney. »Oh, dieser Spinnentanz! Er regt die Fantasie ungeheuer an.«

»Soll ich sie fragen, ob sie mich einmal in ihr Netz läßt?« Horace grinste seine Frau herausfordernd an.

»Du bist ein lüsterner alter Tunichtgut.« Agatha stand auf.

Zum Theater fuhren sie in der Kutsche der Newtons. Es war Elizabeths erste Ausfahrt seit ihrer Rückkehr nach San Francisco. Sie wußte, daß Delaney eine Waffe bei sich führte, denn sie hatte gesehen, wie er die Pistole einsteckte. Ihre eigene Waffe, der kleine Derringer, lag wohlverwahrt in ihrem Samtbeutel.

»Wie ich höre, haben die Leute bis zu sechzig Dollar für Eintrittskarten hingeblättert«, sagte Horace, während sie sich einen Weg durch das dichtbevölkerte Foyer bahnten.

Elizabeth bemerkte gleich, daß nur wenige Damen anwesend waren. Das männliche Publikum wirkte genauso bunt zusammengewürfelt, wie sie es inzwischen in Kalifornien gewöhnt war.

Die von Sam Brennan für sie, Delaney und die Newtons reservierte Loge enthielt lediglich vier samtgepolsterte Sessel, wirkte jedoch sehr luxuriös. Nachdem sie Platz genommen hatte, wies Elizabeth auf das Publikum.

»Das nenne ich echte Demokratie«, bemerkte sie.

»Das hast du sehr klar erkannt, mein Liebling.« Delaney griff nach ihrer behandschuhten Hand und hielt sie fest. »Hier trifft man Leute, die aussehen wie Landstreicher, die aber einen Sack voll Nuggets in der verbeulten Hosentasche haben. Es ...«

»Del, wer ist die Frau dort drüben in der Loge?« unterbrach Elizabeth ihn.

»Die in der roten Samttoilette, die jetzt zu uns herüberlächelt. Irgendwie kommt sie mir bekannt vor. Oh, jetzt hat sie dir zugewinkt.«

Delaney folgte Elizabeths Blick, entdeckte Marie und neigte grüßend den Kopf. Eine leichte Röte stieg ihm ins Gesicht. So leger wie möglich erwiderte er: »Nur eine ... Dame, meine Liebe.«

Von wegen Dame! Es handelte sich um Marie. Delaneys französische Mätresse! Vor ein paar Sekunden hatte Elizabeth sie erkannt, und sie konnte selbst aus dieser Entfernung das vertrauliche Glimmen in Maries wunderschönen dunklen Augen sehen. Irgend etwas schien Elizabeth die Luft abzuschnüren. Warum mußte diese Frau so verdammt attraktiv sein?

»Ich weiß, wer sie ist«, sagte sie spitz. »Ich habe dich schon einmal mit ihr gesehen.« Am liebsten hätte Elizabeth Del geohrfeigt und gekeift wie ein Fischweib, aber in diesem Augenblick ging der Vorhang hoch, und Lola

Montez erschien. Donnernder Applaus und durchdringende Pfiffe empfingen sie.

Als klassische Schönheit konnte man Lola Montez nicht bezeichnen, sie strahlte jedoch eine urwüchsige Sinnlichkeit aus, der auch Delaney sich nicht zu entziehen vermochte, wie Elizabeth mißbilligend feststellte. Ein wenig vorgebeugt saß er auf seinem Platz und verfolgte wie gebannt die Aufführung.

Lola Montez war groß, von üppiger Gestalt, und ihr Kostüm bestand aus lauter dünnen Schleiern. Sie hatte tiefdunkle, sprühende Augen, und ihr dichtes schwarzes Haar war im spanischen Stil frisiert.

»Toll«, flüsterte Delaney Elizabeth zu. »Sie braucht nur dazustehen, und die Leute spielen verrückt. Aber wenn du mich fragst, meine Liebe, so dürften ihre Reize für meinen Geschmack ein bißchen überreif sein.«

Elizabeth streifte ihn mit einem skeptischen Blick.

»Ich glaube, Horace beginnt bereits zu schwitzen«, raunte sie.

Endlich begann der berühmt-berüchtigte Spinnentanz. Elizabeth erstarrte. Bei dieser Nummer trug Lola Montez fast nichts am Leibe. Während des Tanzes schnippte sie künstliche Spinnen aus Fischbein von ihrem mehr als dürftigen Kostüm und zertrat sie auf dem Bühnenboden. Die Menge tobte.

»Ich finde, du unterhältst dich eine Spur zu gut«, zischte Elizabeth Delaney ins Ohr. »Für dieses Grinsen würde man dich in England verhaften.«

Daraufhin wurde Delaneys Grinsen noch breiter, was Elizabeth zu einem empörten Schnaufen veranlaßte.

Als der Tanz zu Ende war, überschüttete man Lola Montez mit Blumen, und zu Elizabeths fassungslosem Staunen flogen sogar Goldnuggets auf die Bühne.

»Es würde mich interessieren, wieviel Gold sie morgen bei Ihnen auf der Bank deponieren wird, Del«, sagte Horace.

»Die Tresortür wird sich ausbeulen«, bemerkte Agatha trocken.

»Weißt du, Liebling«, flüsterte Delaney seiner Frau beim zehnten Vorhang äußerst angeregt ins Ohr. »Ich habe mir gerade vorgestellt, wie du in diesem pikanten Kostüm aussehen würdest.«

Elizabeth hörte gar nicht, denn ihr Blick war auf einen Mann in einem dunklen Winkel des Zuschauerraums gefallen, der sie unverwandt anstarrte. Es handelte sich um Hoolihan von der ›Scarlet Queen‹.

Als ihre Blicke sich kreuzten, wandte er sich hastig ab und tauchte in der Menge unter. Elizabeth lief eine Gänsehaut über den Rücken.

Jetzt geht meine Fantasie mit mir durch, dachte sie, aber das Gefühl eines unerklärlichen Grauens blieb.

Während der Rückfahrt war sie auffallend still und beteiligte sich kaum an der Unterhaltung.

»So, Liza, was ist los?« fragte Delaney, als sie das Wohnzimmer betraten.

Elizabeth streifte ihre Handschuhe ab und warf sie auf einen Stuhl. »Ich glaube, ich fange an, Gespenster zu sehen.«

»Keine Ausflüchte, Liza«, sagte Delaney scharf. »Welche Laus ist dir über die Leber gelaufen?«

»Also gut«, gab sie seufzend nach. »Erinnerst du dich an Captain O'Mallys neuen Mann? Hoolihan heißt er, glaube ich.«

»Ja.«

»Er war im Theater. Er hat mich angestarrt, und als er bemerkte, daß ich ihn erkannt habe, ist er blitzartig verschwunden. Müßte er nicht an Bord der ›Scarlet Queen‹ sein?«

»Warum hast du mir das nicht gleich gesagt?« fuhr Delaney erregt auf.

»Ich . . . wollte mich nicht lächerlich machen.« Elizabeths Stimme zitterte. »Ich hatte so ein schreckliches Gefühl, Del. Ich kann es nicht erklären.« Angstvoll sah sie ihn an. »Wenn er nichts Böses im Sinn hatte, warum ist er dann so schnell verschwunden?«

»Beruhige dich, Liza.« Delaney hatte sich wieder unter Kontrolle. »Hier bist du absolut sicher.«

Elizabeth erschauerte.

»Vergiß es.« Er zog sie an sich. »Gleich morgen werde ich mich bemühen herauszufinden, was mit Hoolihan los ist. Und wehe ihm, wenn er etwas mit der Sache zu tun hat!«

Sie nickte, das Gesicht fest an Delaneys Schulter gepreßt. Ich vertraue ihm, dachte sie zitternd, er wird mich beschützen.

»Wenn ich mich recht erinnere«, fuhr Delaney grübelnd fort, »hatte dieser Hoolihan doch einen Akzent, nicht wahr? Könnte er Engländer sein?«

»Engländer?« Elizabeth hob den Kopf. »Mag sein. Aber warum sollte er mir nach dem Leben trachten? Es gibt niemanden in England, der mir etwas antun würde ...«

»Das ist nicht wahr, und du weißt es ganz genau«, unterbrach Delaney sie.

»Oder solltest du vergessen haben, was in Plymouth passiert ist? Ach, übrigens habe ich per Zufall gesehen, daß du Lukas gestern einen Brief an deine Verwandten in England gegeben hast.«

»Ja. Ich habe ihnen geschrieben, daß ich wieder völlig mittellos bin, und sie gebeten, mich aufzunehmen.« Elizabeth quittierte seinen anerkennenden Blick mit einem niedergeschlagenen Lächeln.

»Es gab zwei Möglichkeiten. Entweder das — oder ihnen mitzuteilen, daß ich verheiratet bin. Ich bin davon ausgegangen, daß die erste Version wirkungsvoller sein würde.«

»Gut gemacht, mein Mädchen«, lobte Delaney. »Wirklich ganz hervorragend. Wenn die ganze Angelegenheit tatsächlich eine Frage des Geldes ist, wird deine neuerliche Verarmung sich gewiß rasch herumsprechen.«

Elizabeth senkte den Blick. Es ging wahrscheinlich nicht nur um Geld, es mußte noch etwas anderes im Spiel sein.

»Nein.« Schon wieder einmal schien Delaney ihre Gedanken gelesen zu haben. »Ich glaube auch nicht, daß es nur mit Geld zu tun hat. Hast du wirklich keine Ahnung, worum es sich handeln könnte?«

»Nein, das habe ich dir doch schon gesagt.«

Er sah die Angst in ihren Augen, aber da war noch etwas. Schuldbewußtsein? Er schüttelte den Kopf. Das ergab doch keinen Sinn. Andererseits ... ihr mangelndes Vertrauen zu ihm ergab genausowenig Sinn.

»Schon gut, mein Liebes«, sagte er. »Was hältst du davon, wenn wir jetzt hinaufgingen und du mich im Stil von Lola Montez verführtest?«

In dieser Nacht liebte Elizabeth Delaney mit der gleichen wilden Zügellosigkeit wie damals auf der ›Starlet Queen‹.

Sie hat mich wieder benutzt, dachte er, als sie schließlich in seinen Armen eingeschlafen war. Sie hatte ihn wieder benutzt, um ihre Angst zu vergessen; ihr Vertrauen schenkte sie ihm nicht.

Ich muß dem ein Ende machen, nahm er sich vor und spürte echten Groll gegen seine junge Frau in sich aufsteigen.

»Hoolihan hat sich einen Tag, nachdem wir die ›Scarlet Queen‹ verlassen hatten, aus dem Staub gemacht«, sagte Delaney mit gleichmütiger Stimme, als Elizabeth und er am nächsten Abend beim Dinner saßen. »Ich habe sechs Leute angeheuert, um ihn zu suchen.«

Das köstliche, zarte Fleisch schmeckte Elizabeth plötzlich fade und strohig. Langsam legte sie Messer und Gabel beiseite.

»Zum Glück fand ich einen Matrosen der ›Scarlet

Queen‹, der eine enorme Beobachtungsgabe besitzt und nach dessen Angaben ich sogar eine Zeichnung von Hoolihan anfertigen lassen konnte«, fuhr Delaney fort. »Wenn der Kerl sich noch in San Francisco herumtreibt, kriegen wir ihn, und zwar bald.«

Elizabeth sah ihren Mann nur stumm an.

»Und noch etwas. Solltest du zufällig einen blonden Riesen vor dem Haus entdecken, brauchst du keinen Schreck zu bekommen. Er ist Schwede und heißt Olaf. Ich habe ihn als Leibwächter eingestellt; er wird Lucas unterstützen und ihn hin und wieder ablösen.«

»Du machst dir sehr viele Umstände meinetwegen«, sagte Elizabeth leise. »Danke, Del.«

Delaneys Besteck fiel klirrend auf den Teller. »Zum Donnerwetter noch mal, du bist meine Frau, Liza! Hast du etwa gedacht, daß ich die Vorfälle einfach ignorieren und zur Tagesordnung übergehen würde?«

»Nein, natürlich nicht. Nur . . .« Sie verstummte und hob hilflos die Schultern. Ihr Gesicht war weiß wie die Wand. Delaneys zorniger Ausbruch hatte sie erschreckt, aber sie konnte ihn verstehen.

Delaneys Blick, der mit zwingender Intensität auf ihr ruhte, forderte sie auf, sich ihm endlich anzuvertrauen. Hastig senkte Elizabeth den Kopf und starrte vor sich hin.

»Liza?«

Stille.

Schließlich warf Delaney die Serviette auf den Tisch, stieß den Stuhl zurück und sprang auf. »Du machst mich verrückt, Liza. Bis später.«

Mit langen Schritten eilte er zur Tür, ohne Elizabeth noch eines Blickes zu würdigen.

Plötzlich erinnerte sie sich an das vertraut-intime Lächeln in Maries dunklen Augen. Mit schriller Stimme rief sie Delaney nach:

»Wo willst du hin?«

»Weg«, antwortete er lapidar.

»Wage es ja nicht, zu dieser Französin zu gehen!« fauchte Elizabeth und sprang nun ebenfalls auf.

Langsam wandte Delaney sich um.

»Warum nicht? Angesichts der Tatsache, daß du mich gestern nacht einwandfrei und schamlos benutzt hast, um deine Angst zu vergessen, steht mir durchaus das Recht zu, jetzt zu Marie zu gehen und sie zu benutzen, um meinen Ärger zu vergessen, oder?«

Die Erinnerung an die vergangene Nacht löste ziemlich verworrene Gefühle in Elizabeth aus. Hatte sie Delaney wirklich benutzt?

Sie bemühte sich um Haltung. Das gelang ihr nicht recht. Erbost stieß sie hervor: »Du wirst doch nicht ... du kannst doch nicht ... Del, körperliche Befriedigung ist doch nicht ...«

»... nicht alles«, ergänzte Delaney. »Freilich nicht. Trotz deiner unermüdlichen und raffinierten Jagd auf mich hätte ich dich nicht geheiratet, wenn es mir nur um Sex gegangen wäre. Weiß der Himmel, selbst in der Hinsicht bedarf es einer ganzen Menge Überredungskunst, deine Bereitschaft zu wecken. Ausgenommen natürlich, wenn du einen Männerkörper brauchst, um deine Angst zu ersticken. Du bist durch und durch egoistisch, Liza, sogar im Bett. Solltest du dich entschließen können, mir mehr zu geben, laß es mich wissen. Gute Nacht, Madam.«

Er drehte sich auf dem Absatz um und ging.

»Ich hasse dich!« wollte Elizabeth ihm nachschreien, aber es wurde nur ein heiseres Flüstern daraus. »Zumindest bin ich kein Dieb und Betrüger ...«

Elizabeth verbrachte eine schlaflose Nacht. Erschöpft und ausgelaugt stand sie am nächsten Morgen auf und wanderte durchs Haus wie ein Gespenst, geistesabwesend und innerlich wie betäubt. Sie ignorierte Marys fragende Blicke und ließ Lins Frühstück unberührt in die Küche zurückgehen.

Als Lin am Nachmittag mit sorgenvoll umwölkten Gesicht die Wohnzimmertür öffnete, sah Elizabeth sie nur schweigend an.

»Miß Liza, Lukas möchte mit Ihnen sprechen.«

»Schick ihn her, Lin.«

Lukas hinkte herein. »Entschuldigen Sie, Ma'am. Mr. Dels Schiff, die ›Jade‹, ist gerade eingelaufen. Ich wollte Ihnen nur sagen, daß Olaf draußen vor dem Haus ist, wenn Sie ihn brauchen. Ich reite zum Hafen, helfe beim Entladen und Transport zum Lagerhaus.«

In Elizabeths Augen glomm es auf. »Welches Lagerhaus, Lukas?« fragte sie beiläufig.

»Das neue, das am Ende der Sansome Street.«

»Aha.« In Elizabeths Kopf überschlugen sich die Gedanken.

»Ich würde gern mitkommen, Lukas.«

Er war überrascht, aber nur für einen Augenblick. Miß Lizas Wunsch war verständlich. Sie konnte auch nicht den ganzen Tag im Haus eingesperrt werden. Sie mußte an die frische Luft, und er war ja da, um sie zu beschützen.

»Ist gut, Ma'am«, sagte er ein wenig unsicher, weil er nicht wußte, wie Delaney darauf reagieren würde. »Können wir bald aufbrechen?«

»Ich beeile mich, Lukas.«

Zehn Minuten später half Lukas Elizabeth in den Sattel. Es war ein trüber, nebliger Nachmittag.

»Ist Ihnen warm genug, Ma'am?«

»Ja, natürlich«, versicherte Elizabeth und trieb ihre Stute an. Endlich, dachte sie, endlich!

Als sie das große Lagerhaus erreichten, hatte Liza Mühe, sich ihr Frohlocken nicht anmerken zu lassen. Es stand ein wenig abseits und war aus massivem Holz gebaut. Holz, das rasch und gründlich niederbrennen würde! Sie wußte, welch verheerenden Schaden die Feuerbrünste in San Francisco schon angerichtet hatten, aber diesmal würde nur dieses eine Lagerhaus brennen, sonst nichts. Nur Delaney würde der Geschädigte sein.

Vor dem großen Eingangstor des Lagerhauses saßen sie ab. Dutzende von Männern waren eifrig dabei, Holzkisten hineinzuschaffen.

»Liza! Was machst du hier?«

Delaneys scharfe Stimme ließ Elizabeth herumfahren. Er war in Hemdsärmeln, und auf seiner Stirn perlten Schweißtropfen. Mit finsterem Blick kam er auf sie zu.

»Bitte mach Lukas keine Vorwürfe, Del«, sagte Elizabeth rasch.

»Ich ... ich habe es im Haus einfach nicht mehr ausgehalten. Bitte laß mich bleiben.«

Während sie sprach, wanderte ihr Blick zu seinem Schiff, einem großen, schnittigen Schnellsegler.

Delaney sah die freudige Erregung in ihren Augen und seufzte. Es stimmte ja. Sie konnte nicht wie eine Gefangene leben.

»Also gut.« Er nickte lächelnd. »Aber nur für ein paar Minuten.« Den Streit vom Vorabend schien er offenbar vergessen zu haben.

Mehr brauche ich auch nicht, dachte Elizabeth, beseelt von einer grimmigen Entschlossenheit. Er hatte sie gestern abend verlassen und war zu seiner Geliebten gegangen. Endlich hatte er sein wahres Gesicht gezeigt. Er war kein ehrbarer Mann, nein, ganz und gar nicht. Sie brauchte also nicht das leiseste Schuldgefühl zu empfinden.

»Erzähl mir etwas über die Ladung, Del«, bat sie mit glänzenden Augen. »Was für Waren hat das Schiff gebracht?«

Delaney führte sie durch das Lagerhaus. Hier und da öffnete er eine Kiste und zeigte Elizabeth kostbare Seidenstoffe, erlesene alte Möbel und wertvolles Porzellan aus China. Atemberaubend schöne, unersetzliche Dinge, die bald nicht mehr existieren würden ...

Elizabeth gab sich charmant und umgänglich und lauschte aufmerksam jedem seiner Worte. Delaney erlaubte ihr, länger als ursprünglich beabsichtigt, zu bleiben. Als sie schließlich mit Lukas davonritt, sah er ihr grübelnd nach.

Endlich werde ich dich rächen, Vater! Endlich werde ich tun können, was ich tun muß!

Elizabeth unterdrückte alle in ihr aufkeimenden Zweifel und konzentrierte sich auf ihr Essen.

»Du wirkst heute abend so nachdenklich«, sagte Delaney und nahm einen Schluck Wein.

»Findest du?« gab sie zurück und bemühte sich, einen harmlosen Eindruck zu machen. »Ich dachte gerade an die ›Jade‹. Was für ein wunderschönes Schiff sie doch ist. Und diese kostbare Ladung. Wann wirst du sie ausliefern, Del?«

»Wir fangen gleich morgen früh damit an«, erwiderte Delaney.

Elizabeth biß sich auf die Lippe. »Gleich morgen früh?«

»Überrascht dich das, meine Liebe? Das Schiff hat sich verspätet, und die Händler warten schon fast einen Monat auf die Waren.«

Also heute nacht; heute nacht noch mußte es geschehen!

»Die Ladung ist sicher viel wert, oder?«

Vorsicht, Liza, übertreib es nicht! Er darf nichts merken!

»Und ob.« Delaney nickte.

Genug, um ihn zu ruinieren?

»Das Lagerhaus hat mich sehr beeindruckt«, sagte sie. »Es war nett von dir, mich herumzuführen.«

»Das Lagerhaus selbst ist schon einen Haufen Geld wert. Es wurde nach ganz neuen Gesichtspunkten konstruiert und ist erst vor sechs Monaten fertig geworden. Andere Lagerhäuser dieser Art werden in kurzer Zeit folgen. Sam Brennan hat die Absicht . . .«

Sam Brennans Pläne interessierten Elizabeth nicht im geringsten.

Es wird niemand zu Schaden kommen, dachte sie wieder und wieder. Nur Delaney Saxton.

Würde er sie wohl um Geld bitten, wenn sie ihr Vorhaben ausgeführt hatte?

»Ich muß noch einmal weg, mein Schatz«, sagte Delaney in ihre finsteren Gedanken hinein. »Es wird aber nicht lange dauern, das verspreche ich.«

Wollte er sich schon wieder ...

»Wo willst du hin?« Elizabeths Stimme klang fast so schrill wie am Vorabend.

Er zog die Brauen hoch.

»Willst du das wirklich wissen?«

Elizabeth knirschte mit den Zähnen. »Kannst du eine einfache Frage nicht ein einziges Mal einfach beantworten? Na? Nein, natürlich nicht! Es macht dir viel mehr Spaß, mich zu malträtieren. Bleib hier, Del, du bist gewiß viel zu müde, um ... um mit dieser Person ...« Sie verstummte.

»Ein bißchen müde bin ich schon«, gab Delaney mit ausdrucksloser Miene zurück, doch er beobachtete Elizabeth scharf.

Sie sprang vom Stuhl auf und stampfte mit dem Fuß auf den Boden. »Hast du gestern nacht mit ihr geschlafen?«

Delaney kniff die Augen leicht zusammen. »Würde es dir etwas ausmachen, wenn ich es getan hätte?«

»Du bist mein Mann!«

»Freut mich, daß du dich daran erinnerst.«

Am liebsten hätte Elizabeth sich auf ihn gestürzt und irgendeinen Gegenstand über den Schädel geschlagen. Sie zwang sich, nicht ausfallend zu reagieren. »Du hast meine Frage nicht beantwortet, Del. Hast du mit ihr geschlafen?«

»Nun ... zum Schlafen bin ich kaum gekommen. Marie

ist eine warmherzige, hingebungsvolle Frau, Liza. Selbstlos und aufrichtig, weißt du?«

Elizabeth starrte ihn fassungslos an. Sie hatte nicht damit gerechnet, daß er tatsächlich zugeben würde, bei seiner Mätresse gewesen zu sein.

»Das ist … das ist …« Sie suchte nach Worten. »Gehörst du wirklich zu der Sorte Männer, die …«

»Nein, dazu gehöre ich nicht«, sagt Delany ruhig. »Und es ärgert mich maßlos, daß du mir so etwas zutraust. So, nachdem dies zwischen uns geklärt ist, kann ich mich ja beruhigt auf den Weg machen. In rund zwei Stunden bin ich zurück. Wenn du willst, wenden wir uns dann erfreulicheren Dingen zu.« Er trat zu ihr und legte den Finger unter ihr Kinn. »Warte auf mich, Liebling. Dann wirst du sehen, daß ich so müde nun auch wieder nicht bin.«

Flüchtig küßte er sie auf den Mund und verließ danach eilig das Zimmer.

Also hatte er seine Geliebte doch nicht besucht.

Na und? Was änderte das schon? Gar nichts. Er war ein Schurke, und er sollte bezahlen.

14. Kapitel

Zwei Stunden später war Elizabeth zu Delaneys Empfang bereit.

Sie trug das frivole Nachthemd, das er ihr in der Hochzeitsnacht geschenkt hatte.

»Hallo«, begrüßte sie ihn mit samtweicher Stimme, als er das Schlafzimmer betrat.

»Hallo, Darling.« Delaney rieb sich den Nacken. »Gott, bin ich geschafft.«

»Nicht zu geschafft, hoffe ich.« Elizabeth setzte ein verführerisches Lächeln auf.

Er schmunzelte. »Für dich nie, meine Süße.«

Sie sah ihm beim Ausziehen zu und reichte ihm dann ein Glas Wein.

»Ist das ein Liebestrank?« fragte er augenzwinkernd.

»Nein.«

»Nein? Schade. Auf uns, Liza.«

»Auf ... auf die Zukunft.«

Sie nippte an ihrem Wein.

Delaney leerte sein Glas und stellte es ab. »Mein liebes Weib, ich möchte dich küssen.«

Er darf nichts merken, nicht das geringste, hämmerte Elizabeth sich ein. Sie fühlte sich irgendwie schuldig und hatte Angst. Langsam hob sie den Kopf und bot ihm den Mund. Es war entsetzlich schwer, die liebende Ehefrau zu spielen, während die Gedanken ihr schon vorauseilten.

Delaney küßte sie, dann glitten seine Lippen über ihren Hals, und seine Hände liebkosten ihre Hüften. Unvermittelt überfiel ihn eine bleierne Müdigkeit, und er gähnte herzhaft.

»Ich fürchte, ich bin doch müder, als ich dachte«, murmelte er.

»Dann komm ins Bett«, sagte Elizabeth und schob ihre Hand unter seinen Arm.

»Ich werde sicher gleich wieder hellwach sein, wenn ich erst einmal im Bett bin ... mit dir.«

Aber er irrte sich. Die Müdigkeit drückte auf seine Lider und betäubte Geist und Körper. Er spürte Elizabeths warme Haut an seiner, doch diese überwältigende Müdigkeit erstickte sein Verlangen, und er schlief ein.

Elizabeth wagte nicht, sich zu bewegen. Sie starrte in Delaneys Gesicht und lauschte den gleichmäßigen Atemzügen. Eine gute halbe Stunde harrte sie so aus. Erst als die Uhr unten zwölfmal schlug, schlüpfte sie aus dem Bett.

Hastig fuhr sie in ein dunkles Musselinkleid und in feste Schuhe. Auf Unterröcke verzichtete sie.

Plötzlich murmelte Delaney etwas im Schlaf, und Elizabeth erstarrte einen Augenblick lang vor Schreck.

Gleich darauf schüttelte sie den Kopf. Er konnte ja gar nicht aufwachen!

Das Laudanum, das sie in seinen Wein geträufelt hatte, reichte für die ganze Nacht.

Elizabeth atmete tief durch, hüllte sich in einen Mantel und schlich aus dem Raum. Lukas' Zimmer lag unten, aber inzwischen schlief Lukas sicher genauso fest wie sein Herr. Und Olaf, der Schwede, hatte seinen Posten am Abend verlassen, wie sie wußte. Elizabeth verließ das Haus durch die Küchentür, die sie nur anlehnte, um nachher auch wieder zurück ins Haus zu kommen.

Die Ställe lagen im Dunkeln, doch Elizabeth hatte sich den Weg genau eingeprägt. Yvette begrüßte sie mit einem leisen Wiehern. Rasch strich Elizabeth über die weichen Nüstern der Stute.

»Komm mein Mädchen«, flüsterte sie. »Wir machen einen kleinen Mitternachtsritt. Du mußt jetzt tapfer sein.« Die letzten Worte galten mehr ihr als dem Pferd.

Sie legte Yvette das Zaumzeug an und führte sie aus dem Stall. Einen Sattel brauchte sie nicht. Geschickt schwang sie sich auf den Rücken der Stute und trieb sie vorsichtig an.

Der Himmel war bedeckt, und nur hin und wieder blitzte ein Stern zwischen den Wolken auf. Dicke Nebelschwaden machten die Luft kalt und feucht. Elizabeth wickelte sich fester in ihren Mantel und zog die Kapuze tief in die Stirn. Sie ritt durch die Außenbezirke der Stadt, um die noch immer hell erleuchteten Lokale zu meiden. Ab und zu sah sie dunkle Schatten auf der Straße, und die Angst schnürte ihr die Kehle zu. War einer von ihnen Hoolihan?

»Mach dich nicht verrückt, Liza«, sagte sie laut, und ihre Stimme gab ihr Mut. »Hoolihan hat keine Ahnung, daß du das Haus verlassen hast. Vielleicht ist er gar nicht mehr in San Francisco.«

Zwanzig Minuten später klapperten Yvettes Hufe über die Holzplanken des Kais. Es war geisterhaft still hier. Die ›Jade‹ dümpelte leise an ihrer Ankerkette, und ihre hohen nackten Masten verloren sich im dichten Nebel. Schwarz und irgendwie drohend ragte das Lagerhaus vor Elizabeth auf. Sie glitt von Yvettes Rücken und band die Stute an einen Poller. Noch näher heranzureiten, wagte sie nicht.

Elizabeths Zähne schlugen vor Kälte und Angst aufeinander, als sie leise auf das Lagerhaus zuschlich. Plötzlich blieb sie wie angewurzelt stehen. Zwei in Decken gewickelte Männer hockten neben dem Lagerhaus.

Offenbar schliefen sie. Natürlich! Wie hatte sie nur so dumm sein können? Natürlich ließ Delaney das Lagerhaus bewachen!

Elizabeths Gedanken überschlugen sich. Die beiden Männer durften auf keinen Fall verletzt werden. Sie holte tief Luft und schob sich dann, eng an die Mauer gepreßt, auf das große Eingangstor zu.

Die Torflügel waren durch einen schweren hölzernen Querriegel gesichert. Elizabeth lauschte auf das laute Schnarchen der Männer und begann, den Riegel ganz langsam hochzuschieben. Er quietschte, und ihr gefror fast das Blut in den Adern.

Zum Glück wachten die Männer nicht auf.

Endlich war das Hindernis beseitigt. Elizabeth griff in den Spalt zwischen den Torflügeln und zog vorsichtig. Holz knarrte, und sie hielt einen Augenblick inne. Lauschte erneut. Die Männer schnarchten noch immer.

Als der Spalt schließlich breit genug war, zwängte sie sich hindurch. Große Kisten türmten sich vor ihr auf. Das Lagerhaus war randvoll.

Waren von unermeßlichem Wert lagerten hier, und alles gehörte Delaney Saxton, dem Mann, der ihren Vater in den Tod geschickt hatte. Ihrem Mann, der alles tat, um sie zu beschützen . . .

Denk nicht daran, Liza! befahl sie sich. Du mußt deinen Vater rächen!

Hastig zog sie die Streichhölzer aus der Manteltasche und riß eines an. Es gab ein kratzendes Geräusch, das Elizabeth überlaut in den Ohren klang, dann brachte es genug Licht, so daß sie ihre nächste Umgebung gut erkennen konnte.

Steifbeinig und wie in Trance ging sie durch den Mittelgang weiter in das Lagerhaus hinein. Das Streichholz erlosch, und sie zündete ein zweites an. Sie hielt es über eine Segeltuchplane, die eine Kiste am Boden bedeckte. Ihre Hand zitterte.

»O Gott!« flüsterte sie. »Ich bringe es nicht fertig.«

Das Flämmchen flackerte und erlosch ebenfalls. Delaney . . . oh, Delaney . . .

Elizabeth biß die Zähne zusammen und zwang sich mit Gewalt, das dritte Streichholz anzureißen. »Delaney . . .«

Ich liebe ihn! Die Erkenntnis traf sie wie ein Schock. Sie konnte ihn nicht verraten.

Und was ist mit deinem Vater? meldete sich eine Stimme in ihrem Innern. Er ist durch diesen Mann gestorben.

»Nein!« stieß Elizabeth hervor. »Er starb, weil er sein Unglück nicht ertrug!«

Sie spürte, wie ihr die Tränen über die Wangen strömten, und ein fast unerträglicher Schmerz durchzuckte ihr Herz. Das Streichholz verbrannte ihr die Finger, und sie schleuderte es fort.

Sie wollte nach Haus, nur noch nach Haus zu Delaney. Sie wollte in seinen Armen liegen und sich von seiner Liebe einhüllen lassen.

Plötzlich begann es um sie herum zu knallen. Sie schrie auf und flüchtete zur Tür.

Als sie einen Blick zurückwarf, sah sie, daß eine Persennig brannte und blitzende, zischende Funken nach allen Seiten stoben.

Sie mußte das Feuer löschen! Woher kam nur dieser schreckliche Lärm? Ein, zwei Sekunden später vernahm sie laute Männerstimmen, und das schwere Holztor flog auf. Rasch kauerte sie sich hinter eine große Kiste.

»Jesus Maria!« schrie einer der Männer. »Schnell, Damon, wir können es noch löschen! Es ist dieses verfluchte chinesische Feuerwerkszeug.«

Elizabeth beobachtete, wie die Männer ihre Decken von den Schultern rissen und auf die brennende Persenning zurannten. Schnell huschte sie hinter der Kiste hervor und verließ das Lagerhaus.

Ihr Herz klopfte so heftig, daß sie glaubte, es müßte ihr aus der Brust springen.

Als sie, keuchend und nach Atem ringend, bei Yvette ankam, hörte sie eine donnernde Explosion. O Gott, nein!

Elizabeth schwang sich auf den Rücken der Stute und galoppierte den Kai hinunter. Sie sah dutzendweise Männer heranhasten.

»Schnell, schnell!« riefen sie. »Ein Lagerhaus brennt!«

Was habe ich getan?

Immer und immer wieder schoß ihr diese Frage durch den Kopf. Nicht einen einzigen Gedanken verschwendete sie an Hoolihan, während sie im gestreckten Galopp zurückritt. Sie hörte noch immer das Echo der schrecklichen Explosion. Jetzt wäre ihr Platz im Lagerhaus gewesen. Wenn jemand sterben mußte, dann hätte nur sie allein es verdient. Falls wirklich jemand durch das Feuer ums Leben kam oder auch nur verletzt wurde ... sie wußte nicht, was sie dann tun sollte.

Bei den Ställen war noch alles so ruhig, als wäre nichts geschehen. Elizabeth glitt von Yvettes Rücken und brachte sie in die Box zurück. Sie bewegte sich wie eine Marionette, steif und mechanisch. Während sie auf leisen Sohlen ins Haus zurückschlich, glaubte sie, vor Angst ohnmächtig zu werden. Im Schlafzimmer riß sie sich die Kleider vom Leib, stopfte sie unters Bett und schlüpfte zu Delaney unter die Decke.

»Mr. Del! Aufwachen! Es brennt!«

Mit weit aufgerissenen Augen starrte Elizabeth zur Tür, durch die Lukas eilig hereinhinkte. Delaney rührte sich nicht.

»Mr. Del!« Ohne Elizabeth zu beachten, schüttelte Lukas seinen Herrn an der Schulter. »Wachen Sie auf, Mr. Del! Es brennt. Feuer!«

Delaney fuhr hoch. Begriffsstutzig sah er Lukas an.

»Feuer?« wiederholte er und versuchte, Klarheit in seine Gedanken zu bringen.

»Das Lagerhaus! Damon ist unten. Rasch!«

Mit einem Satz sprang Delaney aus dem Bett und fuhr hastig in seine Kleider.

»Was ist denn los, Del?« ließ Elizabeth sich vernehmen.

»Es brennt, Liebes.« Er drehte sich um und sah seine totenblasse Frau an. »Ich bin bald zurück. Geh nicht aus dem Haus, Liza, hörst du? Lukas bleibt bei dir.«

Trotz seiner Eile dachte er noch an ihre Sicherheit! Elizabeth fühlte sich ganz krank vor Schuld. Delaney beugte sich über sie und küßte sie flüchtig.

»Verlaß auf keinen Fall das Haus«, ermahnte er sie noch einmal eindringlich und lief dann mit langen Schritten hinaus.

Elizabeth sah ihm nach, und ihre Augen brannten vor Schmerz.

Sie hörte die schwere Haustür ins Schloß fallen. Es klang so entsetzlich endgültig. Wenn ihm jetzt etwas zustieß? Wenn . .

Rasch zog Elizabeth sich an, dann ging sie ins Erdgeschoß hinunter.

Im ganzen Haus brannte Licht. Mary sprach mit Lukas,

und Lin stand händeringend daneben. Es war vier Uhr morgens.

»Mach bitte Tee und Kaffee, Lin.«

Elizabeth war selbst überrascht, wie ruhig ihre Stimme klang. »Mr. Del wird etwas Heißes brauchen, wenn er zurückkommt.«

Und wenn das Laudanum sein Reaktionsvermögen herabgesetzt hatte? Wenn es noch eine Explosion gab? Wenn ...

Jäh stöhnte Elizabeth gequält auf. Es wurde ihr erst bewußt, als Lin behutsam über ihren Arm strich.

»Mr. Del wird nichts zustoßen, Miß Liza. Ganz bestimmt nicht.«

Ein heftiges Schluchzen schüttelte Elizabeth. Lukas legte begütigend die Arme um sie, und sie lehnte sich erschöpft an ihn.

Plötzlich brachen das Schuldgefühl und all ihre Selbstvorwürfe aus ihr heraus. Sie trommelte mit den Fäusten auf Lukas' breite Brust.

»Nein!« schluchzte sie immer wieder.

»O bitte nicht!«

Schweigend hielt Lukas sie umfangen. Über ihren Kopf hinweg gab er Lin ein Zeichen, heißen Tee zu bringen. Schließlich führte er Elizabeth ins Wohnzimmer und machte Feuer im Kamin.

»Wissen Sie etwas Näheres, Lukas?«

»Nein, Ma'am. Damon hat nur gesagt, daß das Feuer schon fast gelöscht sei und Mr. Del kommen soll.«

»Ach so.«

Lin erschien mit dem Tee, und Elizabeth nippte an dem dampfenden Getränk. Sie merkte gar nicht, wie ihre Hände zitterten, bis sie die heißen Tropfen auf ihrem Unterarm spürte.

Lukas nahm ihr vorsichtig die Tasse ab und stellte sie auf den Tisch neben dem Sofa. Er sah den gehetzten Ausdruck in Elizabeths Augen und betete im stillen um eine baldige Rückkehr seines Herrn. Er fühlte sich so verdammt hilflos in dieser Situation.

Die Minuten dehnten sich endlos. Mit angezogenen Knien kauerte Elizabeth auf dem Sofa und starrte blicklos ins Feuer.

Als Lukas draußen Pferdegetrappel hörte, hastete er zur Haustür.

Hoffentlich war Mr. Del nicht verletzt!

Dem Himmel sei Dank, dachte Lukas aufatmend, während Delaney vom Pferd stieg. Er war zwar über und über mit Ruß und Schmutz bedeckt, aber ansonsten offenbar in Ordnung.

»Der Schaden hält sich in Grenzen«, sagte Delaney und lächelte Lukas zu.

»Großer Gott, bin ich froh, daß Sie noch heil und in einem Stück sind, Mr. Del. Miß Liza ist in einem schlimmen Zustand. In einem sehr schlimmen Zustand.«

Heiße Angst schoß in Delaney hoch. »Was soll das bedeuten?«

»Sie ist ganz außer sich vor Angst, wegen des Feuers und Ihretwegen. Sind Sie okay?«

»Ja, natürlich. Bitte kümmere dich um Brutus, Lukas.«

Delaney eilte ins Haus. Er war zwar erschöpft, aber ansonsten guter Dinge, weil alles relativ glimpflich abgelaufen war.

Mit weit aufgerissenen Augen starrte Elizabeth ihm entgegen. Dann stieß sie einen Schrei aus, sprang auf und warf sich in seine Arme.

»Na, na, was höre ich da?« sagte er sanft und strich über ihr zerzaustes Haar. Sie zitterte heftig, und er drückte sie an sich, ohne daran zu denken, wie schmutzig er war. »Pst, mein Liebling, es ist ja alles gut.«

»Es tut mir leid«, schluchzte sie und umklammerte ihn so fest, daß er kaum noch Luft bekam. »O Gott, Del, es tut mir so schrecklich leid.«

»Was tut dir leid?« Delaney küßte sie auf die Schläfe.

»Ich ... ich hätte dich nicht gehen lassen dürfen. Nicht allein.«

»Ja«, er nickte in gespieltem Ernst, »ich hätte dich zu meinem Schutz mitnehmen müssen.« Beruhigend klopfte er ihr auf den Rücken. »Komm, Kleines, ich bin noch am Leben. Alle haben es überlebt, sogar die Ladung zum größten Teil. Es ist alles kaum der Rede wert.«

Er schob sie ein wenig von sich ab und sah in ihr Gesicht. Sie war kreidebleich, und in ihren Augen lag noch immer helles Entsetzen. Auf der Wange hatte sie zwei große Rußflecken. Irgend etwas hatte ihr einen Schock versetzt. Er spürte es. Es war nicht nur ihre offensichtliche Angst um seine Sicherheit, sondern noch etwas.

»Ich hätte nicht ... nicht weiterleben können, wenn ...« Aufschluchzend barg Elizabeth das Gesicht an seiner Schulter. »Ich kann dich nicht hassen. Ich kann nicht!«

Delaney stand ganz still. Wie in aller Welt kam sie auf einen solchen Gedanken? Sie hatte ihn doch von Anfang an haben wollen! Und nun hatte es dieses idiotischen Feuers bedurft, um ihr klarzumachen, daß sie ihn nicht haßte? Verwirrt schüttelte er den Kopf.

»Das weiß ich doch, Liebes«, sagte er. »Vielleicht hätte der Brandstifter sich schon früher ans Werk machen sollen«, fügte er mit leiser Stimme hinzu.

»Es war Brandstiftung?« flüsterte Elizabeth.

»Sieht so aus. Das Tor war offen, und auf dem Boden lagen abgebrannte Streichhölzer. Zum Glück hat der Bursche aus Versehen die Feuerwerkskörper angesteckt und muß wohl in Panik geraten sein. Die Dinger machen einen Höllenlärm. Der Rauch hat ein wenig Schaden angerichtet, doch das ist nicht gravierend.«

Sie entdeckte einen Riß in seinem Hemd.

»Du bist verletzt, Del!« rief sie erschrocken.

»Nur mein Hemd, Liebling, nicht ich.« Er lächelte sie zärtlich an. »Hör jetzt auf, dich anzustellen wie eine

Glucke, deren Küken in den Suppentopf wandern sollen. Ich bin heil und unbeschädigt. So, und nun schlage ich vor, wir gehen nach oben und säubern uns erst einmal.« Er fuhr mit der Fingerspitze über den Ruß auf ihrer Wange. »Du bist bezaubernd, mein Engel, aber ein bißchen schmutzig.«

Elizabeth schlug die Augen nieder und rang die Hände. Ihre Lippen zitterten. O Gott, was sollte sie tun? Alles war schiefgelaufen außer dem Umstand, daß sie ihren Widersacher geheiratet hatte. Und jetzt liebte sie ihn. Tief in ihrem Inneren konnte sie nicht mehr daran glauben, daß Delaney ihren Vater hintergangen hatte.

»Delaney, ich muß dir etwas sagen ...«

»Liza, mein Liebling, was ist?«

»Ich ... ich liebe dich.«

»Endlich!« Aus seiner Stimme klang tiefe Befriedigung.

Ihr Kopf fuhr hoch. »Was meinst du mit ›endlich‹?«

»Vielleicht«, erwiderte er sehr sanft, »vielleicht wirst du mir nun eines Tages auch vertrauen. Doch jetzt ab in die Wanne und dann ins Bett. Ich weiß nicht, was mit mir los ist, aber ich könnte auf der Stelle umfallen.«

Zum Glück übersah er den Ausdruck tiefster Zerknirschung auf Elizabeths Gesicht.

Als Elizabeth am nächsten Morgen erwachte, war Delaney schon fort.

»Mr. Del muß viel aufräumen«, sagte Lin, während sie das Frühstück servierte.

»Ja.« Elizabeth nickte. »Das kann ich mir denken.«

Sie wollte in Begleitung des Schweden zum Lagerhaus reiten, um den Schaden zu besichtigen, den sie angerichtet hatte, aber Agatha Newtons unangemeldeter Besuch hielt sie davon ab.

Nachdem Agatha endlich gegangen war, kam Lukas zu Elizabeth.

»Mr. Del hat mich geschickt, Ma'am«, sagte er. »Er

braucht ein paar Unterlagen aus seinem Schreibtisch. Versicherungspolicen.«

Elizabeth nickte und ging in Delaneys Arbeitszimmer. Sie zog die oberste Schreibtischschublade auf. Im nächsten Augenblick hätte sie sich am liebsten geohrfeigt. Warum war sie bisher nicht auf die Idee gekommen, Delaneys Schreibtisch zu durchsuchen? Sie fand die Versicherungsunterlagen und schickte Lukas damit fort.

Dann setzte sie sich in den schweren Schreibtischsessel, öffnete Schublade für Schublade und blätterte den Inhalt aufmerksam durch. Nichts über ihren Vater. In der untersten Schublade entdeckte sie dann einen verschlossenen Holzkasten.

Langsam zog Elizabeth eine Haarnadel aus ihrer Frisur und steckte sie in das Schloß des Kastens. Nach ein paar vergeblichen Versuchen klickte es, und sie hob den Dekkel hoch. Einen Augenblick zögerte sie, die in dem Kasten befindlichen Papiere durchzusehen. Ihr wurde klar, daß sie sich davor fürchtete, eventuell einen Schuldbeweis zu finden. Aber dann griff sie energisch nach einem zusammengefalteten Blatt, das obenauf lag. Es handelte sich um die Kopie eines Briefes, den Delaney vor einiger Zeit an Paul Montgomery geschrieben hatte.

Elizabeth begann zu lesen. Schon nach den ersten Sätzen verschwammen ihr die Buchstaben vor den Augen. Nun kannte sie die Wahrheit!

Sie fand auch alle Anweisungskopien über die hohen Beträge, die Delaney regelmäßig an ihren Vater geschickt hatte.

Delaney war unschuldig. Der Schuldige war Paul Montgomery!

Elizabeth lehnte den Kopf zurück und schloß die Augen. Es war unglaublich. Unglaublich, aber wahr. Paul Montgomery hatte ihren Vater um das ganze Geld betrogen.

Kein Wunder, daß Montgomery so heftig reagiert hatte,

als sie ihn in ihre Pläne einweihte. Er befürchtete, daß sie die Wahrheit herausfinden würde!

Paul Montgomery ist der Mann, der deinen Tod will, Liza! durchzuckte es sie.

Müde fuhr Elizabeth sich mit der Hand über die Stirn.

Ich muß mit Delaney sprechen, muß ihm alles sagen!

Sie stöhnte leise.

O Gott, sie liebte ihn doch so. Wenn sie ihm die Wahrheit gestand, würde er sie verachten. Er würde sie nach England zurückschicken, und sie konnte es ihm nicht einmal verübeln.

Blicklos starrte sie auf die Buchrücken an der Wand. Sie hörte die Haustür gehen und dann Männerschritte in der Halle. Delaney!

Hastig stopfte sie alle Unterlagen in den Kasten, stellte ihn zurück und schloß die Schublade.

»Was tust du denn hier, mein Liebling?«

Sie sah ihn an. Ihr Leben hätte sie für ihn gegeben. In dem dämmrigen Licht konnte sie sein Gesicht nicht klar erkennen, nur seine schönen Augen, die voller Zärtlichkeit auf sie gerichtet waren. Die Ungeheuerlichkeit ihrer Situation traf sie wie ein Fausthieb. Sie war unfähig, auch nur ein Wort herauszubringen. Sie würde es nicht ertragen, sehen zu müssen, wie die Zärtlichkeit in seinen Augen sich in Haß und Abscheu verwandelte.

»Liza, bist du okay?«

Ich muß seine Liebe gewinnen, muß mich ihm unentbehrlich machen, dann gestehe ich ihm alles, nahm sie sich vor. Ich werde sein Kind empfangen. Dann kann er mich nicht mehr wegschicken. O Gott, schon wieder eine Täuschung! Nein, das war nicht fair.

»Mir geht es gut, Del.« Elizabeth stand auf und ging langsam auf ihn zu. Als sie dicht vor ihm stand, hob sie ihm das Gesicht entgegen und fuhr mit der Fingerspitze über seine Wange.

»Du bist ein liebenswerter Mann«, flüsterte sie.

Delaney blinzelte überrascht. Den ganzen Morgen hatte er an sie denken müssen und an die seltsame Veränderung, die mit ihr vorgegangen war. Er verstand es nicht.

»Wann hast du das bemerkt?« zog er sie auf, doch sein Blick blieb ernst.

Unschlüssig sah sie ihn an. Sie mußte ihm die Wahrheit sagen. Aber nicht heute. Einen Tag noch, eine Nacht noch mit ihm. Mit dem Mann, der sie liebte, der mit ihr lachte und der so wunderbar eins mit ihr wurde.

»Geht es dir wirklich gut?« Sie spürte seine Hände auf ihren Armen.

»Ja.« Elizabeth legte die Stirn an seine Schulter. »Sind wir immer noch in den Flitterwochen?«

»Noch mindestens zwanzig Jahre, würde ich meinen.«

»Mußt du heute in die Bank? Oder wieder zum Lagerhaus?«

»Warum fragst du das, Liebes?«

Elizabeth hob den Kopf, stellte sich auf die Zehenspitzen und küßte ihn auf die Lippen. »Weil ich will, daß du bleibst ... bei mir.« Er lächelte und drückte sie an sich. »Ich glaube, das läßt sich einrichten.«

»Mr. Saxton, wir haben ihn.«

Jed Randalls aufgeregte Stimme unterbrach die Unterhaltung zwischen Delaney und Daniel Brewer.

»Was ist los?« fragte Daniel verblüfft. »Wen habt ihr?«

»Keine Zeit für Erklärungen, Daniel«, sagte Delaney. »Ich muß fort. Bis später.«

Rasch verließ Delaney mit Jed Randall die Bank.

»Hoolihan?« fragte er, als sie draußen waren.

»Ja, Sir. Monk hat ihn geschnappt. Er lag gerade mit einer Hure im Bett ... Hoolihan, meine ich.«

»Wohin habt ihr ihn gebracht?«

»In Ihr Lagerhaus, Sir. Monk mußte ihn ein bißchen hart anfassen, aber er hat es überstanden.«

Delaney nickte und beschleunigte seinen Schritt. Solange Monk dem Kerl nicht seinen verdammten Hals brach, war es ihm egal, was er mit ihm anstellte.

Zehn Minuten später kamen Delaney und Jed im Lagerhaus an, wo es noch immer nach Rauch und ein wenig ätzend roch.

Drei Männer umringten in drohender Haltung einen ziemlich kleinlaut wirkenden Hoolihan.

Als Monk Delaney sah, grinste er breit und sagte: »Da haben Sie ihn, Sir.«

»Gute Arbeit, Monk.« Delanys Blick heftete sich auf Hoolihans Gesicht. Der Mann stand offenbar Todesängste aus. Bei Delaneys Anblick zuckte er zurück und wurde noch grauer im Gesicht.

»Na komm, Junge, nur nicht so schüchtern«, brummte Monk und drehte ihm den Arm ein bißchen um.

»Wenn die Herren so freundlich sein wollen«, wandte Delaney sich an die ziemlich finster wirkenden Gestalten, »mich einen Augenblick mit Mr. Hoolihan allein zu lassen? Ich habe etwas mit ihm zu bereden.«

Als sie seiner Aufforderung nachgekommen waren, sagte Delaney mit scharfer Stimme: »Hören Sie, Hoolihan, ich habe einige Fragen an Sie, und die werden Sie beantworten, mein Freund. Notfalls werden Monk und seine Kollegen Sie auseinandernehmen. Haben Sie mich verstanden?«

»Sie haben den Falschen erwischt«, jammerte Hoolihan. »Ich weiß gar nicht, was Sie von mir wollen.«

»Ob Sie mich verstanden haben?« knurrte Delaney. Er sah das kurze Aufblitzen in Hoolihans Augen und fuhr fort: »Wenn Sie Sperenzchen machen, schieße ich, und zwar in Ihre Beine. Ich werde Sie nicht töten, Hoolihan, aber die Sache wird sehr, sehr schmerzhaft für Sie werden, wenn Sie nicht freiwillig reden. Also, wer hat Sie bezahlt, damit Sie meine Frau umbringen?«

Hoolihan leckte sich über die trockenen Lippen, doch er schwieg.

Langsam und bedächtig zog Delaney seinen Derringer. »Zuerst Ihr linkes Bein, Hoolihan. Das Knie, um es genau zu sagen.«

Er zielte sorgfältig.

»Nein!« kreischte Hoolihan auf. »Ich weiß es nicht, ich schwöre es!«

»Anschließend kommt das rechte Knie an die Reihe. Vielleicht läßt James sie in Zukunft auf dem Gehsteig vor dem ›El Dorado‹ sitzen, denn gehen werden Sie nicht mehr können.« Delaney spannte den Hahn.

»Glauben Sie mir doch!« rief Hoolihan verzweifelt. »Es war ein Mann, den ich nicht kannte. Er versprach mir tausend Dollar, damit ich auf der ›Scarlet Queen‹ anheuerte. Er wußte, daß Sie nach Sacramento fuhren. Ich kenne seinen Namen nicht, ich schwöre es.«

Langsam fuhr Delaney mit dem Finger über den Lauf der kleinen Waffe. »War es ein Engländer?«

»Er hat komisch gesprochen, wenn Sie das meinen. Irgendwie vornehm. Ja, vermutlich war er Engländer.«

Delaney spürte, daß Hoolihan die Wahrheit sagte. »Hat er den Grund dafür angegeben, warum Sie meine Frau umbringen sollten?«

»Er hat nur gesagt, daß die Lady zum Schweigen gebracht werden muß, weil sie zuviel weiß. Worüber, das weiß ich nicht. Ich schwöre es.«

»Wie sah der Mann aus?«

»Wenn ich ihn beschreibe, lassen Sie mich dann laufen?«

»Ein bißchen feilschen, Hoolihan?« fragte Delaney kalt. »Ich will ganz offen sein, mein Freund. Es gibt zwei Möglichkeiten: Wenn Sie mir etwas verschweigen, bringe ich Sie um. Wenn Sie dagegen die Wahrheit sagen, werden Sie nicht sterben, dafür aber eine schöne, lange Reise auf einem meiner Schiffe machen. In Hongkong, beispielsweise, soll es um diese Jahreszeit sehr schön sein.«

Er wird mich shanghaien, dachte Hoolihan verzweifelt.

Aber das war immerhin noch besser, als sechs Fuß unter der Erde bei den Würmern zu liegen. Er holte tief Luft. »Er war alt, hatte graue Augen und trug eine Brille. Er sah aus wie einer, der immer gut gelebt hat.«

»Wie alt?«

Hoolihan krauste die Stirn. »Um die Fünfzig, würde ich sagen. Und dünnes graues Haar hatte er.«

Delaney atmete auf. Nach Hoolihans Beschreibung würde Elizabeth den Mann sicher identifizieren können. »Und wie hat er sich vergewissert, daß Sie den Auftrag auch ausführen würden, Hoolihan? Ich kann mir nicht vorstellen, daß er Ihnen das Geld gegeben und sich dann einfach darauf verlassen hat, daß alles in Ordnung geht.«

»Er gab mir nur fünfhundert. Den Rest sollte ich kriegen, wenn feststand, daß Ihre Frau über Bord gefallen und ertrunken ist.«

»Es sollte also wie ein tragischer Unfall aussehen«, murmelte Delaney. »Demnach dürfte unser grauhaariger Freund noch in San Francisco sein, oder?«

»Ich weiß es nicht. Ich bin zurückgekommen, um ...« Hooligan unterbrach sich und blickte verlegen zu Boden.

»Sie sind zurückgekommen, um einen anderen Unfall zu arrangieren, stimmt's? Hören Sie, Hoolihan, ich habe beschlossen, Ihre Reise in den Orient noch ein bißchen aufzuschieben. Sie werden in den nächsten Tagen mit Monk zusammenarbeiten. Sie werden den Mann für mich finden, verstanden?«

Hoolihan nickte eifrig. Er war so erleichtert, daß er kein Wort herausbrachte.

»Monk, Jed!« rief Delaney. Er überließ Hoolihan den beiden, gab ihnen Anweisungen und verschwand.

15. Kapitel

Delaney ging nicht gleich nach Haus. Er begab sich zur Bank, ließ Jarvis rufen und trug ihm auf, in jedem Hotel von San Francisco nach diesem Engländer zu fragen. Jarvis war ein Mann, auf den er sich blind verlassen konnte.

Tief in Gedanken versunken, ritt Delaney dann nach Haus. Seine Gedanken kreisten um Elizabeth. Gestern hatte sie zum erstenmal in der Liebe die Initiative ergriffen. Nie zuvor hatt sie seinen Körper mit so rückhaltloser Intensität berührt und erforscht. Selbst damals, als die Angst sie fast um den Verstand brachte und sie Vergessen in der Liebe suchte, war sie im Grunde passiv geblieben, während sie sich von ihm befriedigen ließ.

Nicht so gestern. Sie hatte ihn gestreichelt und liebkost und sich von ihm zeigen lassen, was ihm Vergnügen machte. Sie war eine eifrige Schülerin gewesen.

Von dem Schwämmchen hatte sie nichts mehr wissen wollen. Der Gedanke, daß sie seinen Samen in ihrem Körper aufnehmen wollte, hatte Delaney glücklich gemacht.

Aber hatte sie sich wirklich ganz und gar gegeben? Irgendwo tief in ihrem Inneren gab es noch etwas, das sie vor ihm verborgen hielt. Doch er würde es bald erfahren. Er würde es in ihren Augen sehen, wenn sie anhand seiner Beschreibung den Engländer erkannte.

Plötzlich kamen Delaney Zweifel. Wollte er denn wirklich wissen, was sie vor ihm geheimhielt? Ärgerlich schüttelte er den Kopf. Natürlich wollte er es wissen. So schlimm konnte es ja nicht sein. Er traf Elizabeth beim Tee mit Agatha Newton. Bei seinem Anblick erhellte sich Elizabeths Gesicht. Sie sprang auf und lief zu ihm.

»Guten Tag, mein Liebes«, sagte er und küßte sie zärtlich auf die Lippen. »Hallo, Aggie!« rief er dann. »Habt ihr zwei interessante Klatschgeschichten ausgetauscht?«

»Aber sicher doch.« Agatha lächelte ihm zu. »Ich werde

gleich morgen überall herumerzählen, daß Mr. und Mrs. Saxton sich noch immer wie Flitterwöchner aufführen.«

»Das ist kein Klatsch, sondern die reine Wahrheit«, sagte Delaney und drückte Elizabeth an sich.

»Offenbar könnt ihr beide nun ganz gut auf meine Gegenwart verzichten.« Agatha stand auf und strich ihre Röcke glatt. »Ich sehe Sie morgen, Liza ... das heißt, falls Ihr Mann Sie außer Sichtweite läßt.«

Elizabeth errötete und murmelte etwas Unverständliches.

»Grüßen Sie Horace von mir, Aggie«, bat Delaney. Er ließ seine Frau los und begleitete Agatha zur Haustür.

»Sie sind ein Glückspilz, Del«, meinte Agatha lächelnd.

»Ja.« Er nickte nachdrücklich. »Das weiß ich.«

»Vergessen Sie das nie, junger Mann.« Sie knuffte ihn freundschaftlich. »Lukas!« rief sie dann. »Holen Sie mir meinen Kutscher her. Wahrscheinlich steckt er wieder bei der neuen Zofe der Butlers.«

Delaney ging zurück ins Wohnzimmer. Mit hängenden Schultern und gesenktem Blick stand Elizabeth mitten im Raum. Er nahm sie in die Arme. »Ich mag dieses gelbe Kleid ganz besonders gern an dir«, sagte er. »Du bist die einzige Frau, die mit Kleidern fast genauso schön ist wie ohne.«

»Ich ... danke, Del. Ich habe dich gar nicht so früh erwartet.«

»Es war schön, das Leuchten in deinem Gesicht zu sehen, als ich hereinkam.«

»Ich ... ich war überrascht.«

Delaney sah sie einen Augenblick schweigend an und sagte dann ohne Umschweife: »Meine Leute haben Hoolihan gefunden.«

Elizabeth hielt den Atem an.

»Hoolihan?« wiederholte sie tonlos.

»Ja. Ich hatte eine recht interessante Unterhaltung mit dem Burschen. Obwohl er seinen Auftraggeber nicht kannte, hat er mir eine Beschreibung liefern können. Es ist natürlich ein Engländer. Vermutlich ist er dir nach San Francisco gefolgt, nachdem sein Versuch in Plymouth fehlgeschlagen war.«

Paul Montgomery! Jetzt würde Delaney gleich Paul Montgomery beschreiben. Unwillkürlich trat Elizabeth wie schutzsuchend hinter einen Stuhl. Ihre Hände umkrampften die Lehne so fest, daß die Knöchel weiß hervortraten.

»Beschreib ihn«, murmelte sie gepreßt.

Delaney tat es, sorgfältig und detailliert. Dabei wandte er den Blick nicht von ihrem Gesicht.

Sie kennt ihn, dachte er. Sie weiß, wer er ist.

»Wie heißt er, Liza?« fragte er.

Gehetzt schaute sie ihn an. Sie konnte es ihm nicht sagen. Noch nicht. Sie fühlte sich wie ein Tier in der Falle.

»Hoolihan wird uns dabei helfen, ihn zu finden«, erklärte Delaney nach einem langen Schweigen. »Aber es wäre sehr viel leichter, wenn du mir seinen Namen nennen würdest, Liza.«

Stille.

Delaney unterdrückte einen Seufzer. Er durfte nicht nachgeben. Langsam und ruhig sagte er: »Wenn du ihn mir nicht nennst, Liza, setze ich dich in das nächste Schiff nach England.«

»Nein! Bitte, Del, das kannst du nicht tun«, fuhr sie auf und schluckte mühsam. Sie glaubte zu wissen, daß es ihm bitter ernst mit dem war, was er sagte. »Also gut. Sein Name ist Paul Mont … Montsorrel. Er ist … war der Anwalt meines Vaters. Ich kenne ihn schon von klein auf.«

»Warum will er deinen Tod, Liza?«

Nervös rieb sie sich über die Arme. »Habgier!« stieß sie hervor. »Er war wütend, weil ich ihn nicht mit der Verwaltung meines Vermögens betraut habe.«

»Liza«, sagte Delaney geduldig. »Dieser Montsorrel soll

angedeutet haben, daß du zuviel weißt. Das hört sich doch nicht nach Habgier an.«

»Nein ... da hast du recht«, gab sie zu.

»Erzähl mir jetzt alles, Liza. Auf der Stelle!«

Elizabeth wand sich unter seinem Blick.

»Na gut«, seufzte sie schließlich. »Ich habe herausgefunden, daß er meinen Vater betrog. Er hat ihn um sein ganzes Geld betrogen.« Das war die Wahrheit, aber keine Erklärung. Sie wußte es. »Warum, Del? Warum will er meinen Tod? Ich kann es fast nicht glauben, daß er mich umbringen will.«

»Wieso hast du mir das nicht längst erzählt?«

Hilflos hob sie die Hände. »Ich ... ich hielt es nicht für so wichtig.«

Sie ahnte, welche Frage jetzt folgen würde.

»Wie bist du dahintergekommen, Liza? Und warum hast du den Mann damals nicht verhaften lassen?«

»Ich konnte doch nichts beweisen. Ich wollte nur noch fort von England. Fort von ihm und den schrecklichen Erinnerungen.«

Delaney kannte sie inzwischen gut genug, um zu erkennen, daß sie Lügen und Wahrheit vermischte. Aber was war die Wahrheit, was gelogen? Würde er es je herausfinden?

Eines stand fest: Liza war kein Feigling. Wenn sie Paul Montsorrel für schuldig gehalten hätte, hätte sie ihn nie ungestraft davonkommen lassen. Montsorrel. Hieß der Mann wirklich so? Seufzend fuhr Delaney sich mit der Hand durchs Haar. Er mußte unbedingt endlich Elizabeths volles Vertrauen gewinnen.

Als Lukas am nächsten Morgen mit einem Brief von Delaneys Bruder Alex von der Post zurückkam, ahnte Delaney noch nicht, daß das Rätsel um Elizabeth in wenigen Minuten kein Rätsel mehr für ihn sein würde. Arglos öffnete er das Schreiben und begann zu lesen. Gleich darauf verschwammen Alex' kühne Schriftzüge vor Delaneys Blick. Ein einziger Absatz in einem Brief hatte die Macht, seine ganze Welt in Scherben zu legen. Ein paar Worte nur.

Hätte Elizabeth es ihm doch nur selbst gesagt!

... Zufällig hat Giana, kurz nachdem ich Dir geschrieben hatte, einen Brief von ihrer Mutter erhalten. Offenbar hat dieser Engländer, Sir Alec FitzHugh, tatsächlich eine Tochter. Er hinterließ ihr jedoch keinen Pfennig. Sonderbar, nicht wahr? Dann, fast wie im Märchen, erbte das Mädchen ein Riesenvermögen von einem gewissen Sir Jasper Dunkirk. Komischerweise hat die junge Dame England kurz darauf den Rücken gekehrt. Die Herzogin schreibt, daß die Verwandten des Mädchens, eine Familie Penworthy, versucht haben, die Kleine wegen eines gebrochenen Heiratsversprechens vor Gericht zu bringen. Die Frage ist nur, weshalb Paul Montgomery, der Anwalt Sir Alecs, Hals über Kopf ins andere Lager überwechselte und die Penworthys bei ihrem Feldzug unterstützte. Angeblich war er bis dahin ein langjähriger loyaler Freund der Familie Jameson FitzHugh. Die Herzogin fragt sich natürlich auch, wo das ganze Geld geblieben ist, das Du Sir Alec angewiesen hast.

Paul Montsorrel. Paul Montgomery.

»Jesus!« entfuhr es Delaney. »Elizabeth Jameson FitzHugh.«

Merkwürdigerweise galt sein erster Gedanke der Frage, ob er nun überhaupt rechtsgültig mit ihr verheiratet war. Liza hatte bei der Eheschließung nicht ihren vollständigen Namen angegeben.

... Ich habe der Herzogin bereits geantwortet und ihr geschrieben, daß du Sir Alex regelmäßig Geld geschickt hast, treu und brav wie ein Buchhalter. Ich bin sicher, daß sie diesen obskuren Montgomery auf den Zahn fühlen wird.

Delaney ließ den Brief sinken, faltete ihn sorgsam zusammen und steckte ihn in den Umschlag zurück. Was für ein heilloses Durcheinander! Elizabeth hatte doch gewußt, daß Paul Montgomery ihren Vater betrogen hatte. Warum war sie dann nach San Francisco gekommen? Warum hatte sie es ausgerechnet auf ihn, Delaney, abgesehen?

Und dann begriff er. Sie hatte ihn für den Schuldigen gehalten. Montgomery mußte sie davon überzeugt haben. Sie war nach San Francisco gekommen, um sich an ihm, Delaney, zu rächen! Einzelne Begebenheiten fielen ihm wieder ein, die er erst jetzt verstand.

Aber er hatte jetzt keine Zeit, darüber nachzudenken. Zunächst einmal mußte er sich ausgiebig mit Montgomery beschäftigen. Natürlich war dem Schurken klar gewesen, daß Elizabeth ihm irgendwann auf die Schliche kommen würde. Aber Mord?

Delaney erinnerte sich an Lizas Worte: ›Mein Vater starb an Laudanum‹. Er erstarrte. Gütiger Gott! Hatte Montgomery Sir Alec am Ende umgebracht? Gewiß hatte Sir Alec sich gewundert, wo sein Geld blieb. War Montgomery von Sir Alex zur Rede gestellt worden?

Darauf fand Delaney keine Antwort. Dafür dämmerte ihm allmählich etwas anderes. Elizabeth hatte die Unterlagen in seinem Schreibtisch gefunden und erst hier erfahren, daß er, Delaney, unschuldig war. Er dachte an ihre übersteigerte Reaktion nach dem Lagerhausbrand. War sie dafür verantwortlich? Sollte das ihre Rache sein?

Delaney zog die untere Schreibtischlade heraus und sah sich den Holzkasten näher an. Elizabeth hatte gute Arbeit geleistet, dennoch erkannte er, daß das Schloß gewaltsam geöffnet worden war. Demnach hatte sie den Inhalt gelesen.

Sie haßte ihn so sehr, daß sie bereit gewesen war, ihn zu heiraten, um Rache nehmen zu können!

Nun wußte er, weshalb er ihr nie richtig hatte nahekommen können und weshalb sie ihm immer ausgewichen war. Delaney schloß die Augen. In seinem Inneren rangen Schmerz, Enttäuschung und Zorn miteinander. Schließlich stand er langsam auf, klemmte sich den Holzkasten unter den Arm und ging die Treppe hinauf.

Elizabeth stand vor dem Frisiertisch, und Mary bürstete ihr das Haar.

»Lassen Sie uns allein, Mary!« befahl Delaney.

»Oh, Mr. Del! Natürlich, Sir.« Die Stunde der Wahrheit war gekommen. Mary spürte es sofort. Sie streifte ihre junge Herrin mit einem aufmunternden Blick. Dann verließ sie leise das Schlafzimmer und zog die Tür hinter sich zu.

Im Spiegel sah Elizabeth den Holzkasten unter Delaneys Arm und wurde blaß. Doch sie fing sich rasch. Sie war so vorsichtig gewesen. Delaney konnte nichts bemerkt haben.

»Guten Morgen«, sagte sie so unbefangen wie möglich und drehte sich zu ihm um. »Ein schöner Tag heute, nicht wahr? Kein bißchen Nebel. Lukas hat mir erzählt, daß im Sommer ...«

»Halt den Mund«, unterbrach Delaney sie mitten im Satz mit aufreizender Ruhe.

Ihr Blick durchforschte sein Gesicht. Es war verschlossen und völlig ausdruckslos, aber Elizabeth spürte den verhaltenen Zorn, der von Delaney ausging.

»Du weißt alles«, sagte sie dumpf.

»Ja, ich weiß alles, vielleicht sogar mehr als du.«

Seine Stimme klang so kalt und sarkastisch, daß Elizabeth plötzlich fror. Sie stand auf und schlang die Arme um ihren Körper. Seine Augen, in denen sonst immer soviel Zärtlichkeit lag, waren stahlhart.

»Del, bitte, du mußt mich anhören. Du kannst das nicht verstehen ...«

»Du schweigst und hörst statt dessen mich an«, fiel er

ihr schroff ins Wort. »Wie du weißt«, fuhr er in unpersönlichem Ton fort, »habe ich nie so recht begriffen, weshalb du dich mit solcher Ausdauer an meine Fersen geheftet hast. Was hat dich bewogen, dermaßen weit zu gehen, daß du selbst eine Ehe mit mir auf dich nahmst?«

Mit fahrigen Händen glättete Elizabeth ihren Morgenrock.

»Ich erfuhr, daß du Penelope Stevenson heiraten wolltest. Das konnte ich nicht zulassen, denn mit ihrem Vermögen hätte sie dich vor dem Ruin gerettet, in den ich dich stürzen wollte. Aber, Del ...«

»Ah ja, ich verstehe«, unterbrach er sie wieder. »Daraufhin hast du den Unfall inszeniert. Es hat mir damals sehr geschmeichelt, daß du so viel auf dich nahmst, um dir Einlaß in mein Haus zu verschaffen. Freilich kannte ich zu der Zeit die Hintergründe der Komödie noch nicht.«

Elizabeth hob die Hand, aber er ließ sie nicht zu Wort kommen.

»Ich bin noch nicht fertig. Mit Nachdruck versichere ich dir, daß ich kein Narr bin; zeitweilig hast du mich gewiß für einen solchen gehalten. Wäre es wirklich nur ein vorgetäuschter Unfall gewesen, hätte ich das Manöver mit Sicherheit sofort durchschaut. Wie du siehst, können selbst ein paar gebrochene Rippen und eine Gehirnerschütterung von Vorteil sein. Ein paar Tage Schmerzen ... was war das schon verglichen mit dem hohen Ziel, das du dir gesetzt hattest!«

»Del ...«

Er winkte ab. »Erinnerst du dich noch an den Alptraum? Ich habe dich in den Armen gehalten, um dich zu trösten und dir die Angst zu nehmen. Ach ja, und dann unsere Hochzeitsnacht. Hast du nicht eine Gänsehaut bekommen, als ich, dein erklärter Todfeind, deinen Körper berührte? Dir die Unschuld nahm? Ich war doch dein Todfeind, oder etwa nicht?«

»Ja.« Elizabeth nickte. Sie fühlte sich total niedergeschmettert. »Aber ich wollte dir alles sagen, ich schwöre es. Bitte, hör mir doch nur eine Minute lang zu. Alles begann in London, als ich bei den Penworthys lebte. Ich hörte, wie meine Tante zu meinem Onkel sagte, mein Vater habe Selbstmord begangen. Daraufhin ging ich zu Paul Montgomery, und er berichtete mir von dir und was du meinem Vater angetan hättest. Natürlich habe ich Paul Montgomery geglaubt. Ich kannte ihn doch schon mein ganzes Leben lang.«

»Bist du hergekommen, um mich über den Haufen zu schießen, oder wolltest du mich nur ruinieren?«

»Ich wollte dich niemals töten. So etwas ... brächte ich gar nicht fertig.«

»Schon möglich, meine Liebe. Dennoch bist du das kaltblütigste Frauenzimmer, dessen Bekanntschaft zu machen ich je das zweifelhafte Vergnügen hatte. Nein, nein, spar dir die Mühe, mich vom Gegenteil überzeugen zu wollen. Du hast das Lagerhaus angesteckt, nicht wahr? Ich sehe es dir an. Wie du mich verabscheut haben mußt, daß du dein eigenes Leben aufs Spiel gesetzt hast, um mich zu treffen!«

»Es war ein Unfall, Del.«

»Schon wieder einer? Daß ich nicht lache!«

»Del, als ich im Lagerhaus stand, wußte ich plötzlich ganz genau, daß du nicht schuldig sein kannst. Und schuldig oder nicht, ich erkannte, daß ich dich liebe, und konnte es schon deshalb nicht tun. Das Streichholz ist rein zufällig auf diese verdammten Feuerwerkskisten gefallen.«

»Und dann ...« Mit übertriebener Sorgfalt stellte er den Holzkasten auf den Tisch. »Dann hast du die Korrespondenz gelesen. Vorgestern, nehme ich an. Ich habe mich gewundert, wie lieb und ... interessiert du plötzlich warst, besonders im Bett. Nein, unterbrich mich nicht, Liza. Mach mir bloß nicht vor, daß du mich verwöhnen wolltest, um mir etwas zu vergeben, das ich nie getan habe.«

»Del, so war es doch nicht!« Mit ein paar Schritten war sie bei ihm und faßte ihn bei den Rockaufschlägen. »Del, bitte! Ich weiß, daß es nach all dem schwer für dich ist, mir zu vertrauen, aber ich habe Paul Montgomery nun einmal geglaubt. Ich ...«

Er löste ihre Hände und schob Elizabeth von sich weg. »Du hättest mich einfach nur zu fragen brauchen, Liza. Du konntest mich zur Rede stellen.«

»Ach, ja?« Elizabeth schüttelte den Kopf. »Wenn du wirklich schuldig gewesen wärst, was hättest du dann getan? Wärst du ins Gefängnis gegangen? Das bezweifle ich, Del. Vermutlich wärst dann du es gewesen, der mich für immer zum Schweigen gebracht hätte.«

»Ja«, sagte Delaney eisig. »Wahrscheinlich hätte ich dich genauso umgebracht, wie Montgomery vermutlich deinen Vater umgebracht hat.«

Elizabeths Augen weiteten sich vor Entsetzen, und sie wich ein paar Schritte zurück.

»O Gott, nein!« keuchte sie.

»Das ist mir auch erst gerade aufgegangen. Es leuchtet mir einfach nicht ein, daß Montgomery dir nur deshalb ans Leben will, damit du nicht hinter seine unsauberen Geschäfte kommst. Nein, es muß mehr dahinterstecken. Mich wundert, daß du es nicht selbst erkannt hast. Du bist doch sonst so findig.«

»Das hätte ich nie für möglich gehalten«, flüsterte Elizabeth benommen. »Um des Geldes willen hat er meinen Vater getötet? Einen Mann, den er seit vielen Jahren kannte und dessen Freund er war? Mein Onkel Paul, der mir jedes Jahr zu Weihnachten Geschenke brachte, hat ...« Ihre Stimme brach ab.

»Und jetzt will dieser Ehrenmann auch deinen Tod. Mich überrascht das nicht besonders. Er muß ziemlich verzweifelt sein, wenn er dir von England aus bis hierher gefolgt ist, um dich aus dem Weg zu räumen.«

Elizabeth nickte.

»Ich könnte mir übrigens denken, daß er über unsere Eheschließung nicht sehr begeistert ist«, fuhr Delaney fort. »Wenn vor unserer Hochzeit ein Anschlag auf dich geglückt wäre, hätten deine Verwandten geerbt, und er hätte sich gewiß ein gutes Stück vom Kuchen abgeschnitten. Zweifellos steckte er auch hinter der Sache in Plymouth. Mein Bruder Alex hat bereits an den Herzog und die Herzogin von Graffton geschrieben und sie über Montgomerys Machenschaften aufgeklärt. Bald wird sein Schicksal ihn ereilen, obwohl er sich soviel Mühe gegeben hat.«

Eine Zeitlang herrschte Stille im Zimmer.

Es ist genauso gekommen, wie ich befürchtet habe, dachte Elizabeth niedergeschlagen. Jetzt haßt Delaney mich.

»Ich habe getan, was ich für richtig hielt!« stieß sie schließlich verzweifelt hervor und ballte die Hände. »Was hättest du denn an meiner Stelle getan?«

Delaney strich sich übers Kinn.

»Ganz einfach, ich hätte dich zur Rede gestellt«, antwortete er. »Das ist etwas, meine Liebe, wozu du nicht den Mut hattest. Und wenn du schuldig gewesen wärest, hätte ich dich getötet.«

»Ich bin eine Frau. Was sollte ich machen? Dich zum Duell fordern? Verdammt noch mal, Delaney, ich hatte doch gar keine Wahl. Ich wollte dich ruinieren, so wie du — wie ich glaubte — meinen Vater ruiniert hast. Ich wußte nur noch nicht, wie ich es anstellen sollte.«

»Und du hast mich so sehr gehaßt, daß du dein eigenes Leben aufs Spiel gesetzt hast. Dein Rachedurst ist beängstigend, meine Liebe. Im übrigen hättest du mich auch dann nicht an den Bettelstab gebracht, wenn du mein ganzes Lagerhaus niedergebrannt hättest. Abgesehen davon wußtest du doch über meine diversen Geschäfte Bescheid. Ich habe nichts vor dir geheimgehalten.«

»Ja, und deswegen ... Ich ... ich fühlte mich schrecklich.« Elizabeths Stimme zitterte. »Ich merkte, daß ich mich immer mehr in dich verliebte, aber ich mußte doch meinen Vater rächen. Trotzdem hast du am Ende gewonnen. Das verdammte Feuer war ein unglücklicher Zufall. Kannst du mir das denn nicht glauben?«

Plötzlich lachte Delaney auf; es war ein bitteres, freudloses Lachen. »Es muß dich tief getroffen haben, als ich dir erzählte, daß ich gar nicht die Absicht hatte, Penelope zu heiraten. Da hattest du mich bereits am Hals. Arme Liza, wie mag dir wohl in dem Moment zumute gewesen sein?«

»Nein, es hat mich nicht getroffen«, widersprach sie. »Du hast es mir vor unserer Hochzeit gesagt. Ich habe dich trotzdem geheiratet, weil ich es für die Durchführung meiner Pläne für unerläßlich hielt, hier in deinem Haus zu leben.«

»War dir nicht klar, daß ich als dein Ehemann in jeder Hinsicht mein Recht fordern würde?«

»Schon, nur damals wußte ich noch nicht, was das im einzelnen bedeutet.« Elizabeth hob das Kinn. »Ich war entschlossen, alles zu ertragen, weil ich es für meine Pflicht hielt.«

»Wenn ich mich recht erinnere«, sagte er mit einer Stimme, die vor Ironie förmlich troff, »hast du meinem armen Körper an Bord der ›Scarlet Queen‹ regelrecht Gewalt angetan. Hast du dich nachher verachtet?«

»Ja.«

»Na ja, wenigstens bist du jetzt ehrlich. Und was hättest du getan, wenn es dir tatsächlich gelungen wäre, mich ins Armenhaus zu bringen?«

»Ich hätte dich verlassen. Ich hätte dir gesagt, wer ich bin und warum ich es getan habe, und dann hätte ich dich verlassen.«

»Jetzt verstehe ich auch deine höllische Angst, ein Kind von mir zu empfangen. Weißt du eigentlich, meine liebe

Liza, daß ich wegen der Empfängnisverhütung Maries Rat eingeholt habe? Sie hielt es für einen köstlichen Witz.«

»Es wäre durchaus möglich, daß ich inzwischen doch schwanger bin, Del.«

Der flehende Unterton in ihrer Stimme rührte an sein Herz, aber er verhärtete es.

»Ja, das könntest du sein«, bestätigte Delaney. »Hoffen wir, daß es nicht so ist, denn es wäre nicht unbedingt erfreulich für dich, in gesegnetem Zustand nach England zurückzukehren, nicht wahr, meine Liebe?«

Nein, nein, es konnte doch nicht alles so enden!

Elizabeth senkte den Kopf und sagte fast demütig: »Ich ... ich will nicht zurück nach England. Ich möchte deine Frau sein und dir Kinder schenken.«

»Liza, ich habe mich bereits zum Narren gemacht.«

Sie hob den Kopf, und in ihren Augen blitzte ein leiser Hoffnungsschimmer auf. »Del ...«

»Wenn ich dich hierbleiben ließe, würde ich mich noch mehr zum Narren machen. Die ganze Zeit habe ich mir gewünscht, daß du mir dein Vertrauen schenkst. O ja, ich wußte genau, daß du etwas vor mir verbirgst. Inzwischen jedoch ist es mir absolut gleichgültig, ob du mir traust oder nicht, weil ... weil ich dir nämlich nicht mehr traue, meine Liebe.«

Delaney drehte sich um und verließ das Zimmer.

»Del, warte!« rief sie ihm nach.

Er reagierte nicht.

An diesem Tag kam Delaney nicht mehr zurück, nicht einmal am Abend. Erst am nächsten Morgen betrat er wieder das Schlafzimmer.

»Was machst du da?« fragte er kalt.

Beim Klang seiner Stimme fuhr Elizabeth herum. Mit einer hilflosen Gebärde wies sie auf den offenen Koffer. »Ich packe.«

»Dort, wo wir hingehen, wirst du andere Dinge brauchen.«

Wieder leuchtete es hoffnungsvoll in ihren Augen auf. »Was meinst du damit?«

»Ein Unglück kommt selten allein. Ich habe eine Nachricht erhalten, daß es in der ›Midnight Star‹, meiner Mine in Downieville, wieder Schwierigkeiten gibt. Du weißt ja, die Mine, die Paul Montgomery so reich gemacht hat. Allein hierlassen kann ich dich nicht. Noch bin ich für dich verantwortlich. Du wirst warme Kleider brauchen. Ich schicke dir Mary herauf.«

An der Tür drehte Delaney sich noch einmal um. »Ich hoffe, daß Lukas und meine Leute Montgomery bei unserer Rückkehr bereits am Kragen haben.«

Elizabeth hatte Zeit gewonnen. Ihr war ganz schwindelig vor Erleichterung.

»Anschließend, meine Liebe«, sagte Delaney ruhig, »kannst du deine Reisepläne wieder aufnehmen. Bei der Gelegenheit fällt mir ein ... es könnte durchaus möglich sein, daß Mary nicht mit dir nach England zurückkehrt. Sie und Lukas scheinen Gefallen aneinander gefunden zu haben. Das Leben kann manchmal sehr einfach und unkompliziert sein, meinst du nicht auch?«

Delaneys Gesicht zeigte keinerlei Regung, obwohl Elizabeth bei seinen Worten zusammenzuckte, als hätte er sie geschlagen. Im stillen dankte er Gott, daß er ihr nie gesagt hatte, wie sehr er sie liebte.

Plötzlich rührte ihn die Hilflosigkeit in ihren Augen und, er sagte rasch, um die in ihm aufsteigende Schwäche zu unterdrücken: »Ich werde die Scheidung natürlich hier in die Wege leiten. In England ist dergleichen bedeutend komplizierter. Und da ich ein Gentleman bin, werde ich die Schuld auf mich nehmen. Ehebruch als Scheidungsgrund wäre nicht übel, oder?«

»Und vermutlich sogar zutreffend«, sagte Elizabeth bitter.

»Ach ja, ich vergaß, daß du mich so gut kennst. Hoffentlich wird meine nächste Frau es mir überlassen, die Initiative zu ergreifen und ihr den Hof zu machen. Wir fahren morgen in aller Frühe, Liza ... Nein«, verbesserte er sich. »Nicht Liza. Elizabeth Jameson FitzHugh verdient keinen so netten Kosenamen. Elizabeth paßt doch viel besser zu dir. Übrigens ist unsere Ehe tatsächlich gültig, wie mein Anwalt mir versicherte, obwohl du nicht deinen vollen Namen angegeben hast.«

Elizabeth schluckte.

»Ach, noch etwas.« Delaney blickte sie eindringlich an. »Die Vereinbarung bezüglich deines Geldes, die ich vor unserer Eheschließung unterzeichnet habe, ist ungültig. Auch darüber hat mich mein Anwalt belehrt. Aber mach dir deshalb keine Sorgen, meine Liebe. Ich werde dich nicht Hungers sterben lassen.«

16. Kapitel

Am nächsten Morgen gingen Delaney und Elizabeth an Bord der ›Senator‹, die sie bis nach Sacramento bringen sollte. Das Schiff war fast so schön wie die ›Scarlet Queen‹.

Aber wie anders wird diese Reise verlaufen, dachte Elizabeth traurig.

Delaney trug das Gepäck selbst an Bord. Es waren nur zwei Reisetaschen, denn Delaney hatte auf wenig Gepäck bestanden, um die spätere Reise über Land zu vereinfachen. Elizabeth hatte sich zu diesem Zweck zwei seitlich geschlitzte Röcke aus schwerer Wolle und zwei weite Leinenblusen gekauft. Dazu feste Stiefel. Selbst das Unterzeug war schmucklos und rein zweckmäßig.

Das Abendessen nahm Elizabeth allein in ihrer Kabine ein. Delaney hatte sich völlig von ihr zurückgezogen. Er benahm sich höflich ihr gegenüber, o ja, aber es war eine Höflichkeit, die sie frieren machte.

»Du bleibst in der Kabine«, hatte er kurz und bündig angeordnet. »Ich hoffe, du hast genug Verstand im Kopf, um meiner Anweisung Folge zu leisten.«

»Ja, ich bleibe hier.« Sie hatte ihn scheu angesehen. »Und du?«

»Oh, ich werde tun, was die meisten Männer an Bord tun ... ein bißchen spielen, eine Zigarre rauchen und ein gutes Glas Portwein trinken.«

»Du wirst nicht mit mir essen?«

»Mit dir zu essen, halte ich nicht für klug. Meine gute Kinderstube könnte mich womöglich schon beim zweiten Gang im Stich lassen. Bis später, meine Liebe.«

O ja, er war ausgesucht höflich.

Obwohl das Essen ausgezeichnet war, brachte Elizabeth nur ein paar Happen hinunter. Dann lag sie schlaflos in ihrem Bett und dachte an die vor ihr liegende Reise. Sie würde mit Delaney allein sein, weit weg von aller Zivilisation.

»Bitte, lieber Gott«, betete sie, »mach, daß er mir verzeiht.«

Erst nach einigen Stunden fiel sie in einen unruhigen Schlaf.

Am nächsten Morgen weckte Delaneys ungeduldige Stimme Elizabeth.

»Wach auf! Wir gehen bald von Bord. Zieh dich warm an.«

»Aber es ist ja noch dunkel«, protestierte sie und rieb sich die Augen.

»Der Dampfer legt schon um fünf Uhr an. Wir nehmen dann einen anderen bis Marysville. Es sind zwar nur fünfzig Meilen bis dahin, aber ich will keine Zeit verlieren.«

»Sind wir in Sacramento?«

»Ja, du wirst jedoch nicht viel von der Stadt sehen. Wir gehen schon um sieben an Bord der ›Miner‹.«

»Wo hast du die Nacht verbracht?« Elizabeth konnte sich die Frage einfach nicht verkneifen.

»Ich glaube kaum, daß du auf diese Frage wirklich eine Antwort erwartest, meine Liebe.«

»Da hast du recht«, murmelte sie.

An Bord der ›Miner‹, einem recht kleinen Dampfer, hatten sie keine Kabine.

Das hat wenigstens den Vorteil, daß Delaney mir nicht von der Seite weicht, dachte Elizabeth. Sie sprachen nur wenig miteinander, dennoch merkte sie, daß Delaneys Stimme müde klang.

Nach einer Fahrt, die bedeutend länger dauerte, als Elizabeth erwartet hatte, kam Marysville endlich in Sicht.

Elizabeth stand neben Delaney an Deck und blickte hinüber zu der Stadt, die nur aus Zelten und rohen Blockhäusern zu bestehen schien. Während die ›Miner‹ sich der Anlegestelle näherte, drängten auch die anderen Passagiere an die Reling und winkten zu den recht abenteuerlichen Gestalten am Hafen hinüber, die das Schiff mit großem Hallo begrüßten.

Elizabeth rückte näher an Delaney heran. Mrs. Dobbs, eine auffallende Frau mit feuerrotem Haar, die zufällig neben ihr stand, stieß sie versehentlich mit dem Ellbogen an.

»Entschuldigen Sie, Kindchen. Es ist aufregend, nicht wahr?«

»Ja, Madam, das finde ich auch. Und sehr interessant«, erwiderte Elizabeth. Sie wandte sich Delaney zu. »Es ist, als käme man in eine andere Welt.«

Delaney verstand sie, denn er fühlte wie sie, aber gestattete sich kein Lächeln.

Nur nicht weich werden, hämmerte er sich beständig ein. Er durfte nicht nachgeben. Die letzten Tage waren für ihn eine Qual gewesen, und er hatte sich immer wieder gefragt, weshalb er Elizabeth eigentlich mitgenommen hatte. Bei Lukas und Olaf wäre sie so sicher gewesen wie in Abrahams Schoß.

»Anders als dein dekadentes altes England, nicht wahr?« gab er zurück.

Er will mich bestrafen, dachte Elizabeth. Er will mir absichtlich weh tun.

Und es tat weh. Es tat entsetzlich weh. Sie sah, daß Mrs. Dobbs den Leuten im Hafen strahlend zuwinkte.

»Ich hoffe, ihre Familie ist da, um sie abzuholen«, sagte Elizabeth zu Delaney, nur um überhaupt etwas zu sagen.

Er lachte verächtlich. »Spürst du die Seelenverwandtschaft zwischen euch beiden denn nicht?«

»Was meinst du damit?«

»Deine Mrs. Dobbs ist natürlich eine Hure. Sie ist wie dein England, dekadent und ein bißchen mitgenommen. Aber die Männer in Marysville werden sie trotzdem mit offenen Armen willkommen heißen ... in des Wortes verwegenster Bedeutung.«

Das hatte gesessen. Es zuckte Elizabeth in den Fingern, aber sie beherrschte sich. Sie holte tief Luft und fragte ganz ruhig: »Dann ist also eine Frau, die sich nur ihrem Ehemann hingibt, auch eine Hure?«

»Ohne jeden Zweifel, wenn sie es aus niederen Beweggründen tut. Wenn du Geld dafür verlangt hättest, wärst du wenigstens eine ehrliche Hure gewesen.«

»So. Aha. Wieviel soll ich dir berechnen?«

»Du hast bereits mehr bekommen, als deine Dienste wert waren.«

Es ist sinnlos, so kommen wir nicht weiter, dachte Elizabeth. Sie zwang sich zu einem gleichgültigen Achselzukken und schaute wieder hinüber zum Hafen. »Wie es hier wohl in ein paar Jahren aussehen mag? Ob die Stadt dann genauso gewachsen ist wie San Francisco?«

»Wieso fragst du?« erwiderte Delaney spöttisch. »Du bist doch sonst so fantasiebegabt ... vor allem auf einem speziellen Gebiet. Ich wette, mit ein wenig mehr Praxis könntest du sogar Marie Konkurrenz machen.«

Elizabeth zuckte unwillkürlich unter seinen grausamen Worten, aber sie schwieg.

Auf der Hauptstraße von Marysville drängten sich die abenteuerlichsten Gestalten. Elizabeth gab sich Mühe, mit Del Schritt zu halten, wobei sie sorgsam darauf achtete, daß ihr Rocksaum nicht durch den Schmutz streifte.

»Hier werden wir übernachten«, hörte sie Delaney plötzlich sagen.

Sie hatten ein zweistöckiges Hotel erreicht, das so aussah, als wäre man mit dem Bau noch nicht ganz fertig. An der rohen Außenwand hing ein Schild mit dem Namen ›Golden Goose‹. Drinnen stand ein verrunzelter alter Mann hinter einem schmalen Tresen.

Ihr Zimmer lag im zweiten Stock und war sehr klein; die Einrichtung bestand aus einem schmalen Bett, einem Waschtisch und einer offenen Schranknische.

Heute nacht werden wir das winzige Bett miteinander teilen müssen, dachte Elizabeth und überlegte, wie sie sich dann verhalten sollte.

Delaneys Gedanken kreisten um den gleichen Punkt. Er brauchte dringend Schlaf, aber er wußte, daß es qualvoll sein würde, neben Elizabeth zu liegen und sie nicht in die Arme nehmen zu dürfen. Unwillkürlich stieß er einen Fluch aus.

»Del, was ...«

»Nichts!« knurrte er.

»Del, muß ich den Rest des Tages hier allein verbringen?«

Er sah ein, daß er Elizabeth nicht stundenlang in dieser Kammer einsperren konnte.

»Zieh dir etwas Vernünftiges an«, sagte er schroff. »Dann gehen wir in die Stadt und besorgen Proviant.«

»Hilf mir bitte, die Knöpfe zu öffnen, Del.« Sie wandte

ihm den Rücken zu und nestelte am Rückenteil ihres Kleides.

»Die verwöhnte Prinzessin«, spottete Delaney. »Ohne deine Zofe bist du hilflos, nicht wahr?«

»Bei den Sachen, die ich für die Reise gekauft habe, werde ich keine Zofe brauchen«, gab Elizabeth gelassen zurück.

Delaney biß sich auf die Lippe. Schweigend öffnete er die Knopfreihe am Rückenteil ihres Kleides. Warum nahm sie alles einfach so hin? Warum schlug sie nicht zurück? Ihre Gelassenheit zerrte an seinen Nerven.

»Wie ich sehe, trägst du noch immer kein Korsett.«

Ein Schauer überrieselte Elizabeth, als sie seine Hände auf ihrer Haut spürte. »Nein ...«

»Das solltest du aber«, sagte Delaney. »Ein Korsett wirkt Wunder und verbessert die Figur unwahrscheinlich.« Er wußte selbst, daß das blanker Unsinn war, zumindest was Elizabeths Figur anging, denn er hätte ihre Taille mühelos mit den Händen umspannen können.

»Hältst du ein Korsett hier wirklich für angebracht?« fragte sie und wunderte sich selbst über ihre Geduld. »Wenn ich dich recht verstanden habe, werden wir den Rest des Weges zu Pferde zurücklegen und in einem Zelt schlafen, oder?«

»Ja, ganz richtig.« Delaney zwang sich, den Blick von ihrem Nacken abzuwenden. »Es dürfte eine interessante Abwechslung für dich sein. Die verpimpelte englische Lady auf den Spuren amerikanischer Goldsucher. Vermutlich kannst du nicht einmal ein Lagerfeuer entfachen.«

Elizabeth schob das Kleid von ihren Schultern und ließ es zu Boden gleiten. Dann bückte sie sich, hob es auf, hielt es vor ihren Körper und drehte sich langsam zu Delaney um.

»Du weißt genau, daß ich das nicht kann. Aber ebensogut weißt du, daß ich eine ... eine gute Auffassungsgabe besitze. Ich werde es lernen, Delaney. Ich werde dir nicht zur Last fallen.«

Verdammt, warum verbarg sie so tugendhaft ihren Körper vor ihm? Schließlich war er doch ihr Mann!

»Übertreib es nicht«, sagte er mit beißender Ironie, um sie aus der Reserve zu locken. »Ist es nicht ein bißchen spät für diese mädchenhafte Scheu?«

Einen Augenblick lang sah Elizabeth ihn schweigend an. Dann warf sie das Kleid über eine Stuhllehne, hob langsam die Arme, schob die schmalen Träger ihres Hemdchens über die Schultern und ließ es bis zur Taille hinabgleiten.

Delaney starrte auf ihre Brüste. Er wollte es nicht, aber er konnte nicht anders. Sein Körper reagierte spontan, und er flüsterte heiser: »Geh zum Teufel, Liza!«

»Sind zehn Unzen Gold ein angemessener Preis?« fragte sie herausfordernd, und ihr Blick bohrte sich in seine Augen. Sie straffte den Rücken; ihre Brüste streckten sich ihm keck entgegen. »Oder sollte ich vielleicht mehr fordern?«

Abrupt drehte er sich um. Mit drei Schritten war er an der Tür.

»Ich bin bald zurück«, sagte er. »Geh ins Bett.« Donnernd knallte die Tür hinter ihm ins Schloß.

Erst am Spätnachmittag kam Delaney wieder; er brachte die notwendigen Vorräte mit. Am Abend führte er Elizabeth in ein Restaurant, wo man ihnen ein vorzügliches Essen vorsetzte. Danach ging er mit ihr ins Hotel zurück, verabschiedete sich allerdings vor der Zimmertür.

Elizabeth zog sich aus und kroch zwischen die kalten Laken. Die Matratze war so ausgelegen, daß sie automatisch bis in die Mitte des ohnehin sehr schmalen Bettes rutschte. Sie faltete die Hände.

»Lieber Gott, bitte mach, daß alles wieder gut wird«, betete sie voll Inbrunst.

Eine gute Stunde später hörte sie Delaney hereinkommen. Sie stellte sich schlafend, während er sich leise entkleidete. Als das Bett unter seinem Gewicht quietschte, hielt sie den Atem an. Natürlich rollte auch er prompt bis zur Bettmitte. Leise vor sich hinfluchend, rückte er wieder zur Bettkante.

Als Elizabeth zeitig am nächsten Morgen erwachte, schlief Delaney noch. Die scharfen Linien in seinem Gesicht, an die sie sich in den letzten Tagen hatte gewöhnen müssen, waren verschwunden. Sein Gesicht war weich und entspannt, und er sah aus wie ein schlafender Junge. Schmerzhaft zog ihr Herz sich zusammen. Sie liebte ihn so sehr! Aber er verachtete sie. Es war alles vorbei. Verzagt ließ sie den Kopf auf seine Brust sinken.

»Fang jetzt bloß nicht an zu weinen«, sagte Delaney plötzlich.

Sie schluckte und wagte nicht, ihn anzusehen. »Ich weine ja gar nicht.«

»Du hast schließlich auch keinen Grund dazu.« Er schob sie fort, warf die Decke zurück und stand auf. Er war völlig nackt. »Gefällt dir, was du siehst?« fragte er ironisch.

Der kalte Hohn in seiner Stimme ließ sie zusammenzucken.

»Ja«, erwiderte sie leise. »Das hat es immer. Du hast einen schönen Körper.«

Wortlos wandte Delaney sich ab. Er wusch und rasierte sich, fuhr dann in seine Kleider.

»Steh jetzt auf«, sagte er. »Wir brechen in spätestens einer Stunde auf. Und zieh dich warm an.«

Widerspruchslos gehorchte Elizabeth. Als sie beide fertig waren, blickten sie einander überrascht an. Delaney bot wirklich einen ungewohnten Anblick. Er trug Wildlederhosen, schwarze Stiefel, ein langärmeliges Hemd, eine Weste und darüber eine dicke Jacke. Um die Hüften hatte er einen Revolvergurt geschlungen.

»Du siehst so ganz anders aus«, bemerkte Elizabeth staunend.

»Was wohl auch auf dich zutreffen dürfte«, gab er kalt zurück. Aber insgeheim fand er, daß sie bezaubernd aussah in dem Wollrock und der weißen Bluse. Das Haar hatte sie zu einem dicken Zopf geflochten, der ihr auf den Rücken herabhing.

»Ich hoffe, daß dies deinen Wünschen entspricht«, antwortete sie steif.

»Laß deine Jacke draußen. Oben in den Bergen wird es kühl werden.«

»Wie du meinst.«

Schweigend packten sie ihre Taschen und gingen dann hinunter zum Frühstück.

Der alte Mann, der sie gestern in Empfang genommen hatte, servierte ihnen Eier, Speck und Toast.

»Iß alles auf«, sagte Delaney. »Von jetzt an wird unsere Kost nicht mehr so üppig sein.«

»Sie wollen landeinwärts?« fragte der alte Mann.

Delaney nickte. »Nach Downieville.«

»Langer Ritt«, murmelte der Alte, »und nicht ungefährlich.«

»Treiben sich wieder Indianer in der Gegend herum?«

»Ja. Und dauernd machen sie Ärger, die Rothäute. Ihre Frau reitet mit?«

»Ja.«

»Gottsverdammich . . . Verzeihung, Ma'am. Kommt nicht oft vor, daß eine Lady wie Sie hier aufkreuzt. Halten Sie sich nur gut warm, Madam.«

Ein dankbares Lächeln erhellte Elizabeths Züge, denn dies waren seit Tagen die ersten freundlichen Worte, die sie hörte.

»Kaufen Sie sich Handschuhe«, riet der Alte.

Delaneys Gesicht verfinsterte sich. Er hatte die Handschuhe ganz vergessen. Unwillkürlich schaute er auf Elizabeths schlanke, weiße Hände.

»Schon gut, Del«, sagte sie rasch. »Ich weiß, daß du es eilig hast. Ich brauche keine Handschuhe.«

»Natürlich brauchst du welche«, brummte er. »Ich wecke den alten Joe Cribbs und besorge dir welche. Iß jetzt dein Frühstück auf.«

Elizabeth senkte den Kopf und aß.

Warum habe ich sie nur mitgenommen? Fortwährend ging Delaney diese Frage im Kopf herum. Seine Augen wurden schmal. Er kannte die Antwort, obwohl er sie sich nicht eingestehen mochte: Weil er mit ihr allein sein wollte. Weil er Zeit gewinnen wollte.

Delaney und Elizabeth ritten in nordöstlicher Richtung, und Delaney legte ein scharfes Tempo vor. Sie folgten dem Flußlauf des Yuba, an dessen Ufern abgerissene Gestalten knietief im Wasser standen und Gold wuschen.

Die ganze Zeit über sprach Delaney kein Wort. Die Sonne stand schon hoch am Himmel, als er endlich eine Rast einlegte. Elizabeth glitt aus dem Sattel. Ihre Beine fühlten sich ganz taub an von dem langen Ritt. Mit unsicheren Schritten ging sie bis zum Rand des Steilufers, von wo sie einen weiten Blick über den Fluß hatte, der ruhig und majestätisch durch eine wilde, bizarre Landschaft floß. Sie breitete die Arme aus. »Wie wunderbar!« rief sie begeistert.

Delaney verstand diese Begeisterung. Auch ihn nahm die Schönheit dieser Gegend jedesmal von neuem gefangen.

»Setz den Hut auf«, brummte er. »Sonst holst du dir einen Sonnenstich.«

Elizabeth streifte ihn mit einem Seitenblick.

»Entschuldige mich«, murmelte sie verlegen und verschwand hinter einem Gebüsch.

Als sie wieder hervorkam, reichte Delaney ihr einen Teller, auf dem eine dicke Brotscheibe mit einem seltsamen, undefinierbaren Aufstrich lag. Elizabeth biß hinein.

Sie wollte gar nicht wissen, woraus dieser Aufstrich bestand.

»Ich rieche wie ein Pferd«, sagte sie.

»Ab morgen merkst du es nicht mehr.«

»Es ist so friedlich hier.«

»Ja.«

»Werden wir Indianer sehen?«

»Höchstwahrscheinlich.«

»Wie sind sie?«

»Im allgemeinen harmlos. Und ziemlich bedauernswürdig. Es hat den Anschein, als ob für jeden Weißen, der nach Kalifornien kommt, mindestens einer von ihnen sterben muß. Es gibt auch Einzelgänger, die sich von ihrem Stamm abgesondert haben. Die können gelegentlich gefährlich sein. Aber sie leben meist tief in den Wäldern. Hast du aufgegessen?«

Elizabeth hielt ihm ihren Teller hin, aber er nahm ihn ihr nicht ab.

»Wisch ihn mit Sand aus«, befahl er. »Ich fürchte, hier draußen gibt es weder Zofen noch sonstige dienstbare Geister, die dir jeden Wunsch von den Augen ablesen.«

»Du brauchst mir nur zu sagen, was ich tun muß, Del«, erwiderte Elizabeth ruhig und hielt tapfer seinem Blick stand.

»Reib ihn mit Sand aus«, wiederholte Delaney.

Gemeinsam packten sie die Vorräte wieder ein. Elizabeth spürte ihre verspannten Muskeln und warf ihrer Stute Dolores einen schiefen Blick zu. Delaney war bereits aufgesessen, und sein Blick ruhte mit stummer Ironie auf ihr.

Innerlich stöhnend erklomm Elizabeth ihre Stute. Sie verließen den Flußlauf und ritten landeinwärts. Elizabeths Begeisterung für die grandiose Bergwelt ließ merklich nach. Ihr verlängerter Rücken schmerzte, und sie hatte das Gefühl, als wären ihre Beine abgestorben.

Aber sie sagte nichts. Sie hatte versprochen, Delaney nicht zur Last zu fallen, und dieses Versprechen würde sie halten, selbst wenn sie tot vom Pferd fallen sollte.

Delaney merkte, wie es um sie stand, hängte aber noch eine Meile an. In einer kleinen Lichtung, in unmittelbarer Nähe eines klaren Gebirgsbaches, machte er endlich halt.

»Hier schlagen wir unser Nachtlager auf«, sagte er lakonisch. »Reib die Pferde ab, Elizabeth, und paß auf, daß sie gut festgebunden sind.«

Er drehte sich um und beachtete sie nicht mehr.

Zähneknirschend blickte Elizabeth auf seinen breiten Rücken und rutschte aus dem Sattel. Die Beine gaben unter ihr nach, und sie mußte sich am Sattelknauf festhalten.

Ihr taten Muskeln weh, von deren Existenz sie bislang noch nicht einmal etwas gewußt hatte.

»Beeil dich ein bißchen, Elizabeth. Hol auch Feuerholz. Ich gehe inzwischen jagen.«

Sie fuhr herum. »Nein!« rief sie ihm in aufsteigender Panik nach. »Laß mich nicht allein.«

Delaney wandte sich ihr zu und schob seinen Hut ins Genick. »Selbst vornehme englische Damen kriegen ihr Abendbrot nicht umsonst«, sagte er spöttisch. »Ich bin bald zurück. Wenn du mit deiner Arbeit fertig bist, bleib bei den Pferden.«

Erbittert sah Elizabeth ihm nach. Er verschwand.

»Du widerliches Ekel!« fauchte sie hinter ihm her und beschäftigte sich dann mit den Pferden. »Komm, Dolores, runter mit dem Sattel. Und schnaub mich nicht so an, ich kann auch nichts dafür.«

Eine Stunde später hockte Elizabeth neben einer Feuerstelle und wärmte sich die Hände. Die Schlafsäcke waren ausgerollt, die Pferde versorgt, und sie hatte sogar noch Zeit gefunden, sich Gesicht und Hände zu waschen. Die Sonne stand schon tief am Horizont, und es wurde empfindlich kühl. Die Stille war beängstigend, und als Elizabeth plötzlich einen Schuß hörte, schrie sie erschrocken auf.

Ich muß mich irgendwie ablenken, dachte sie, sonst werde ich hysterisch.

»Hallo, Dolores und Hank«, sagte sie mit aufgesetzter Munterkeit zu den friedlich grasenden Pferden. »Schmeckt es euch? Habt ihr vielleicht noch Durst?«

Dolores wieherte. Elizabeth sprang auf und taumelte, denn ihre schmerzenden Beine drohten ihr den Dienst zu versagen. Mißmutig rieb sie sich das wundgeriebene Hinterteil. In dem Augenblick tauchte Delaney zwischen den Bäumen auf, ein totes Kaninchen in der Hand. Elizabeths Magen rebellierte beim Anblick des blutenden Kadavers.

»Sei unbesorgt«, spöttelte Delaney. »Du brauchst dir deine hübschen Hände nicht schmutzig zu machen.« Er begann sofort, das Kaninchen abzubalgen.

Elizabeth vertrat sich ein wenig die Beine, um Delaney nicht zuschauen zu müssen.

»Wir essen in rund einer Stunde«, hörte sie ihn schließlich sagen. »Komm her und dreh das Kaninchen über dem Feuer. Ich gehe inzwischen baden.«

»Das Feuer habe übrigens ich gemacht«, bemerkte sie grollend.

»Das sehe ich«, gab er ungerührt zurück. »Streichhölzer sind eine segensreiche Erfindung, nicht wahr? Aber das nächste Mal solltest du das Holz ein bißchen loser aufschichten, damit die Luft zirkulieren kann. Etwa so.«

Er nahm ein paar Holzscheite und stellte sie kegelförmig über das Feuer.

Als er vom Baden zurückkam, sagte Elizabeth: »Das Kaninchen ist gar, glaube ich.«

»Fast verkohlt würde eher zutreffen.«

»Ich habe die Teller schon herausgeholt und die Schlafsäcke ausgerollt.«

»Und dich mit den Pferden unterhalten.«

Er hatte sie also belauscht. »Ich habe ja sonst keine Gesprächspartner!«

Delaney ließ sich vor dem Feuer nieder und zerlegte das wirklich ziemlich dunkel gewordene Kaninchen. »Hast du keine Dose mit Bohnen geöffnet?«

»Nein.« Angewidert starrte Elizabeth auf das Kaninchenfleisch. Von außen war es fast verbrannt und innen kaum gar.

»Nun iß schon!« knurrte Delaney. »Vergiften wirst du dich nicht daran.«

Sie aßen schweigend. Elizabeth war auch nicht nach einer Unterhaltung zumute. Sie sehnte sich nach ihrem Schlafsack.

»Du hättest das Fleisch gleichmäßiger drehen müssen«, bemerkte Delaney schließlich tadelnd. »Bist du fertig?«

»Ja.«

»Ich säubere die Teller, die kannst derweil noch Feuerholz sammeln. Es gibt hier allerhand Getier, und ich habe keine Lust, meinen Schlafsack mit ihnen zu teilen.«

Feuerholz sammeln! Innerlich vor Schmerzen aufstöhnend, rappelte Elizabeth sich hoch.

Nachdem Elizabeth ein paar magere Äste und Zweige gefunden hatte, merkte sie, daß sie keinen Schritt mehr weitergehen konnte. Sie warf das Holz neben dem Feuer zu Boden und ließ sich auf ihren Schlafsack sinken.

Delaney beobachtete sie. Er wußte, daß sie am Ende war. Auch er spürte seine Muskeln, aber er war solche Ritte gewöhnt. Er stand auf, holte eine kleine Dose aus seiner Reisetasche und warf sie Elizabeth zu.

»Das ist ein Mittel zum Einreiben«, erklärte er. »Es stinkt erbärmlich, doch es hilft. Reib dir damit Schenkel und Sitzfläche ein.«

»Danke«, sagte sie kurz.

Während Delaney mehr Feuerholz suchte, zog Elizabeth ächzend Rock, Stiefel und Unterzeug aus. Sie öffnete die Dose und rümpfte die Nase. Es roch wirklich scheußlich. Aber sie überwand sich und begann energisch, ihre schmerzenden Muskeln damit einzureiben.

Und nun zu dem Rest. Ja, aber wie?

»Leg dich auf den Bauch!« befahl Delaney.

Elizabeth hatte ihn nicht kommen hören. Mit gespreizten Beinen stand er vor ihr, die Hände in die Hüften gestemmt. Er sah aus wie ein Desperado.

»Immer noch zimperlich?« spottete er. »Vergiß nicht, daß ich mittlerweile ein intensives Studium deiner Reize absolviert habe. Hast du nicht versprochen, mir nicht zur Last zu fallen? Ohne meine Hilfe wirst du morgen keine Meile reiten können. Also los, dreh dich um.«

Wortlos folgte Elizabeth seiner Anweisung.

Als sie seine Hände auf ihrer Haut spürte, zuckte sie zusammen.

»Halt still!« Delaney kniete sich über sie, so daß ihre Beine zwischen seinen gespreizten Schenkeln lagen, und verteilte die stinkende Salbe auf ihrer Haut.

Mit brennenden Augen starrte er dabei auf Elizabeth hinab. Obwohl er deutlich sah, daß sie sich wundgeritten hatte, knetete er ihre Gesäßmuskeln kräftig durch. Sie stöhnte und wollte sich aufrichten, aber er hielt sie mit beiden Händen am Boden fest. Gott, wie er sie begehrte!

Seine Rechte glitt zwischen ihre Schenkel, und er spürte, daß die »Behandlung« auch bei ihr Wirkung gezeigt und ihr Verlangen geweckt hatte.

Sollte er sie herumdrehen und einfach nehmen? Delaney wischte sich die Salbe von den Händen und schob die Finger wieder zwischen ihre Schenkel.

Elizabeth stockte der Atem. O nein, er würde es nicht wagen! Aber seine tastende Hand glitt tiefer.

»Welchen Preis wirst du mir zahlen?« stieß sie zwischen den zusammengebissenen Zähnen hervor.

»Du bist meine Frau, und ich kann dich nehmen, wann und wo ich will.«

»Du willst mich ja gar nicht. Du willst mich nur bestrafen und verletzen.«

»O doch, ich will dich«, knurrte Delaney. »Und wenn mich nicht alles täuscht, bist du selbst so heiß wie ... eine läufige Hündin.«

Elizabeth zuckte zusammen. Doch er hatte recht.

Warum eigentlich nicht? dachte sie plötzlich. Dann würde er wenigstens für ein paar Minuten seinen Haß vergessen.

»Also gut. Nimm mich«, sagte sie, und ihre Stimme klang plötzlich ganz sanft.

Ihr unerwartetes Nachgeben überraschte Delaney und brachte ihn zur Besinnung. Langsam zog er die Hand zurück und stand auf.

Elizabeths Schultern bebten, und sie vergrub das Gesicht in den Armen.

»Du riechst wirklich wie ein Pferd«, knurrte er und wandte sich ab. »Zieh dich an. Eine anständige Frau liegt nicht mit nacktem Hintern in der Gegend herum.«

Seine rüden Worte verletzten sie tief, und heiße Wut schoß in ihr hoch. Langsam drehte sie sich auf den Rücken und stützte sich auf die Ellbogen. Sie war nackt von der Taille abwärts, aber sie machte keine Anstalten, sich zu bedecken.

»Du riechst selbst nicht gerade wie eine Rose!« fauchte sie.

Langsam wandte sich Delaney ihr wieder zu und geriet bei ihrem Anblick erneut aus seinem inneren Gleichgewicht.

»Zieh dich an«, wiederholte er rauh.

»Warum?« fragte Elizabeth herausfordernd und reckte sich träge. »Du bist doch mein Mann und mit meinen Reizen bestens vertraut, wenn ich dich zitieren darf.«

Jetzt hatte sie es ihm heimgezahlt! Das mußte er sich

widerwillig und mit heimlicher Anerkennung eingestehen. Aber er durfte es sie nicht merken lassen.

»Wenn du dich nicht sofort anziehst, meine Liebe, werde ich dich wirklich nehmen. Und zwar sehr schnell. Es würde dir keinen Spaß machen, verlaß dich drauf.«

Sie rührte sich nicht. Stumm und mit großen Augen sah sie ihn an.

Delaney öffnete die Knöpfe an seiner Hose. »Du willst also ein noch größeres Risiko eingehen, mit einem Baby im Bauch die Rückreise nach England anzutreten?«

Er war ihr plötzlich ein Fremder geworden. Verzweifelt versuchte Elizabeth, den Mann wiederzufinden, den sie liebte.

»Wirst du mir denn nie vergeben?« flüsterte sie. »Warum versuchst du nicht einmal, mich zu verstehen?«

Seine Begierde war plötzlich verflogen. Wortlos drehte er sich um und verschwand hinter einem Gebüsch. Als er kurz darauf zurückkam, lag Elizabeth mit geschlossenen Augen und bis zum Kinn zugedeckt in ihrem Schlafsack.

17. Kapitel

Am nächsten Morgen weckte Delaneys Stimme Elizabeth. Sie blinzelte schlaftrunken und stöhnte, weil sie jeden Muskel im Leibe spürte. Aber sie biß die Zähne zusammen und raffte sich auf. Es war kalt, die Sonne eben erst aufgegangen.

»Hol Feuerholz!« befahl Delaney.

Schweigend gehorchte sie und merkte erstaunt, daß die Bewegung ihren verkrampften Muskeln guttat.

Er beobachtete sie unauffällig.

Sie hat einen eisernen Willen, dachte er nicht ohne Bewunderung. Als sie mit dem Feuerholz zurückkam, widmete er seine ganze Aufmerksamkeit der Zubereitung des Kaffees.

Der Kaffee war schwarz, bitter — und schmeckte besser als jeder Kaffee, den Elizabeth je in ihrem Leben getrunken hatte. Sie schlürfte ihn gierig und verbrannte sich fast die Zunge. Als sie ihren Zinnbecher gelehrt hatte, stand sie seufzend auf.

»Ich bin fertig«, erklärte sie.

Delaney brummte etwas, ohne den Kopf zu heben.

»Ich gehe zum Bach hinunter und wasche mir das Gesicht.«

Er nickte. »Wir brechen in fünf Minuten auf.«

»Weißt du was, Del?« sagte sie und sah nachdenklich auf ihn hinab.

»Du solltest dir allmählich darüber klar werden, was du eigentlich willst. Du wirst noch an deiner eigenen Unentschlossenheit ersticken.«

»Fünf Minuten, wie gesagt«, knurrte er, weil ihm keine passende Antwort einfiel. Verdammt, sie hatte völlig recht. Und das ärgerte ihn maßlos.

Fünf Minuten später beäugte Elizabeth Dolores mit höchst gemischten Gefühlen.

»Okay, altes Mädchen«, sagte sie dann und fuhr liebkosend über die weichen Nüstern. »Wir haben keine Wahl. Aber wenn du es schaffst, schaffe ich es auch.«

Delaney und Elizabeth drangen immer weiter ins Landesinnere vor. Der Wald wurde so dicht, daß die Sonnenstrahlen kaum noch durch das Blätterdach fallen konnten. Wie am Vortag schwieg Delaney sich beharrlich aus.

Der Tag zog sich endlos hin. Elizabeth spürte, wie ihre Muskeln allmählich steinhart wurden, und sie wünschte, sie hätte sich ihre Decke auf den Sattel gelegt. Morgen, so nahm sie sich fest vor, würde sie es tun, auch wenn es ihr mit Sicherheit einen höhnischen Kommentar von Delaney einbringen würde.

Am Spätnachmittag hielt Delaney endlich an, und Elizabeth stellte überrascht fest, daß sie wieder an einem kleinen Bach waren.

»Du kennst den Weg genau, nicht wahr?«

»Ja«, antwortete er einsilbig.

Diesmal hatte er an ihrem Feuer nichts auszusetzen, und Elizabeths Magen verhielt sich ruhig, als sie das erlegte Rebhuhn zu Gesicht bekam.

Sie gab sorgfältig acht, als sie es auf dem Spieß drehte, und das Ergebnis ließ ihr das Wasser im Munde zusammenlaufen.

»Entweder ist dies das beste Essen der Welt, oder ich bin dem Hungertod nahe«, sagte sie.

»Ich fand schon immer, daß Fleisch am besten schmeckt, wenn es im Freien zubereitet wird. Es muß an der frischen Luft liegen oder am Rauch des Holzfeuers.«

»Nein, so etwas!« rief Elizabeth und riß in gespieltem Erstaunen die Augen auf. »So viele Worte aus deinem Mund, noch dazu alle auf einmal!«

»Meine sonst sprichwörtlich gute Laune leidet nun einmal erheblich unter deiner charmanten Gesellschaft, meine Liebe. Ich schlage vor, du hältst deine scharfe Zunge im Zaum.«

»Erstick daran«, murmelte Elizabeth, ging zu ihrem Schlafsack und rollte sich darin ein.

Sie war gerade eingeschlafen, als sich plötzlich eine Hand fest auf ihren Mund legte. Erschrocken wollte sie auffahren.

»Mach keinen Laut«, zischte Delaney. »Und beweg dich nicht. Ich bin gleich zurück.«

Die Angst sprang sie an wie ein wildes Tier. Ihre Zähne klapperten, und sie konnte nichts dagegen tun. Zitternd wickelte sie die Decke noch fester um sich und starrte schreckerfüllt in die Dunkelheit.

Drei Schüsse zerrissen die nächtliche Stille.

»Delaney!«

Keine Antwort. Ihr Derringer! Auf allen vieren kroch

Elizabeth zu ihrer Tasche hinüber. Hastig warf sie die Kleider heraus, bis sie die kleine Pistole fand. Gleich darauf bekam sie einen heftigen Tritt gegen die Hand.

Sie schrie auf vor Angst und Schmerz, und der Derringer fiel zu Boden. Ein Arm legte sich um ihren Hals und riß sie zurück.

Es war ein Mann, und er roch fürchterlich. Elizabeth hörte seinen keuchenden Atem und hieb dem Angreifer den Ellbogen in den Magen. Er grunzte wütend und knurrte dann ein paar Worte, die sie nicht verstand. Sie kämpfte frenetisch, um sich von ihm zu befreien, aber er drückte ihr die Kehle immer fester zu. Als Elizabeth fast keine Luft mehr bekam, stieß sie ihm ihren Stiefelabsatz mit aller Kraft vors Schienbein.

Der Mann stöhnte und riß sie herum. Sie sah ihn nur für den Bruchteil einer Sekunde, bevor seine Faust sie am Kinn traf.

Ein Indianer! dachte sie noch, dann wurde es dunkel um sie.

Elizabeth spürte einen heftigen Niesreiz. Was war das für ein greulicher Gestank?

Sie öffnete vorsichtig die Augen. Ihr Gesicht befand sich in unmittelbarer Nachbarschaft eines Männerbeins, und der Gestank ging von seinen Lederhosen aus. Als sie versuchte, den Kopf wegzudrehen, durchfuhr ein heftiger Schmerz ihren Kiefer, und sie stöhnte auf.

Der Mann sagte etwas zu ihr, das heißt, er stieß einige gutturale Laute aus, die sie nicht verstand. Mit großer Anstrengung hob sie den Kopf.

»Delaney«, flüsterte sie, obwohl ihr von der eigenen Stimme fast der Kopf barst. »Mein Mann ... wo ist er?«

Wieder sagte der Fremde etwas und drehte sich dabei im Sattel um. Elizabeth erkannte, daß ein zweiter Mann hinter ihnen herritt.

Das kann doch nur ein Alptraum sein, dachte sie

dumpf. So etwas gibt es doch gar nicht. Gleich werde ich aufwachen, und Delaney wird bei mir sein.

Sie nahm all ihre Kraft zusammen, richtete sich mit einem Ruck auf ... und sah dem Mann direkt ins Gesicht.

O Gott! Nicht einmal in einem Alptraum konnte es so etwas geben. Verfilztes schwarzes Haar hing um sein fratzenhaftes Gesicht. Er hatte pechschwarze, eng beieinanderstehende Augen und eine platte Nase. Sein breites Grinsen entblößte ein lückenhaftes gelbes Gebiß.

»Nein!« schrie Elizabeth und fuhr mit den Fingernägeln über seine nackte Brust. Seine Faust traf sie an der Schläfe, und sie wurde wieder ohnmächtig.

»Nein, bitte aufhören, bitte!«

Elizabeth spürte ein nasses Tuch auf ihrer Stirn.

Ich bin tot, dachte sie. Ich darf die Augen nicht aufmachen. Auf keinen Fall.

Aber sie tat es doch. Neben ihr kniete eine junge Frau. Sie hatte ein breites, flaches Gesicht, ähnlich dem des Mannes, der sie hergeschleppt hatte. Aber in den nachtschwarzen Augen entdeckte Elizabeth zumindest den Anflug eines Gefühls. War es Mitleid? Das schwarze Haar der Frau war in dicke Zöpfe geflochten, und der Geruch, der von ihr ausging, stand dem des Mannes nicht nach. Elizabeths Magen revoltierte.

»Wo bin ich?« flüsterte sie und schluckte mühsam.

»Du still sein, Frau«, sagte die junge Indianerin. »Ich dich pflegen.«

»Mein Mann!« stieß Elizabeth hervor. »Wo ist er?«

»Nicht wissen. Chatca nichts sagen.«

»Wer bist du?«

»Father Nesbitt mich Cricket nennen. Nach berühmtes weißes Mann. Ich für Father Nesbitt kochen, und er mich lernen feines Englisch.«

Ein Pater mit einem sehr ausgefallenen Sinn für Humor, dachte Elizabeth.

»Father Nesbitt tot. Chatca mich wollen. Du trinken, Frau. Bringen Schmerz weg.«

Elizabeth öffnete den Mund und kostete das zähflüssige, eklige Getränk. Sie würgte und wollte es ausspucken, aber Cricket hielt ihren Kopf fest und zwang sie zu schlucken.

»Chacta meinen, du Dämon«, sage Cricket, und Elizabeth hörte die Bewunderung in ihrer Stimme.

Ihr Mund wurde plötzlich trocken, und sie sah angstvoll zu der Indianerin auf. »Sterbe ich jetzt? Hast du mich vergiftet?«

»Nein, du schlafen. Wenn aufwachen, du viel besser.«

Elizabeth schlief tief und traumlos. Als sie erwachte, war sie allein und stellte überrascht fest, daß sie sich wirklich besser fühlte. Ihr Kiefer tat noch immer weh, aber es war auszuhalten.

Sie stützte sich auf den Ellbogen und sah sich um. Sie befand sich in einer runden, zeltähnlichen Hütte. Von Lukas wußte sie, daß Indianer in sogenannten Wigwams lebten. Also war dies wohl ein Wigwam, und es war schrecklich heiß darin, denn vor der Türöffnung hing ein Fell, wie auch die ganzen Hüttenwände aus Tierhäuten bestanden. Auf dem schmutzigen Boden lagen weitere Felle und ein paar verbeulte Zinnteller.

»Delaney«, flüsterte Elizabeth. Die Erkenntnis, in welch verzweifelter Lage sie sich befand, trieb ihr die Tränen in die Augen. Er konnte nicht tot sein! Er durfte es einfach nicht. Sie erinnerte sich an die drei Gewehrschüsse. War Delaney getötet worden?

Sie befand sich in der Gewalt von Indianern. Wie viele waren es? Warum hatten sie sie mitgenommen? Was wollte dieser Chatca von ihr? Hatte Delaney nicht behauptet, die Indianer seien bedauernswürdig? Nun, Chatca war es jedenfalls nicht. Elizabeth spürte, wie Schweißperlen zwischen ihren Brüsten hinabrannen. Dieses Zelt war der reinste Backofen. Mühsam richtete sie sich auf.

»Du besser, Frau. Ich dir gesagt.« Cricket erschien.

»Cricket«, murmelte Elizabeth und stand schwankend auf.

»Du sicher hungrig. Ich bringen Essen. Du sitzen, Frau.«

»Nein, warte! Ich muß wissen, wo ich eigentlich bin. Du mußt mir sagen ...«

Aber Cricket war schon wieder draußen. Mit unsicheren Schritten ging Elizabeth zur Türöffnung und schob das Fell beiseite. Die Sonne stand hoch am Himmel. Wieviel Zeit mochte inzwischen vergangen sein?

Elizabeth spähte umher. Es gab noch drei weitere Zelte, die kreisförmig angeordnet waren. In der Mitte brannte ein großes Feuer, über dem ein rostiger Eisenkessel hing. Dieser Kessel verbreitete einen so eigenartigen Geruch, daß Elizabeths Magen sich zusammenkrampfte. Cricket schöpfte gerade etwas von dem Inhalt des Kessels in eine Holzschüssel und richtete sich dann auf.

»Frau! Du zurück, zurück! Chatca sonst wütend.«

»Wo ist er? Wo sind die anderen ... Leute?«

»Chatcas Bruder Ivan in Wigwam mit seiner Squaw. Er böser Mann. Dürfen dich nicht sehen.«

Ivan! Wirklich ein fantasievoller Pater. In diesem Augenblick entdeckte Elizabeth eine zweite Frau. Sie war älter als Cricket, viel dicker und unbeschreiblich häßlich. Als die Frau Elizabeth sah, stieß sie mit schriller Stimme eine Flut unverständlicher Worte hervor.

Cricket fuhr herum und beantwortete das Gezeter der Alten mit der gleichen Lautstärke. Elizabeth erschrak beim Anblick des unversöhnlichen Hasses, der in den Augen der dicken Indianerin schwelte.

»Du reingehen, Frau!« rief Chricket über die Schulter, ohne den Blick von der Alten zu lassen.

Elizabeth zog sich zurück und ließ sich im Schneidersitz auf den Fellen nieder. Einen Augenblick später kam

Cricket herein, reichte Elizabeth die Holzschüssel und zog dann ein gefährlich aussehendes Messer aus der Tasche, das sie sorgsam abwischte. Mit großen Augen starrte Elizabeth sie an.

»Tamba verrückt vor Eifersucht«, erklärte Cricket gelassen. »Nächstes Mal ich ihr häßliches Gesicht zerschneiden.«

»Weshalb ist sie eifersüchtig?«

»Chatca mich machen zu seiner Squaw. Alte Tamba ihn wollen. Aber er nur machen ihren Rock hoch, wenn ich krank. Jetzt essen, Frau.« Skeptisch musterte Elizabeth den Inhalt der Holzschüssel. Es war eine dicke braune Brühe, in der Fleischstücke schwammen.

Ich muß bei Kräften bleiben, dachte sie und tauchte die Finger hinein. Überrascht stellte sie fest, daß das Fleisch ausgezeichnet schmeckte.

Schweigend aß sie. Schließlich stellte sie die Schüssel ab und fragte Cricket: »Warum bin ich hier? Was soll mit mir geschehen?«

Cricket zuckte die Achseln. »Chatca großer Krieger. Chatca sagen, du Dämonfrau. Er dich wollen. Dich nicht töten.«

O Gott im Himmel! Das war ja fast noch schlimmer als der Tod.

»Delaney«, flüsterte Elizabeth und barg das Gesicht in den Händen. Selbst wenn er noch am Leben war, würde er sich überhaupt die Mühe machen, sie zu suchen?

Ich glaube, ich verliere den Verstand, dachte sie verzweifelt und kämpfte mit den Tränen.

»Du nicht heulen«, sagte Cricket streng. »Du Dämonfrau.«

»Nein, das bin ich nicht.« Flehend sah Elizabeth die junge Indianerin an. »Ich habe Angst, Cricket, große Angst. Ich gehöre nicht hierher. Du mußt mir helfen. Du hast weiße Menschen kennengelernt und weißt, wie sie leben. Ich kann nicht hierbleiben.«

»Father Nesbitt guter Mann. Auch wenn mich schlagen mit Stock, er sagen, das für Reinigung von Seele. Chatca ihn schnell töten, ohne Schmerz. Er auch guter Mann. Ich ihn mit dir teilen.«

»Cricket, hör zu«, sagte Elizabeth beschwörend. »Ich bin verheiratet. Ich habe schon einen Mann, einen guten Mann. Bitte, du mußt ...«

Sie brach ab. Eine animalische Angst kroch in ihr hoch, als sie Chatca am Zelteingang stehen sah. Gestern in dem dämmrigen Licht hatte er ausgesehen wie ein Unhold aus einem Gruselroman, aber jetzt, im hellen Tageslicht, wirkte er noch viel schlimmer.

»Dämonfrau essen«, meldete Cricket in demütiger Haltung.

Chatca richtete seine schwarzen Augen auf Elizabeths Gesicht.

Unerschrocken erwiderte sie seinen Blick in der Hoffnung, irgendeine menschliche Regung in ihm zu wecken. Er trug nur eine speckige Lederhose und Mokassins. Seine unbehaarte Brust war nackt und mit einer fettigen, übelriechenden Substanz eingeschmiert. Das Haar hing in öligen Strähnen bis auf seine Schultern herab und wurde von einem schmutzigen Lederband aus der Stirn zurückgehalten.

Plötzlich fletschte er die Zähne zu einem breiten Grinsen, und Elizabeth konnte sich den Gestank vorstellen, der von diesen gelben Zähnen ausging.

Chatca sah Cricket an und bellte mit scharfer Stimme ein paar Worte. Nach dem Auftritt mit Tamba hatte Elizabeth die junge Indianerin für eine mutige Frau gehalten, aber jetzt sackten Chrickets Schultern herab, und sie senkte den Kopf.

Chatca ist zu stark, ich werde mich nicht gegen ihn zur Wehr setzen können, dachte Elizabeth mutlos. Er war zwar nicht groß, aber ausgesprochen muskulös. Plötzlich trat er auf sie zu.

Elizabth fuhr zurück und streckte abwehrend die Hände aus. Chatca knurrte etwas Unverständliches.

»Frau«, sagte Chricket. »Chatca dich machen zu seiner Squaw. Er dich nicht töten.«

»Aber du bist doch schon seine Frau.«

»Er dich auch nehmen und haben drei Squaws.« Cricket wandte sich an Chatca und stellte ihm offenbar eine Frage.

Er antwortete mit einem Wutausbruch und hob drohend die Faust.

»Was ist, Chricket? Was will er?«

Chricket sah Elizabeth böse an. »Chatca dich machen zu erste Squaw. Ich sagen nein.«

Elizabeth schloß die Augen. Das konnte doch nicht wahr sein! Es war einfach absurd. Sie war eine Engländerin, eine Lady!

»Cricket«, flehte sie, »bitte Sag Chatca, daß ich verheiratet bin. Sag ihm, daß ich zu meinem Mann zurückkehren möchte. Ich bin keine Indianerin. Euer Leben ist nichts für mich.«

Cricket überlegte einen Augenblick und gab Elizabeths Worte dann an Chatca weiter. Der stämmige Indianer geriet außer sich, brüllte Cricket mit Donnerstimme an und versetzte ihr einen Fausthieb, der sie zu Boden schleuderte.

»Laß sie in Ruhe, du elender Bastard!« schrie Elizabeth entrüstet.

Chatca grinste.

»Dämonfrau«, sagte er mit seiner gutturalen Stimme, und Elizabeth sah es begehrlich in seinen Augen aufblitzen.

Sie schaute sich gehetzt nach einer Waffe um. Aber es gab nichts in der Hütte, womit sie sich hätte verteidigen können.

»Nein!« rief sie entsetzt, sprang auf und wich bis zur Wand zurück.

»Dämonfrau«, wiederholte Chatca, grunzte und folgte ihr.

Elizabeth schrie vor Angst und hilfloser Wut. Chatca packte ihre Arme und zerrte sie auf sich zu.

»Du verdammter Wilder«, keuchte sie und schlug ihm die Faust mit aller Kraft ins Gesicht. »Na, wie gefällt dir das, du stinkende Rothaut?«

Chatca lachte. Lachte! Wie eine Wildkatze stürzte Elizabeth sich auf ihn und bearbeitete seine Brust mit den Fingernägeln. Mit einem Ruck riß er sie an sich und umschlang sie, wobei er ihre Arme fest an ihren Körper preßte. Sie spürte sein Gesicht an ihrem Hals, und der ekelerregende Geruch seines Atems verursachte ihr heftige Übelkeit.

Sie war verloren.

Mit raschen, gezielten Griffen riß er ihr Rock und Bluse herunter, wobei beides in Fetzen ging. Elizabeth weinte, schrie und stieß Schimpfworte aus, die sie nie zuvor in den Mund genommen hatte. Er ließ sie los und trat einen Schritt zurück.

Grinsend betrachtete er sie.

Elizabeth war unfähig, sich zu bewegen. Zitternd und schluchzend stand sie in ihrem zerknitterten Unterhemd vor Chatca.

Sein gieriger Blick glitt genüßlich an ihrem Körper hinab.

Plötzlich runzelte er die Stirn und stieß eine Flut gutturaler Laute aus. Dann trat er weiter zurück und rief Cricket mit wütender Stimme etwas zu, wobei er mit dem Finger auf Elizabeth wies.

Cricket zuckte lediglich die Achseln. Chatca sah wieder zu Elizabeth hinüber und seine Lippen kräuselten sich verächtlich und ... angewidert. Angewidert! Ausgerechnet dieser dreckige, stinkende Wilde!

Wortlos drehte Chatca sich um und verließ das Zelt.

Fassungslos schaute Elizabeth ihm nach. Was war geschehen? Wieso hatte er plötzlich von ihr abgelassen? »Cricket, sag mir, was ...«

»Du bluten«, sagte Chricket gleichmütig. »Nicht gut für Mann. Du unrein.«

Bluten? Elizabeth sah an sich hinab und entdeckte die Blutflecken auf ihrem Hemd. Sie hätte zur gleichen Zeit lachen und weinen mögen. Chatca hatte sie verschmäht, weil sie ihre Monatsblutung hatte!

»O Gott«, flüsterte sie, sank in die Knie und schluchzte auf.

»Nicht heulen. Du Dämonfrau. Ich holen Tücher. Du Chatcas Squaw, wenn wieder rein.«

Trotz allem spürte Elizabeth einen leisen Stich des Bedauerns, weil sie kein Kind von Delaney unter dem Herzen trug.

Tiefe Mutlosigkeit überfiel sie, und sie flüsterte tonlos seinen Namen.

»Bitte, Cricket, ich muß baden«, sagte Elizabeth. »Dagegen kann doch niemand etwas haben.«

»Wasser kalt und nicht gut. Du noch bluten.«

»Aber ich starre vor Schmutz!« rief Elizabeth verzweifelt. »Ich kann es nicht mehr aushalten.«

»Ich Chatca morgen fragen.« Cricket hockte sich mit gekreuzten Beinen auf die Felle.

Zwei Tage und zwei Nächte war Elizabeth schon hier. Es kam ihr vor wie eine Ewigkeit. Sie fühlte sich kaum noch wie ein menschliches Wesen, aber wenigstens war Chatca ihr nicht nahegekommen. Verschiedentlich hatte sie draußen Tambas kreischende Stimme gehört; gesehen hatte sie die alte Indianerin nicht. Elizabeth durfte das Zelt ausschließlich zur Verrichtung ihrer Notdurft verlassen, immer nur für ein paar Minuten.

»Cricket«, sagte sie nach einem langen Schweigen. »Bitte sprich mit mir, sonst werde ich verrückt.«

»Chatca nicht dulden. Ich nur aufpassen.«

»Bitte, Cricket, ich kann es nicht ertragen. Bitte! Wie viele Leute leben in diesem Lager?«

»Acht. Keine Kinder. Drei Frauen.«

»Wo sind die anderen? Zu welchem Stamm gehört ihr?«

»Andere suchen Gold für weißen Mann. Viele sterben. Chatca sich verstecken. Will leben in Freiheit.«

»Cricket, wie hat Chatca meinen Mann und mich gefunden? Warum hat er mich mitgenommen?«

»Egal. Ivan wütend, aber Chatca dich wollen. Tamba Ärger machen.« In aller Ruhe begann Cricket, sich die Läuse aus dem Haar zu suchen und sie zwischen den Fingernägeln zu zerquetschen.

Deprimiert schlang Elizabeth die Arme um die Knie und ließ den Kopf hängen. Ob Delaney je einen Indianer getötet hatte? Der Gedanke an ihn drückte ihr schier das Herz ab.

Delaney!

Er war nicht tot, sie spürte es. Aber wo war er? Und wenn Chatca ihn doch getötet hatte? Was, wenn sie für den Rest ihres Lebens hierbleiben und diesem Indianer zu Willen sein mußte?

»Du nicht heulen«, ermahnte Cricket sie wieder einmal. »Chatca sonst wütend.«

Elizabeth hob den Kopf. »Du kannst deinem Chatca sagen, daß er sich zur Hölle scheren soll!«

»So besser.« Cricket nickte zufrieden und widmet sich wieder ihrer unappetitlichen Beschäftigung.

Elizabeth verlor allmählich jedes Zeitgefühl. Sie aß und schlief, und wenn sie nicht schlief, schmiedete sie Pläne. Sie mußte fliehen. Aber wie?

»Cricket«, sagte sie anderthalb Tage später mit fester Stimme. »Ich muß nun endlich baden. Ich hallte meinen eigenen Geruch nicht mehr aus.«

»Baden nicht gut«, widersprach Cricket.

»Dann werde ich krank und ... sterbe.«

Erschrocken sah Cricket auf. »Du nicht sterben. Chatca nicht wollen.«

»Ich werde ganz sicher sterben, wenn ich nicht baden und ein bißchen hinaus an die frische Luft darf.«

»Du nicht sterben«, sagte Cricket noch einmal, aber sie erhob sich und ging hinaus.

Als sie ein paar Minuten später zurückkam, schnalzte sie mißbilligend mit der Zunge. Offenbar hatte Chatca eine Entscheidung getroffen, die nicht ihre Zustimmung fand.

»Du kommen. Ich mit dir gehen. Viel frische Luft.«

»Und was ist mit meinem Bad?«

»Chatca sagen morgen.«

Cricket band Elizabeth die Hände mit einem dünnen Lederriemen zusammen und bedeutete ihr mitzukommen. Sie folgte gehorsam. Dankbar sog sie die frische Waldluft ein. Die erste Person, derer sie ansichtig wurde, war Tamba. Sie pflanzte sich vor Elizabeth auf, die Hände in die breiten Hüften gestemmt, und sah sie haßerfüllt an.

Drei Männer hockten an einem kleinen Feuer. Es roch nach verwesendem Fleisch, und Elizabeth sah ein wenig abseits ein aufgebrochenes Reh liegen.

Sie würgte krampfhaft.

»Du riechen frische Luft«, sagte Cricket tadelnd.

Die Männer schenkten Elizabeth nicht mehr Beachtung als dem toten Reh.

Verstohlen schaute sie sich um und musterte die Umgebung. Sie mußte eine Fluchtmöglichkeit finden. Sie wußte auch schon, wann … morgen, beim Bad. Lieber wollte sie sterben, als hier als Gefangene ihr Leben zu fristen.

Es gab drei weitere Zelte, und sie sah auch ein paar Pferde, die an den Bäumen festgebunden waren. Plötzlich wurden ihre Augen weit. Sie erkannte Dolores, ihre Stute, die ein wenig abseits von den anderen Pferden stand.

Rasch wandte Elizabeth den Blick ab, um sich nicht verdächtig zu machen. Wo war Chatca eigentlich?

»Cricket«, sagte sie so beiläufig wie möglich. »Wo werde ich baden? Ist hier ein Fluß in der Nähe?«

»Yuba dort drüben«, antwortete Cricket und machte eine vage Handbewegung.

»Ist dort auch Downieville?«

Cricket nickte unwillkürlich, dann sah sie Elizabeth zornig an. »Du nicht fragen.«

Nein, dachte Elizabeth, ist auch nicht mehr nötig.

Sie roch Chatca und fuhr herum. Sein stechender Blick ruhte mit sichtlichem Besitzerstolz auf ihr. Er sagte ein paar Worte zu Cricket und warf Elizabeth ein Kleiderbündel zu. Hastig griff sie nach dem schäbigen Rock und der Bluse. In diesem Augenblick waren diese Kleidungsstücke ihr kostbarer als die eleganteste Seidentoilette.

»Chatca deine Stiefel für Kleider eingetauscht«, übersetzte Cricket.

Demnach gab es Weiße in der Nähe . . . Frauen! Ein Hoffnungsschimmer stahl sich in Elizabeths Herz.

»Sag Chatca, daß ich ihm dankbar bin«, begann sie. »Es . . .«

Plötzlich hörte sie Tamba schrill aufkreischen. Im nächsten Augenblick stürzte die alte Indianerin auf sie zu und riß so heftig an den Haaren, daß Elizabeth die Tränen in die Augen traten. Ihre Hände waren gefesselt, und sie konnte sich nicht wehren.

Chatca stieß einen Fluch aus und versetzte Tamba einen Faustschlag, der sie zu Boden schickte. Die anderen Indianer lachten aus vollem Halse.

»Sie wütend, weil Chatca dir Kleider geben«, erklärte Cricket den Zwischenfall.

»O Gott«, flüsterte Elizabeth.

»Du neue Kleider. Kleider von weiße Frau. Chatca so wollen.«

Elizabeth holte tief Atem. »Sag ihm, daß ich die Kleider

erst anziehe, wenn ich gebadet habe. Sag ihm, daß ich Seife brauche.«

Einen Augenblick fürchtete sie, den Bogen überspannt zu haben, denn Chatca wurde bei Crickets Worten rot vor Wut. Elizabeth warf den Kopf zurück und starrte Chatca herausfordernd an, obwohl sie innerlich vor Angst bebte.

»Er Seife holen«, sagte Chricket, nachdem Chatca ein paar Worte gemurmelt hatte. »Kleider morgen anziehen. Er dich dann machen zu seiner Squaw.«

Du lieber Gott, dachte Elizabeth. Hat er etwa die Tage gezählt?

Offensichtlich hatte er das.

Am nächsten Morgen band Cricket Elizabeth wieder die Hände zusammen und führte sie aus dem Zelt. Es war kühl, und der Himmel war bedeckt, aber das störte Elizabeth nicht. Unauffällig sah sie sich um. Tamba und eine andere Indianerin bereiteten offenbar das Essen zu, und von den Männer war niemand zu sehen. Dolores stand noch immer an ihrem Platz.

»Ich aufpassen«, sagt Cricket warnend, als sie den Fluß erreichten.

»In Ordnung«, gab Elizabeth zurück und streckte ihr die Hände entgegen.

Unschlüssig sah Cricket sie an.

»So kann ich doch nicht baden«, erklärte Elizabeth.

Cricket nickte und befreite sie von den Fesseln.

Elizabeth streifte das Hemd ab, ohne sich darum zu kümmern, ob jemand zusah, und ging ins Wasser. Sie schnappte nach Luft, denn es war sehr kalt. Entschlossen umklammerte sie das kleine Seifenstück und watete noch tiefer hinein.

Sie wusch sich gründlich, und allmählich fühlte sie sich wieder wie ein Mensch. Während sie sich das Haar einseifte, schaute sie verstohlen zu Cricket hinüber.

»Ich bin stark genug«, murmelte sie, um sich Mut zu

machen. »Ich gebe ihr eins über den Kopf und schnappe mir Dolores.«

Als Elizabeth aus dem Wasser kam, reichte Cricket ihr ein Stück Stoff zum Abtrocknen.

Elizabeth rieb sich trocken und schlüpfte in Rock und Bluse. Es war ein himmlisches Gefühl, wieder Kleider am Leibe zu haben. Sie setzte sich auf einen Stein und begann mit gespreizten Fingern, ihr nasses Haar zu entwirren.

»Jetzt kommen«, sagte Cricket ungeduldig.

»Nein, noch nicht.« Mit vorgetäuschter Gelassenheit flocht Elizabeth ihr Haar zu einem dicken Zopf.

»Nun los!« Cricket griff nach dem Lederriemen.

Du wirst mich nicht noch einmal fesseln, dachte Elizabeth grimmig, lächelte der Indianerin zu und stand langsam auf.

»Danke, Cricket«, sagte sie und streckte ihr die Hände entgegen.

Cricket murmelte etwas und beugte sich vor, um die Fessel anzulegen. In diesem Augenblick holte Elizabeth blitzschnell aus und schlug die Faust an Crickets Schläfe. Mit einem leisen Aufschrei stürzte die Indianerin zu Boden.

»Tut mir leid, Cricket«, flüsterte Elizabeth, nahm einen kleinen Stein und schlug damit auf Crickets Hinterkopf. Cricket verlor das Bewußtsein.

Im selben Moment hörte Elizabeth hinter sich ein höhnisches Lachen und wirbelte herum. Vor ihr stand Tamba, ein Gewehr in der Hand.

»Du Cricket töten«, sagte sie. »Gut, jetzt weg.«

Elizabeth stand vor Schreck wie angewurzelt da.

»Ich habe sie nicht getötet!« stieß sie hervor.

»Egal. Du weg. Ich keine Schuld.«

»Ja, ich will ja weg!«

Elizabeth rannte zum Lager zurück und zu der Stelle, wo Dolores stand.

Zum Glück trug die Stute ihr Halfter noch. Einen Sattel brauchte Elizabeth nicht. Sie schwang sich auf den Pferderücken und überlegte fieberhaft. Da Bäume und Unterholz hier sehr dicht waren, führte der einzige Fluchtweg mitten durch das Lager.

Sie hieb der Stute die nackten Fersen in die Flanken, und Dolores schoß schnaubend los. Elizabeth starrte nach vorn. Ihr Blick suchte den schmalen Weg am anderen Ende des Lagerplatzes, der aus der Lichtung herausführte. Plötzlich hörte sie eine Frauenstimme und unmittelbar darauf einen gellenden Warnruf von Cricket. Elizabeth drehte sich um und sah, daß Tamba das Gewehr auf sie angelegt hatte. Instinktiv duckte sie sich tief über Dolores' Hals, aber es war schon zu spät. Elizabeth spürte einen dumpfen Schlag an der Schulter.

Mein Gott, durchfuhr es sie. Diese verdammte Indianerin hat mich getroffen!

Elizabeth sank vornüber auf den Hals der Stute, konnte sich jedoch an der dichten Mähne festkrallen. Sonderbarerweise hatte sie keine Schmerzen. Ihr war nur schrecklich kalt.

Sie überließ es der Stute, sich den Weg zu suchen. Der Wald wurde allmählich lichter. Chatca würde ihr folgen, das wußte Elizabeth. Mühsam richtete sie sich auf und blickte zurück, aber es war niemand zu sehen. Ihre Bluse hatte sich mit Blut vollgesogen, und Elizabeth spürte, wie ihr das Blut über die Brust rann. Sie brachte Dolores zum Stehen und riß ein Stück Stoff von ihrem Rock ab, knüllte es zusammen und drückte es auf die Wunde. Dann trieb sie Dolores wieder an. Sie mußte weiter, sonst würde Chatca sie einholen.

Stunden vergingen. Der Himmel bezog sich, und es wurde immer kälter. Elizabeth war klar, daß sie keine Rast machen durfte, denn sie würde nicht die Kraft haben, sich noch einmal auf den Pferderücken zu schwingen.

Plötzlich öffnete der Himmel seine Schleusen, und es

begann wie aus Kannen zu gießen. Elizabeth fror jämmerlich, aber der Regen hatte auch etwas Gutes. Jetzt würde Chatca ihre Spur nicht mehr verfolgen können.

Elizabeth spürte, daß ihre Kräfte erlahmten. Lange konnte sie nicht mehr durchhalten. Wieso begegnete ihr keine Menschenseele? Gab es hier denn keine Goldsucher? Wo war die Frau, von der Chatca die Kleider bekommen hatte?

Elizabeths Gedanken verwirrten sich. Sie hatte auf einmal ein so leichtes, leeres Gefühl im Kopf. Sie preßte die Wange an den Hals der Stute, schloß die Augen und dachte an Delaneys geliebtes Gesicht und an die Zärtlichkeit in seinen Augen. Aber plötzlich fiel sie in eine tiefe, bodenlose Schwärze.

18. Kapitel

Es war ein eigenartiges Gefühl. Wieso bewegte sich das Bett, in dem sie schlief?

Elizabeth zwang sich unter Aufbietung aller Kraft, die Augen zu öffnen.

Sie lag noch immer halb auf Dolores Rücken, die Arme fest um den Hals der Stute geschlungen. Sie wollte sich aufrichten, aber ein heftiger Schmerz durchzuckte ihre Schulter. In diesem Augenblick blieb Dolores stehen.

»Bitte, Dolores«, flüsterte Elizabeth. »Wir müssen weiter. Wir müssen einfach!«

Es regnete nicht mehr, aber es war inzwischen dunkel geworden. Elizabeth wußte, daß sie die Nacht im Wald nicht überleben würde. Sie mobilisierte den letzten Rest ihrer Kräfte, richtete sich ächzend auf und warf den Kopf in den Nacken.

»Delaney!« schrie sie, so laut sie konnte.

Ein paar Vögel flatterten erschreckt auf, sonst war kein Laut zu hören.

»Delaney, wo bist du?«

Sie hörte einen Schuß und erschrak so sehr, daß sie beinahe vom Pferd gefallen wäre. Chatca!

»Nein«, stöhnte sie verzweifelt. Sie wollte die Stute antreiben, aber sie hatte keine Kraft mehr.

Jeden Augenblick konnte Chatca zwischen den Bäumen auftauchen ...

Schluchzend sank Elizabeth in sich zusammen. Ihre Arme waren so schlaff, daß sie sich nicht mehr festzuhalten vermochte. Sie glitt von Dolores' Rücken und fiel auf den nassen, bemoosten Waldboden. Mit weit offenen Augen lag sie reglos auf dem Rücken.

Die Stute wieherte. Es krachte im Unterholz, und Elizabeth hörte Schritte. Chatca kam, um sie wieder einzufangen!

»Liza! O mein Gott!«

Sie vernahm die Stimme, verstand die Worte jedoch nicht. Ein heftiges Zittern überlief sie.

Jetzt sterbe ich, dachte sie.

»Ich will nicht sterben«, flüsterte sie, als ein Mann sich über sie beugte.

»Großer Gott!«

Elizabeth blinzelte. Verzweifelt versuchte sie das Gesicht zu erkennen, das immer wieder vor ihren Augen verschwamm.

»Del?«

»Ja, Liza. Ich bin hier. Du bist in Sicherheit, Liebes.«

»Wieso bist du hier?« Sie träumte. Aber wieso konnte sie dann seine Stimme so deutlich hören? »Ich sterbe. Ich will, daß du bei mir bist, aber ich weiß ja, daß es nicht sein kann.«

»Ich bin hier, Liebling. Du mußt durchhalten.«

Erst jetzt sah Delaney die blutdurchtränkte Bluse. Behutsam öffnete er sie und schob den Stoff beiseite. Elizabeth war angeschossen worden! Er hob sie ein wenig an und atmete erleichtert auf.

Das Geschoß hatte die Schulter glatt durchschlagen und war am Rücken wieder ausgetreten. Offenbar war kein Knochen getroffen worden.

»Hör zu, Liebling«, sagte er mit fester Stimme. »Ein paar Minuten von hier steht eine verlassene Goldgräberhütte. Ich werde dich hinbringen.«

»Was ist mit deinem Kopf?« fragte Elizabeth, als sie den weißen Verband an seiner Stirn sah.

»Nichts von Bedeutung, Liebes. Kannst du die Arme um meinen Hals legen?«

Sie versuchte es, aber sie war zu schwach.

»Schon gut, es geht auch so.« Er nahm sie in die Arme. Er mußte sie retten, koste es, was es wolle! Er hatte sie überall gesucht. Seit Tagen hatte er sie gesucht, und nun, da er schon fast die Hoffnung aufgegeben hatte, hatte er sie endlich gefunden.

Als Delaney sich erhob, schrie Elizabeth vor Schmerz auf. Im nächsten Augenblick wurde ihr Körper schlaff.

Eine eisige Hand umklammerte Delaneys Herz. Er senkte das Ohr auf ihre Brust. Gottlob, sie lebte noch! Er preßte sie an sich und griff nach Dolores' Zügel. Dann machte er sich auf den Weg. Er merkte, daß Elizabeth durchnäßt war, und legte noch einmal das Ohr an ihre Brust. Klang ihr Atem rasselnd? Es gab keinen Arzt in Grass Valley, der nächsten Ortschaft. Er mußte allein zurechtkommen.

Als Delaney die Hütte endlich erreicht hatte, stieß er die Tür mit der Stiefelspitze auf und trug Elizabeth hinein. Es gab nur einen einzigen Raum mit einem Tisch, einem wackligen Stuhl und einer Feuerstelle. Sonst nichts. Behutsam legte er Elizabeth auf den Boden und holte dann die Schlafsäcke herein.

Mit äußerster Vorsicht zog er ihr die nassen Sachen aus,

hüllte Elizabeth in eine Wolldecke und bettete sie auf einen der Schlafsäcke. Danach breitete er den Rock und die Bluse auf dem Boden zum Trocknen aus. Woher sie die Sachen wohl hatte, und wieso trug sie nichts darunter? Delaney wagte nicht, darüber nachzudenken.

»Bitte, bleib noch ein Weilchen bewußtlos«, flüsterte er.

Rasch holte er etwas Wasser vom Fluß, zündete ein Feuer an und erhitzte das Wasser. Wie sollte er die Wunde versorgen? Whisky! Es war noch ein Rest in der Flasche.

Vorsichtig wusch er das Blut ab. Zum Glück war die Wunde nicht groß. Er träufelte etwas Whisky darauf, riß das einzige saubere Hemd, das er noch hatte, in Streifen und legte einen festen Verband an.

Schließlich hockte er sich neben Elizabeth und betrachtete mit besorgtem Blick ihr bleiches Gesicht. Sie lebte, und sie war sein! Nie wieder würde er sie hergeben. Er dachte an die endlos langen Tage und Nächte ohne sie. Es war die Hölle gewesen.

Vorsichtig trug er sie zum Feuer. Er mußte sie warm halten. Dann stand er auf und überlegte einen Augenblick. Essen! Sie brauchten etwas zu essen. Es widerstrebte ihm, sie allein zu lassen, aber es blieb ihm nichts anderes übrig. Er nahm sein Gewehr und verließ die Hütte.

Als Elizabeth erwachte, roch es appetitlich nach gebratenem Fleisch. Das Wasser lief ihr im Mund zusammen. Aber wo war sie?

»Del!« schrie sie und fuhr hoch.

»Hier bin ich, Liza«, sagte er und kniete sich neben sie. »Leg dich wieder hin, Liebes. Du brauchst unbedingt Ruhe.«

»Du bist wirklich hier«, flüsterte sie, und Tränen traten ihr in die Augen. »Ich dachte, ich würde dich nie wiedersehen.«

»Du wirst mich nie wieder los«, sagte er in scherzhaftem Ton, obwohl ihm gar nicht nach Scherzen zumute war. Aber er mußte ihr Mut machen. »Gib dich keinen Illusionen hin.«

Der Schmerz in der Schulter machte sich plötzlich stark bemerkbar, und sie stöhnte gemartert auf.

»Ich weiß, es tut weh, mein Liebling. Dagegen kann ich nichts tun. Leider.«

»Wenn es weh tut, weiß ich wenigstens, daß ich am Leben bin«, flüsterte sie. »Wie hast du mich gefunden?«

»Das ist eine lange Geschichte, mein Herz. Ich erzählt sie dir später. Erst müssen wir etwas essen, ja?«

Elizabeth nickte kraftlos. »Ich muß dir auch viel erzählen.«

»Ich weiß. Aber eines nach dem anderen.«

Delaney schnitt das Fleisch in kleine Stücke und fütterte sie langsam und geduldig. Zu seiner tiefen Befriedigung vertilgte sie ihre Portion bis auf den letzten Happen.

Er sah, daß Elizabeth abgenommen hatte und ihre Wangen hohl und fahl wirkten.

»Ich bin nicht schwanger«, sagte sie zusammenhanglos.

Verblüfft schaute er sie an. Wie kam sie jetzt darauf? Plötzlich verzerrte ihr Gesicht sich vor Schmerz. Er griff nach ihrer Hand und spürte, wie ihre Nägel sich in sein Fleisch bohrten.

»Du mußt ganz flach atmen«, sagte er. »Denk nicht an deine Schulter. Ich erzähl dir jetzt, was in den vergangenen fünf Tagen geschehen ist. Hör mir zu und vergiß alles andere.«

Elizabeth schluckte mühsam und wandte den Blick nicht von seinem Gesicht. Sein Kinn war voller Bartstoppeln, und sie sah die tiefen Linien der Erschöpfung um seine Augen. Mit dem Kopfverband wirkte er wie ein Strauchdieb.

»Es dämmerte, erinnerst du dich?« Seine Stimme klang leise und beruhigend. »Ich hörte ein Geräusch im Gebüsch und wollte nachsehen. Es waren ein paar Indianer, einer von ihnen schoß auf mich und traf mich am Kopf. Es war nur ein Streifschuß, aber ich verlor das Bewußtsein. Als ich wieder zu mir kam, warst du fort.«

Er umklammerte ihre Finger. »In meinem ganzen Leben habe ich noch nie solche Angst ausgestanden. Bedauerlicherweis setzte meine Kopfwunde mich für den Rest des Abends und die Nacht über außer Gefecht. Am nächsten Morgen mußte ich feststellen, daß ich deine Spur verloren hatte. Ich ritt nach Grass Valley und organisierte einen Suchtrupp. Mindestens zehn Männer haben in den vergangenen zehn Tagen nach dir gesucht. Ich selbst bin an unseren Lagerplatz zurückgeritten und habe die Suche von dort aus aufgenommen. Zwei Tage lang bin ich kreuz und quer durch den Wald geritten. Als ich vorhin deine Stimme hörte, glaubte ich zu träumen.«

Er drückte liebevoll ihre Hand. »Liza, verstehst du mich?«

»Ja«, flüsterte sie. »Tut mir leid, daß ich so ein Feigling war.«

»Du bist alles andere als das, mein Liebling. Sprich jetzt nicht. Atme flach und langsam.«

Elizabeth tat, wie ihr geheißen, und schloß die Augen.

»Und jetzt muß ich dir noch etwas sagen«, fuhr Delaney fort. »Ich habe mich benommen wie ein kurzsichtiger, hirnverbrannter Idiot. Du hattest völlig recht, als du meintest, ich müsse mich entscheiden. Und ich habe mich entschieden, Liza. Ich brauche dich. Ich möchte, daß wir noch einmal ganz von vorn beginnen. Keine Geheimnisse mehr. Keine Schatten, die zwischen uns stehen. Ich hatte viel Zeit zum Nachdenken. Ich werde mir nie verzeihen, wie niederträchtig ich mich dir gegenüber benommen habe.«

Er schwieg einen Augenblick und starrte in das knisternde Feuer.

»Ich liebe dich über alles«, sagte er dann leise.

Sein Blick suchte ihren, aber sie war eingeschlafen.

Sanft strich Delaney über ihr Haar. Dabei merkte er, daß ihr dicker Zopf noch immer naß war. Vorsichtig löste er ihn und breitete das Haar aus. Dann legte er die Hand auf ihre Stirn und fluchte leise. Elizabeth fieberte.

Er streckte sich neben ihr aus, nahm sie in die Arme und streichelte ihren Rücken. Heftige Fieberschauer schüttelten ihren Körper, und ihre Zähne schlugen aufeinander, obwohl es in der kleinen Hütte heiß und stickig war.

Unbewußt drängte Elizabeth sich so dicht an Delaney, als wollte sie in ihn hineinkriechen. Wenn er doch seine Kraft auf sie übertragen könnte! Aber das einzige, was er tun konnte, war, sie warm zu halten. Er spürte ihre Lippen an seinem Hals und hörte sie unverständliche Worte murmeln.

»Chatca«, flüsterte sie plötzlich ganz deutlich. »Er soll mich nicht anrühren. Lieber sterbe ich. Ich blute ...«

Sie lachte auf, aber es war ein so heiseres, kratzendes Geräusch, daß Delaney eine Gänsehaut überlief.

»Er will mich nicht berühren, weil ich blute! O Gott, hilf mir.«

»Es ist alles gut, Liza. Ich verspreche dir, daß er dich nie berühren wird.«

Hatte der Indianer ihr Gewalt angetan? Wieso sprach sie von Bluten?

Plötzlich fielen Delaney ihre Worte ein. »Ich bin nicht schwanger«, hatte sie gesagt. Hatte ihre Periode eingesetzt? War das ihre Rettung vor dem Indianer gewesen?

Elizabeth schluchzte leise, und er spürte ihre Tränen auf seiner Schulter. Mit sanfter Stimme sprach er beruhigend auf sie ein.

Irrte er sich, oder ging ihr Atem ein wenig leichter? Er fuhr fort, ihren zitternden Körper zu streicheln. »Wenn du wieder gesund bist, machen wir eine lange Reise, und ich zeige dir das ganze Land.«

Allmählich kam Elizabeth zur Ruhe in seinen Armen,

und Delaney legte die Wange an ihre Stirn. Sie fühlte sich ein wenig kühler an. War das Fieber tatsächlich gesunken?

Die Angst schnürte ihm die Kehle zu. Was ist, wenn sie stirbt? fragte er sich verzweifelt. Ich wäre schuld an ihrem Tod, ich allein!

»Du bist die verführerischste Herumtreiberin, die mir je untergekommen ist«, sagte Delaney scherzend.

»Und Sie, Sir, wirken auch nicht gerade vertrauenerweckend«, gab Elizabeth zurück.

»Halt still, Liebes, da ist noch etwas Schmutz auf deiner Wange.«

Mit sanfter Hand säuberte Delaney Elizabeths Gesicht mit einem feuchen Tuch. »Fühlst du dich besser?«

»Ja, ein bißchen.« Sie wandte den Kopf ab, damit er das schmerzliche Zucken in ihrem Gesicht nicht sah.

Er strich zärtlich über ihre Wange. »Ich weiß, Liza, es tut höllisch weh. Hab Geduld, in ein paar Tagen hast du es überstanden. Du bist jung und kräftig, und das Fieber ist auch schon herunter.«

Elizabeth ballte die Hände. Ihre Schulterwunde brannte schier unerträglich.

»Hier, trink das.« Delaney hob ihren Kopf ein wenig an. »Es ist der letzte Rest Whisky.«

Das scharfe Getränk brannte ihr in der Kehle, und Elizabeth schnappt keuchend nach Luft.

»Es hilft«, versicherte Delaney ihr. »Du wirst gleich sehen.« Er legte sie zurück und deckte sie sorgsam zu. »Ich muß uns etwas zu essen besorgen, Liza. Glaubst du, du kannst schlafen, solange ich weg bin?«

»Ja.« Sie nickte, obwohl sie genau wußte, daß sie vor Schmerzen kein Auge zutun würde.

Er verließ sie erst, nachdem sie die Augen geschlossen hatte. Kaum war er fort, öffnete Elizabeth sie wieder, stieß einen nicht eben damenhaften Fluch aus und stellte überrascht fest, daß Fluchen offenbar guttat. Der Schmerz ließ ein wenig nach.

Ein Schatten flog über ihr Gesicht. Wieso hatte Delaney bis jetzt nicht danach gefragt, wie es ihr ergangen war? Fürchtete er die Antwort? Glaubte er, daß die Indianer sie mißbraucht hatten? Der Gedanke machte sie schaudern. Nein, er würde es ihr nicht zur Last legen. Er war so lieb und gut zu ihr gewesen ... wie damals, als sie sich auf so spektakuläre Weise Einlaß in sein Haus verschafft hatte.

Sie hörte zwei Schüsse.

Nach zehn Minuten kam Delaney wieder zurück und sah Elizabeth besorgt an. »Haben die Schüsse dich geweckt?«

»Nein, ich habe nachgedacht, Del.«

Er lächelte ihr aufmunternd zu und legte das Gewehr auf den Tisch. Dann zog er Jacke und Weste aus. Elizabeth betrachtete ihn versonnen.

»Du bist ein so schöner Mann«, sagte sie.

Er grinste. »In diesem abgerissenen Aufzug und mit Stoppelbart? Ich fürchte, dein Fieber ist wieder gestiegen.«

»Sei unbesorgt«, gab sie ernst zurück. »Del, ich frage mich immer wieder, wie viele Frauen dir wohl schon nachgestellt und versucht haben, dich zu verführen.«

»Oh ... ich glaube, so weit kann ich gar nicht zählen. Da fällt mir diese üppige Brünette ein. Brenda heißt sie, glaube ich. Jesus Maria, wenn ich daran denke, es war ein Rotschopf und hieß Rosalie, und dann noch diese Blondine mit Namen ...«

Delaney lachte tief und volltönend, und Elizabeths Herz machte einen Satz. Wie sehr sie diesen Mann liebte! »Del, hör mir zu, bitte. Chacta, der Indianer, der mich geraubt hat ... er hat mich nicht berührt.«

Delaney wurde ganz still.

»Das weiß ich«, sagte er schließlich. »Deine Periode hatte eingesetzt, und das hielt ihn zurück.« Er sprach so ruhig, als unterhielten sie sich über das Wetter.

»Woher weißt du das?« fragte Elizabeth verblüfft.

»Du hast mir gesagt, daß du nicht schwanger bist«, antwortete er sanft. In seinen Augen blitzte es übermütig. »Ich kenne mich in den Funktionen des weiblichen Körpers ein wenig aus, weißt du?«

»Oh ... warum hast du dich dann nicht erkundigt, wie es mir ergangen ist?«

»Ich wollte dich erst zur Ruhe kommen lassen. Wenn du wieder ganz auf der Höhe bist, wirst du mir alles erzählen.«

Befangen zupfte Elizabeth an der rauhen Wolldecke. »Hast du mir vergeben, was ich dir angetan habe? All die schlimmen Dinge, derer ich dich verdächtigt habe?«

»Ja.«

»Ich tue dir leid, nicht wahr? Du fühlst dich verantwortlich für das, was mir zugestoßen ist, oder?«

»Ja.«

»Wirst du mich nach England zurückschicken?«

»Nein. Sobald du wieder gesund bist, werde ich dich ins Bett zerren und dafür sorgen, daß du schwanger wirst. Schwangere Damen pflegen nämlich nicht auf Reisen zu gehen. Es ...«

Delaney unterbrach sich, denn er spürte die prompte Reaktion seines Körpers. Unwillkürlich stellte er sich vor, wie Elizabeths flacher Bauch sich allmählich über ihrem Kind runden würde. Rasch wandte er sich ab und begann Kaffee zu kochen.

»Du hast mir bis jetzt nur das Gesicht gewaschen«, sagte Elizabeth und schaute auf seinen breiten Rücken. »Wann wirst du den Rest waschen?«

Seine Hände zitterten kaum merklich.

»Liza«, sagte er, ohne sich umzudrehen. »Du spielst mit dem Feuer.«

Sie seufzte. »Ich sehe schrecklich aus.«

»Ja, aber bezaubernd schrecklich. Außerdem bist du zu dünn und riechst wie ein nasses Pferd.«

Der Whisky hatte sie innerlich erwärmt und ihre Lebensgeister geweckt. Die Schmerzen in der Schulter hatten zudem deutlich nachgelassen. »Wie lange wird es dauern, bis die Wunde geheilt ist?«

»Ein paar Tage. Dann reiten wir nach Grass Valley.«

»Warum haben die Indianer uns angegriffen? Warum haben sie mich mitgenommen?«

Delaney wollte Elizabeth eine Tasse Kaffee reichen, besann sich dann jedoch anders.

»Nein«, sagte er, »der Kaffee beeinträchtigt die Wirkung des Alkohols.«

Er legte die Hände um die heiße Tasse und ließ sich im Schneidersitz neben Elizabeth nieder. »Ich weiß es nicht«, beantwortete er dann ihre Frage. »Haben sie sich dir zu erkennen gegeben?«

»Ja, die Frau, die mich bewachte, hieß Cricket. Sie sagte, daß Chatca, ihr Anführer, sich vom Stamm des Häuptlings Wema abgesondert habe.«

»Aha.«

»Was meinst du mit ›aha‹?«

»Nichts weiter. Diese kleinen Indianergrüppchen, die sich von ihren Stämmen getrennt haben, sind inzwischen von uns fast gänzlich ausgerottet worden. Im Grunde sind es arme Hunde, weißt du?« Er trank den heißen Kaffee in kleinen Schlucken. »Wenn du soweit bist, wirst du mir alles über dein Abenteuer erzählen, ja?«

»Also weißt du«, gab Elizabeth spitz zurück, »ich kann diesen ›armen Hunden‹, wie du sie nennst, nichts abgewinnen. Es sind dreckige, unglaublich stinkende Wilde, die wie Tiere leben.« Sie seufzte. »Na ja, vielleicht bleibt ihnen nichts anderes übrig. Aber trotzdem brauchten sie nicht auf dich zu schießen und mich nicht zu entführen.«

»Ich an ihrer Stelle hätte dich auch entführt.«

»Hättest du nicht. Du hättest gewartet, bis ich dich entführe.« Er will mich ablenken, dachte Elizabeth gerührt. Fürchtet er, daß ich hysterisch werde, wenn ich mich an die Einzelheiten erinnere? »Ich habe mit Chatca gekämpft, und er hat mich bewußtlos geschlagen. Als ich wieder zu mir kam, lag ich in so einer Art Zelt ... Wigwam heißt es, nicht wahr?«

»Ja.« Delaney nickte.

»Und diese junge Frau war bei mir. Den Namen Cricket hat ihr ein Pater gegeben. Sie war eine von Chatcas Squaws. Sie sagte mir, daß Chatca mich auch zu seiner Squaw machen wollte.« Elizabeth schwieg einen Augenblick, denn ihr graute bei der Erinnerung, und sie genierte sich auch. »Er ... er riß mir die Kleider vom Leib ...«

»Dann sah er das Blut und ließ dich in Ruhe, stimmt's?«

»Ja, er war sehr wütend. Dann gab es da noch eine Indianerin. Sie hieß Tamba. Sie hätte mir am liebsten die Kehle durchgeschnitten. Tagelang habe ich in dem Zelt gehockt, bis ich dachte, ich müßte den Verstand verlieren. Schließlich hat Chatca mir gestattet, im Fluß zu baden. Cricket hat mich dabei bewacht, aber ich habe ihr eins auf den Kopf gegeben. Tamba hat es gesehen und so getan, als wollte sie mir zur Flucht verhelfen, doch dann hat sie auf mich geschossen.«

Delaney blickte ihr eine Weile in die Augen.

»Du hast dich großartig gehalten«, sagte er dann. »Ich bin stolz auf dich.«

»Und warum schaust du dann so eigenartig drein?«

Schweigend trank er seinen Kaffee aus.

»Del, woran denkst du?«

»Um ehrlich zu sein, ich weiß nicht, wieso die Indianer uns angegriffen haben. Es ist nicht ihre Art und paßt eigentlich gar nicht ins Bild. Ich kann mir kaum vorstellen, daß Chatca das nur um deiner schönen Augen willen getan hat.«

Elizabeth dachte angestrengt nach. Schließlich sagte sie langsam:

»Cricket hat irgendwann einmal erwähnt, daß es meinetwegen Ärger geben würde.«

»Kein Wunder. Es gibt immer Ärger, wenn du in der Nähe bist.«

»Kannst du denn niemals ernst sein, Del?«

»Es fällt mir schwer«, bekannte er reumütig. Er streckte sich neben ihr aus und legte die Arme hinter den Kopf. »Weißt du«, sagte er, und jetzt klang seine Stimme tatsächlich ernst, »es war auch für mich eine schreckliche Erfahrung. Die ganze Nacht lag ich da, hilflos wie ein Baby, und als ich mich dann endlich aufgerappelt hatte, konnte ich dich nicht finden. All die Gemeinheiten, die ich dir an den Kopf geworfen hatte ... sie haben mich in den darauffolgenden Tagen furchtbar gequält.«

»Wenigstens gab es keinen grauslichen Indianer, der dich zu seiner Squaw machen wollte.« Bei dem Gedanken kicherte Elizabeth unwillkürlich, bereute es jedoch sofort, denn ihre Schulterwunde bestrafte sie prompt dafür.

Delaney legte sich auf die Seite und sah sie besorgt an.

»Vorsicht, Liebes«, ermahnte er sie und strich mit dem Finger über ihre Wange.

Elizabeth schloß rasch die Augen, damit er nicht sah, wie die Schmerzen ihr zusetzten.

»Bitte«, flüsterte sie, »sprich weiter. Erzähl mir etwas.«

Er überlegte einen Moment.

»Während meines Aufenthalts in England waren der Herzog und die Herzogin wild entschlossen, mich zu verheiraten«, begann er. »Sie haben mich von einem Ball zum anderen geschleift; ich durfte nicht ein einziges gesellschaftliches Ereignis verpassen. Wenn ich nur an die vielen Debütantinnen denke . . . alle in jungfräulichem Weiß und erpicht darauf, den reichen Amerikaner einzufangen. Du lieber Himmel, was hätten wir für Zeit sparen können, wenn du damals in London gewesen wärst. Du hättest mich entführt, dir meinen armen Körper untertan und mich zu einem ehrbaren Mann gemacht.«

»Ja, das hätte ich«, bestätigte Elizabeth.

»Ich bin sogar der Königin vorgestellt worden. Sie war eine dickliche kleine Frau, die mich mit ihrem stereotypen ›Wir‹ tun dies, und ›Wir‹ tun das ganz verrückt gemacht hat. Und ihr Albert war so steif, als hätte er einen Rohrstock verschluckt. Ich glaubte, ich war damals für die Engländer so eine Art Wundertier aus dem kalifornischen Busch. Und obendrein war ich auch noch ein reiches Wunder. Kannst du dir vorstellen, daß der alte Lord Fanshaw drauf und dran war, mir seine Tochter regelrecht zu verkaufen, vorausgesetzt natürlich, ich wäre bereit gewesen, meinen Namen zu ändern? Bernice hieß sie, wenn ich mich recht erinnere. Eine hübsche kleine Blondine.«

»Eine Blondine mit Namen Bernice?«

»Na ja, vielleicht hieß sie auch Alice.« Delaney lächelte.

»Alice die Schreckliche?«

»Nein, Alice mit dem besonders-schönen, besonders weißen Busen.«

Er legte die Hand auf Elizabeths Brust und drückte sie sanft.

»Aber je reizvoller die jungen Damen waren, desto skeptischer wurde ich. Vermutlich habe ich damals schon geahnt, daß du irgendwo auf mich wartest.«

»Als eine Art Rachegöttin, meinst du wohl, hm?«

»Nun, ich hoffe doch, daß dein Rachedurst inzwischen gestillt ist.«

»Warte nur ab, bis ich wieder auf den Beinen bin!«

Delaney sah, wie ihr Gesicht sich verzerrte, und fuhr rasch fort:

»Ich schätze, dein kleines Feuerwerk hat mich fast tausend Dollar gekostet. Ich will doch stark hoffen, daß du mir den Schaden ersetzt.«

»Ja. Ich werde alles in meiner Macht Stehende tun, um dich voll und ganz zu entschädigen«, erwiderte Elizabeth.

»Wirst du die Vereinbarung zerreißen und mir dein ganzes Geld ausliefern?«

Sie sah das übermütige Blitzen in seinen Augen. »Dann warst du also die ganze Zeit über doch nur hinter meinem Geld her, oder?«

»Hinter deinem Körper und hinter deinem Geld. Genau in dieser Reihenfolge.«

»Ich ... ich war dir keine besonders gute Frau«, sagte Elizabeth leise.

»Dafür hast du mich aber auch nie gelangweilt. Du warst eine echte Herausforderung für mein männliches Ego, weißt du das? Erst auf der ›Scarlet Queen‹ hast du dich verraten und bewiesen, wieviel Leidenschaft in dir steckt.«

Elizabeth schluckte bei dem Gedanken an ihre Zügellosigkeit.

»Es hat mir gefallen«, sagte sie herausfordernd.

»Aber aus den falschen Motiven«, meinte Delaney.

»Soll ich dir etwas verraten, mein Herz? Ich bin dir am Anfang aus dem Weg gegangen, weil ich eine Heidenangst vor dir hatte. Jeder Mann kriegt Angst, wenn er merkt, daß er verloren ist.«

»Willst du elender Schurke damit etwa sagen, daß ich mir die Konfrontation mit dem Baum hätte ersparen können?«

»Im Gegenteil. Damit hast du genau ins Schwarze getroffen und vermutlich mein Schicksal besiegelt. Nachdem ich dich in meinem Bett gesehen hatte, war ich zur bedingungslosen Kapitulation bereit.«

»Das hast du dir nicht anmerken lassen«, meinte Elizabeth.

»Ich mußte erst Mary auf meine Seite bringen.«

»Was dir auch gelungen ist. Ich habe ihr den Wechsel ins feindliche Lager sehr übelgenommen. Del, hältst du es für möglich, daß Chatca meine Spur findet?«

Delaneys Gesicht wurde hart.

»Nein«, antwortete er nach einem kurzen Zögern. »Das glaube ich nicht.«

Er spürte, daß Elizabeth sich Sorgen machte, und stand auf. »So mein Kind, jetzt werden wir erst einmal den Verband wechseln, und dann machen wir uns über den Kaninchenbraten her.«

Nur mit äußerster Mühe konnte Elizabeth ein Stöhnen unterdrücken, als Delaney die Wunde wusch.

»Es sieht schon viel besser aus«, hörte sie ihn sagen. »Keine Infektion. Noch ein Tag, mein Schatz, dann kannst du auf die Jagd gehen und unser Abendessen erlegen.«

Es regnete die ganze Nacht, aber sonderbarerweise wirkte das Geräusch beruhigend auf Elizabeth. Sie schlief tief und traumlos und spürte nicht einmal, daß Delaney sie in den Armen hielt.

Am nächsten Tag durfte sie sich bereits aufsetzen. Delaney rollte eine Decke zusammen und stopfte sie ihr in den Rücken, damit sie sich bequem anlehnen konnte. Elizabeth sah zu, wie er seine Waffen reinigte, und ihr Blick ruhte auf seinen kräftigen gebräunten Händen, die so zärtlich sein konnten ...

Delaney erzählte von seinem Bruder und seiner Schwägerin in New York.

»Giana ist mit Sicherheit eine Frau nach deinem Herzen, Liza. Sie ist eigenwillig bis in die Knochen und macht meinem autoritären Herrn Bruder gelegentlich die Hölle heiß. Ich glaube allerdings, daß sie ihm zumindest im Bett die Führung überläßt.«

»Wie haben sie sich kennengelernt?«

»Ich kenne nur die offizielle Version, aber ich glaube kein Wort davon. Alex hat einmal angedeutet, daß etwas anderes dahintersteckt. Wenn sie uns besuchen, werde ich Alex unter den Tisch trinken, und dann hole ich die ganze Geschichte aus ihm heraus. Du wirst sie mögen,

Liza, alle beide. Alex ist ein Herzensbrecher und Giana ein richtiger kleiner Wirbelwind.«

»Als du bei ihnen in New York warst, haben sie dir da auch alle heiratsfähigen jungen Damen der Stadt vorgeführt?«

»Fast alle. Eine war dabei, die mir wirklich hätte gefährlich werden können — eine Freundin von Giana, leider war sie schon verlobt. Sie hieß Derry Lattimer. Alex schrieb mir neulich, daß sie nach fünfjähriger Ehe endlich einen Sohn zur Welt gebracht hat.«

»Ich hoffe, es hat dir nicht das Herz gebrochen«, bemerkte Elizabeth spitz.

»Nein. Na ja, vielleicht vorübergehend.« Er hob den Kopf und grinste. »Dann gab es da noch ihre Stieftochter Jennifer.« Als er sah, daß es in Lizas Augen gefährlich aufblitzte, fuhr er rasch fort: »Eine richtige Schreckschraube. Kaum zu glauben, aber fünf Monate nach meiner Abreise ist es ihnen tatsächlich gelungen, Jennifer unter die Haube zu bringen. Ein Tabakpflanzer aus Kentucky hat sich breitschlagen lassen. Der arme Kerl hat sich inzwischen sicher dem Suff ergeben.«

Elizabeth lachte. »Ich verdiene dich nicht«, sagte sie plötzlich, und ihre Augen wurden feucht.

»Natürlich nicht. Aber es bleiben dir ja noch viele Jahre, um dich dieses Glücks würdig zu erweisen. Ich werde dir jedwede Möglichkeit dazu geben.«

»Na warte«, murmelte Elizabeth. »Das zahle ich dir heim.«

»Schon wieder ganz schön frech, die Kleine«, teilte Delaney seinem Gewehr mit, dessen Lauf er gerade inspizierte. »Ich glaube, ich muß mich bald wieder näher mit ihr befassen.«

»Ist das ein Versprechen?« fragte Elizabeth sanft und spürte, wie ihr Herz zu klopfen begann.

»Nur wenn ich dich vorher zum Baden überreden kann.«

»Laß mich nur erst wieder gesund sein, Del! Dann kannst du was erleben! Du riechst auch nicht wie ein Rosengarten.«

19. Kapitel

Als Elizabeth am nächsten Morgen erwachte, ging es ihr so gut wie schon lange nicht mehr. Der Schmerz in ihrer Schulter hatte sich spürbar verringert, und sie fühlte nur noch gelegentlich ein dumpfes Klopfen.

Elizabeth rührte sich nicht, um Delaney nicht zu wekken. Sie lag in seinem Arm, die Wange an seine Schulter geschmiegt, und ihre Hand ruhte auf seiner Brust. Es war so ein wunderbares Gefühl, seinen Körper wieder zu spüren. Plötzlich konnte sie der Versuchung nicht mehr widerstehen. Ihre Hand glitt von seiner Brust hinab auf seinen Bauch. Seine Haut fühlte sich wunderbar an. Langsam ließ sie die Hand weiter abwärts wandern ...

»Liza, du solltest dir genau überlegen, was du da tust!«

Sie lächelte, beglückt über das Ergebnis, das ihre Hand bewirkt hatte.

»Es ist so aufregend, daß ich deinen Körper durch eine einfache Berührung so ... verändern kann«, flüsterte sie.

»Ich habe dir doch schon gesagt, daß wir Männer ganz simple Kreaturen sind. Unsere Selbstbeherrschung endet in Höhe der Gürtellinie. Wenn du so weitermachst, werde ich ...

»Wirst du was?« fragte Elizabeth mit gurrender Stimme und knabberte an seiner Schulter.

»Liebling«, sagte Delaney ein wenig heiser. »Hör auf damit. Ich will nicht das Risiko eingehen, daß deine Wunde wieder aufbricht.«

»Du hast mir gestern abend versprochen ...«

»Habe ich nicht, du mußt dich verhört haben.« Energisch packte er ihre Hand, legte sie auf seine Brust und hielt sie dort fest.

»Dein Herz klopft aber schnell«, bemerkte Elizabeth.

»Ist das ein Wunder. Hör zu, du verführerische kleine Hexe. Abhängig davon, wie du dich heute fühlst, werde ich dich nacher eventuell waschen, und dann darfst du ein paar Schritte gehen. Nein, Liebes, halt die Hand still, oder ich muß aufstehen.«

»Du riechst heute so gut«, sagte Elizabeth und schnüffelte an seiner Haut.

Delaney spürte ihren warmen Atem an seiner Schulter, und sein Puls beschleunigte sich noch mehr.

»Liza, ich stehe jetzt ...«

»Nein, nein«, unterbrach sie ihn hastig und klammerte sich an ihn. »Bleib noch ein bißchen bei mir. Ich verspreche auch, ganz brav zu sein.«

»Weißt du, Liza«, sagte Delaney nach einer Weile. »Als ich dich damals nach deiner mißglückten Vorstellung in meinem Bett liegen sah, verspürte ich zum erstenmal den ganz gezielten Wunsch nach Kindern. Ich habe mich sehr beherrschen müssen, um die Finger von dir zu lassen.«

»Dann warst du sicher böse auf mich, als ich dich um ein Verhütungsmittel bat, oder?«

»Ich wollte dir gegenüber nicht unfair sein und war bereit, dir noch ein wenig Zeit zu lassen.«

»Wir wollen viele Kinder haben, Delaney, ja?«

»Wenn die Töchter alle nach dir geraten, dann bewahre uns der Himmel.«

Elizabeth schmunzelte.

»Ob Jungen oder Mädchen, sie werden den besten Vater von ganz ... San Francisco haben«, sagte sie augenzwinkernd.

»Nur von San Francisco?«

»Also gut, von ganz Kalifornien.«

»Wie gütig, Madam.« Delaney zupfte leicht an ihrem Haar. »So, mein Schatz, jetzt brauche ich dringend etwas zu essen und eine Tasse Kaffee. Sag mir ehrlich, wie geht es deiner Schulter?«

»Tut überhaupt nicht mehr weh.«

»Ehrlich, Liza!«

»Na schön, nur noch ein kleines bißchen. Aber wirklich nur ein kleines bißchen.«

»Gut. Dann werde ich dich nachher waschen und anschließend ein halbes Stündchen in die Sonne setzen.«

»Hoffst du, daß ich dann aufblühe wie eine Primel?«

Delaney grinste. »Wer weiß.«

Delaneys Selbstbeherrschung wurde auf eine harte Probe gestellt, als er Elizabeth wusch. Krampfhaft versuchte er, sein Verlangen zu unterdrücken.

»Ich bin auch nur ein Mann«, murmelte er verdrießlich und brachte die delikate Aufgabe so rasch wie möglich hinter sich.

»Das Haar kommt morgen an die Reihe«, sagte er und richtete sich auf. »Wir wollen jedes Risiko einer Erkältung vermeiden.«

»Darf ich mich anziehen?« fragte Elizabeth.

»Ja, ich helfe dir.«

»Und dann darf ich hinaus in die Sonne?«

»Ja. Aber nicht zu lange.«

Delaney rollte draußen den Schlafsack aus und machte aus einer Decke ein Rückenpolster an der Hüttenwand. Dann half er Elizabeth, sich bequem hinzusetzen.

»Du rührst dich nicht von der Stelle, Liza, okay?«

»Ich verspreche es, Sir.«

»Wenn du ein menschliches Bedürfnis hast, warte auf mich. Ich bin bald zurück.«

»Mußt du etwas so Anstößiges überhaupt erwähnen?« murmelte sie verlegen.

Delaney klemmte sich das Gewehr unter den Arm und sah tadelnd auf sie hinab. »Da mir dein Körper inzwischen genauso vertraut ist wie mein eigener, verstehe ich beim besten Willen nicht, weshalb du dich so anstellst.«

»Es ist mir eben peinlich.«

»Warum?« fragte er erstaunt. »Wenn ich einmal krank und hilflos bin, hoffe ich doch, daß du dich mit der gleichen Hingabe meiner körperlichen Bedürfnisse annimmst.«

»Sollte dieser Glücksfall einmal eintreten, Del, dann hoffe ich, auch endlich einmal das letzte Wort zu haben!«

Delaney lachte laut auf, winkte ihr zu und verschwand zwischen den Bäumen.

Sie lehnte den Kopf an die Hüttenwand und schloß die Augen. Die warme Sonne tat so unendlich gut auf der Haut.

Elizabeths Gedanken wanderten zu Delaney. Er war ein wunderbarer Mann. Sie liebte ihn mit der ganzen Kraft ihres Herzens ... und beinahe hätte sie ihn verloren.

Paul Montgomery. Wo war er? Hatten Delaneys Leute ihn schon gefunden? Elizabeth kämpfte die in ihr aufwallende Angst nieder. Sie brauchte sich nicht zu fürchten. Hier bei Delaney war sie in Sicherheit. Es kam ihr vor wie das Selbstverständlichste von der Welt, mitten in der Wildnis mit abgetragenen, schäbigen Kleidern vor einer Hütte zu sitzen und darauf zu warten, daß ein Gewehrschuß ihr ankündigte, daß das heutige Abendessen gesichert war.

Wie Adam und Eva, dachte sie und schlummerte friedlich ein.

Elizabeth träumte. Sie stand mitten in Delaneys Lagerhaus, umgeben von knallenden, zischenden Feuerwerkskörpern, und plötzlich schälte sich aus den dicken Rauchschwaden Paul Montgomerys Gestalt heraus. Er lächelte ihr zu. Hinter ihm stand Chatca mit blutüberströmtem Gesicht.

Schreiend fuhr sie hoch.

»Pst, Liebes.«

»Del!« Elizabeth klammerte sich schutzsuchend an Delaney, der neben ihr hockte. »Es war schrecklich.«

»Nur ein Alptraum, Liebes.« Er streichelte ihr Gesicht. »Habe ich dich gewaschen und wieder präsentabel gemacht, damit du jetzt Alpträume ausbrütest?«

»Ich habe Chatca gesehen«, flüsterte sie. »Sein Gesicht war voller Blut. Und Paul Montgomery war auch da.« Elizabeth erschauerte. »Was hat Chatca mit Paul Montgomery zu tun?«

»Beide haben dich bedroht«, sagte Delaney ruhig. »Wenn auch auf verschiedene Art. Deshalb hast du sie mit typisch weiblicher Logik in einen Topf geworfen.«

»Ich hätte mir denken können, daß du dich wieder über mich lustig machst.«

»So ist es schon besser«, meinte er und küßte sie auf die Nasenspitze. »Ich hole jetzt die Pferde und striegele sie ordentlich.«

Der Nachmittag verging für Elizabeths Geschmack viel zu schnell. Sie genoß die Tage und Nächte mit Delaney hier draußen in völliger Einsamkeit wie ein ganz besonderes Geschenk.

Ihretwegen hätte es immer so weitergehen können, auch wenn sie sich ein bißchen zusammennehmen mußte, als sie sah, wie Delaney den Fasan ausnahm, den er zum Dinner geschossen hatte. »Du bist so unendlich liebenswert«, sagte sie, während er sich nach getaner Arbeit aufrichtete und ein paar Federn von seiner Lederhose klopfte.

»Wäre es dir lieber, wenn ich dich täglich übers Knie legen würde?« erkundigte Delaney sich.

»Nein«, antwortete Elizabeth und sah mit ernsten Augen zu ihm auf. »Ich will damit sagen ... Ich war so besessen von dem Gedanken, meinen Vater zu rächen, daß ich ganz blind und taub war und gar nicht erkannt habe, wie du wirklich bist. Zumindest eine Zeitlang«, fügte sie noch hinzu.

Er zog die Brauen hoch.

»Ich meine, nach einer Weile sind mir schon Zweifel gekommen«, fuhr sie fort. »Sogar meine treue Mary fing an, dein Lob in höchsten Tönen zu singen, und ich hätte sie dafür erwürgen können. Als mir klar wurde, daß ich dich liebte, hat es mich fast umgebracht. Verstehst du nicht? Ich hatte das Gefühl, meinen Vater zu verraten, wenn ich vor seinem Feind die Waffen streckte.«

Delaney setzte sich neben Elizabeth und streckte seine langen Beine aus.

»Ich mochte deinen Vater sehr«, sagte er und strich sich das Haar aus der Stirn. »Diese verdammte Gewinnsucht! Ist dir eigentlich klar, Liza, daß dein Vater noch am Leben wäre, wenn er nicht mit mir in Geschäftsverbindung getreten wäre?«

»Sag nicht so etwas!« rief sie gequält und setzte leise hinzu: »Ich wäre dann jetzt höchstwahrscheinlich Sir Guys Frau.«

Dieser Vorstellung konnte Delaney überhaupt keinen Geschmack abgewinnen. Elizabeth sah, wie er die Lippen zusammenpreßte und sein Blick sich verfinsterte.

»Siehst du«, sagte sie. »Das kommt dabei heraus, wenn man versucht, die Zeit zurückzudrehen.«

»Schon gut, du Ausbund an Logik. Lassen wir die Dinge eben ruhen.«

»Hast du immer noch die Absicht, in die Politik zu gehen?« fragte Elizabeth übergangslos.

»Ja«, antwortete er verblüfft. Dann schien er zu begreifen. »Als wir darüber sprachen, warst du nur deshalb daran so interessiert, weil du hofftest, es wäre eine Möglichkeit, mich zu ruinieren, oder?«

»Ja. Damals war ich ...« Sie seufzte. »Wie auch immer, ich glaube, ich eigne mich nicht besonders als Racheengel.«

»Dafür bist du eine bezaubernde Geliebte.«

Entrüstet sah Elizabeth ihn an. »Könnt ihr Männer eigentlich an gar nichts anderes denken?«

»Nur in Ausnahmefällen — und auch dann nur, wenn wir uns große Mühe geben«, erwidert Delaney.

»Del, du ... du wirst deine Mätresse doch aufgeben, oder?«

Mit gespieltem Entsetzen hob er die Brauen. »Marie aufgeben? Mein liebes Mädchen, erwartest du etwa von mir, daß ich auf jegliches Steckenpferd verzichte?«

Elizabeths Augen wurden groß und traurig.

»Was bist du doch für ein kleines Dummchen, Liza«, sagte Delaney zärtlich und zwickte sie in die Nase. »Ich habe Marie aufgegeben, noch bevor wir verheiratet waren.«

»Ja, das dachte ich auch. Aber du warst so wütend auf mich, als du damals die ganze Nacht fortbliebst. Erinnerst du dich?«

»Ja, ich bin jedoch nicht zu Marie gegangen. Vergiß es nie, Liza, niemals, ich liebe dich mehr als alles auf der Welt.«

»Ich verdiene dich nicht«, flüsterte Elizabeth ... und boxte ihn in die Rippen, weil er ihr aus tiefstem Herzen zustimmte.

Die Nacht war kühl und klar. Satt und zufrieden lehnte Elizabeth an Delaneys Knie und blickte verträumt in das Kaminfeuer. Der Fasan war köstlich gewesen, und die Wunde an ihrer Schulter spürte sie kaum noch.

»Ich möchte nie mehr von hier weg«, sagte sie und bog den Kopf zurück, um Delaney ansehen zu können.

»Das kommt daher, daß ich die ganze Arbeit tue, Madam. Sie genießen es schamlos, sich von Kopf bis Fuß bedienen zu lassen ... und das meine ich wörtlich.«

Elizabeth errötete.

»Apropos.« Delaney zog sie an sich und küßte sie auf

die Lippen. »Kriech jetzt in dein Luxusbett, mein Herz. Ich nehme nur noch rasch ein Bad im Fluß.«

Elizabeth nickte und spürte, wie ihr Herzschlag sich beschleunigte.

Delaney half ihr auf den Schlafsack und vergewisserte sich, daß sie bequem lag.

»Es wird nicht lange dauern. Darf ich hoffen, daß du wach bleibst?«

Elizabeth gähnte zum Steinerweichen.

»Ich bin ungeheuer müde, Sir«, seufzte sie bühnenreif.

Als Delaney eine knappe halbe Stunde später zurückkam, war sie tatsächlich eingeschlafen. Ihre Wangen wirkten im Schein des Kaminfeuers rosig, und ihr Atem ging gleichmäßig.

Delaney zog sich aus, wollte zu ihr unter die Decke schlüpfen, besann sich dann jedoch anders. Er fühlte sich noch zu wach. Es war ihm gelungen, seine Sorgen vor Elizabeth zu verbergen, aber nun, in der Stille der Nacht, begannen sie von neuem an ihm zu nagen.

Elizabeth hatte nur leicht geschlummert. Sie erwachte, blinzelte und ärgerte sich über sich selbst, weil sie eigentlich nicht hatte einschlafen wollen. Langsam wandte sie den Kopf — und hielt den Atem an. Delaney stand am roh gemauerten Kamin und starrte in das glimmende Feuer. Er war völlig nackt.

Sein Körper schimmerte golden im matten Schein des heruntergebrannten Feuers. Gedankenverloren lehnte er an dem steinernen Sims.

Delaney hielt den Kopf gesenkt, und Elizabeth sah, daß sein vom Baden noch feuchtes Haar sich im Nacken kräuselte. Er wirkte so eingesponnen in seine Gedanken, daß sie es nicht über sich brachte, ihn zu stören. Still lag sie da.

Ihr Blick glitt zärtlich an seinem sehnigen, kraftvollen Körper hinab, und ein heftiges Verlangen erwachte in ihr, ihn zu berühren, ihn zu streicheln und zu liebkosen.

»Du bist wirklich unglaublich schön.« Erst als sie den Klang ihrer Stimme hörte, merkte Elizabeth, daß sie laut gesprochen hatte.

Delaney fuhr herum, und als er sah, daß sie ihn ohne Scheu und Befangenheit betrachtete, glitt ein Lächeln über sein Gesicht.

»Ich freue mich, daß der Anblick dir gefällt.« Er machte keine Anstalten, sich zu bedecken.

»Es ist nicht nur dein Körper, der mir gefällt«, erwiderte sie und stellte dann fest, daß sein Körper auf ihren Blick sichtbar reagierte. »Du bist ein rätselhafter, vielschichtiger Mann.«

Delaney lachte leise. »Ganz im Gegenteil, meine Liebe. Ich versichere dir, daß es in meinem Kopf augenblicklich nur einen einzigen Gedanken gibt.«

»Ich wünschte, du hättest auch ein paar Fehler«, brach es aus Elizabeth hervor.

Wieder lachte er, und sie beobachtete das Spiel der Muskeln auf seiner Brust.

»Ist doch wahr«, sagte sie mißmutig. »Ich scheine im Gegensatz zu dir nur aus Fehlern zu bestehen. Du ... du bist so verdammt perfekt.«

»Ach, Liza, das bin ich ganz gewiß nicht. Ich habe auch meine Schwachpunkte und war durchaus nicht immer vorbildlich.«

»Aber bei mir überwiegen die Schwachpunkte. Ich habe so viel Unheil angerichtet.«

»Das ist vorbei, mein Liebling. Sei unbesorgt, von nun an wirst du dich bessern.«

»Jetzt redest du wieder mit mir wie mit einem unmündigen Kind«, schmollte Elizabeth.

»Aha, ich wußte doch, daß ich dich aus deiner depressiven Stimmung befreien kann.« Delaney lächelte, und in seine Augen trat ein Glimmen, das ihr das Blut rascher durch die Adern jagte.

»Ich möchte nie mehr von hier fort«, flüsterte sie.

Er stieß sich vom Kamin ab, ging zu ihr hin und kauerte sich neben sie. »Wenn wir wieder zu Haus sind, wird alles ganz anders als vorher. Diese Tage, in denen wir uns so nah waren und uns viel besser kennengelernt haben, werden eine Erinnerung sein, die uns niemand nehmen kann.« Er streckte ihr die Arme entgegen.

Elizabeth richtete sich auf und kniete sich vor ihn. »Ich liebe dich, Del.«

»Ich weiß.« In seinen Augen blitzte es auf. »Und mein Körper weiß es auch, siehst du?«

Delaney zog sie an sich, und sie spürte den unwiderlegbaren Beweis seiner Behauptung. Sanft strich er über ihren Rücken, dann legte er die Hände um ihre Hüften und hob sie leicht an.

Elizabeth schlang die Arme um seinen Nacken und hob ihm das Gesicht entgegen. Delaney küßte sie zärtlich, und seine Zunge fuhr tastend über ihre Lippen, bis Elizabeth ihr mit einem seligen Seufzer Einlaß gewährte.

Er fühlte ihre Brüste an seiner Haut. Sein Kuß wurde drängender, fordernder, und er preßte sie leidenschaftlich an sich.

»Bitte«, flüsterte Elizabeth an seinem Mund, und ein Zittern überlief sie. »Bitte, Del.«

Delaney spürte ihr Verlangen und wußte, daß sie bereit für ihn war.

»Komm«, sagte er heiser. »Halt dich an mir fest.« Er hob sie noch ein wenig höher und drang behutsam in sie ein.

Sie stieß einen überraschten Laut aus.

»Habe ich dir weh getan?«

»Nein, nein!« wisperte sie und küßte ihn wild.

Delaney schloß die Augen, und ein Schauer der Lust überrieselte ihn.

Das war es, wovon er sein Leben lang geträumt hatte: diese Vertrautheit, diese rückhaltlose Hingabe, dieses absolute Einswerden mit einer Frau, mit einer einzigartigen, wundervollen Frau ...

»Lehn dich zurück«, bat er. »Und laß die Arme hängen, damit deine Schulter entlastet wird.«

Elizabeth warf den Kopf in den Nacken, und ihr biegsamer Körper spannte sich wie eine Sehne. Langsam und ohne sich von ihr zu lösen, beugte Delaney sich vor, bis sie auf dem Rücken lag. Dann stützte er sich auf die Ellbogen, um sie nicht mit seinem Gewicht zu belasten.

Sie flüsterte seinen Namen, drängte Delaney fiebrig entgegen, ihre Hüften hoben und senkten sich; wie selbstverständlich paßte sie sich dem Rhythmus seiner Bewegungen an.

Als Delaney spürte, daß Elizabeth sich dem Höhepunkt näherte, ließ auch er sich los, ließ sich forttragen von den Wogen der Leidenschaft, die mit übermächtiger Gewalt über ihnen zusammenschlugen.

In seliger Ermattung ruhte Elizabeth auf dem rauhen Schlafsack und kostete das wundervolle Gefühl der langsam abklingenden Erregung voll aus. Es war so unsagbar schön, Delaney zu spüren, ihm so nahe zu sein ...

»Was ist, Liza? Warum weinst du? Habe ich dir weh getan?«

Sie schlang die Arme um ihn, preßte sich an ihn und schmiegte das Gesicht an seine Haut.

»Liza ...«

»Mir fehlt nichts«, flüsterte sie.

»Es ist nur ... ich liebe dich so sehr, daß ich es kaum aushalten kann.«

Ein warmes Licht trat in Delaneys Augen.

»Weißt du«, sagte er sinnend, »ich habe nie geahnt, wie wunderbar es sein kann, verheiratet zu sein.«

Elizabeth hob die Hand und strich mit den Fingerspitzen über seine Wange. »Del, wenn Chatca ...« Sie schluckte und hatte sichtlich Mühe, weiterzusprechen. »Wenn er mich vergewaltigt hätte, was hättest du dann getan? Hättest du mich gehaßt?«

Ein bestürzter Ausdruck erschien auf seinem Gesicht.

Kannte sie ihn denn immer noch so schlecht? Schon wollte er ärgerlich auffahren, da sah er die Qual und die brennende Frage in ihrem Blick und sein Herz krampfte sich zusammen.

»Wie ist es nur möglich, daß eine Frau sich schuldig fühlen kann, wenn sie doch das Opfer ist?«

Sie erschauerte leicht.

»Ich hätte mich so ... so beschmutzt gefühlt, so unwürdig«, sagte sie leise.

»Ach Liza ...« Delaney seufzte. »Ich weiß, daß manche Männer den Frauen die Schuld geben, wenn so etwas passiert. Ich habe sie auch darüber witzeln hören, daß sie keinen Garten betreten würden, den schon andere Männer vor ihnen bestellt haben. Es ist kaum zu glauben, aber selbst Sam Brennan hat sich allen Ernstes darüber gewundert und sich gar nicht beruhigen können, daß ich Lin in mein Haus genommen habe, obwohl sie offenbar von zahllosen Männern benutzt worden war. Als ob es ihr Wille gewesen wäre! Man hat das arme Kind doch gar nicht gefragt. Es dauerte Monate, bis der gehetzte Ausdruck aus ihren Augen verschwand, bis sie nicht mehr verängstigt zurückzuckte, wenn ich nur in ihre Nähe kam. Es gibt leider Männer, die den Frauen so etwas antun, aber die sind in meinen Augen Abschaum.«

»Es hätte dir also nichts ausgemacht, wenn Chatca ... wenn er mich ...«

»Natürlich hätte es das. Aber ich selbst wäre es gewesen, dem ich das nie verziehen hätte, denn es wäre meine Schuld gewesen. Und den Kerl hätte ich umgebracht.«

Elizabeth schmiegte sich noch fester an Delaney. Nach einer Weile hob sie den Kopf.

»Du hast zwar recht«, sagte sie. »Doch irgendwie kann ich die Gedankengänge der Männer trotzdem nicht verstehen. Es ist im Grunde eure Schuld, daß es überhaupt Huren gibt. Und Mätressen«, fügte er hinzu.

Er tippte mit der Fingerspitze auf ihre Nase. »Deine Logik ist wieder einmal umwerfend, mein Schatz.«

»Und dann«, fuhr Elizabeth aufgebracht fort, »was soll der Unsinn mit dem bestellten Garten und so? Wieso haben Frauen nicht die gleichen Rechte? Ich will auch keinen Mann, der andere Gärten bestellt.«

»Das ist nicht dasselbe.«

»Und wieso nicht, bitte schön?«

»Nun, das läßt sich nur schwer erklären. Wärst du keine Jungfrau mehr gewesen, als du zu mir kamst, hätte mich der Gedanke, daß ein anderer Mann dich vor mir besessen hat, rasend gemacht. Es wäre auch irgendwie wertmindernd gewesen, selbst wenn sich das jetzt für dich sehr unfair anhören mag.«

»Aber das ist ungerecht! Ich finde doch auch nicht, daß es deinen Wert mindert, andere Frauen vor mir gekannt zu haben.«

»Das ist wirklich etwas anderes, mein Herz. Und es gibt auch gute Gründe dafür. Sieh mal, wenn ich in unserer Hochzeitsnacht so unerfahren gewesen wäre wie du, dann wäre wohl nicht viel dabei herausgekommen. Der Grund für die scheinbare Ungerechtigkeit zwischen den Geschlechtern ist nun einmal das Idealbild, das man sich von einer anständigen Frau macht. Eine Frau muß rein und unberührt sein, und sie darf von der Liebe weder etwas wissen noch — Gott bewahre! — danach verlangen. Wenn sie dann allerdings verheiratet ist, soll sie sich wie durch Zauberhand in eine hingebungsvolle, willige Geliebte verwandeln. Es mag reiner Schwachsinn sein, aber es ist nun einmal so.«

»Dafür habt ihr Männer gesorgt«, sagte Elizabeth ein wenig bitter. »Für euch selbst habt Ihr ganz andere Regeln aufgestellt.«

»Das kann man auch nicht miteinander vergleichen. Es gibt in diesem Zusammenhang noch einen Punkt von Bedeutung. Du wirst meine Kinder empfangen und zur

Welt bringen. Ist es nicht verständlich, daß ich sicher sein will, der Vater zu sein?«

»Und wenn ich nun doch vergewaltigt und schwanger geworden wäre? Dann hättest du mich demnach hassen müssen, weil du nie sicher gewesen wärst, ob es sich nun um Chatcas Kind handelte oder deines.«

Delaney überlegte einen Augenblick, denn über diese Möglichkeit hatte er bisher noch nicht nachgedacht.

»Abgesehen davon, daß das Kind unweigerlich indianische Züge aufgewiesen hätte bei einer Vaterschaft Chatcas ... nein, ich hätte dich nicht gehaßt. Auch das Kind nicht, denn es wäre ja ein Teil von dir gewesen. Bist du jetzt zufrieden?«

»Ich finde das alles ziemlich kompliziert«, seufzte sie. Dann fuhr sie mit der Fingerspitze spielerisch über Delaneys Lippen. »Ich glaube, ich habe nun verstanden, was du meinst. Aber trotzdem habe ich den Eindruck, den Frauen bleibt zuweilen gar nichts anderes übrig, als vom Pfad der Tugend abzuweichen.« Sie zwinkerte ihm zu.

»Dagegen ist nichts einzuwenden«, gab er schmunzelnd zurück, »solange deine Abweichung direkt in meine Arme führt.«

»Ach ja, da ist noch etwas, Del ...«

Er stöhnte übertrieben auf. »Erst bringst du meinen armen, geschundenen Körper an den Rand der völligen Erschöpfung, und dann verwickelst du mich nachher noch in tiefschürfende Diskussionen.«

Elizabeth zupfte an einem Büschel seines Brusthaars. »Ich bin nur eine einfache Frau, die etwas dazulernen will. Weißt du eigentlich, daß ich mit einundzwanzig Jahren in England bereits als alte Jungfer galt? Mit einundzwanzig Jahren! Nimm dich, zum Beispiel. Du bist achtundzwanzig, und bis vor kurzem warst du noch Junggeselle, aber das war offenbar völlig in Ordnung. Selbst wenn du fünfunddreißig wärst, hättest du mich noch heiraten können, und kein Mensch hätte sich an dem Altersunterschied gestört.«

»Ich weiß schon, was jetzt kommt«, sagte Delaney mit einem herzerweichenden Seufzer. »Liza, mit zwanzig warst du bei weitem verständiger, reifer und vor allem anziehender, als ich es in dem Alter war. Männer brauchen einfach länger, bis sie soweit sind. Soll ich dir etwas verraten? Es hat mir anfangs auch Kopfzerbrechen bereitet, daß du schon so alt warst. Volle einundzwanzig Jahre! Ein Mann wünscht sich eine gehorsame, lenkbare Frau. Du hättest mir schon im zarten Alter von achtzehn Jahren in die Hände fallen sollen.«

»Du tust jetzt zwar so, als sollte es ein Scherz sein, aber in Wirklichkeit meinst du es ganz ernst, nicht wahr?«

»Ganz falsch.« Delaney küßte ihre schmollend aufgeworfenen Lippen. »Ernst bin ich nur in den seltensten Fällen, mein Herz. Es ist nicht gut für die Verdauung. Schluß jetzt mit der Debatte. Mein voller Bauch braucht jetzt Zeit und Muße, unser schmackhaftes Abendessen zu verarbeiten.« Er legte die Hand um ihre Brust und knetete sie sanft.

»Und was ist mit meiner Verdauung?« flüsterte Elizabeth mit schmeichelnder Stimme.

»Es ist meine Aufgabe, mein Liebling, dafür zu sorgen, daß du demnächst etwas anderes in deinem Bauch zu verarbeiten hast.«

Wieso muß er eigentlich immer das letzte Wort haben? fragte Elizabeth sich schläfrig.

Sie fiel in einen tiefen, traumlosen Schlaf, den auch der leichte Schmerz in ihrer Schulter nicht störte. Als die Kühle der Nacht zunahm und die Hüttenwände durchdrang, schmiegte sie sich noch enger an ihren Mann und fühlte sich in seinen Armen sicher und geborgen.

20. Kapitel

In der Morgendämmerung flog die Hüttentür krachend auf, und Elizabeth fuhr mit einem Schreckensschrei hoch.

Dann erstarrte sie vor Entsetzen. In der Türfüllung standen zwei Männer, deren Waffen auf sie und Delaney gerichtet waren.

Bei dem größeren Mann handelte es sich um Blake Jones, den Mann, den sie im Hafen von San Francisco getroffen hatten und der vor einiger Zeit ein Duell mit Delaney ausgefochten hatte. Blake besaß scharfe Züge, und seine Haut war von der Morgenkühle gerötet. Seine eisgrauen Augen wirkten ausdruckslos und kalt. Der andere Mann war spindeldürr, krummbeinig, und sein Gesicht verhieß nichts Gutes. Mit weit offenem Mund, der seine fleckigen Zähne sehen ließ, starrte er Elizabeth an.

»Allmächtiger, Blake!« keuchte er. »Sieh dir nur diese Titten an!«

Hastig zog Elizabeth sich die Decke bis zum Kinn hoch.

»Del stellt hohe Ansprüche«, spöttelte Blake Jones. »Er bedient sich immer nur vom Feinsten. Stimmt's, Saxton?«

Elizabeth spürte, wie Delaney den Arm um sie legte. Sie blickte ihn an, und ein Schauer lief ihr über den Rücken.

Nie zuvor hatte sie eine so mörderische Wut in Delaneys Augen gesehen.

»Was willst du hier, du elender Hurensohn?« fragte er jedoch mit einer so gleichgültigen Stimme, als unterhielte er sich über das Wetter.

»Was? Die Lady, natürlich.« Blake Johnes' Gesicht verzog sich zu einem unangenehmen Grinsen.

»Ich verstehe«, antwortete Delaney kühl und noch immer ganz ruhig. »Der Indianer hat euch einen Strich durch die Rechnung gemacht.«

»Dieser dreckige Bastard!« Blake spie das Wort förmlich

aus. »Diese Wilden sind doch zu nichts nutze. Jetzt geht mir natürlich ein Licht auf, wo sein Problem lag. Der gute Jasper hier hat völlig recht. Die kleine Hexe ist tatsächlich nicht übel gebaut. Habe ich mir doch gleich gedacht, als ich sie neulich sah.«

Eine eisige Hand griff nach Elizabeths Herz. Sie hatten Chatca dafür bezahlt, sie zu töten! Statt dessen hatte er sie besitzen wollen.

Delaney löste sich von Elizabeth und stand auf. Bei seinem Anblick brach Jasper in meckerndes Lachen aus.

»Kannst du dir denken, was die beiden die ganze Nacht getrieben haben, Blake?«

Delaney war splitternackt, und seine Hände waren zu Fäusten geballt. »Ich hätte dir vor zwei Jahren das Genick brechen sollen, Blake. Weiß Gott, das hätte ich tun sollen.«

»Die Chance ist vertan, Saxton. Du wirst in diesem Leben überhaupt nichts mehr tun. Ich hoffe, deine Schulter meldet sich noch immer, wenn das Wetter wechselt.« Blake rieb sein Bein.

»Deine Kugel ist noch drin. Immer, wenn das Bein schmerzt, denke ich an dich. Diesen Job habe ich mit dem größten Vergnügen angenommen, vor allem, um die noch offenstehende Rechnung zwischen uns zu begleichen.«

»Und wo steckt Paul Montgomery?« fragte Delaney, ohne Blake aus den Augen zu lassen.

Blake lachte. »Das englische Greenhorn ist heil und sicher in Nevada City. Der arme kleine Wicht leidet entsetzlich unter den rauhen Sitten, die hier herrschen. Ich frage mich nur, was wir ihm als Beweis mitbringen sollen, daß wir sein Problem ein für allemal aus der Welt geschafft haben.«

Endlich fand Elizabeth ihre Stimme wieder.

»Bitte«, sagte sie flehend. »Lassen Sie Del gehen. Er hat nichts mit Paul Montgomery zu tun. Absolut nichts.«

»Na schön, Süße.« Blake grinste. »Vielleicht können wir einen Handel abschließen.«

Delaneys Hand umspannte Elizabeths Schulter mit festem Griff.

»Sei still« knirschte er.

Mit großen Augen blickte sie zu ihm auf. Sie fühlte sich hilfloser als je zuvor in ihrem Leben.

»Sieh nur, Blake, das hübsche kleine Fohlen hat einen Verband an der Schulter«, meldete sich Jasper wieder. »Vielleicht hat der Indianer doch versucht, sein Versprechen zu halten.«

Blake zuckte die Achseln.

»Wie dem auch sei, Jasper, wir werden es nie mehr erfahren.«

»Was meinen Sie damit?« flüsterte Elizabeth.

»Wir haben ihm das Gehirn aus dem Kopf geschossen. Ihm und dem anderen roten Lumpenpack.«

O Gott, sie hatten sie alle getötet! Auch Cricket. Arme kleine Cricket, die ihr durch ihren Warnruf das Leben gerettet hatte.

Und alles ging auf Paul Montgomerys Konto! Ein heiliger Zorn packte Elizabeth, und sie begann am ganzen Körper zu zittern.

Sie wickelte die Decke fest um ihren Körper und stand auf.

»Nur eine dreckige Decke hat sie am Leib«, stieß Jasper erregt hervor und machte einen Schritt auf Elizabeth zu. »Damit werden wir schnell fertig, nicht wahr, Blake?«

Sofort schob Delaney sich vor Elizabeth. »Wag es nicht, sie anzurühren, du Wurm. Ich drehe dir den Hals um, wenn du es nur versuchst.«

Erschrocken blieb Jasper stehen. Aber dann grinste er. »Ich habe die Kanone, Saxton, nicht umgekehrt. Was hältst du davon, wenn ich dir den hübschen Beweis deiner Männlichkeit wegschieße?«

»Immer mit der Ruhe, Jasper«, mischte Blake Jones sich ein. »Der alte Del versucht doch nur, den Kavalier herauszukehren.«

Langsam zog Elizabeth sich zurück, bis sie mit dem Rücken an die Hüttenwand stieß.

»Haben die Herren etwas dagegen, wenn ich mich anziehe?« fragte Delaney ruhig.

»Nicht das geringste«, sagte Blake großmütig. »Sonst kommt unsere kleine Lady noch auf lüsterne Gedanken.«

Delaney zwang sich dazu, ruhig zu überlegen. Die Kerle hatten ihn völlig überrumpelt. Wie hatte er nur so ein Narr sein können? Er hätte mit der Möglichkeit rechnen müssen, daß Montgomery einen Galgenvogel wie Blake anheuerte, um sich zu vergewissern, daß der Indianer seine schmutzige Arbeit getan hatte.

Delaney schloß seine Hose, zog sich das Hemd über und stopfte es in den Hosenbund. Dann hob er Elizabeths Kleidungsstücke auf und ging langsam zu ihr.

»He!« kreischte Jasper. »Es war nicht die Rede davon, auch das kleine Honigpüppchen anzuziehen.«

Delaney beachtete ihn nicht. Er hörte das Spannen des Hahns und dann Blakes Stimme:

»Halt die Luft an, Jasper. Ist ja nur Rock und Bluse, was soll's?«

»Liza, hör zu«, flüsterte Delaney, als er ihr die Kleider gab. »Sag jetzt kein Wort mehr. Du ziehst damit nur ihre Aufmerksamkeit auf dich.«

Sie blickte ihn mit angstgeweiteten Augen an. »Was sollen wir tun?«

»Ich weiß es noch nicht. Blake ist ein Sadist. Er genießt es, uns zu quälen. Je länger wir es hinziehen, desto besser werden unsere Chancen.« Damit wandte er sich um und sagte: »Ich schlage vor, Gentlemen, daß wir meine Frau allein lassen, damit sie sich anziehen kann.«

»Ich will zusehen«, jammerte Jasper. »Ich will diese sagenhaften Titten sehen.«

»Dazu bleibt dir noch massenhaft Zeit, Jasper«, sagte Blake, ohne den Blick von Delaneys Gesicht zu lassen. Er spürte, wie Delaney bei dem Gedanken litt, und es verschaffte ihm eine perverse Befriedigung. »Unser Del hier hat viel Erfahrung darin, wie man sich einer Lady gegenüber benimmt. Folgen wir seinem Rat. Draußen steht ein Eimer Wasser. Ich habe Durst. Komm mit, Jasper.« Blake machte mit seiner Pistole eine auffordernde Bewegung, und Delaney und Jasper verließen die Hütte.

Blake zögerte einen Augenblick und nahm dann Delaneys Gewehr und den Pistolengürtel an sich. »Du kannst wahrscheinlich das eine Ende nicht mehr vom anderen unterscheiden, Süße«, meinte er. »Aber man soll das Schicksal nicht herausfordern.«

Sein Lächeln ließ Elizabeth das Blut in den Adern gefrieren. Starr und bewegungslos stand sie noch eine ganze Weile am selben Fleck, nachdem auch Blake nach draußen gegangen war. Sie war wie gelähmt vor Angst.

Schließlich riß sie sich zusammen, ließ die Decke fallen und zog sich mit bebenden Fingern an. Flüchtig erinnerte sie sich an die gestrige Unterhaltung über Vergewaltigung. Was war das schon im Vergleich zu dem, was diese Männer vorhatten?

Delaney würde auch sterben. Ihretwegen mußte er sein Leben lassen!

Sie durfte jetzt nicht den Kopf verlieren! Elizabeth atmete tief ein und aus, um sich Mut zu machen, und begann dann hastig die Hütte zu durchsuchen. Keine Waffe! Sie öffnete Delaneys Tasche und durchwühlte sie. Im Grunde rechnete sie nicht damit, darin eine Waffe zu finden, und als sie plötzlich auf ihren perlmuttverzierten Derringer stieß, glaubte sie fast an eine Erscheinung.

»O Gott«, flüsterte sie. »Bitte laß ihn geladen sein!«

Er war geladen. Delaney mußte ihn an der Stelle gefunden haben, wo Chatca ihn ihr aus der Hand getreten hatte. Rasch steckte sie ihn in ihre Rocktasche. Ihr Herz klopfte wie ein Hammer. Sie würden es merken! Sie würden es ihr ansehen!

Reglos wie eine Statue stand Elizabeth am Kamin, als die Männer in die Hütte zurückkamen.

»Setz dich dort drüben auf den Boden, Saxton, und verhalt dich ruhig«, sagte Blake. »Und du, meine Süße, machst uns jetzt Kaffee und etwas zu essen. Jasper und ich haben Hunger.«

»Sie kann es nicht«, sagte Delaney ruhig. »Wie ihr seht, ist sie von den Indianern verwundet worden. Laßt mich das übernehmen.«

Blake schaute einen Augenblick unschlüssig drein. Dann zuckte er die Achseln. »Also gut. Setz dich, Mädchen. Aber wenn dein Mann auch nur eine falsche Bewegung macht, schieße ich dir eine Kugel in deinen hübschen Kopf. Hast du mich verstanden, Saxton?«

»Klar und deutlich«, gab Delaney zurück. Aus dem Augenwinkel beobachtete er, wie Jasper sich Elizabeth näherte, und sagt zu Blake: »Du hast die Sache clever eingefädelt. Wie bist du an Montgomery geraten?«

Elizabeth sah, daß Blake Jones sich stolz in die Brust warf. Jasper blieb stehen und blinzelte zu seinem Partner hinüber.

»War kein Problem, Saxton. Ich kenne Hoolihan. Das überrascht dich, oder? Ich habe erfahren, was Monk und deine anderen Leute mit ihm angestellt haben. Da ich wußte, daß Montgomery in San José war, bin ich zu ihm hin und habe ihm erzählt, daß deine Leute Hoolihan geschnappt hatten. Montgomery zahlt mir einen Haufen Geld für den Job. Genug, um meinen eigenen Spielsalon aufzumachen. Und das werde ich hier, möglichst nahe bei Nevada City. Jasper wird schon dafür sorgen, daß die Goldsucher ihre Ausbeute bei uns lassen.«

»Das hast du dir fein ausgedacht, Blake«, sagte Delaney.

»Und ob. Sobald Jasper und ich Montgomery in Nevada

City getroffen haben, wird er uns auszahlen und nach England zurückschippern. Etwas würde mich interessieren. Warum will er die Kleine eigentlich so dringend unter die Erde bringen? Er hat es uns nicht verraten.«

Mit gelassenen Bewegungen stellte Delaney Tassen auf den Tisch und schenkte den dampfenden Kaffee ein. Er hatte schon daran gedacht, den beiden das kochendheiße Getränk ins Gesicht zu schleudern, aber Jasper befand sich zu dicht bei Elizabeth. Er würde sie töten, bevor er, Delaney, ihn erreichen konnte.

Warte deine Zeit ab, alter Junge, dachte er. Beschäftige Blake.

»Um die Wahrheit zu sagen, es ist eine Geschichte, bei der Montgomery keine gute Figur macht«, antwortete Delaney geheimnisvoll, um Blakes Aufmerksamkeit zu fesseln.

»Er hat den Vater meiner Frau um sehr viel Geld betrogen und ermordet. Nachdem er meine Frau als Kind auf den Knien geschaukelt hat, war es ihm wohl ein bißchen peinlich, daß sie die Wahrheit über ihn herausfinden könnte. Wenn ihr mich fragt, sollte der windige Bursche hier im Westen bleiben. Er ist Anwalt, wie ihr vermutlich wißt, und würde hier sicher eine Menge Kundschaft finden, die charakterlich zu ihm paßt.«

»Gefällt mir nicht, die Geschichte«, bemerkte Jasper. »Wenn er uns nun auch übers Ohr haut?«

»Er hat schon versucht, meine Frau umzubringen, bevor sie England verließ. Vermutlich ist er ihr mit dem nächsten Schiff nach San Francisco gefolgt. Er ist es nicht wert, am Leben zu bleiben.«

»Gefällt mir ganz und gar nicht«, sagte Jasper wieder und schüttelte den Kopf. »Warum pusten wir ihn nicht einfach um, Blake?«

»Ehrensache, mein Lieber. Ganovenehre nennt man das, glaube ich. Es ruiniert den Ruf eines Mannes, sein Wort zu brechen. So etwas spricht sich herum.«

»Wußten Sie, daß er nach dem Tode meines Vaters so tat, als wäre er mein bester Freund?« warf Elizabeth mit zitternder Stimme ein. »Am Grab meines Vaters hat er sogar Tränen vergossen.«

»So ein Hurensohn!« Angewidert spuckte Jasper aus.

»Nun übertreib mal nicht, Jasper«, dämpfte Blake die Entrüstung seines sauberen Kumpanen. »Der Mann ist eben clever, das mußt du zugeben. Was ist, Saxton, gibt es hier nichts zu essen? Mit leerem Magen arbeite ich nicht gern.«

»Nur verschimmeltes Brot, Blake, sonst nichts. Wenn ihr etwas Kräftigeres wollt, müßt ihr es euch schießen.«

Blake trank einen Schluck Kaffee. »Tja, wenn ich es mir recht überlege ... wir brauchen erst morgen in Nevada City zu sein. Eigentlich kann es nicht schaden, euch beide noch einmal zu füttern. So eine Art Henkersmahlzeit, wißt ihr?« Genüßlich ließ er die Worte auf der Zunge zergehen.

In Delaney keimte Hoffnung auf, aber er ließ sich nichts anmerken. Gleichmütig zuckte er die Achseln. »Wie Ihr meint.«

Elizabeth senkte rasch den Kopf, damit die Männer das Glitzern in ihren Augen nicht sahen.

»Jasper«, sagte Blake vergnügt. »Schieß uns einen saftigen Braten. Wir wollen die Kleine aufpäppeln. Es wird viel mehr Spaß machen, wenn sie stark genug ist, um sich richtig zu wehren.«

Widerwillig wandte Jasper sich der Tür zu.

»Warte. Erst müssen wir sichergehen, daß unser lieber Del keine Dummheiten machen kann.« Blake riß eine Decke in Streifen und band Delaney die Hände auf den Rücken. Dann fesselte er ihm die Füße.

Als Blake sich zu Elizabeth umdrehte, sagte Jasper hastig: »Laß sie ja in Ruhe, ich will sie zuerst haben.«

«Ich werde sie nur etwas aufwärmen.« Blake grinste breit.

Delaney schloß in ohnmächtiger Wut die Augen. Jetzt war er hilflos, und er wußte, daß Blake sich an dieser Hilflosigkeit weiden würde. Verzweifelt zerrte er an seinen Fesseln.

Jasper öffnete die Tür.

»Ich bin bald wieder da!« rief er über die Schulter zurück.

»Laß dir nur Zeit, Jasper. Es hat keine Eile«, antwortete Blake so leise, daß nur Delaney und Elizabeth es verstehen konnten. Dann hob er die Stimme. »Soll ich dir etwas verraten, Saxton? Wenn du erst mal aus dem Weg bist, werde ich dieser kleinen Hure Marie eine Lektion erteilen, die sie nie mehr vergißt. Das unverschämte Miststück hat behauptet, ich wäre kein Mann. Ich werde ihr schon zeigen, was für ein Mann ich bin!«

Mit glitzernden Augen sah er Elizabeth an. »Ich denke, Del, ich werde schon mal bei deiner Frau üben. Immerhin hast du sie ja beide im Bett gehabt.«

»Rühr sie nicht an, Blake!«

»Sei vernünftig, Saxton. Du kannst sowieso nichts daran ändern, wenn du auch noch so mit den Zähnen knirschst. Ich habe Jasper etwas vorgemacht. Ich interessiere mich nämlich auch für schnucklige Kurven, und es ist mir lieber, daß Jasper nicht geifernd daneben steht, wenn ich mir deine Kleine vornehme.«

Delaney bäumte sich auf und riß mit aller Kraft an seinen Fesseln. Aber sie gaben nicht nach. Wilde Mordlust sprang in seine Augen, als er sah, wie Blake sich Elizabeth näherte. Da begegnete er ihrem Blick und erstarrte. In ihren Augen lag keine Furcht. War es möglich, daß er sogar Erwartung darin las?

»Steh auf, Süße«, befahl Blake. »Ich will dich auspellen.«

Bereitwillig stand Elizabeth auf. Sie lächelte Blake sogar zu. Mit schmeichelnder, sanfter Stimme sagte sie: »Sie brauchen eine Waffe? Mein Mann brauchte nie Gewalt bei mir anzuwenden.« Sie zuckte die Achseln. »Na ja, aber Sie sind ja auch kein richtiger ...«

Blakes Augen wurden schmal. »Was geht in deinem hübschen Köpfchen vor? Glaubst du, du kannst mich überwältigen? Schätzchen, ich könnte dir das Genick mit einer Hand brechen.«

»Ist es das, was Sie im Augenblick mit mir vorhaben?« gab sie ironisch zurück.

Er warf seine Pistole auf den Boden und war mit ein paar Schritten bei Elizabeth. Brutal riß er sie an sich und preßte ihr die Arme an den Körper.

Elizabeth hörte Delaney brüllen und gotteslästerlich fluchen, aber sie bewegte sich nicht. Dann spürte sie Blakes Lippen auf ihrer Wange; er hielt sie noch immer so fest, daß sie nicht an ihren Derringer kommen konnte. Langsam ließ sie sich mit ihrem ganzen Gewicht gegen ihn sinken.

»Siehst du, Saxton, deine Frau ist auch nur eine kleine Hure. Sie sind alle gleich.« Blake stieß mit den Fuß von hinten in Elizabeths Kniekehlen und drückte sie zu Boden.

Der Aufprall tat weh, und sie preßte die Zähne zusammen. Im nächsten Augenblick spürte sie sein Gewicht auf ihrem Körper. Gierig glitt sein Mund über sie hin, dann riß Blake ihre Bluse auf.

»Das macht dir Spaß, Süße, stimmt's?« Er lachte heiser, biß Elizabeth in den Hals, und sie stöhnte vor Schmerz auf. Wieder lachte er.

Rasch entblößte er ihre Brüste und packte grob zu. »Ah, wie prall!« Sein Atem ging schneller. »Armer Jasper«, bemerkte er grinsend. »Jetzt kommst du doch erst nach mir dran.«

Elizabeth hielt still.

Sie spürte, wie Blakes Zunge in ihren Mund drang, und zwang sich, nicht zuzubeißen.

Noch einen Augenblick, dachte sie. Dann ist es sicherer.

Plötzlich richtete Blake sich halb auf und hob ihren Rock bis zur Taille hoch. Bei dem Anblick, der sich ihm bot, keuchte er lüstern.

»Jesus Maria!« stieß er hervor und leckte sich die Lippen.

Elizabeth hob einen Arm und legte die Handfläche an seine Schulter.

»Ja«, flüsterte sie und lächelt ihm zu. »O ja.«

Blake zerrte an seiner Hose, bis sie offen war. Dann wollte er sich wieder mit seinem ganzen Gewicht auf Elizabeth fallen lassen.

Der Knall des Derringers dröhnte im Raum. Delaney sah, wie Blakes Oberkörper durch den Schuß ein Stück nach hinten kippte. In der Brust war ein Loch, aus dem Blut hervorsprudelte, das auf Elizabeths bloße Brüste rann.

»Du Ratte!« schrie sie und schoß noch einmal.

Blake sackte zusammen; Elizabeth rollte sich blitzschnell zur Seite und sprang auf.

Sie hetzte zu Delaney und begann, seine Fesseln zu lösen.

»Schnell«, keuchte sie. »Ich habe einen Fehler gemacht. Ich hätte nicht beide Kugeln abfeuern dürfen. Jasper wird die Schüsse gehört haben. Schnell, Del! Mein Gott, deine Handgelenke sind ganz wund.«

»Macht nichts.« Trotz der Taubheit in seinen Fingern gelang es Delaney in kurzer Zeit, sich der Fußfesseln selbst zu entledigen.

Plötzlich gab Elizabeth einen würgenden Laut von sich, und er sah in ihr Gesicht, aus dem alle Farbe gewichen war. »Noch nicht«, sagte er scharf. »Halt durch. Wir müssen erst noch mit Jasper fertig werden.«

Delaney warf sich quer über den Boden, um eine der Waffen zu erreichen, aber es war zu spät.

»Du hast ihn umgelegt, du Aas!« kreischte Jasper von der Tür her.

Elizabeth erstarrte, mit schreckgeweiteten Augen starrte sie wie gebannt in Jaspers wutverzerrtes Gesicht. Selbst als er das Gewehr hob und auf sie anlegte, rührte sie sich nicht.

»Jasper!« schrie Delaney gellend, und als der Angeredete automatisch den Kopf wandte, sprang er. Er kriegte Jasper zu packen, und beide Männer stürzten zu Boden. Elizabeth stand noch immer wie festgewurzelt da. Delaney war zwar größer und stärker, aber Jasper hatte noch immer die Waffe.

»Bitte, lieber Gott«, flüsterte sie, ohne die kämpfenden, laut keuchenden Männer aus den Augen zu lassen.

Der Tisch krachte zusammen, als Delaneys Körper dagegenprallte. Verzweifelt versuchte Delaney, an Jaspers Waffe zu kommen. Er hieb ihm mit aller Kraft auf den Arm, Jasper heulte vor Schmerz auf, ließ das Gewehr jedoch nicht los.

Unvermittelt trat er Delaney zwischen die Beine, und der stechende Schmerz setzte den fast außer Gefecht. Aber nur fast.

»Ich töte dich, du elender Bastard!« knurrte er wild.

Jasper gelang es, die Waffe hochzukriegen. Im nächsten Augenblick stürzte Delaney sich wieder auf ihn.

Plötzlich fiel ein Schuß.

Elizabeth blieb das Herz fast stehen.

Die beiden Männer waren so ineinander verschlungen, daß sie nicht unterscheiden konnte, wen der Schuß getroffen hatte.

»Delaney«, flüsterte sie mit erstickter Stimme.

Langsam löste Delaney sich von Jasper. Seine Brust war blutbedeckt.

Entsetzt schrie Elizabeth auf. Dann sah sie, daß Jasper sich nicht mehr rührte. In seiner Brust klaffte eine Wunde.

Einen Augenblick lang herrschte Stille.

»Ich bin okay, Liza«, sagte Delaney schwer atmend. »Es ist vorbei, Liebes.«

Wild aufschluchzend warf sie sich in seine Arme und preßte sich an ihn. Er strich beruhigend über ihren Rükken und flüsterte ihr leise, sinnlose Worte ins Ohr.

Allmählich hörte Elizabeths Schluchzen auf, und sie beruhigte sich. Sie öffnete die Augen, und ihr Blick fiel auf Blakes ausgestreckten Körper.

»Ich habe ihn getötet!« stieß sie fassungslos hervor. »Ich habe einen Menschen getötet.«

»Es war Notwehr, Liza«, sagte Delaney mit fester Stimme. »Du hast dein und mein Leben gerettet. Du hast sehr viel Courage bewiesen. Dafür schulde ich dir Dank.« Er streichelte ihr bleiches Gesicht. »Verstehst du, Liza? Du hast getan, was du tun mußtest. Ich bin ungeheuer stolz auf dich.«

Elizabeth atmete tief ein. »Der Derringer ist so klein«, flüsterte sie.

»Ja, aber er hat eine tödliche Wirkung.«

»Ich glaube, ich muß mich übergeben, wenn ich ihn noch einmal anfasse.«

»Das wirst du nicht. Er hat uns gerettet, und deshalb haftet ihm nichts Böses an. Du wirst ihn bei dir tragen, bis wir Montgomery erwischt haben. Ist das klar?«

»Ich habe nicht gewußt, daß Menschen so schlecht sein können«, sagte sie leise.

»Schlecht und zu allem entschossen, wenn sie verzweifelt sind. Jetzt wirst du eines meiner Hemden nehmen und dich unten am Fluß waschen. Du bleibst am Fluß, bis ich hinunterkomme.«

Elizabeth begriff, daß er die beiden Männer begraben und ihr den Anblick ersparen wollte. Sie nickte zögernd.

»Gutes Kind. Geh jetzt.«

21. Kapitel

Es sind erst vier Stunden vergangen, dachte Elizabeth, die noch immer unter dem Schock des schrecklichen Erlebnisses stand. Vor knapp vier Stunden erst waren Blake und Jasper in die Hütte gestürzt. Jetzt waren sie tot und begraben und ihre Pferde bei den ersten Goldsuchern, denen Delaney und Elizabeth begegnet waren.

Delaney hatte keinen Versuch gemacht, eine Unterhaltung mit ihr anzuknüpfen. Als er sie vom Fluß heraufgeholt hatte, hatte er nur aufmunternd gelächelt und gesagt: »Wir machen uns jetzt auf den Weg, Liebes. Wirst du einen langen Ritt durchhalten?«

Sie hatte genickt, dankbar, daß sie nicht in die Hütte zurück mußte.

Während des Rittes nahm Elizabeth kaum etwas von der schönen Landschaft wahr.

Sie kamen an Goldsuchern vorbei, die im Fluß standen und ihre Pfannen kreisen ließen. Die Luft war klar und frisch, aber sehr angenehm.

Irgendwann brach Elizabeth das Schweigen. »Wir reiten nach Nevada City, nicht wahr, Del?«

Er lächelte ihr zu. »Nicht gleich, Liebes. Zuerst nach Grass Valley. Das ist eine kleine Goldgräberstadt, fünf Meilen westlich von Nevada City. Falls es dir noch nicht aufgefallen ist, wir beide sind nicht gerade salonfähig. Wir verbringen die Nacht im Davidson-Hotel, kaufen uns anständige Kleider, und morgen geht es dann weiter nach Nevada City.« Er schwieg einen Augenblick und starrte mit finster zusammengezogenen Brauen geradeaus. »Wenn ich Montgomery entgegentrete«, knurrte er, »will ich nicht aussehen wie ein Landstreicher.«

»Was meinst mit ›ich‹?«

»Genau das, was ich sage«, gab Delaney ziemlich energisch zurück. Er hörte Elizabeth scharf die Luft einziehen und wartete auf ihren Protest.

»Du hast Paul Montgomery noch nie gesehen, Del. Er wird wohl kaum so dumm sein, unter seinem richtigen Namen aufzutreten.«

»Da bin ich ganz anderer Meinung. Er hatte keinen Grund, sich einen falschen zuzulegen. Du bleibst vorerst in Grass Valley, Liza. Da bist du sicher.«

»Nein, das tue ich nicht.«

»Wenn ich mich recht erinnere, hast du mir im Angesicht Gottes und der Gemeinde Gehorsam versprochen.«

»Pah!« schnaubte Elizabeth verächtlich. »Du weißt mal wieder selbst nicht, was du willst, Del. Noch vorhin hast du mir gesagt, wie stolz du auf mich bist, und daß ich viel Courage bewiesen habe. Bin ich jetzt plötzlich wieder ein hilfloses, unmündiges Kind?«

»Ich war für dich verantwortlich und habe versagt«, gab Delaney zurück. »Es ist unverzeihlich, daß ich so kurzsichtig war. Ich hätte wissen müssen, daß man die Indianer einschalten, sich dann jedoch nicht blind auf sie verlassen würde. Meine Dummheit hat dich beinahe das Leben gekostet. Du wirst mich nicht begleiten. So, und jetzt will ich nichts mehr davon hören.«

»Das wirst du aber müssen. Immerhin bliebe ich allein und schutzlos zurück«, erwiderte Elizabeth. »Kannst du das verantworten?«

Delaney fuhr im Sattel herum und blitzte sie wütend an. Gleich darauf wurde sein Blick weich. In ihrem schäbigen Rock, dem viel zu großen Hemd und mit dem dicken Zopf sah sie aus wie ein Lagerkind.

»Du liebe Güte!« Er lächelte.

»Ich möchte nur wissen, was Montgomery sagen würde, wenn er dich so sehen könnte. Du bist mir vielleicht eine englische Lady!«

»Wenigstens lächelst du wieder«, konstatierte Elizabeth glücklich. »Das läßt mich hoffen, daß du auch wieder zur Vernunft kommst.«

Sofort verschloß sein Gesicht sich. »Liza, ich habe darüber nachgedacht. Was ich heute morgen zu dir sagte, war ehrlich gemeint, aber ich will so eine Situation nie mehr erleben. In meinem ganzen Leben hatte ich noch niemals solche Angst um einen Menschen, und ich habe mich auch noch nie so verdammt hilflos gefühlt.«

»Wie dem auch sei, ich weigere mich entschieden, dich allein mit Montgomery zusammentreffen zu lassen. Es ist meine Sache und mein Krieg, Del.«

»Liza, ich wünsche zu dem Thema keine Diskussion mehr.«

»Wie du willst.«

Schweigend ritten Delaney und Elizabeth weiter, bis sie einen kleinen Hügel erreichten, von dem aus sie die kleine Stadt Grass Valley überblicken konnten.

»Was für ein hübsches Städtchen«, sagte Elizabeth. »So friedlich.«

Delaney lachte. »Dann solltest du mal einen Samstagabend erleben, wenn die Goldgräber in Grass Valley einfallen. Was glaubst du, was dann los ist. Hier gibt es mehr Wirtshäuser und Spielhöllen als Häuser. Es gibt auch keinen Sheriff, dafür aber ein Postamt.«

»Du willst mich nur ablenken, Del«, meinte Elizabeth. »Aber damit hast du kein Glück.«

Als sie dann in Grass Valley einritten, bemerkte sie: »Übrigens sieht die Stadt jetzt gar nicht mehr so friedlich aus, als daß ich mich hier sicher fühlen könnte. Schau dir nur das Gewimmel an.«

Sie lenkten ihre Pferde durch die wirklich recht belebte Straße und bogen in die Mill Street ein, wo das Davidson-Hotel lag. Es war ein zweistöckiges Holzhaus mit neu gestrichener Fassade.

»Laß uns hier erst einmal eine kleine Verschnaufpause einlegen«, sagte Delaney.

»Dann gehen wir einkaufen.«

Elizabeth genierte sich maßlos, weil sie so abgerissen aussah, aber der bebrillte Mann hinter dem Empfangstresen schien an ihrem Äußeren nichts auszusetzen zu haben.

»Ah, Mr. Saxton! Willkommen zurück in Grass Valley, Sir.«

»Vielen Dank, Ben. Ist Hock's immer noch der beste Laden für Damenkleider?«

»Ja, Sir. Auch für Herren.«

»Schön. Dann werden wir ihm nachher einen Besuch abstatten. Aber erst müssen wir uns frisch machen. Können Sie uns heißes Badewasser hinaufschicken?«

»Gewiß, Mr. Saxton. Willkommen in Grass Valley, Mrs. Saxton.«

»Es vermittelt ein richtig gutes Gefühl, daß hier alles unverändert ist«, sagte Delaney beim Hinaufgehen. »Ich hätte nicht gedacht, daß Ben bleiben würde. Vermutlich hat Davidson ihn am Hotel beteiligt, damit er sich nicht den Goldsuchern anschließt. Ach, da ist ja unser Zimmer.«

Zumindest ist alles blitzsauber, dachte Elizabeth und sah sich in dem quadratischen Raum um. An der Wand stand ein heller Eichenschrank, der aussah, als wäre er erst vor drei Tagen geschreinert worden. Das Holz roch noch frisch und würzig.

Das restliche Mobiliar bestand aus einer einfachen Waschkommode, einem breiten Bett mit einer Baumwollsteppdecke und einem kleinen Tisch.

»Endlich daheim«, seutzte Elizabeth, und in ihren Augen blitzte es spottlustig.

»Habe ich etwa einen Snob geheiratet?« fragte Delaney mit hochgezogenen Brauen.

»Wenn du dir die Mühe machen würdest, mich genau zu betrachten, würde das deine Frage von selbst beantworten.«

Die Kundinnen in Hock's General Store taten genau das, wozu Elizabeth Delaney aufgefordert hatte — sie nahmen sie gründlich in Augenschein. Ihre Blicke waren jedoch durchaus nicht mißbilligend, nur neugierig. Was die anwesenden Männer betraf, so schienen sie an Elizabeths Äußerem schon gar nichts auszusetzen zu haben. Einer von ihnen zog sogar seinen Schlapphut vor ihr.

Wenn ich mich so in London sehen ließe, würde es einen Aufstand geben, dachte Elizabeth belustigt.

Der Inhaber, ›Old‹ Bernie, wie Delaney ihn nannte, war höchstens vierzig, so breit wie hoch, und er trug ein vergnügtes Lächeln zur Schau.

»Wir werden euch beide richtig fein machen, Del«, versprach er.

Die beiden Kleider, für die Elizabeth sich entschied, waren, wie auch das gesamte Unterzeug, aus solider Baumwolle. Samt und Seide waren hier weder gefragt noch vorhanden, wie sie feststellte.

Aber auch während Old Bernie ihr seine Schätze vorführte, ließ die nagende Angst in ihrem Innern Elizabeth nicht ganz los.

Sie konnte Delaney nicht allein zu Paul Montgomery gehen lassen, keinesfalls!

»Hast du genug Geld mit, um das alles zu bezahlen?« fragte sie ihren Mann mit einem Blick auf den Kleiderstapel.

»Es wird gerade noch reichen«, erwiderte er schmunzelnd.

Am Abend aßen sie in einem kleinen Restaurant mit Namen Curlie's.

Elizabeth lief das Wasser beim Anblick von Brot und Butter im Mund zusammen.

»Das wird das köstlichste Mahl meines Lebens«, sagte sie und rieb sich die Hände.

»Ich fand schon immer, daß ein bißchen Enthaltsamkeit uns die Dinge des Lebens erst richtig schätzen lehrt«, entgegnete Delaney salbungsvoll.

»Das merkt man an deinem gierigen Blick.«

»Gut beobachtet«, lobte er und biß herzhaft in das noch warme, knusprige Brot.

Wenig später brachte der Kellner ihnen saftige Steaks, grüne Bohnen, Bratkartoffeln und eine Riesenportion Apfelkuchen.

»Herr, du meine Güte!« staunte Elizabeth. »Ich habe das komische Gefühl, gestorben und bereits im Paradies zu sein.«

Delaney biß sich auf die Lippe, und Elizabeth erkannte, daß ihm eingefallen war, wie knapp sie heute morgen dem Tod entronnen waren.

»Del, vergiß es. Wir sind beide heil und gesund und werden das auch noch eine Weile bleiben.«

Er sah sie an, und sie entdeckte in seinen Augen das ihr nun schon so vertraute begehrliche Glimmen. Elizabeth hielt den Atem an, denn sie spürte, daß ihr Körper sofort reagierte.

»An so etwas solltest du jetzt nicht denken«, bemerkte sie tadelnd.

»Woher weißt du, woran ich denke?«

Sie blickte ihm gerade in die Augen. »Weil ich das gleiche denke, darum.«

»Das ist gut«, sagte Delaney mit einer Stimme, die Elizabeth einen Wonneschauer über den Rücken jagte.

Schweigend aßen sie weiter. Schließlich legte sie die Gabel beiseite und lehnte sich seufzend zurück. »Wenn ich noch einen Bissen nehme, platze ich aus meinem neuen Kleid. Ich glaube, in meinem ganzen Leben habe ich noch nicht so gut gegessen.«

Delaney nickte. Nachdenklich schaute er vor sich hin. »Weißt du, Liza, ich werde nie wieder einen Tag vergehen lassen ohne daran zu denken, wie wunderbar es ist, am Leben zu sein und eine Frau an meiner Seite zu haben, die mit mir lacht und auch manchmal mit mir streitet. Das Glück ist etwas so Kostbares, Zerbrechliches ...«

»Ja«, bestätigte Elizabeth leise. »Du hast recht.« Sie

schwieg einen Augenblick und sagte dann: »Del, bitte, wir müssen über Paul Montgomery reden.«

»Nein.«

»Was wirst du mit ihm tun?«

»Liebling, willst du nicht doch noch ein Stück Apfelkuchen? Oder einen Schluck Wein?«

Elizabeth zog die Brauen zusammen. »Meinst du vielleicht, du beschützt mich, indem du mich wie eine Idiotin behandelst?«

»Also gut, sprechen wir morgen früh ausführlich darüber. Heute nacht will ich ausschließlich den glücklichen Umstand genießen, noch am Leben zu sein. Ich sehne mich nach dir, Liza. Unbeschreiblich.«

Elizabeths Verlangen nach Delaney war mindestens ebenso groß wie seines nach ihr, aber als sie später im Bett lagen, merkte sie, daß dieses Verlangen die Angst in ihrem Herzen nicht überdecken konnte. In so kurzer Zeit war so schrecklich viel geschehen. Was stand ihnen noch bevor?

Delaney, der Elizabeths Brust streichelte, hielt plötzlich in der Bewegung inne. »Ich fürchte, ich habe meine Verführungskünste vollkommen überschätzt«, sagte er leise und strich mit den Lippen über ihre Schläfe.

»Wir haben so viel Glück gehabt, Del.« Elizabeths Stimme verriet tiefe Sorge. »Ich habe solche Angst, daß das Glück uns irgendwann im Stich läßt.«

Er ließ seine Hände an ihrem Körper hinabgleiten. War sie für ihn bereit? Nein, sie war es nicht, wie er merkte. Sie würde es wohl auch nicht sein, bevor er ihr nicht die Angst genommen hatte. Also mußte er jetzt reinen Tisch machen.

»Hör zu, mein Liebes, ich habe die Absicht, Montgomery zu töten. Ich muß es tun. Wenn nicht, wird deine Furcht vor ihm nie aufhören. Und meine auch nicht. Ich will aber nicht, daß du dabei bist. Du hast in letzter Zeit schon viel zuviel mit Gewalt und Tod zu tun gehabt.«

Ihr Körper spannte sich.

»Er hat meinen Vater getötet!« zischte sie haßerfüllt. »Ich will, daß er stirbt. Ich werde ihn selbst töten.«

»Nein! Nein, das lasse ich nicht zu.« Delaney spürte ihren Widerstand, ihren unverhüllten Rachedurst. Er küßte sie hart und ohne Zärtlichkeit.

Dann glitt er mit einer raschen Bewegung über Elizabeth. Er forderte ihre Unterwerfung. Sie sollte seine Entscheidung hinnehmen und akzeptieren, daß er für ihren Schutz zuständig war, sowohl in körperlicher als auch in seelischer Hinsicht.

Elizabeth stieß einen unterdrückten Schrei aus, als er ohne jede Vorbereitung in sie eindrang. Aber Delaney verschloß Ohren und Herz. Sie mußte endlich begreifen. Sie mußte einsehen, daß ... Die Spannung seines Körpers entlud sich mit ungeheurer Gewalt. Er warf den Kopf zurück und stieß einen heiseren Laut aus.

Elizabeth bewegte sich unter ihm. Erst als seine Sinne sich ein wenig beruhigt hatten, kam Delaney zu Bewußtsein, was er getan hatte.

»Habe ich dich verletzt?« fragte er leise.

»Nein.« Elizabeth fühlte sich sonderbar losgelöst. Sie grollte ihm nicht, vermutlich verstand sie seine Handlungsweise besser als er selbst.

Delaney legte sich neben sie. Mit weit offenen Augen lag er auf dem Rücken und starrte an die Decke.

»Das wollte ich nicht«, sagte er schuldbewußt. »Ich wollte dich nicht mißbrauchen.«

»Ich weiß«, antwortete Elizabeth sanft. »Und morgen, Del, werden wir zusammen entscheiden, was wir wegen Paul Montgomery unternehmen.«

Plötzlich begann er zu lachen. Es war ein tiefes, rollendes Geräusch, das ihr ein Lächeln entlockte.

»Ich hätte es allmählich wissen müssen«, keuchte er, nach Luft ringend. »Ich hätte wissen müssen, daß ich mich nie in eine Frau verlieben würde, die gehorsam und willig alles tut, was ich von ihr verlange. Also gut, wir entscheiden morgen, was zu tun ist. Aber du wirst ihn nicht töten, Liza. Versprochen?«

»Versprochen.«

»Schwöre es, sonst hänge ich dich an den Füßen auf.«

Elizabeth strich über seine Brust, ließ ihre Hand tiefer und tiefer abwärts wandern. Als sie ihr Ziel gefunden hatte und es mit den Fingern umschloß, sagte sie mit lokkender Stimme: »Ich schwöre. Und es wäre mir lieber, du würdest andere Dinge mit mir tun, als mich an den Füßen aufzuhängen.«

»Allmächtiger«, murmelte Delaney, selbst überrascht über die jähe Reaktion seines Körpers. »Und ich dachte, ich wäre für heute nacht ausgeknockt.«

Am nächsten Morgen verließen Delaney und Elizabeth Grass Valley gegen zehn Uhr. Es war ein heller, warmer Sonnentag, und am leuchtend blauen Himmel zeigte sich keine Wolke.

»Wir werden in einer knappen Stunde in Nevada City sein«, sagte er und drehte sich im Sattel zu ihr um.

»Ja.« Elizabeth nickte. »Das hast du vor einer Weile auch schon gesagt.«

»Mir ist noch etwas eingefallen. Du erinnerst dich an den Grund unserer Reise, nicht wahr? Es sollte in meiner Mine in Downieville wieder Ärger geben. Gewiß war das nur ein Gerücht, das Blake in die Welt gesetzt hatte. Wahrscheinlich erwartete Montgomery, daß ich dich allein in San Francisco zurücklassen würde. Als ich dich dann mitnahm, mußte er umdisponieren und vermutlich tat er das wieder mit Blakes Hilfe. Dieser Montgomery ist ein schlauer Kopf, das steht fest. Und das macht ihn um so gefährlicher.«

»Aber er ist an ein geregeltes, zivilisiertes Leben gewöhnt«, erwiderte Elizabeth. »Nie im Leben habe ich ihn mit einer Waffe gesehen.«

»Immerhin hat er deinen Vater getötet.«

Schweigend ritten sie weiter.

Nach ein paar Minuten sagte Delaney: »Ich habe einen Plan, Liza. Du spielst eine Rolle darin. Das macht mich nicht gerade glücklich, ist aber unumgänglich, um Montgomery aus der Stadt herauszulocken. Du mußt mir jedoch in die Hand versprechen, daß du dich haargenau an die Regeln hältst.«

»Ich verspreche es.«

»Es wird nicht ganz ungefährlich sein.«

»Ich bin seit Monaten daran gewöhnt, mit der Gefahr zu leben. Jetzt besteht zumindest die Aussicht, diese Gefahr für immer zu bannen.«

»Na schön.« Delaney nickte. »Dann hör gut zu.«

Ungeduldig zog Paul Montgomery die Uhr aus seiner Westentasche und warf einen Blick darauf. Wo zum Teufel blieb Blake?

Montgomery schob die Uhr in die Tasche zurück und blickte sich in dem um diese Zeit noch ziemlich leeren Lokal angewidert um. Es war ein schrecklicher Ort, und er, Paul Montgomery, gehörte nicht hierher. Sägespäne auf dem Boden, grelle, anstößige Bilder von nackten Frauen an den Wänden, und Tische, die so schmutzig waren, daß einem übel wurde.

Wo blieb Blake?

Montgomery wollte diese unangenehme Sache endlich hinter sich bringen. Er wollte heim nach England, um dort den Rest seines Lebens in Frieden und Beschaulichkeit zu verbringen. Dafür hatte er den weiten Weg in dieses gottverlassene Land gemacht.

Warum war damals in Plymouth bloß alles schiefgegangen? Elizabeth mußte nun einmal sterben, sonst würde er niemals Ruhe finden. Wenn sie erst einmal die Wahrheit herausfand, würde sie ihn für den Rest ihres Lebens verfolgen. Ja, sie mußte für immer verschwinden.

Zu dumm, daß Elizabeth geheiratet hatte. Nun konnten die Penworthys sie nicht mehr beerben, und er verlor den Anteil, den er als Rechtsbeistand kassiert hätte. Und ausgerechnet Delaney Saxton hatte sie heiraten müssen! Er konnte nur beten, daß Elizabeth die ganze Sache noch nicht durchschaut hatte.

Montgomery schluckte nervös bei dem Gedanken, daß möglicherweise bereits ein Brief an den Herzog von Graffton unterwegs sein könnte. Nein, verdammt, es war noch nicht zu spät. Es durfte noch nicht zu spät sein!

Wo blieb Blake?

Montgomery hatte die Belohnung in der Tasche, und sein Koffer für die Heimreise war gepackt.

»Mr. Montgomery, Sir?«

Er fuhr herum und sah einen zerlumpten Jungen vor sich stehen. »Was willst du?«

»Ich habe einen Brief für Sie, Sir.«

Begriffsstutzig starrte Montgomery das zusammengefaltete Blatt Papier an. Dann zog er eine Münze aus der Westentasche und gab sie dem Jungen.

Langsam öffnete er den Brief.

Montgomery, Saxton ist tot. Wir halten das Mädchen in der alten Hopkins-Mine fest, eine knappe Meile südlich von Nevada City. Sie können herkommen und sie töten. Sie wird keine Schwierigkeiten machen.

Dieser verfluchte Blake! So ein elender Feigling.

»He, Junge!« Er sprang auf, aber der Junge war fort. Was bezweckte Blake mit diesem Schachzug?

»Sie wird keine Schwierigkeiten machen«! Montgomery schauderte. Für ihn stand fest, daß Blake und sein Kumpan Elizabeth vergewaltigt hatten. Warum hatten sie dann nicht auch ein Ende gemacht?

Verdammte kleine Hexe! Sie hatte mehr Leben als eine Katze.

Montgomery setzte sich wieder hin und putzte seine Brille. Das hatte ihn schon immer beruhigt.

Wie sollte er Elizabeth töten? Ihr eine Kugel ins Herz schießen? Sie über einen Felsen stürzen? Sie erwürgen?

Sein Magen rebellierte. Er war ein zivilisierter Mensch, der Gewaltanwendung verabscheute! Warum hatte Blake es nicht erledigt?

Schwankend stand er auf und verließ mit unsicheren Schritten das Lokal.

Die Hopkins-Mine war vor über einem Jahr stillgelegt worden, weil sie sich nicht rentiert hatte. Der Hauptstollen, in dem Elizabeth und Delaney warteten, befand sich jedoch noch in einigermaßen brauchbarem Zustand.

»Es ist feucht hier«, sagte Elizabeth und schlang die Arme um ihren Körper.

»Und kalt.«

»Ja, ich weiß«, antwortete Delaney mitfühlend. »Aber Montgomery wird bald hier sein, Liza. Und dann kommt alles in Ordnung, ich verspreche es.«

»Wenn es doch nur schon vorbei wäre.« Mit zitternden Lippen versuchte sie ein Lächeln.

»Blake!«

Elizabeth fuhr zusammen.

Delaney legte die Hand auf ihren Arm. »Ganz ruhig, Liebling.«

»Blake, wo sind Sie?«

»Er ist es«, flüsterte Elizabeth.

»Hör mir jetzt genau zu«, sagte Delaney leise, aber eindringlich.

»Er darf nicht merken, daß Blake nicht hier ist. Du mußt jetzt schreien, so laut, wie du nur kannst.«

Elizabeth befeuchtete ihre trockenen Lippen und stieß einen gellenden Schrei aus, der von den Stollenwänden zurückgeworfen wurde.

Delaney wich in den Schatten der Stollenwand zurück

und zog die Pistole. Die Mündung war auf den Stolleneingang gerichtet.

»Elizabeth!« Montgomerys Stimme war schon näher.

Wieder schrie sie.

»Bringen Sie sie heraus, Blake! Mich kriegen Sie in das Höllenloch nicht hinein!«

Elizabeth warf Delaney einen entsetzten Blick zu.

»Blake geht's nicht gut, Sir!« rief Delaney. Hörte er sich wie Jasper an? Hoffentlich merkte Montgomery nichts. »Er kotzt sich die Seele aus dem Leib. Die Kleine ist schon halb hinüber. Geben Sie uns das Geld, dann gehört sie Ihnen.«

»Jasper, sind Sie das?«

»Ja. Nun machen Sie schon.«

Delaney hielt den Atem an. Er hörte Schritte. Komm! Du Bastard, komm endlich!

Er nickte Elizabeth zu, und sie schrie noch einmal.

Montgomery erschien im Stolleneingang.

»Elizabeth«, sagt er und machte noch einen Schritt.

»Ich bin hier!«

»Und ich auch, du elender Hundesohn!« Delaney löste sich von der Stollenwand, die Waffe unverwandt auf Montgomery gerichtet.

Montgomery hatte keine Zeit, seinen Derringer aus der Westentasche zu ziehen.

»Versuchen Sie es erst gar nicht, Montgomery«, warnte Delaney.

»Wo ist Blake?« fragte Montgomery heiser.

»Er ist für Sie nicht mehr von Interesse.«

Allmählich schien Montgomery zu begreifen. »Der Brief war also von Ihnen?«

»Ich war so frei«, antwortete Delaney. »Ich mußte Sie aus der Stadt locken.«

Elizabeth schluckte krampfhaft. Mit großen Augen starrte sie den Mann an, den sie ihr Leben lang gekannt und dem sie vorbehaltlos vertraut hatte.

Irgendwie kam er ihr jetzt älter vor. Seine Augen blinzelten durch die dicken Brillengläser, und sie sah, daß er Angst hatte.

»Warum hast du meinen Vater getötet?« fragte sie mit zitternder Stimme.

Langsam wandte Montgomery sich ihr zu. »Ich hatte keine Wahl.«

»Keine Wahl?« wiederholte sie. »Aber Vater hat dich geliebt. Er hat dir vertraut.«

»Dein Vater war ein Narr«, sagte Montgomery verächtlich. »Er hielt sich für den Nabel der Welt, und alle anderen mußten für ihn springen. Für Sir Alec stets nur das Beste. Während er sich in Oxford amüsierte, mußte ich wie ein Sklave schuften, um nicht zu verhungern. O ja, er war mein Freund. Er hat sehr rasch begriffen, daß er mich brauchte, weil er selbst von Vermögensverwaltung keine Ahnung hatte. Er hat sich sogar herabgelassen, mich beim Vornamen zu nennen, und das bereits nach fünf Jahren Freundschaft!« Montgomerys Stimme troff vor Ironie. »Aber nie wurde ich zum Dinner geladen, wenn er vornehme Gäste hatte.« Er machte eine verlegene Handbewegung. »Ich wollte dich nicht auch töten, Elizabeth, aber ...«

Montgomery nickte.

Delaney sah Elizabeths bleiches Gesicht und die angsterfüllten Augen. Er mußte ihr das Weitere ersparen.

»Liza«, sagte er scharf. »Ich möchte, daß du jetzt hinausgehst. Warte bei den Pferden.«

»Del ...«

»Geh! Gehorche!«

Paul Montgomery schwieg. Stumm beobachtete er, wie Elizabeth die Schultern straffte und die Mine verließ.

Gewissenhaft setzte Elizabeth einen Fuß vor den anderen. Ihr Blick glitt über den steinigen Boden, und ihr Kopf war ganz leer. Sie erreichte die wiehernden Pferde und streichelte geistesabwesend die weichen Nüstern ihrer

Stute. Dolores stupste sie an die Schulter, und sie preßte das Gesicht an den glatten Hals des Pferdes.

Dann fiel ein Schuß. Nur einer.

Tränen brannten in Elizabeths Augen, aber die Tränen galten nicht Paul Montgomery. Sie galten Delaney. Um sie, Liza, zu schützen, hatte er tun müssen, was er soeben getan hatte.

Plötzlich spürte sie seine warmen Hände auf ihren Schultern.

»Es tut mir leid, Liebes«, sagte er leise. Er drehte sie um und zog sie fest an sich.

»Nein«, flüsterte Elizabeth. »Es braucht dir nicht leid zu tun.«

Delaney legte die Hände um ihr Gesicht und sah ihr tief in die Augen. »Es ist vorbei.«

»Ja. Du hast so viel für mich tun müssen, Del, so unendlich viel. Bitte verzeih mir.«

»Es gibt nichts zu verzeihen. Du bist meine Frau, der wichtigste Mensch in meinem Leben. Das darfst du niemals vergessen.«

Elizabeth schloß die Augen. »Nein, ich vergesse es nie.«

Delaney drückte sie an sich. »Und jetzt wollen wir heim, Liza.«

Heim nach San Francisco, wo ein Leben voll Glück und Freude sie erwartete und wo sie keine Angst mehr zu haben brauchte.

»Ja.« Sie lächelte unter Tränen. »Wir wollen heim.«